절정

절정 Climax

초판 1쇄 찍은 날 § 2004년 9월 10일
초판 1쇄 펴낸 날 § 2004년 9월 20일

지은이 § 원주희
펴낸이 § 서경석

편집장 § 문혜영
편집 및 디자인 § 이종민
마케팅 § 정필 · 강양원 · 이선구 · 김규진 · 홍현경

펴낸곳 § 도서출판 청어람
등록번호 § 제1081-1-89호
등록일자 § 1999. 5. 31
어람번호 § 제5-0027호

주소 § 경기도 부천시 원미구 심곡1동 350-1 남성B/D 3F (우) 420-011
전화 § 032-656-4452 팩스 § 032-656-4453
http://www.chungeoram.com
E-mail § eoram99@chollian.net

ⓒ 원주희, 2004

ISBN 89-5831-255-6 03810

hungeoram romance novel
절정
climax
원주희 지음
도서출판 청어람

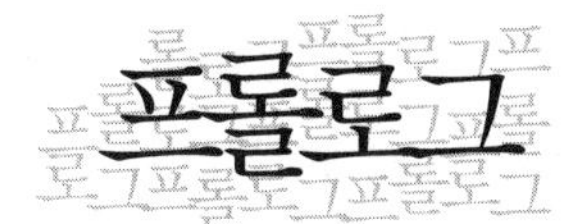

"**변**태 새끼……."

대리석 계단에서 막 내려선 여자는 등 뒤로 보이는 저택을 노려보며 욕설을 퍼부었다. 붉은빛의 매혹적인 차이니스 비즈 드레스를 완벽하게 차려입은 여자에게서 나올 법한 말은 아니지만 그녀의 추종자들에겐 꿀처럼 달콤한 언어였을 적나라한 욕설. 그녀는 자신이 알고 있는 욕이란 욕은 몽땅 쏟아내며 입술을 자근자근 깨물었다. 이토록 신경이 날카로운 것은 지난 네 시간 동안의 어이없고도 불쾌한 경험 때문이다. 땀에 번들거리는 몸뚱어리, 역겨운 입 냄새, 쉼없이 질러대는 쾌락에 들뜬 신음. 어느 하나 최악이 아닌 것이 없었다. 그녀는 거머리라도 몸에 들러붙은 것처럼 진저리를 치며 외쳤다.

"다음에 또 보자고? 염병할 놈, 내가 너를 다시 보면 류이수가 아니라 개이수다!"

이수는 신경질적인 손놀림으로 핸드백에 있는 담배를 찾아 입에 물고 불을 붙였다. 역겨운 늙은이 같으니라고! 그는 TV에도 종종 오르내리는 그룹의 총수로 중년의 중후함과 가정적인 이미지로 세인들 사이에 존경을 한몸에 받는 유명 인사였다. 그 품격있게만 보였던 노인이 외진 별장에서 만나자마자 안면을 싹 바꾸고 혼자 몸이 달아 발광을 해대는 광경은 참으로 가관이었다.

'피둥피둥 살찐 몸으로 침대에 누워 있는 꼴이라니……'

이수는 얼마나 기가 차던지 바로 걸음을 돌려 나가고 싶었다. 그러나 그 망할 놈의 '마지막' 이라는 단어가 그녀를 붙들었다. 오늘 밤만 지나면 이런 빌어먹을 늙은이를 상대하는 일도 끝이다. 오늘로 마지막이란 말이다! 여기까지 생각이 미치자 그녀는 발걸음을 돌리는 대신 특유의 아찔한 미소를 지어주었다. 그렇게 자비로운 마음으로 상대해 주려 했건만, 이놈의 늙은이의 행태가 갈수록 개차반이었다. 하는 작태가 얼마나 추잡하고 변태 같은지 그동안 상대해 온 고객들은 다 신사였구나 하는 생각마저 들었다.

"그 늙은이를 확 복상사시켜 버렸어야 하는 건데."

분한 마음을 삭히지 못한 이수는 여전히 식식거리며 최근에 뽑은 컨버터블에 올라탔다.

"이제 이놈의 짓거리도 끝이다. 젠장."

반쯤 타 들어간 담배를 툭툭 털어 차창 밖으로 던진 이수는 될 수 있는 대로 빨리 벗어나고 싶은 마음에 조금의 지체도 없이 별장을 빠져나왔다. 그곳에서 멀어질수록 과거에서 점점 멀어지고 있다는 생각에 마음이 가벼웠다. 지긋지긋한 과거여, 영원히 아듀(adieu)!!

그녀는 도로를 달리는 것이 아니라 대기를 나는 것처럼 가벼움을 느끼며 즐거운 순간을 만끽했다. 어두운 국도를 달리며 머리가 울릴 정도로 볼륨을 높이고 Bon Jovi의 'Livin On A Prayer'를 크게 따라 불렀다. 끝내주는 차를 몰고 드라이브하는 것은 그녀가 가장 좋아하는 스트레스 해소 방법이다. 게다가 이제 막 악몽에서 탈출한 참이고 근사한 음악과 시원한 바람까지 곁에 있으니 이보다 더 좋을 순 없었다. 이따금씩 운전자들이 그녀를 보며 손가락질하거나 욕설을 퍼부었지만 이수는 오히려 더 크게 볼륨을 높이고 밤바람을 만끽했다.

그렇게 감정이 한층 고조되었을 즈음, 검은 차 한 대가 빠른 속도로 따라붙었다. 처음엔 그냥 지나가려는 차려니 무시하려고 했던 이수는 차선도 바꾸지 않고 보란 듯이 옆에 붙는 차를 보며 고개를 갸웃했다.

"저 자식이 왜 저래? 미친 거 아냐?"

2차선 국도에서, 그것도 커브가 진 곳에서 따라붙다니 정신이 나간 자식이 분명했다. 다급한 마음에 상향등을 깜빡이며 신호를 주었지만 짙은 검은빛을 띤 차는 꿈쩍도 하지 않았다. 그와 동시에 저 멀리 보이는 어둠 너머로 라이트 불빛이 가까이 오는 것이 보였다. 반대 차선이다. 이수는 다시 경적을 울렸다. 그러나 검은 차는 조금의 미동 없이 속도를 같이 하고 있었다.

"미쳐도 단단히 미쳤군."

반대 차선을 의식한 이수는 속도를 줄이며 상대방이 추월할 틈을 주었다. 그러나 검은 차는 같이 속도를 줄이며 여전히 따라붙었다.

"빌어먹을!! 너 오늘 죽었어!"

이를 부드득 간 이수는 반대쪽 차가 오든 말든 빠른 속도로 달리기 시작했다. 점점 맞은편 차와의 거리가 좁혀지고 그 차도 이쪽 상황을 보고 마구 경적을 울리기 시작했다. 그러나 검은 차는 여전히 거머리처럼 따라붙었다.

"죽고 싶거든 맘대로 해."

이수는 검은 차를 노려보며 욕설을 퍼부었다. 맞은편 차와 거리가 얼마 남지 않았다. 무서운 속도로 달리는 통에 옆의 차와 간격이 벌어지자 그녀는 승리의 미소를 지었다. 그렇게 안심하고 있는 찰나, 검은 차가 신기에 가까울 속도로 오더니 그녀를 추월하고 앞으로 내달렸다.

"저런! 저거 또라이 아니야?"

아슬아슬하게 위험은 비껴갔지만 속에서 못 말리는 오기가 발동하기 시작했다.

'네까짓 게 감히 나를 추월해? 너 오늘 죽었어!'

그녀는 얼마 전 고속도로에서 달성한 최고 기록에 버금갈 만한 속도로 검은 차를 따라갔다. 그 재수없는 차를 자세히 보니 초호화판 스포츠카였다. 도로에서 애스톤 마틴 뱅퀴쉬를 처음 본 이수는 혀를 내두르며 질투와 분노가 섞인 시선을 보냈다.

"어느 부잣집 망나니가 객기를 부리는진 몰라도 미쳐도 단단히 미쳤구나. 목숨을 스페어로 가지고 다니나 보지? 어디 얼마나 잘난 도련님인지 얼굴이나 한번 볼까."

이번에는 이수가 검은 차의 옆에 따라붙어 간격을 좁히며 위협했다. 미친 건지 배짱이 두둑한 건지 꿈쩍도 않는 차를 보며 회심의 미소를 지은 그녀는 운전석 쪽에다가 고래고래 소리를 질렀다.

"야! 야, 임마! 창문 좀 내려봐!"

　처음엔 꿈쩍도 하지 않았지만 재차 소리를 지르자 윈도우가 내려가고 남자가 얼굴을 드러냈다. 그런데 이게 웬일. 새파랗게 어린놈일 줄 알았는데 삼십 대 중반은 되어 보이는 남자가 운전석에 떡하니 앉아 있었다.

　"나참, 나잇살이나 먹어놓고선 그렇게 행동했단 말이야?"

　실소를 터뜨린 이수는 상대방에게 고함을 질렀다.

　"이봐, 아저씨!! 죽고 싶어서 환장했어? 마누라 과부 만들고 싶어서 작정했나 본데 엄한 사람까지 황천길에 끌어들이지 말라고!"

　남자는 이수 쪽엔 눈길도 주지 않고 앞만 보고 운전했고 그에 열받은 그녀는 악에 바친 고함을 질러댔다.

　"야! 귓구멍이 막혔냐?! 운전 제대로 하라고!"

　바로 그때, 갑자기 남자가 고개를 돌렸다. 순간, 이수는 형언할 수 없는 뭔가가 가슴에 꽉 와 박히는 것을 느끼고 주춤했다. 그 순간 날아온 눈빛은 말도 안 되게 온몸이 후끈해지는 뜨거운 눈빛이었다. 노란 불빛에 반사되는 검은 눈동자, 그러나 그 안은 온몸이 타버릴 것 같은 불길이 춤을 추고 있었다.

　'젠장할, 저 눈빛은 뭐야.'

　당황한 이수는 얼른 시선을 돌리고 순간적으로 속도를 줄여 뒤로 빠졌다. 검은 차는 점점 멀어지고 멍한 머리 속에서 이는 바람 소리는 더욱더 크게 들렸다.

　"별 미친놈을 다 보겠네. 나참, 재수가 없어서."

　멍하니 중얼거린 이수는 이미 멀어진 차를 바라보며 쿵쾅대는 심장을 어쩌지 못하고 연달아 심호흡을 해댔다. 참으로 알 수 없는 노릇이다. 실없는 놈들이 보내는 가벼운 눈빛이 아니었다. 마치 오래

전에 알고 있었던 것처럼 익숙하면서 강렬한 눈빛, 어둠 속에서도 또렷이 전해져 오는 그 반짝임이 아직도 그녀의 뇌리에 고스란히 남아 있었다.

'아니야, 생전 처음 보는 나한테 그런 눈빛을 보낼 리가 없잖아. 내가 잘못 본 걸 거야. 그런데 왜 이렇게 가슴이 뛰는 거지?'

이수는 황급히 담배를 찾아 불을 붙이며 묘한 기분을 곱씹어보았다.

로비에 있던 남자들의 시선이 한곳으로 향하기 시작했다. 그 감탄 어린 시선들이 머문 곳은 프런트로, 정확하게 말하자면 젊은 여자의 황홀한 신체였다. 몸의 일부처럼 달라붙은 검정 원피스 아래 터질 듯 드러난 요염한 엉덩이와 감탄이 절로 나오는 쭉 뻗은 다리. 남자들은 저런 여자와 자보는 것이 일생일대의 꿈이라는 듯 눈썹까지 치켜뜨며 쳐다봤고, 몇몇은 부인으로 보이는 여자에게 눈총을 받아가며 쫓기듯 발걸음을 옮겨야 했다.

그렇게 남자들의 선망의 대상이 되어버린 그녀는 지배인 쪽으로 몸을 숙이고 뭔가를 중얼거리다가 곧 카드키를 받아 들고는 핸드백을 챙겨 엘리베이터로 걸어가기 시작했다. 먹잇감을 놓치지 않으려는 듯 집요하게 달라붙는 시선들을 흘깃 쳐다본 이수는 코웃음을 치며 작게 중얼거렸다.

"수컷들이란."

그녀는 사내들이 자신의 화려한 외모, 풍만한 가슴과 엉덩이, 모델 부럽지 않게 쭉 뻗은 다리에 시선을 팔고 있으면 묘한 쾌감을 느꼈다. 그들이 욕망에 사로잡혀 이성을 잃은 걸 볼 때면 자신이 신과 대등한 권능이라도 쥐고 있는 것처럼 우월함이 느껴지기 때문이다. 가진 거라고는 몸뚱어리밖에 없는 여자의 자존심과 허영이겠지만 누군가의 위에 군림한다는 것은 언제나 즐거운 일이다. 한바탕 뜨거운 시선들을 받고 나니 에너지를 충전한 것처럼 온몸에 활력이 넘쳐나자 이수는 허리를 곧추세우고 자신있게 다리를 뻗었다. 몸에 익은 유혹적인 워킹, 호락호락 넘어가진 않겠지만 한 번쯤은 도전해 보는 것도 괜찮을 거라는 관능적인 시선. 그녀는 겉으로 보이는 자신을 완벽에 가깝게 연출하며 머리 속으로는 베일에 싸인 남자의 정체를 추측하는 데 몰두했다.

이미 은퇴를 한다고 말해 놓은 터라 즐거운 마음으로 여행 잡지를 들춰가며 장소를 물색하고 있던 아침. 그녀의 여흥을 방해하는 전화 한 통이 걸려왔다.

"싫어! 이제 은퇴한다고 했잖아."

[나도 그렇게 해주고 싶은데 그 고객이 너 아니면 안 된다는데 어떻게 하겠니?]

"나참, 누가 다 쉬어 빠진 노처녀를 목메고 찾는데?"

[다 쉬어 빠진 노처녀 좋아하네. 아직까지도 류이수 하면 꺼뻑 죽는 남자들이 수두룩 빽빽이다.]

"어쨌든 마음에 안 내켜. 언니도 모르는 사람이라며?"

[외국에서 사업하다가 들어온 사람이라는데 자세한 정보는 아직 못 구했어. 하지만 그 정도 액수를 제시한 걸 보며 대단한 사람이긴 한가 봐.]

"하룻밤에 백지수표라. 돈이 넘쳐흘러 주체 못하는 사장님이신가 보지?"

[글쎄. 아무튼 범상치 않은 인물인 건 분명한 거 같아. 어디 잘 요리해 봐. 혹시 아니, 팔자 고칠 일이 생길지.]

"사내새끼들이 팔자 고쳐 주길 바랐으면 진작에 하나 꿰찼지. 실없는 소리 작작하고 사장한테 못한다고 전해. 저번이 마지막이라고 했잖아."

[우리도 웬만하면 이렇게 안 해. 그런데 그 인간이 너 아니면 안 된다잖아. 아주 막무가내야.]

이수는 낮에 한 통화를 상기하며 뭔가가 있다는 예감을 받았다. 어마어마한 액수를 제시해 가면서까지 자신을 찾는 이유가 뭘까. 단순히 하룻밤 품기 위해서라고 해석하기엔 석연찮은 구석이 많다.

그녀는 여전히 생각에 잠긴 눈빛으로 엘리베이터에 올라탔다. 이십이층을 누르고 나니 젊은 남녀가 올라타 십사층을 눌렀다. 이십 대 중반쯤 되어 보이는 연인은 엘리베이터에 타자마자 무척이나 끈적끈적한 포즈를 연출했다. 얼마나 급하면 호텔방에 들어가기도 전에 이럴까. 그 철없는 모습을 아무 생각 없이 쳐다보던 이수는 우연히 남자의 시선이 자신의 가슴에 고정되어 있는 것을 발견했다.

'애인을 안고 있으면서 딴 여자를 훔쳐보다니 꽤 뻔뻔한 남자로군.'

그녀가 장난 삼아 남자에게 한쪽 눈을 찡긋하자 그는 당황하면서도 은근한 기대를 가진 시선을 보내왔다. 그는 이수의 윙크를 자신을 맘껏 훑어봐도 좋다는 의미로 받아들였는지 노골적으로 쳐다보며 음흉한 눈빛을 흘렸다.

'네까짓 게 넘보기에는 난 좀 비싼데 말이야. 적선하는 셈치고 살짝 보여줄까?'

이수의 얼굴에 새침한 표정과 장난기 어린 미소가 스쳐 지나갔다. 그녀는 핸드백을 뒤지는 척을 하다 담배 케이스를 떨어뜨렸고, 이에 남자는 기다렸다는 듯이 포옹을 풀고 케이스를 주우러 허리를 굽혔다.

분명 저 손 안에 명함이 들렸겠지. 애인 몰래 슬쩍 건넬 셈으로 말이야.

눈을 가늘게 뜬 이수가 같이 허리를 굽히며 자신의 가슴을 그의 얼굴 가까이 들이댔다. 그러자 넓은 V 자로 파진 원피스에서 아찔할 정도로 유혹적인 가슴이 쏟아져 나와 그의 얼굴 앞에 보란 듯이 전시되었다. 이에 무척 당황하면서도 흥분하는 기색이 다분한 남자. 그의 침 넘기는 소리가 묘하게 긴장된 엘리베이터에 울리자 늦게야 이 사태를 눈치 챈 애인의 입에서 새된 비명이 터져 나왔다.

"야! 너 지금 뭐 하는 거야?"

버럭 화를 낸 그의 불쌍한 애인은 엘리베이터 문이 열리자마자 뛰쳐나갔고 여자만큼이나 얼굴이 붉어진 남자는 아쉬운 듯 이수를 쳐다보다 쫓아갔다.

"그러게 자기 거나 잘 챙기란 말이야. 잘못하면 다 잡은 물고기 놓치게 되지."

　여유만만 걸음으로 엘리베이터를 나온 이수는 붉은 카펫이 깔린 복도를 천천히 걸었다. 몇 걸음 안 가 그녀가 멈춘 곳은 이 호텔에서 두 번째에 꼽히는 화려한 스위트. 문 앞에서 휘파람을 길게 분 그녀가 말했다.

　"하룻밤 대가로 백지 수표, 그것도 최고급 스위트에서. 객기 삼아 지불하기엔 꽤 고액인데 대단한 재벌인가 보지?"

　카드키로 문을 열고 안으로 들어간 이수는 오리엔탈풍의 화려한 실내를 바라보다 침실로 향했다. 아랍국왕의 침실처럼 화려하고 원색적인 침대가 눈을 즐겁게 했고 그 위에 살짝 엉덩이를 걸치고 앉아 보드랍고 보송보송한 시트를 쓸어보자 기분 좋은 전율이 척추를 타고 흘러내렸다.

　삼십 분 후엔 그가 온다. 뭘 하면 좋을까. 지금까지의 기억 중에 고객을 만나기 전 무방비 상태로 기다린 적이 없었다. 이수는 고객이 외국인이면 그 나라 언어를 공부하고 상대의 취미, 가족사항, 성적 취향, 경제, 정치 등을 세밀하게 조사하는 등 준비를 철저히 했다. 그저 몸매만 잘빠진 여자라면 업계에서 떨려났어도 예전에 떨려났을 나이다. 하지만 그녀는 끊임없는 자기 관리와 고객의 지적인 욕구까지 충족시켜 줌으로써 항상 최고의 자리를 유지했다. 그런데 이번 고객은 알려진 정보도 없고 좀처럼 취향을 알 수가 없으니 답답함과 궁금증이 일어 견딜 수가 없었다.

　"뭐, 때가 되면 알게 되겠지. 남자는 다 거기서 거기니까."

　벌떡 일어나 응접실로 온 이수는 테이블에 세팅된 와인을 홀짝이며 시간이 가기를 기다렸다. 마침내 약속한 시각이 다가오고 벽에 걸린 커다란 시계의 분침이 숫자 8에 머물자 거짓말처럼 벨이 울렸다.

"시간관념은 칼이군."

이수는 최대한 여유있는 발걸음으로 가 현관문을 살짝 열었다. 상대는 꽤 키가 큰 남자. 170㎝에 가까운 자신도 올려볼 만큼 그는 키가 컸다. 점점 남자의 가슴에서 얼굴로 시선을 옮기던 그녀는 낯익은 얼굴을 발견하고는 놀란 표정으로 숨을 들이마셨다.

'당신…… 검은 차?'

그에게 차가운 겨울 냄새가 났다. 서늘함이 뚝뚝 흐르는 눈동자와 굳게 다문 입술, 양팔로도 다 감싸 안지 못할 넓은 어깨가 가슴을 먹먹하게 했고, 시선을 마주하는 것만으로도 서늘한 기운이 퍼져 등의 우묵한 곳을 타고 흘러내리는 느낌이었다. 이수는 프로답지 않게 동요하는 자신에게 쓴웃음을 지으며 담담하게 물었다.

"우리 구면이죠?"

거만하고 도도한 눈빛으로 내려다본 남자는 대답 대신 응접실을 가로질러 침실로 향했다. 이수는 그의 뒷모습을 좇으며 왠지 오래전부터 알고 있던 사람이라는 느낌을 받았다. 사람을 상대하는 직업을 칠 년 가깝게 하다 보니 한 번 본 남자는 절대로 잊는 법이 없었다. 그런데 그는 뭔가 이상하다. 낯익으면서도 낯선 느낌. 이수는 이 모순된 감각의 혼동을 느끼며 천천히 걸음을 옮겼다.

나이는 몇 살이나 됐을까? 많아야 삼십 대 중반? 190㎝는 넘을 것 같은 큰 키에 세련되게 커트한 머리, 게다가 꽤 미남이다. 아니, 잘생겼다기보단 개성이 강한 쪽에 속하는 편으로 강하고 집요해 보이는 턱이 인상적이었다. 이렇게 눈에 확 띄는 남자를 기억 못한다는 건 말이 안 돼. 그녀가 정신없이 기억 속을 뒤지고 있는 사이 그

는 느린 손길로 재킷을 벗고 드레스 셔츠 단추를 천천히 풀기 시작
했다.

"언제까지 그렇게 쳐다만 보고 있을 거지?"

낮은 저음에 화들짝 놀란 이수는 재빨리 심각한 표정을 풀고 평상
시처럼 자연스럽게 웃어 보였다.

"죄송해요. 인사도 없이 바로 본론으로 들어가시는 분은 처음이라
서."

"거추장스러운 과정은 생략하지. 어차피 목적은 하나뿐인데 괜히
시간 끌 거 없잖아."

도전적인 말투에 온몸의 신경이 일시에 팽팽해지는 느낌이 들었
다.

"겉치레를 싫어하시는 분이군요."

드러내지 않고 감정을 추스른 그녀가 특유의 섹시한 미소를 지으
며 침실 문을 닫았다.

"난 과묵하고 직선적인 남자가 좋더라."

그에게 가깝게 다가간 이수가 살짝 발돋움을 하며 마지막 말을 남
자의 귓가에 속삭였다. 그리고 그와 눈을 맞추며 천천히, 아주 천천
히 벨트를 풀고 바지를 벗겼다. 한없이 고혹적인 그녀의 태도에 남자
는 무감한 눈으로 바라볼 뿐 별다른 반응을 보이지 않았고 그것이 이
수를 더욱더 자극하는 계기가 되고 있었다.

'목적이 뭔지는 천천히 알아봐야겠군. 우선 그 포커페이스를 벗기
고 철저하게 무너뜨려 주지.'

벨트와 단추를 푼 그녀는 살짝 눈짓을 하며 손가락을 튕겼다. 툭
하고 바지가 카펫 위로 떨어지자 보란 듯이 눈썹을 치켜뜬 그녀는

느리게 뒤돌아서서 긴 머리를 틀어 올리고 고개를 살짝 숙였다. 그러자 그의 손길이 원피스 지퍼로 다가왔다. 천천히 지퍼를 내리는 서늘한 손길. 그가 지퍼를 내리고 어깨에 걸쳐진 끈을 내리는 동안 이수는 눈을 감고 섬세한 손길을 음미했다. 흥분에 들떠 급한 손이 아니다. 도자기를 빚는 것처럼 공을 들이는 듯이 조심스러운 손동작. 상대가 이렇게 침착하다는 것은 아직 시동조차 켜지 않았다는 증거다. 저절로 시동이 켜지지 않는다면 직접 기름을 들이붓고 불을 당겨야겠지.

벗겨진 원피스가 바닥에 떨어지자 섹시한 속옷을 입은 그녀의 나신이 드러났다. 남자의 눈길이 자신의 몸 곳곳에 머물자 이수는 만족에 찬 눈빛으로 웃으며 그의 허리를 끌어안았다. 그리고 그의 중심을 자신의 몸에 부드럽게 밀착시켰다. 남자의 표정은 감탄이 일 만큼 멀쩡했지만 몸은 꽤 솔직하게 자신의 감정을 피력하고 있었다.

"원하는 걸 말해 보세요. 오늘 밤, 난 당신이 산 노예니까."

이수는 그의 벗은 가슴에 입술을 가져다 대며 달콤한 사탕을 맛보듯이 혀를 날름거렸다. 순간 그의 몸 근육들이 작게 경련을 일으키는 것이 보였다.

꽤나 과묵한 남자군. 하지만 몸은 그렇지 않은걸. 그 무표정한 얼굴 속에 숨긴 본심을 오늘 밤 안으로 알아내고 말겠어.

이수는 의기양양하게 웃으며 그의 팬티 속에서 단단하게 솟아오른 남성을 부드럽게 감싸 쥐었다.

"좀처럼 감정을 드러내지 않는 분이군요. 몇 분 후에도 지금 그 표정이 유지될까요?"

'아니, 몇 초도 안 돼서 미친 듯이 숨을 몰아쉬게 될걸. 그리고 침대로 데려가지 못해 안달을 하게 될 거야.'

이수가 몸을 숙여 남성에 입을 가져가려는 찰나, 그가 손을 잡아 일으키고는 시선을 맞추게 했다. 유난히 검게 느껴지는 동공, 뭔가 말하려는 표정이 속을 뒤틀리게 했다.

'차라리 다짜고짜 덤비는 부류가 훨씬 편하겠는걸. 이 남자는 사연이 너무 많은 눈을 가지고 있어.'

속으로 작게 투덜거린 이수는 그의 시선을 정면으로 보며 무슨 요구라도 해주기를 바랐다. 그러나 한참 뚫어져라 바라보던 남자는 변함없는 조용한 표정과 느린 동작으로 그녀의 손목을 잡고 욕실로 이끌었다. 이에 못 이긴 척 끌려가던 이수는 살짝 미소를 지었다. 경박하지 않은 남성다움이 흐르는 그의 얼굴과 행동이 오랫동안 잊고 지냈던 흥분을 서서히 불러일으키고 있었다.

샤워 부스 안으로 들어가니 침실에서의 침착한 반응과 달리 뜨겁고 격정적인 손길이 그녀의 허리를 휘어 감았다. 이수는 갑작스런 그의 변신에 놀라워하면서도 한편으로는 서릿발처럼 차갑던 남자가 이렇게 뜨거울 수 있다는 것에 감탄했다. 그는 거칠게 그녀를 욕실 벽에 밀치고 응징하듯 입술을 포갰다. 발작적으로 쏟아지는 뜨거운 물이 전신을 적셨지만 모든 신경은 그의 입술이 주는 감각만을 인지할 뿐, 완벽하게 몰두하고 말았다. 다른 때와는 느낌이 사뭇 다른 감정이다. 그녀는 고객한테 호기심 따윈 느껴본 적이 없었다. 섹스는 비즈니스일 뿐, 개인 감정을 끌어들인 적은 없었는데 지금 자신의 모습은 스스로도 이해하기 힘들었다.

'이 친근함과 흥분은 뭘까? 왜 접근했는지 의도도 파악하지 못한

상황인데, 왜 이러는 거지?'

이수는 본능적으로 그에게 끌리고 있다는 것을 느끼며 혼란스런 얼굴로 관찰하기 시작했다. 얼굴 한가운데 자리 잡은 좀 크다 싶은 코와 짙은 눈썹, 많은 표정을 숨기고 있는 듯한 눈, 햇볕에 적당하게 그을린 구릿빛 피부. 그리고 가슴과 복부 아래까지 이어지는 긴 흉터. 그녀는 아무 거리낌도 없이 그의 흉터를 손가락으로 쓸어보았다.

"아팠겠어요."

순간, 그가 움찔하며 놀라자 이수는 손길을 멈추고 그를 쳐다보았다. 보면 볼수록 차갑게 빛나는 눈. 순간 푸른 불꽃이 일렁인다 싶었는데 잘못 본 거였을까. 그녀는 그가 무슨 말이라도 해주길 기다렸다.

"아팠지. 죽고 싶을 만큼."

짧은 침묵 뒤에 흘러나온 목소리는 비교적 담담한 어투였지만 표정에선 지난날의 고통이 얼핏 스쳐 갔다.

"아직도 아픈가요?"

"이따금씩."

"우리 만난 적 있죠? 말해 봐요. 언제, 어디서 만난 거죠?"

"쉿! 말이 많군. 지금은 즐길 때야. 당신의 위치를 잊지 말라고."

"내 위치는 누구보다도 잘 알고 있어요."

살짝 미소 지은 이수는 그를 벽에 밀치고 손을 뻗었다. 그의 몸에 아슬아슬하게 걸쳐져 있던 속옷을 손과 발끝으로 벗겨내 욕실 바닥에 던지고, 목에서부터 가슴을 지나 탄탄한 배에 이르기까지 거칠면서도 부드럽게, 섬세하면서도 자극적으로 애무했다. 그는 이수의 입술과 혀가 지나갈 때마다 뱃속 깊은 곳에서 흘러나오는 신음을 흘렸고 그 신음이 너무나도 근사해 가지고 있는 모든 기술을 끌어 모아 쉼없이 애무를 했다.

"당신이란 여자, 소문 그 이상이군."

그가 잠깐 이수의 턱을 들어 중얼거렸다.

"아직 판단하기엔 일러요. 이제 시작이니까."

"난 혼자 즐기는 것엔 익숙하지 않아. 이리 와, 같이 즐기자고."

이번엔 그가 그녀를 벽에 밀쳐 두고 애무를 시작했다. 그의 뜨거운 입술이 귀에서부터 시작해 전신을 타고 내려오자 온몸을 관통하는 듯한 짜릿함을 엄습해 왔다. 일찍이 이런 자극적인 흥분을 접해보지 못한 터라 이수는 발끝에 힘을 모으며 버텨내려고 애썼다. 그러나 그의 입술이 그녀의 자제를 하나하나 부수기 시작했다.

"받는 것엔 익숙하지 않은 모양이군. 느껴봐. 그리고 즐겨."

그의 말에 마지막 의지마저 무너져 내렸다. 섹스란 돈을 벌어다 주는 수단일 뿐, 스스로는 전혀 즐거움을 느끼지 못하고 살아온 그녀다. 그런데 이 정체 불명의 남자가 지금껏 모르고 살았던 감각들을 즐기라고 말하고 있다. 이건 즐거운 것이 아니다. 너무나 강렬해 고통스럽기까지 한 극한의 쾌감이다. 기억조차 희미한 첫 경험 이후로 이렇게 설렌 적이 처음인 이수는 섹스에 대해 다시 처음부터 배우는 기분이었다.

'뭔가 이상해. 당신은 도대체 누구지? 왜 내게 이런 느낌을 주는 거야?'

하얀 김이 가득히 서린 샤워 부스, 그 안에서 오랫동안 금욕한 사람들처럼 굶주린 애무를 나누는 두 사람. 그들은 서로의 몸을 뜨겁게 갈구하며 입술이 머물 때마다, 손길이 스칠 때마다 깊이를 알 수 없는 열정의 바다에 정신없이 휩쓸렸다.

"침대로 가지."

거의 한계에 다다랐다고 느꼈을 무렵, 잠긴 목소리로 그가 속삭였다. 이에 이수가 느리게 고개를 끄덕이자 그는 그녀를 너무나 가볍게 안아 들고 침대로 향했다. 너무나 길게 느껴졌던 순간이 지나 물기에 젖은 등이 침대에 닿자마자 그의 입술이 다시금 가슴을 희롱하기 시작했다. 피가 끓고 뼈가 흐물흐물 녹아버릴 듯한 희열. 이수는 얼굴을 일그러뜨리며 그의 손을 잡아끌었다.

그를 기쁘게 해줘야 한다. 난 그에게 고용된 여자니까.

그러나 그는 그 손길을 거부하고 단단하게 부풀어 오른 가슴을 손 안에 넣고 부드럽게 쥐었다가 입에 넣고 혀로 희롱하기 시작했다. 이수는 금방이라도 통겨져 나올 듯한 비명을 억누르며 그의 머리 속에 손가락을 박아 넣고 신음을 흘렸다. 그러자 그는 커다란 손으로 엉덩이를 움켜쥐고 가슴과 배를 애무하다 한쪽 손을 촉촉한 부분에 가져가 잔인하게 고문하기 시작했다. 다섯 개의 손가락 중 하나가 달콤하게 젖어든 곳을 집요하게 파고들어 오자 금방이라도 숨이 넘어갈 듯했다.

"그만, 나 미칠 것 같아."

강렬한 환희를 견디지 못하고 벌어진 입에서는 억지로 내뱉은 말이 아닌 온몸으로 짜낸 신음 소리가 새어 나왔다.

"아직 부족해. 조금만 더."

짓궂은 그의 입술은 가슴과 배를 지나 이번엔 그녀의 중심을 향해 내려왔다. 촉촉한 혀가 예상치 못한 곳에 깊숙이 들어오자 이수는 비명을 지르며 무릎을 붙이려 했지만 그는 다리를 힘 주어 붙잡고 자신의 혀를 내밀한 몸속 깊이 집어넣었다. 몸속을 휘젓는 혀는 미칠 듯이 부드럽고 음탕했다. 눈앞이 하얗게 변하기 시작하자 이수가 격렬한 신음을 흘리며 시트를 움켜쥐었다. 위와 아래, 좌우. 그의 입술과 혀가 한껏 부풀어 있는 여성을 마음껏 취하고 희롱하며 숨 가쁜 절정으로 몰고 가자 침실의 공기가 걷잡을 수 없을 정도로 달아오르기 시작했다.

"제발, 제발……."

이수는 몸에 남아 있는 힘을 전부 끌어 모아 그를 끌어당겼다. 그 전까진 완강하게 거부하던 그가 그제야 몸을 일으켜 그녀의 가운데에 자리를 잡고 자신의 단단해진 남성을 일 초도 낭비하지 않고 깊게 삽입했다. 눈물이 나올 것처럼 짜릿하고 꽉 찬 느낌. 두 사람의 입에서 동시에 신음이 흘러나왔다. 그리고 느리면서도 격렬한 움직임이 계속 이어졌다. 이수는 그의 허리에 다리를 감으며 움직임에 따라 허리를 부드럽게 움직였다. 이렇게 가득 채워진 느낌, 더할 수 없이 강렬하게 뇌를 관통하는 짜릿함은 일찍이 접해보지 못했다. 이수는 정신을 놓을 듯한 극한의 세계에 몸을 내던지고 환희에 몸을 떨며 절정을 향해 갔다.

드디어 어지럽게 윙윙거리던 머리 속이 순간적으로 멍해졌다. 핵폭발처럼 모든 것을 빨아들이는 느낌. 이수는 하얗게 변한 시야가 조각조각 부서져 내려 어둠으로 바뀌었다가 다시 빛으로 바뀌는 놀라운 경험 속에서 미약하게 몸을 떨었다. 그렇듯 폭발하는 절정이 오고 나서 그는 신음을 흘리며 이수의 몸 위로 쓰러졌고, 그녀는 땀에 젖은 그의 어깨에 얼굴을 묻었다.

방 안 가득한 숨소리. 그 격한 숨소리만으로도 두 사람이 느낀 절정을 가늠해 볼 수 있을 정도였다. 용암처럼 뜨거운 절정이 채 가시지도 않은 상황에서 나른한 피곤이 밀려왔다. 이수는 여전히 저릿저릿한 여운에 가쁜 숨을 몰아쉬며 그의 머리를 부드럽게 쓸어 넘겼다. 실로 오랜만에 절정을 맛보아서일까. 그녀는 감상적인 기분에 젖어 그를 응시했다. 자신을 내려다보는 눈빛. 문득 한 사람이 떠오르자 가슴 한편이 뭉클해졌다.

'왜 지금 순간에 그를 떠올린 걸까. 이제 겨우 잊었나 싶었는데, 간신히 벗어났나 했는데.'

그녀는 그의 볼에 손을 가져가 땀에 젖은 살갗을 만지며 조그맣게 중얼거렸다.

"왜 아까부터 그런 눈으로 보는 거죠?"

"내가 어떻게 보는데?"

"하고 싶은 얘기가 많은데 차마 묻지 못하는 그런 눈빛이에요. 그리웠던 듯 애틋하다가도 한기가 돌 정도로 날카롭고 뜨거워."

그는 말이 없었다. 이수는 여전히 그의 머리를 쓸어보며 말했다.

"어떤 사람도 날 그렇게 봤었는데. 어머, 미안해요. 말실수를 했네요."

"누군가로 인해 고통스러웠던 적이 있었나 보지?"

"사람에게 상처받지 않은 사람이 있을까요? 누군가에게 상처 입은 적 있어요?"

이수의 물음에 그는 냉소적인 웃음을 흘리며 말했다.

"있었지. 그것도 처절하게."

"누가 당신 같은 멋진 남자에게 상처를 줬을까요?"

그녀의 가슴에 얼굴을 기대고 있던 그가 갑자기 상체를 일으켜 이수를 뚫어지게 쳐다보았다. 여러 가지 빛깔을 가지고 있는 그의 눈빛, 이번에는 한없이 차가운 블루라고 느낀 순간 그가 낮은 음성으로 말했다.

"류설아라고, 한때 사랑했던 여자가 있었지. 지금은 매춘부로 전락해 버렸지만."

순식간에 하얗게 변한 이수의 얼굴에 공포에 가까운 창백함이 스쳐 갔다. 급하게 몸을 일으키려던 그녀는 힘을 실은 팔로 어깨를 지그시 누르는 그를 보며 아득한 낭떠러지도 곤두박질치는 느낌이었다.

"당신, 도대체 누구야!"

날카로운 이수의 비명에 그는 차가운 미소를 흘리며 검지로 턱 선을 쓸어 내렸다.

"한번 맞춰보지 그래. 상처를 준 사람이 많아서 좀처럼 기억하지 못하겠지만 말이야."

남자의 조소에 얼굴을 일그러뜨린 이수는 그의 품에서 벗어나려고 안간힘을 썼지만 무겁게 몸을 내리누르는 힘에서 좀처럼 벗어날 수가 없었다. 그렇게 몸을 비틀며 가쁜 숨을 몰아쉬는 그녀를 내려다보던 그가 매몰찬 어조로 말했다.

"그녀를 위해서 모든 것을 버렸지만 끝내는 버림받고 말았지. 그것도 아주 가혹한 방법으로."

그 말속에선 오직 한 남자밖에 떠오르지 않았다. 한때 자신이 사랑했던 남자, 삶을 송두리째 바꾸게 했던 사람. 이수는 심장에 찍힌 낙인이 다시금 화끈거리는 것을 느끼며 짧은 신음을 흘렸다.

"난 당신을 몰라. 내 기억에 당신의 얼굴은 없어."

"그럼 이 이름은 기억나나? 강인규라고 말이야."

강인규라는 이름을 듣는 순간 입 안에서 비릿한 피 맛이 났다.

"서, 설마…… 아니야! 아니야!"

"지금의 너도 내가 알았던 류설아가 아니야."

"당신은 거짓말을 하고 있어."

"그렇게 믿고 싶은 거겠지."

그가 고개 숙여 키스하려고 하자 이수는 고개를 돌리며 밀쳤다.

"아까와 반응이 전혀 다르군. 왜, 아까처럼 환희의 비명을 지르지 그래."

"넌 도대체 누구야! 누군데 이러는 거야!"

그가 차갑게 가라앉은 눈빛으로 입을 열었다. 이수는 그의 입술을 뚫어져라 쳐다보았다.

"그새 잊은 건 아니겠지? 우린 동기잖아. 한국대 법학과 동기."

순간 이수는 무언가에 뒤통수를 얻어맞은 것처럼 강한 충격을 느꼈다. 갑자기 머리 속이 텅 비고 어지러웠다.

"아니야, 그럴 리 없어. 그 사람은……."

"설아야, 똑바로 봐. 나야, 인규. 그새 잊은 건 아니겠지?"

그의 말이 끝남과 동시에 머리 속으로 수많은 영상들이 일제히 펼쳐지기 시작했다. 이수는 가늘게 손끝을 떨며 일그러진 얼굴을 두 손으로 감쌌다.

"당신은 선배가 아니야. 그는…… 죽었어."

칠 년 동안 필사적으로 지우려고 했던 영상들이 갑자기 나타난 남자로 인해 다시금 눈앞에 펼쳐졌다. 제정신으로는 마주할 수 없는 기억들.

『이젠 인정해. 너도 날 좋아하잖아. 다시 말해 볼까? 너.도. 날.
좋.아.하.잖.아.』

『난 말이지, 다음 세상에 인간으로 태어난다면 네 얼굴을 갖고 싶
어.』

『그래, 네가 원하는 대로 없어져 줄게. 아예 이 세상에서 흔적없이
사라져 주겠어.』

점점 어렴풋하게 들리는 그의 외침. 그 소리가 연기처럼 흩어져
희미하게 들릴 때쯤 이수는 힘겹게 눈을 떴다. 제일 먼저 눈에 들어
온 것은 반쯤 열려진 커튼에서 비춰드는 하얀 아침 햇살. 지난밤의
악몽이 무색해질 만큼 환하고 따스해 보이는 햇살에 무의식적으로
한숨을 쉰 그녀는 힘없이 고개를 돌려 침대 옆을 바라보았다. 싸늘하
게 비어 있는 옆 자리. 도로 눈을 감으려던 이수는 지난밤 그가 던져
놓고 간 하얀 봉투를 집어 들었다.

〈오랜만의 해후가 어땠는지 궁금하군. 나만큼 당신도 즐거웠
기를. 그 즐거움을 값으로 매긴다는 게 아쉽긴 하지만 이것도 엄
연히 비즈니스니까 계산해야 할 것은 해야겠지. 당신의 가치가
얼마일지 기대하고 있겠어. 그럼 다시 연락하지.
　　　　　　　　　　　　　—당신의 오랜 친구 인규로부터.〉

편지와 백지수표를 훑어본 이수는 봉투를 협탁에 던져 놓고 지친
얼굴로 침대에서 빠져나왔다. 알몸 그대로 욕실로 걸어간 그녀는 욕

조에 물을 틀어놓고 거울 앞에 섰다. 헝클어진 긴 머리카락, 한층 더 붉어진 입술과 온몸에 남아 있는 붉은 자국. 그는 영역 표시를 하듯 그녀의 몸 구석구석에 자신의 흔적을 남겨놓았다. 가슴에 남은 흔적을 손가락으로 쓸어보던 이수는 갑자기 터져 나오는 울음을 손으로 틀어막으며 욕실 벽에 등을 기댔다. 그러자 온몸이 떨릴 만큼 격렬한 오열이 밀려왔다.

"그럴 리가 없어…… 죽었어. 그때 죽었다고!"

죽은 줄만 알았던 사람이 칠 년 만에 갑자기 나타났다. 그의 죽음으로 인해 얼마나 많은 것들이 바뀌었는가. 그런데 이제 와서 죽은 게 아니라니. 거짓말! 그는 강인규가 아니야!

이수가 긴 비명을 지르며 헝클어진 머리를 쥐어뜯기 시작했다. 모든 것이 다시 그때로 돌아가는 것만 같다. 그 끔찍하고도 긴 악몽 속으로.

클럽 Ecstasy.

이른 저녁 시간인데도 클럽 엑스터시 앞에는 고급 차들과 한껏 빼입은 사람들로 장사진을 이루고 있었다. 사층의 건물 전체가 클럽이고 초호화 인테리어로 국내에서도 손꼽히는 엑스터시. 연예인들이나 잘 나가는 집 자제들이 드나드는 클럽이다 보니 기대심리에서 찾아오는 애송이들이 다소 눈에 띄기는 했지만 대개는 고급 차에 술과 여자, 혹은 남자를 대동하고 맘껏 즐기려고 온 부류들이었다.

클럽 입구에 차를 세운 이수는 안면이 있는 웨이터에게 키를 던져주고는 직원 전용 엘리베이터 쪽으로 걸어갔다. 꽤 오랜 시간 공들인 만큼 그녀는 오늘따라 유난히 매력적이었다. 짙고 화려한 화장, 한껏 부풀린 웨이브 머리 속에 반짝이는 커다란 링 귀걸이. 몸의 굴곡을 돋보이게 하는 붉은 원피스 아래로 미끈하게 쭉 뻗은 다리가 남자들의 시선을 줄줄이 달고 다니게 만들었다. 아래층에서부터 들려오는 음악 소리에 레드 하이힐을 까딱거리던 그녀는 엘리베이터에서 내리자 복도 끝에 있는 사장실이라는 팻말이 있는 문을 노크했다. 들어오라는 남자의 목소리에 문을 열고 들어가니 책상에 앉아 서류철을 넘겨보던 석현호가 반가운 얼굴로 인사를 건네왔다.

"이수 왔구나. 오랜만이지?"

엑스터시의 사장 석현호. 그는 막 오십을 넘긴 나이에 여러 개의 레스토랑과 클럽을 운영하면서 고위층 고객과 젊은 연예인, 혹은 자신과 같은 고급 매춘부를 연결해 주고 프리미엄을 받고 있다. 한마디로 포주인데, 대개 이런 프로필이라면 폭력 조직에 몸담고 있는 살벌한 인상의 남자를 떠올리지만 그는 보통 샐러리맨처럼 말끔하고 선량한 생긴 외모를 가지고 있었다. 그러나 쉬워 보이는 외모와 달리 그는 정치나 경제 쪽에 막대한 줄을 대고 있으며 몇몇 폭력조직과도 연계하고 있어서 잘못 건드렸다간 쥐도 새로 모르게 사라지기 십상인 거물이다.

"세 달 만인가요? 그동안 잘 지냈어요?"

"나야 항상 그렇지 뭐. 안 그래도 은퇴한다고 해서 자리를 마련해 볼까 생각 중이었어."

"자리는 무슨."

이수는 세련된 그의 사무실을 쓱 훑어보며 중얼거렸다.

"그나저나 이번에 한 건 크게 했더군. 어쩌면 그렇게 통이 커? 하룻밤에 삼 억이라니."

서류철을 덮고 손가락을 깍지 낀 그는 의자에 몸을 기대고 웃는 낯으로 쳐다보았다. 시큰둥한 얼굴로 소파에 앉은 이수는 담배를 찾아 입에 물었다.

"나 같은 여자한테 백지수표를 줬을 땐 그만한 생각은 하지 않았겠어요?"

시니컬한 미소를 지며 담뱃불을 붙인 그녀가 현호를 향해 하얀 연기를 내뿜었다. 이수는 그의 표정을 보며 자신이 직접 여기까지 온 이유를 궁금해하고 있다는 것을 알았다. 궁금하다면 바로 본론부터 들어가지.

"그 사람 말이에요, 윤숙 언니는 잘 모른다고 하던데 사장님은 알고 있죠?"

그녀의 말에 현호는 호기심에 가득한 눈을 빛내며 말했다.

"역시 뭔가가 있었던 거군. 처음부터 이상하다고 했어. 우리 나라 사람도 아니면서 고위층을 통해 접근한 것도 그렇고, 유독 너만 찾는 것도 그렇고."

혼잣말처럼 중얼거리던 그의 눈빛이 생각에 빠진 것처럼 깊어졌다가 다시 이수에게로 향했다.

"고객 정보는 비밀이라는 거 알고 있잖아. 말해 줄 수 없어."

웃음기를 거두고 진지해진 그를 보며 이수는 벌떡 일어나 책상으로 가까이 갔다. 그 앞에 놓인 재떨이에 담배를 비벼 끈 그녀는 책상 모서리에 걸터앉고 현호의 귓가에 자그맣게 속삭였다.

"그 사람, 당신도 잘 아는 사람이에요. 이젠 그 사람이 당신을 더 잘 파악했겠지만."

"내가 아는 사람?"

"칠 년 전 사고."

순간 두 사람의 시선이 뜨겁게 얽혔다. 이수의 얼굴을 천천히 뜯어보던 그는 잠깐 생각에 잠긴 듯하다 점점 눈을 크게 떴다.

"하, 하지만…… 어떻게……."

그답지 않게 말까지 더듬는 데다가 놀라움과 두려움이 교차되는 표정을 보며 이수는 뭔가 이상한 느낌을 잡아내며 재촉했다.

"정말 그 남자 주장이 맞는지 확인해 보고 싶어요. 빨리 파일 내놔요."

〈칼 밀튼(Karl Milton).

美 항공우주 및 방위산업체인 T&I의 전술 시스템 부분 부사장. 스티브 타운샌드가 회장으로 있는 타운샌드&아이삭슨(Townsend &Isaacson)사에 입사한 지 오 년 만에 전술 시스템 부사장에 오름. 아내 리사 타운샌드과 결혼해 뉴욕에서 살고 있고, 현재 한국 항공과 군용기 관련 기술 제휴를 위해 입국해 있는 상태. 머물고 있는 호텔은…….〉

"이게 내가 아는 전부야. 사진으로 보기엔 전혀 다르던데, 강인규라고 했단 말이지?"

긴장감이 배어 있는 현호의 말을 뒤로한 채 이수는 손에 든 사진만을 뚫어지게 쳐다보았다. 전혀 다른 얼굴의 남자. 표정에서 배어 나오는 차가움이 진저리를 치게 만드는 이 사람이 강인규란 말인가. 그렇게 따뜻하고 자상했던……. 이수는 믿고 싶지 않았다. 어떻게 죽은 사람이 살아 돌아온단 말인가. 그렇게 아픈 상처를 주고받

으며 떠난 사람이. 그녀는 현호가 부르는 소리를 뒤로하고 사무실
을 뛰쳐나왔다. 그리고 차를 몰아 그가 머물고 있다는 호텔로 향했
다.

"칼 밀튼 씨는 오늘 오전에 체크아웃 하셨습니다."

프런트 직원의 말을 전해 들은 이수는 초조하게 빛이 역력한 얼굴
로 입술을 깨물었다.

젠장! 이제 그 인간이 연락할 때까지 꼼짝없이 기다려야 하는 건
가. 이런 식의 게임은 정말 질색인데.

신경질적인 표정을 지으며 돌아서려는 이수를 호텔 직원이 불러
세웠다.

"고객께서 나중에 찾아오는 여자 분이 계시면 이 쪽지를 전해달라
고 하셨습니다만."

직원의 손에서 봉투를 받아 든 이수는 급한 손길로 열어보았다.
안에서 꺼낸 하얀 쪽지에는 짧은 한 줄이 써져 있었다.

〈청담동 Noble house 306호.〉

손으로 직접 쓴 필체에서 당당함이 느껴졌다. 궁금하면 네가 와서
직접 비밀을 풀어보라는 당찬 요구가 조금 전까지의 흥분을 조금 누
그러뜨려 놓았다. 호적수를 만났을 때의 긴장감. 이수는 오랜만에
팽팽하게 신경이 조여오는 것을 느끼며 작게 중얼거렸다.

"사람을 갖고 노는군."

쪽지에 쓰인 장소는 부유한 외국인들이 많이 산다는 빌라로 몇 번

간 적 있는 곳이었다. 그런 곳에 집을 구한 걸 보면 어느 정도 재력이 있는 사람일 테고, 그냥 머물다 가려는 것이 아닐 텐데 도대체 목적이 뭐지? 이수는 도저히 감을 잡을 수가 없었다.

"원하는 게 뭔지 모르지만 당분간은 네 장단에 놀아주지. 하지만 언제까지 그럴 거라고 생각하진 마."

지난밤의 기억이 떠올랐다. 자신을 인규라 소개한 남자, 가슴에 난 흉터만큼 아픈 사연을 가지고 있는 남자. 그가 정말 인규인지는 좀 더 캐봐야 알겠지만 지금은 인정할 수가 없었다. 그를 인정하는 순간 뒤따라 올 고통스런 감정과 아픈 과거를 회상하는 것이 겁이 난다. 류이수란 여자가 품고 있는 과거는 그렇게 녹록한 것이 아니기 때문이다.

'한순간이라도 틈을 보이면 안 된다. 내가 약점을 보이는 순간, 그는 승냥이처럼 달려들어 갈기갈기 찢어놓으려고 할 것이다. 나한테 무슨 원한이 있는지 모르지만 바보같이 당하고 있지만은 않는다. 날 상처 입히려는 자는 시작도 하기에 손목이 잘릴 것이다. 아무도 날 상처 입힐 수 없다. 아무도……'

단단히 마음의 준비를 한 이수는 그가 있는 빌라로 차를 몰았다. 그와 얽힌 길고 긴 이야기의 첫 장이 막 시작되고 있었다.

노블 하우스는 숲 속에 지은 집처럼 온통 나무와 수풀로 둘러싸인 곳에 있어 일반인은 좀처럼 들어가기 힘든 고급 빌라다. 막 입구에 들어서자 경비초소에 미리 연락을 했는지 별다른 제지가 없었다. 이수는 모든 것이 그가 정교하게 짜놓은 시나리오대로 움직이는 것 같아 기분이 찜찜했지만 되돌아가지 않고 안으로 차를 몰았다. 녹음이 우거진 정원을 지나 주차장에 이르자 유럽식 빌라가 우뚝 서 있었다. 중세풍의 건축양식에 꽤 공들인 조각품들이 즐비한 이곳은 일반인 들이라면 눈을 휘둥그레 뜨고 넋을 놓을 만큼 화려하고 부유한 분위 기가 물씬 흘렀다. 그러나 그런 이국적인 전경도 이수의 시선을 사로 잡진 못했다. 지난밤 자신을 쾌락과 좌절에 빠뜨린 남자를 대면할 생 각에 긴장을 한 탓인지 딱딱하게 굳어 있었다.

이수는 긴장과 의심 속에 그의 집 초인종을 눌렀다. 누른 지 한참 이 지났건만 안에서 인기척조차 들리지 않자 긴장이 스르르 빠져나 갔다. 허탈한 마음에 재차 누르고 나서 막 돌아서려는 찰나 문이 덜 컥 열렸다. 열린 문 사이로 나타난 사람은 젖은 머리에 허리에 수건 을 감은 칼이란 남자였다. 예상치 못한 모습에 이수는 잠시 당황한 눈빛을 했다. 그러나 곧 도도하고 차가운 표정으로 자신을 감추며 그 를 보았다.

"생각보다 늦었군. 들어와."

무뚝뚝한 말을 내뱉은 그가 몸을 돌려 안으로 들어갔다. 오만한 태도 하고는……. 이수는 손님이 아니라 고용인쯤으로 대하는 그의 등 뒤에다 대고 얼굴을 찌푸렸다. 이수는 저런 나폴레옹 같은 유형을 아주 혐오했다. 몸에 밴 독선과 권위. 태어날 때부터 뭐든지 주어지 고 패배란 단어조차 모르는 듯 보이는 얼굴을 보면 속이 뒤틀렸다. 이수는 하늘을 찌를 듯 솟아오른 저 콧대를 어떻게든 꺾어놓겠다고 생각하며 안으로 들어갔다. 눈썰미가 좋은 그녀는 집에 들어서자마 자 집 주인의 성격을 빠르게 파악해 나가기 시작했다.

우선 그는 지독한 결벽주의자였다. 청결한 집 안 냄새와 얼굴이 비칠 정도로 윤이 나는 바닥, 천장에 매달아놓은 샹들리에의 크리스

탈볼마저도 막 닦아놓은 것처럼 반짝였다. 그리고 미술에 취미가 있는지 유화와 조각상이 눈에 많이 뜨였다. 돈 자랑 하기 위해 아무렇게나 사 모은 컬렉션이 아니라 주제를 중심으로 세련되게 배치해 놓은 것이 아주 인상적이었다.

'뭐, 졸부 타입은 아닌가 보네.'

집 안 전체에서 시간의 흔적이 많이 느껴졌다. 오래전부터 사용한 것처럼 길이 잘 들어 있는 가구들 하며 부족함없이 완벽하게 갖추어지고 정돈된 모든 것들이 이수의 호기심을 더욱더 부추겼다.

"뭐 좀 마시겠어? 괜찮은 와인이 있는데 어때?"

어느새 가운을 걸친 그가 와인 잔에 와인을 따라 건넸다. 마지못해 그것을 받아 든 이수는 거침없이 그의 모습을 훑었다. 넓은 어깨와 단련된 근육들이 꽤 매력적이긴 했지만 시선을 끈 것은 살짝 벌어진 가운 사이로 도드라져 보이는 긴 흉터 자국이었다. 왠지 그에 대한 열쇠가 될 것 같은 흉터. 이수는 몹시 불쾌하다는 투로 냉담하게 말했다.

"좀 진부한 수법이긴 하지만 확실히 시선을 끌긴 했어. 하지만 이렇게 접근한다고 해서 당신에게 얻어지는 게 뭐지?"

"뭐가 그렇게 급해. 이리 와 앉지."

"당신과 술 마시며 노닥거리려고 온 거 아니야. 무슨 꿍꿍이로 이러는지 말해."

이수가 차갑게 쏘아붙이자 남자의 얼굴에 만족스런 미소가 번졌다. 마치 일부러 자극을 하며 뒤에서 즐기는 사람처럼 여유있고 자신만만한 태도다.

"대체 무슨 목적으로 이러는 거야!"

"그때 생각하면 젊으니까 그럴 수 있었던 거 같아."

남자의 얼굴에 뜬금없게도 지난 추억을 회상하는 듯한 표정이 스쳤다. 즐거운 기억을 떠올린 사람처럼 쾌활한 얼굴에 이수는 자신이 무슨 질문을 했는지조차 잊어버릴 정도였다.

"나란 놈, 지나치게 열정적이었지? 네가 있는 곳은 어디든 쫓아다니고, 과 게시판에 유치한 연애편지 써서 붙이고, 가관도 아니었잖아. 지금 하라면 절대로 못할 거야."

부드럽게 거실을 울리는 웃음에 이수의 눈에 대번 불꽃이 튀었다. 그가 자신을 놀리고 있었다. 정말 만만한 상대가 아니군. 연극배우 기질까지 있는지 몰랐어. 이수는 지지 않겠다는 듯이 그에게 턱을 들어 보였다.

"개수작하지 마! 그런 말 나한테는 안 통해."

"그때도 지금처럼 한없이 냉랭했었지. 나 혼자서 얼마나 진땀을 뺐는지 넌 모를 거야."

이수는 눈을 가늘게 떴다.

"그 시절의 너는 순수하고 따뜻했는데 지금은 못 알아보게 변했구나. 왜 이렇게 변한 거지?"

그가 입을 열 때마다 깊숙이 봉인해 놓은 과거의 기억들이 하나하나 되살아났다. 살을 에는 고통스런 감각의 홍수 속에서 그가 인규일지도 모른다고 생각이 들었지만 지금 이 남자의 모습에선 강인규를 찾을 수가 없었다. 아무리 기억 속을 뒤져 봐도 이런 냉소적인 미소와 차가움을 가진 그는 없다. 소년같이 해맑던 미소, 너무 착해 보여 걱정이 되곤 했던 눈. 부드러운 목소리로 이름을 불러줄 때면 그렇게 행복하고 기뻤는데, 지금 눈앞에 서 있는 남자는 그와 일치하는 것이 아무것도 없었다.

'왜 나를 흔드는 거야. 이래서 네게 얻어지는 게 뭐냐고!'

와인 잔을 든 손이 덜덜 떨리기 시작했다. 두렵다. 그가 파헤치는 기억의 무덤이 이수를 통째로 뒤흔들고 있었다. 점점 동요하는 이수와는 달리 표정 하나 바꾸지 않고 태연한 그는 여전히 과거를 추억하느라 여념이 없었다.

"설아야, 다시 잘 봐. 나야, 강인규. 네 과거 애인이었던 강인규라고. 우린 사랑하는 사이였잖아. 비 오는 날 새벽, 너와 다른 한 사람을 보기 전까지는 말이야."

가쁜 숨을 몰아쉬던 이수의 몸이 그의 말에 석고상처럼 굳어버렸다.

"거짓말! 아니야!"

쨍그랑!

와인 잔을 놓쳐 버린 이수는 유리가 대리석 바닥에 산산이 깨지는 소리에 몸을 움츠렸다. 마치 그녀의 마음속에 쳐놓은 유리 벽이 일시에 부서지는 듯했다. 이수는 파랗게 질린 얼굴로 뒤로 물러서기 시작했다. 그러던 와중에 깨진 와인 잔 파편을 밟아 붉은 피가 배어 나왔지만 아픔을 느끼지 못하고 계속 뒷걸음질만 쳤다. 마치 유령이라도 본 사람처럼 이수는 공포에 질려 있었다.

"그럴 리 없어. 아냐! 아냐!"

새된 비명과 함께 그녀는 미친 듯이 손을 내저었다. 생각 이상의 반응에 적잖이 놀란 표정을 지은 그가 다가와 이수의 휘청이는 몸을 부축해 주며 팔을 잡아끌었다.

"이런, 다쳤잖아."

"죽었어. 그 사람은 죽었단 말이야!"

그녀는 발작적으로 몸을 떨며 그 자리에 쓰러졌다. 누가 목을 조르는 것처럼 숨이 막히고 눈앞이 하얗게 변하기 시작했다.

"**괜**찮아? 병원에 가야 할 거 같은데."

점점 돌아오는 의식 사이로 익숙한 목소리가 들렸다. 아, 어떻게 된 거지? 내가 기절했었나? 눈을 감고 있는데도 머리가 핑글핑글 도는 것이 속이 다 울렁거렸다. 힘겹게 눈을 뜬 설아는 걱정스런 얼굴로 들여다보는 그를 보고 눈을 찡그렸다.

'이 남자는 언제 또 여기 와 있는 거야? 또 잔소리 있는 대로 늘어놓겠네.'

그의 이름은 강인규다. 한때는 좋은 선후배 사이였고 지금은 더없이 자상한 연인.

"의무실로 업고 오면서 얼마나 허둥댔는지 알아? 어떻게 하면 그렇게 쓰러질 수 있는 거냐?"

그는 진심으로 걱정하는 얼굴을 했다. 부드러운 미소만으로도 여자 서넛은 너끈히 쓰러뜨릴 수 있을 만큼 핸섬하고 매력적인 남자. 설아는 이렇게 잘난 남자가 자신의 연인이라는 사실이 항상 의아했다. 캠퍼스엔 예쁘고 발랄한 여대생이 넘쳐 나고 있었고, 그에 반해 자신은 꾸밀 줄도 몰랐고, 항상 바쁜 데다 성격도 나긋나긋한 편이 아니기 때문이다.

"제발 끼니 좀 거르지 마. 지금 네 얼굴이 어떤 줄 알아? 피골이 상접해 있어. 거의 난민 수준이라고!"

설아는 그 잔소리가 그리 싫지는 않았지만 한가롭게 침대에 누워 노닥거리고 있을 시간이 없었다. 애써 몸을 일으키던 설아는 그의 동그랗게 쌍꺼풀진 착한 눈을 보고 가볍게 한숨을 쉬었다. 강인규란 남자는 보기 드물게 밝고 천진한 얼굴을 가진 사람이다. 어딘지 모르게 그늘져 보이는 자신과 달리 그는 햇빛만 보고 곧게 자란 나무 같다고 생각했다. 이에 비해 자신은 음지에 사는 이끼다. 아무도 거들떠보지 않는 응달에서 자라는 축축한 이끼. 이제 막 피어나는 스무 살. 친구들과 몰려다니면서 미팅도 하고 여행도 다니며 사랑도 할 나이지만 자신에게 해당되는 모습은 아니었다. 친구들을 사귀는 것보다는 부양하고 있는 가족을 먼저 챙겨야 했고, 과외, 아르바이트, 학교 공부에 치여 연애는 꿈도 못 꾸는 처지였다.

'선배도 참 불쌍하다. 왜 나 같은 애랑 연애해서 이 고생이니?'

설아는 침대에서 내려서며 말했다.

"내가 기절해 있는 사이에 딴짓한 건 아니겠지?"

"쳇, 한 번 만져나 봤으면 억울하지나 않지. 정말 아무 짓도 안 했어."

"정말?"

설아는 다시 한 번 그를 곱게 흘겨보며 물었다. 그러자 어색하게 앉아 있던 그가 씨익 웃으며 살짝 윙크를 했다.

"사실, 이참에 뽀뽀라도 한번 해볼까 했는데, 네가 너무 빨리 깨어났다."

"어련하시겠어."

설아는 아픈 머리를 짚고 몸을 일으켰다.

"근데 괜찮아? 안색이 너무 안 좋아."

"괜찮아. 요즘 잠을 통 못 자서 그래."

서둘러 자리에서 일어선 설아는 갑자기 머리가 핑 돌자 잠시 주춤하며 인규의 어깨를 붙잡았다. 걱정이 가득한 그의 얼굴을 향해 그녀는 애써 웃어주며 의무실을 나왔다.

"그나저나 얼마나 기절해 있었던 거야. 강의는 끝났어?"

"넌 그 와중에도 수업 걱정이 되냐. 교수님도 네 얼굴 보더니 데려가서 쉬게 하라고 했어. 그러니 암 말 말고 같이 병원에 가보자."

"병원은 무슨. 수업 들어갈래."

"류설아! 너 정말 오빠 말 안 들을래?"

"풋, 오빠는 무슨."

"야! 이래 뵈도 너보다 네 살이나 많아."

뒤따라오며 계속 앵앵대는 그를 보며 어이없는 웃음을 터뜨린 설아는 강의실 문을 빼꼼히 열어보았다가 텅 빈 걸 확인하고 울상을 지었다.

"젠장, 끝나 버렸잖아."

그녀는 연신 투덜거리며 도서관으로 향했다. 그러자 인규가 두 팔을 벌려 앞을 가로막고 외쳤다.

“넌 지금 쉬어야 해. 가려면 나를 밟고 가! 윽!! 야!!”

아픈 정강이를 붙잡고 펄쩍펄쩍 뛰는 그를 뒤로하고 도서관으로 향한 설아는 손을 흔들어주며 안녕을 고했다. 오늘만큼은 쉬고 싶지만 아파서 누워 있는다고 누가 와서 공부를 대신해 주거나 돈을 주는 것도 아니고 초단위로 쪼개 써도 모자란 판인데 할 일 없이 노닥거릴 순 없었다. 애써 아무렇지도 않은 듯 걸음을 옮기는 설아의 등 뒤로 아직도 포기를 하지 않았는지 그가 다가왔다.

“다른 때 같았으면 포기했겠지만 오늘은 안 되겠어. 이대로는 못 보낸다고.”

갑자기 손을 홱 잡아챈 그는 다짜고짜 어딘가로 끌고 가기 시작했다. 갑자기 인규의 표정과 목소리 톤이 변한 데에 당황하던 설아는 우악스런 힘에 끌려가며 소리를 질렀다.

“이거 놔. 왜 이래?”

“바보야, 열심히 사는 것도 좋지만 넌 지금 한계 상황에 있다고. 벼랑 끝에 아슬아슬하게 서 있는 것 같아서 보는 사람이 다 현기증이 난단 말이야. 마음은 버틸 수 있겠지만 몸은 배겨나질 못하잖아. 조금은 자신에게 관대해지면 안 돼?”

그의 말에 마구 손을 뿌리치던 설아는 반항하던 걸 멈추고 씩씩거리며 걸어가는 그의 뒷모습을 빤히 쳐다보았다. 언제나 실없이 웃음만 머금고 있는 그에게 진지함이 묻어나자 왠지 가슴이 두근거렸다. 특히 그의 부드러운 손의 감촉이 좋다. 오빠의 손처럼 바싹 마르거나 할머니 손처럼 옹이가 박히지도 않고 여자 못지 않게 부드럽고 섬세한 손. 설아는 가슴 한쪽에서 퍼지는 묘한 울림을 음미하며 낮은 한숨을 쉬었다.

"저기 선배, 이 손 좀 놓고 가."

"놓으면 도망갈 거잖아. 오늘만이라도 내 말 좀 들어. 삼계탕 한 그릇만 먹으면 군말없이 보내줄게."

손목을 움켜쥐고 휘적휘적 걷는 인규의 등을 물끄러미 바라보던 그녀는 희미한 미소를 지었다.

'그래, 오늘 하루만 쉬어가는 거야. 오늘 하루만.'

설아는 그의 어깨로 쏟아지는 햇살을 보며 밝게 웃었다.

"그러니까 아침에 신문 배달하는 것보단 주말에 와서 일하는 게 훨씬 낫다는 거지."

오래전 집을 나갔다가 최근에 같이 살게 된 이모 윤자는 설아를 앉혀놓고 삼십 분 동안 설득 중이었다. 요는 그녀가 일하는 클럽 주방 일을 돕던 아줌마가 그만뒀는데 주말 아르바이트 삼아 설아가 해보는 게 어떻냐는 것이었다.

"아침에 잠 못 자고 동네 도는 것보다는 훨씬 낫지 뭐야. 그럼 너도 부족한 잠 많이 자서 좋고 공부할 시간도 더 나고 말이야. 게다가 돈도 더 많이 벌 수 있으니 금상첨화 아니겠어?"

"하지만 네가 말하는 클럽이라는 게 술 취한 남정네들 드나드는 곳인데 그런 험한 곳에서 설아가 어떻게 일해?"

옆에서 얘기를 듣던 할머니가 한소리 하자 윤자는 얼굴을 찌푸리며 말했다.

"주방에서 안주 만들고 설거지하는데 어떻게 남정네들을 만나? 또 이 오윤자가 떡 버티고 있는데 무슨 걱정이야. 내 생각엔 설아한테 좋은 일감 같아서 추천하는 거야. 어때?"

할머니와 하경을 번갈아 쳐다본 설아는 무겁게 입을 열었다.

"돈 많이 벌 수 있는 거죠?"

"그렇다니까. 잘만 하면 더 얹어준다나 봐. 꽤 유명한 데라 장사가 잘돼서 바쁘긴 하지만 돈 많이 주니 해볼 만하지 않아?"

설아는 몇 초 동안 생각에 잠겼다가 입을 열었다.

"할게요."

"설아야!"

할머니는 깜짝 놀라며 손사래를 쳤지만 설아는 이미 마음을 굳혔다.

"괜찮아, 할머니. 그 돈이면 신문 돌리는 거 그만둘 수 있고, 그럼 시간도 많이 나서 공부도 더 하고 좋잖아."

"잘 생각했어. 그 정도 월급이면 한번 해볼 만하지 뭐. 그럼 내일 관리 부장한테 말해 놓을게."

설아는 걱정스런 얼굴을 하고 있는 하경에게 싱긋 웃어주며 괜찮다고 안심을 시켜줬다. 어릴 때 뇌성마비를 앓아 평생을 누워만 있어 온 오빠 하경. 하얀 얼굴에 푸른 정맥이 도드라져 보여 한층 파리해 보이는 얼굴이 설아의 가슴을 아프게 했다. 어떻게 해서든 돈을 벌자. 그래서 방 밖으로 나가보지도 못한 오빠한테 세상도 보여주고, 고질적인 관절염에도 불구하고 시장에서 채소 장사하는 할머니도 쉬게 해드려야지. 아니, 그 모든 것들은 조금 미뤄두더라도 지금 당장 시급한 것은 매달 생활비와 맞먹는 오빠와 할머니의 약값, 집세, 그리고 다음 학기 등록금이다. 갈수록 드는 돈은 많은데 신문 배달과 과외로 감당하기엔 한계가 있었다.

'뭐든 닥치는 대로 하면 되는 거야. 나이트 주방 보조면 어때.'

순간의 작은 선택이 운명을 바꾼다. 이 결정으로 인해 설아의 삶은 조금씩 어긋나기 시작했다. 아니, 처음부터 그렇게 될 수밖에 없는 가혹한 운명의 궤도인지도 모른다. 가까운 미래에 또 다른 인연이 다가오고 있었다. 재앙 같은 존재, 지독한 악연이라 부르짖었던 사람. 그녀의 삶에 큰 중심을 차지하는 김주녕을 만난 것은 나이트클럽 발리의 후미진 뒷골목이었다.

클럽에서 일하다 보면 별별 험한 꼴을 다 보고 듣게 된다. 화장실에서 구토를 해놓고 널브러져 자는 여자, 찍어놓은 이성을 먼저 차지하기 위해 무대 한가운데서 주먹다짐을 하는 남자들, 룸에서 모텔에서나 할 법한 정사를 벌이는 남녀들. 처음엔 놀랍기 그지없었지만 하루 이틀 시간이 지나자 면역이 돼서인지 점점 무뎌가기 시작했다. 적어도 오늘 이 황당한 장면을 접하기 전까진 말이다.

설아는 문을 열고 쓰레기 봉투를 버리러 가려다 어두운 골목에서 끈적끈적한 숨소리를 내며 엉겨 있는 남녀를 보고 놀란 나머지 들고 있던 봉투를 떨어뜨리고 말았다. 말로만 들었지 남녀의 정사 장면을, 그것도 실황중계로 목도하기는 처음이었으니까. 그녀는 너무 놀라 다시 안으로 들어갈 생각도 못한 채 황망히 서 있었다. 인기척을 들었는지 못 들었는지 그들은 격렬한 신음을 흘리며 서로에게 몰두해 있었다. 차라리 키스를 나누고 있었다면 덜 놀랐을 것을, 남자는 벌어진 여자의 블라우스 사이로 드러난 가슴을 움켜쥔 채 스커트 속으로 손을 집어넣고 있었고 여자는 칼에 찔린 사람처럼 아픈 신음을 흘리고 있었다. 두 눈을 똥그랗게 뜨고 그 장면을 지켜보던 설아는 여자가 갑자기 비명을 지르는 바람에 화들짝 놀라고 말았다.

“아아앗! 안 돼요! 제발!”

이런, 젠장맞을. 좋다는 거야, 싫다는 거야? 하란 거야, 말란 거야? 설아는 입을 삐쭉거리며 쓰레기 봉투를 다시 움켜 들었다. 이윽고 들려오는 여자의 말은 더 가관이었다.

“조금만, 조금만 더…….”

여자의 교성에 온몸에 소름이 돋은 설아는 마구 욕설을 중얼거리며 뒤돌아섰다. 막 안으로 발을 내디디려는 그때, 남자의 목소리가 등 뒤를 타고 넘어왔다.

“거기, 이리 와봐.”

흠칫 놀라며 멈춰 선 설아는 설마 자신은 아니겠지 생각하고 다시 발걸음을 옮겼다.

“너, 키만 멀대같이 큰 기집애 말이야. 이리 와보라고!”

남자의 입에서 흘러나온 멀대같이 큰 기집애가 자신이란 걸 깨달은 설아는 얼굴을 구겼다. 잠시 갈등한 그녀는 잔기침을 몇 번 하고 몸을 돌려 골목에 발을 내디뎠다.

“왜, 왜요?”

“콘돔 가진 거 있나?”

‘코코콘돔?? 내가 그런 걸 가지고 다닐 턱이 없잖아!’

당황한 설아는 다시 기침을 하고 입을 열었다.

“그런 거 안 가지고 다닙니다.”

“그럼 가서 사 와!”

남자는 안주머니에서 지갑을 꺼내 열더니 종이를 하나 꺼내 시멘트 바닥으로 집어 던졌다. 순간, 설아의 속에 불이 확 일었다.

“싫은데요.”

“뭐?”

“귀가 어두우십니까? 싫다고 했습니다.”

설아의 도전적인 말에 남자가 어이없다는 듯 웃기 시작했다.

“너 여기 온 지 얼마 안 됐지?”

이번엔 옆에 서 있던 여자가 샐쭉한 투로 말했다. 그리고는 남자와 같이 낄낄거리며 웃기 시작했다. 그러다 차츰 웃음이 잦아들자 남자가 여전히 웃음기 실린 목소리로 말했다.

“이봐, 당돌한 아가씨, 기다리고 있을 테니 빨리 가서 사 와. 이러다간 처음부터 다시 시작해야 할 판이거든. 그리고 나가다가 김주녕이 누구냐고 아무나 붙들고 물어봐. 그럼 왜 이런 심부름을 해야 하는지 알게 될 테니까.”

당당하게 말한 그는 설아의 대답은 듣지도 않고 다시 여자의 몸에 자신의 몸을 포개고 진한 키스를 하기 시작했다. 설아는 욕설이라도 퍼부어주고 싶었지만 그의 마지막을 떠올리며 입술을 슬그머니 다물었다.

‘혹시 대단한 사람인가. 잘못 건드렸다가 잘리게 되면 골치 아픈데.’

결국 생활고에 시달리는 약자이기에 화를 삼킨 설아는 남자가 던진 종이를 들고 안으로 들어왔다. 밝은 불빛에서 보니 그 종이는 수표였다. 그것도 십만 원짜리 수표.

‘콘돔 사 오라고 이런 돈을 준단 말이야? 어떻게 생긴 상판인지 얼굴이나 한번 봤으면 좋겠네.’

이를 바드득 갈던 설아는 수표를 내고 콘돔 살 생각을 하니 앞이 다 노래지는 기분이었다.

"나쁜 자식! 얼굴 팔리게 그런 걸 어떻게 사 오냐고!"

투덜투덜대며 복도를 지나 주방으로 온 설아는 맥주 쟁반을 들고 가는 웨이터 황비홍을 붙들고 물었다.

"저기 아저씨, 김주녕이라는 사람 알아요?"

"김주녕? 너 여태 우리 사장님 이름도 모르고 있었냐?"

사장?! 설아는 그제야 그 오만방자했던 태도와 웃음의 정체를 알아내고 쓴웃음을 지었다.

'젠장, 그러면 그렇지. 그러니까 그렇게 당당했던 거군. 미친 자식 같으니라고. 그럼 자기 사무실 가서 하면 될 것 같고 개새끼들마냥 골목에서 하고 지랄이야.'

그녀는 끓어오르는 화를 주체 못하고 씩씩거리다 총총히 사라지려고 하는 황비홍을 붙들고 다시 물었다.

"저…… 아저씨, 혹시 콘돔 사려면 어디로 가야 하나요?"

"왜, 네가 쓰게?"

"아니요. 사장님 갖다 드리게요."

"푸핫! 그래? 자, 여기 있어."

웨이터 황비홍은 콘돔이 명함인 양 자켓 안주머니에 몇 개씩 넣어 가지고 다니고 있었다. 발리 나이트클럽 황비홍이라고 쓴 겉껍질을 뜨악한 눈으로 쳐다보던 설아는 한숨을 쉬며 그것을 받아 들었다.

'진짜 적응 안 되는군. 류설아가 콘돔 심부름이나 하고 다닐 줄 누가 알았겠어.'

그녀는 인상을 구기며 다시 골목으로 갔다. 그러나 벌써 상황이 종료되었는지 여자는 어디로 가고 없고 재수없는 남자만이 벽에 기대 담배를 피우고 있었다.

"저기, 콘돔 가지고 왔는데요."

"후훗! 어쩌지. 벌써 끝났는데."

남자의 묵직하면서도 시니컬한 웃음에 설아는 비위가 상했다.

"그래도 나중에 쓸 일이 있을 테니 받아두세요. 그리고 여기 수표도요."

그에게 돈과 콘돔을 내민 설아는 그가 좀처럼 받을 기색이 없자 팔을 내민 채 초조하게 기다렸다. 빨리 여기서, 이 남자에게서 벗어나 안으로 들어가고 싶은 마음이 굴뚝같았지만 그녀의 기대와는 정반대로 그는 수표 대신 손을 잡더니 강한 힘으로 끌어당겨 벽에 밀쳤다. 너무 순식간에 벌어진 일이라 비명조차 지르지 못한 설아. 그녀는 담배 냄새와 짙은 향수 냄새가 나는 남자의 품속에서 마구 버둥거렸다.

"놔요! 이거 놓으란 말이야!"

그녀의 비명에 남자는 고양이가 가르릉거리는 것처럼 묘한 울림소리를 내더니 천천히 몸을 눌러오기 시작했다. 그가 자신의 중심을 그녀의 은밀한 부분에 밀착해 오자 당황한 설아가 비명을 지르며 남자를 밀쳤으나 강한 힘의 그의 품에서 벗어나기란 쉬운 일이 아니었다.

"당돌한 아가씨 때문에 내 흥이 깨졌어. 이제 어떻게 할 테야?"

끈적끈적한 그의 목소리가 귓가에 스치자 겁에 질린 설아는 무슨 말을 해야 할지 몰라 어물거리기만 했다. 서늘한 그의 품이, 코끝에 전해져 오는 술 냄새가 역겹고 싫었다. 그녀는 최대한의 힘을 끌어모아 그를 밀치며 말했다.

"번지수 잘못 찾았어요. 그렇게 주물럭거리고 싶으면 다른 여자한테 가보란 말이에요."

"다들 내 품에 안기지 못해 야단들인데, 왜 이렇게 까다롭게 구는 거야?"

장난스럽게 중얼거린 그가 허리를 바싹 끌어당겼다. 이에 설아는 이를 바드득 갈며 짜증스럽게 말했다.

"본인이 꽤나 매력적이라고 생각하나 본데 모든 여자한테 먹히는 건 아니거든요? 지금 놓지 않으면 비명 지르겠어요!"

"하하하하!"

남자는 뭐가 그렇게 재미있는지 연신 몸을 들썩거리면서 웃기 시작했다. 그가 그럴수록 자신의 몸을 더욱더 압박하자 그녀의 얼굴은 더욱더 형편없이 구겨졌다.

"재미있는 아이로구나."

작게 이 말을 속삭인 그는 밀착한 몸을 뗐다. 그러나 안도의 한숨도 잠깐, 그는 불빛이 쏟아지는 네온사인 밑으로 끌고 가 다시 그녀를 벽에 밀치고 턱을 들어 얼굴을 관찰하기 시작했다. 불빛이 그들의 몸에 비추고 남자의 얼굴이 드러나자 설아는 억눌렸던 숨을 토해내며 눈을 동그랗게 떴다. 그의 얼굴은 어둠 속에서 생각했던 얼굴과는 정반대였다. 더럽고 추잡하게 생긴 중년의 남자일 줄 알았는데 생각보다 젊었고 의외로 준수한 미남이었다. 영화 속의 남자 주인공들처럼 이목구비가 또렷했고, 큰 키에 어깨, 다부진 얼굴선이 강한 남자다움을 강조하고 있었다. 특히 온몸을 투시하는 듯한 차가운 눈빛이 그녀를 당혹하게 만들었다. 그렇게 설아가 그의 생김새에 놀라고 있는 동안 남자도 다 관찰했는지 휘파람을 불며 중얼거렸다.

"뭐야, 예쁘게 생겼잖아. 그동안 왜 못 봤지?"

아까의 상황과 연결이 안 될 정도로 그의 웃는 모습은 밝고 쾌활했다.

"음…… 머리랑 옷차림이 촌스럽긴 하지만 꽤 미인인걸. 가슴도 풍만하고 말이야."

그제야 그의 손이 가슴 위에 머물고 있다는 걸 깨달은 설아가 화들짝 놀라면서 몸을 비틀었다. 그러자 생각보다 그녀를 붙잡은 손에 힘을 주지 않고 있었는지 틈이 벌어졌고 그 순간을 놓치지 않고 설아가 그의 정강이를 세게 걷어찼다.

"으으윽! 이런, 젠장!"

단말마의 비명을 지른 남자는 다리를 잡고 높이뛰기 선수처럼 펄쩍펄쩍 뛰었고 그 틈을 타 설아는 안으로 달음박질쳤다.

"나쁜 자식! 변태 자식! 미친놈!"

설아는 마구 욕설을 내뱉으며 뒷문을 열고 뛰어들어 와 곧장 화장실로 도망왔다. 그리곤 뚜껑 덮인 변기 위에 앉아 가쁜 숨을 몰아쉬었다. 놀란 심장은 십 분이 지나도록 진정이 되지 않은 채 몸 밖으로 튀어나올 기세로 맹렬히 뛰기 시작했다.

'살다 살다 별 더러운 꼴을 다 보네. 제기랄.'

그의 체취와 시선, 얼굴 생김새가 머리 속에서 사라지지 않고 내내 맴돌았다. 너무나도 강렬한 분위기를 가진 남자. 특히 그 눈빛은……. 설아는 그의 얼굴을 떠올리는 것만으로도 숨이 가빴다.

"정말 질 나쁜 인간이야."

설아는 머리 속에서 그의 인상을 지워 버리려 애쓰며 목이 날아가게 될 현실에 집중했다. 이제 겨우 일이 손에 익은데 꼼짝없이 잘릴 생각을 하니 절로 한숨이 나왔다.

‘나는 그렇다고 치고 이모도 덩달아 잘리게 생겼으니 이를 어쩐다.’

인상을 쓰며 머리를 쥐어뜯던 그녀는 몇 번이고 심호흡을 한 뒤 화장실을 나왔다.

“그래, 이런 곳에서는 계속 일하라고 해도 안 한다. 다른 곳을 찾아보면 되지. 어디 여기 말고 일할 데가 없을까 봐.”

주섬주섬 주방에 들어서자마자 윤자가 손짓을 하며 마구 화를 냈다.

“아니, 쓰레기 버리러 간 지가 언젠데 이제 오는 거야. 정신없이 바쁜 거 몰라서 그래?”

“저, 저기 있잖아요.”

뒷말이 튀어나오다 목에 딱 걸려 버렸다. 설아는 노래진 얼굴로 어서 과일 접시를 만들라고 성화하는 윤자의 얼굴을 멍하니 쳐다보았다.

“저, 저기요.”

다시 용기를 내서 말을 하려는 찰나, 시끄러운 음악 소음과 함께 주방 문이 열리고 웨이터가 들어왔다.

“저기 설아야, 사장님이 너 부르신다. 지금 빨리 사무실로 올라오래.”

순간 주방에 있던 몇몇 사람들의 시선이 설아에게 내리꽂혔다.

“사장님? 설아야, 사장님이 널 왜 찾는 거냐?”

윤자의 말에 얼굴이 빨개진 설아는 제대로 된 말을 찾지 못해 어물거렸고 그사이 웨이터는 마구 재촉을 해댔다.

“왜 꾸물대고 있어? 빨리 와.”

대답도 번번히 못하고 주방 문을 나선 설아는 엘리베이터를 타고 건물 꼭대기 층인 십오층으로 올라가며 땀에 젖은 손을 그러쥐었다.

나중에 안 일이지만 그 건물 전체가 김주녕의 건물이었고 꼭대기 층은 그의 펜트하우스로 생활공간과 사무실을 겸한 공간이었다. 잔뜩 긴장된 얼굴로 사무실에 들어선 설아는 생각했던 것보다 훨씬 넓고 탁 트인 집 구조에 벌어진 입을 다물지 못했다. 그의 분위기처럼 차가운 메탈 느낌의 가구들과 푸른색 계열의 벽지와 커튼들. 주인만큼이나 서늘함이 묻어나 이 공간에 오래 있고 싶은 마음이 조금도 일지 않았다. 그녀는 불러도 아무 대답 없는 집에 멍하니 서 있다가 응접실 테이블에 자신의 이력서가 올려져 있는 것을 보고 깜짝 놀랐다.

'이 자식! 언제 또 이런 걸 읽었어? 그럼 오늘 바로 쫓겨나는 건가. 그동안의 일당은 제대로 쳐줄까?'

그녀가 이런저런 생각에 잠겨 있을 즈음, 비누 향기를 풍기며 목욕 가운을 입은 그가 나타났다.

"어, 왔어? 왜 앉지 멀뚱하게 서 있고 그래. 가뜩이나 키가 커서 부담스러운데."

아무 일도 없었다는 듯 태연하게 말하는 그를 보고 설아는 할 말을 잃었다.

'뻔뻔한 건지, 아무 생각이 없는 건지 모르겠네.'

그녀는 멀쩡한 얼굴에 속이 뒤집어질 지경이었지만 애써 허리까지 굽혀 사과했다.

"저기, 아까는 죄송했습니다."

"죄송하다면 다야? 여기 봐, 여기. 파랗게 멍이 들었잖아."

그가 가리킨 곳을 무심결에 쳐다본 설아는 벌어진 가운 자락 사이로 보이는 허벅지와 검은 털이 북슬북슬 난 다리를 보고 기함을 하며 시선을 돌렸다.

"놀라는 거 꽤 귀여운데. 가만있자, 스무 살이라고 했지?"

"네."

"보기보다 꽤 조숙해 보이는구나. 오윤자 씨 조카 된다고?"

사설이 길어져 답답해진 설아는 자신도 모르게 불쑥 말을 꺼냈다.

"저기요, 감질나게 하지 마시고 자르려면 빨리 자르시지 그래요?"

당돌한 그녀의 물음에 그는 피식 웃으며 팔짱을 꼈다.

"누가 자른데, 이렇게 흥미진진한 아가씨를?"

순간 설아는 자신이 잘못 걸려들었다는 걸 깨달았다. 이런 식으로 나오는 부류는 뻔하다. 어떻게든 한번 자보려고 돈으로 유혹하는 부류들. 어릴 때부터 이런 식의 추근거림을 하도 많이 받아 단련이 된 그녀는 굳은 결심을 한 듯 입술을 질끈 깨물었다.

"자르지 않는다면 제가 나가겠습니다. 그동안 폐가 많았습니다."

꾸벅 인사를 하고 나가려는데 그의 목소리에 발걸음이 멎었다.

"잠깐! 아까는 내가 실수를 했어. 원래 좀 짓궂은 면이 있거든. 네가 이해해."

태연히 중얼거린 그는 이력서를 집어 들고 태연히 읽어 내려가기 시작했다.

"여기서 보니 한양여고 나왔더군."

한국대 다니는 걸 일부러 쓰지 않고 그저 고졸 학력만 써넣은 이력서. 그녀는 속으로 잘했다는 생각을 하며 사장과 시선을 맞추며 말했다.

"네."

"그런 예쁜 얼굴로 주방 보조나 하고 있으면 쓰나. 여기 경리 파트
에서 일해볼 생각 없어?"

"없는데요."

너무나 쉽고 단호하게 말하자 그는 조금 놀라는 눈빛을 했다.

"그래? 꽤 보수가 좋은 곳인데."

"낮엔 다른 직장을 다니고 있습니다."

"흠, 지금 있는 아가씨가 시집간다고 해서 공석으로 있으니까 생
각 있으면 해봐. 지금 주방 보조보다는 임금도 높고 편하거든."

"왜 그 일을 아무 경험도 없는 제게 시키시는 거죠?"

"아까의 실례에 대한 보답이라고 생각해."

'나쁜 자식! 누가 그 속셈 모를까 봐?'

조금 전까지만 해도 주눅이 들어 굳어졌던 설아의 얼굴이 금세 도
도하게 바뀌었다. 가난하긴 하지만 영혼까지 가난하지는 않은 그녀
였다.

"절 참으로 순진하게 보셨군요. 말씀 다 하셨으면 이만 가보겠습
니다."

그대로 뒤도 돌아보지 않고 펜트하우스를 나온 설아는 화를 못 이
겨 씩씩대며 복도를 걸었다. 누군가의 눈에 보기 좋은 장난감으로 비
춰졌다는 사실이 못 견디게 화가 났다. 성큼성큼 걸어가 엘리베이터
단추를 누르는데 어느새 다가온 남자가 그녀 옆에 팔짱을 끼고 서서
말했다.

"그래, 솔직하게 말하지. 네가 궁금해. 꽤 신선한 것 같아서 말야.
뭐, 싫다는데 억지로 붙잡고 싶지는 않으니까 일자리가 필요하면 언
제든 찾아와."

그의 말에 아무런 대꾸 없이 엘리베이터에 탄 그녀는 웃고 있는 그의 눈빛에 시선을 맞추고 있다가 문이 닫힐 무렵 씩 웃으며 팔을 들었다. 그리고 그를 향해 멋지게 감자를 먹였다. 황당한 표정을 짓는 남자. 여전히 웃고 있는 설아. 그들의 시선 사이로 엘리베이터 문이 서서히 닫혔다.

＊

모래 늪에 빠져 허우적거리는 여자. 현실을 저주하면서도 그 실낱같은 끈을 놓을 수 없는 어리석은 여자. 이수는 모래 속에 빨려 들어가면서 차라리 죽었으면 좋겠다고 생각했다. 이 사막의 밑바닥까지 닿아 아무도 흔적을 찾을 수 없게 사라지고 싶다. 류이수라는 사람이 세상에 존재했었나조차 의심스러울 정도로 깨끗하게 증발되고 싶다. 그러나 이십팔 년을 살아오면서 남긴 것도, 미처 못 보고 흘려버린 것도 많아 먼지처럼 가벼울 수가 없었다. 영원히 바위를 밀어 올리는 형벌을 받은 시시포스처럼, 죽지 못하고 현실이라는 바위를 밀어 올려야 하는 자신의 삶이 힘겹다. 이수는 지겹고도 고통스러운 악몽 속에서 정신없이 헤매다 자그마한 소음에 감은 눈을 떴다. 잠깐 동안 현실 감각이 없어서 낯선 천장과 샹들리에를 뚫어지게 쳐다보던 그녀는 한참 만에야 자신이 있는 곳을 생각해 내고 황급히 몸을 일으켰다.

'내가 언제 정신을 잃은 거지?'

집 안을 휘휘 둘러보며 걸음을 뗀 이수는 통증을 느끼며 그대로 소파에 주저앉고 말았다. 다리에 감겨 있는 하얀 붕대를 보자 그제야 자신이 깨진 잔을 밟고 다친 사실이 기억났다. 너무 긴 꿈을 꿔서인가. 모든 기억이 깨진 도자기처럼 조각조각난 기분이다. 두통이 이는 한쪽 머리를 짚고 이마를 찡그리던 이수는 인기척과 함께 들려오는 목소리에 고개를 들었다.

"피를 보고 그렇게 히스테릭한 반응을 보이는 사람은 처음이야."

낮은 목소리의 주인공은 한쪽 벽에 기대 얼음이 든 브랜디 잔을 느린 동작으로 마시고 있었다. 갑자기 나타나 죽은 줄 알았던 강인규라고 말하는 남자.

"급하게 움직이지 않는 게 좋을 거야. 상처가 깊어서 내일 병원에 가봐야 할 정도니까."

"꽤나 걱정해 주는 척하는군."

삐딱한 그녀의 말에 남자는 천천히 다가와 맞은편 소파에 앉았다.

"이상하지. 넌 많이 변했는데 낯설지가 않아."

그의 말에 이수는 쓸쓸한 미소를 지으며 말했다.

"난 당신이 낯설어. 모르는 사람 같아. 아니, 모르는 사람이기 때문에 당연한 거겠지. 왜 내게 접근한 거지?"

"내가 강인규란 걸 믿지 않는군. 하긴 쉽게 믿을 수 없겠지."

그는 희미한 미소를 지으며 브랜디를 마셨다. 잠시 침울하게 가라앉은 침묵이 흘렀다. 이수는 그의 미세한 표정 변화와 행동을 관찰하며 무언가를 찾으려 애썼다. 그의 낯익은 목소리, 표정, 손가락과 전혀 낯선 얼굴과 서늘함이 그녀를 혼란스럽게 했다.

"접근한 이유가 뭐냐고 물었지? 별다른 이유는 없어. 그저 한국에 온 김에 옛사랑을 만나고 싶었을 뿐이야. 덕분에 내 인생이 완전히 뒤바뀌게 되어 고맙다고 인사도 할 겸해서."

“거짓말.”

이수는 실소를 터뜨렸다.

“그 딴 이유로 접근했을 리 없어. 목적이 뭐야? 속에 담긴 꿍꿍이가 뭐냐고.”

너무나 침착한 그는 하얀 이를 드러내며 부드럽게 웃었다.

“똑같은 말 몇 번씩 하게 하지 마. 백 번을 물어도 같은 대답일 테니.”

담담한 그 말에 이수는 자리에서 일어났다. 그리고 그를 똑바로 보며 침착하게 말했다.

“뭘 얻기 위해서 이러는지 모르겠지만 아무 소용 없을 거야. 당신이 강인규라는 것에 대해 믿지도 않고, 설사 그라고 해도…….”

설아는 여기서 말을 멈추고 짧게 숨을 몰아쉬었다.

“변하는 건 없어.”

그 말에 남자는 묘한 미소를 지었다.

“정말 그럴까? 자신할 수 있어?”

그의 미소 속에서 경멸을 읽은 이수는 가슴속을 날카롭게 긁어대는 아픔에 숨이 막혔다. 물론 자신할 수 없다. 갑작스런 그의 등장으로 그녀는 혼란스러워하고 있었고 어찌해야 할지 몰라 불안해하고 있었다. 이 남자의 목적이 뭘까, 정말 강인규일까? 하는 물음만이 머리 속에 떠다닐 뿐, 껍데기는 꼿꼿할진 모르나 안은 가차없이 흔들리고 있었다.

“만약 당신이 강인규라 치더라도 이미 칠 년 전 일이야. 이제 와서 어쩌자는 거지?”

남자는 무감한 검은 눈빛으로 응시하며 천천히 입을 열었다.

"당신이란 여자에게 칠 년이라는 시간은 길겠지만 내겐 어제처럼 가까운 시간이야. 특히 사고나던 그날은 말이야."

그의 말처럼 이수에게도 칠 년 전 그날은 생생하게 기억되었다. 인생의 모든 것이 날아가 버린 그날을 어떻게 쉽게 잊을 수 있을까. 어떻게……. 그녀는 참을 수 없는 갈증을 느끼며 황급히 걸음을 옮겼다. 어서 빨리 이 집에서 나가고 싶었다.

"복수라도 하고 싶어서 찾아온 거라면 쉽지 않을 거야. 난 더 이상 잃을 게 없는 사람이거든."

"네가 미처 알지 못하는 뭔가가 있을 거야. 내가 그걸 찾아내서 부숴주지."

그 담담한 목소리가 이수의 발길을 붙들었다.

"그래, 기대하고 있겠어."

쓸쓸하면서도 가라앉은 목소리를 끝으로 이수는 현관문을 닫고 나왔다.

'내가 미처 알지 못하는 뭔가가 있던가. 아직도 그런 감정들이 남아 있을까.'

이미 폐허로 변해 버린 가슴에 그런 감성적인 면이 있을 리가 없다. 따뜻한 감정이나 열정이 사그라진 황무지에 무엇이 돋아나 숲과 산을 이룰 수 있단 말인가. 이미 모든 것이 사라진 지금에 와서.

이수는 갑자기 몰려오는 현기증 때문에 차에 타서도 좀처럼 출발하지 못하고 시트에 기대서 눈을 감았다. 그러자 꿈속에서 본 영상들과 과거 인규의 모습들이 뒤죽박죽 엉켜 머리 속을 헤집어놓았다. 인생은 악몽이다. 길고도 지루한 악몽. 이수는 이마를 짚으며 힘겨운 숨을 토했다.

✻

　설아는 부모님이 돌아가신 이후 처음으로 평화로운 시절을 보냈다. 꿋꿋한 바위처럼, 깊게 뿌리 내린 나무처럼 든든하게 옆을 지켜 주는 이가 있었고, 그런 그에게서 기억조차 가물가물한 안락함을 맛보았다. 그러나 마냥 행복하지만은 않았다. 오랜만에 찾아온 이 평화가 깨질까 두려웠다. 내일 당장 무슨 일이 터져 이 평화를 망쳐 놓을 것만 같다. 그 불안감이 한밤중에도 몇 번이나 깨어나 식은땀을 훔치게 만들었다.

　그렇게 살얼음판처럼 불안한 평화가 흘러갔다. 해가 바뀌고 봄이 돌아와 새로운 생명이 움트기 시작할 무렵, 마수를 숨기고 있던 운명이란 놈이 주섬주섬 일어나 품 안에 있던 칼날을 휘두르기 시작했다. 언제나 그렇듯, 삶은 잔인하다. 특히 상처가 많은 사람들에게는…….

　"우선 X선 검사와 병리조직검사를 해보고 악성인지 아닌지 판단을 내려야겠습니다."

　의사의 말을 듣는 순간, 설아는 바닥으로 몸이 푹 꺼져 버리는 것 같았다. 하얗게 실린 그녀의 표정을 보며 의사가 말했다.

　"벌써부터 상심하시면 안 됩니다. 림프종의 종류도 여러 가지이고 악성만 아니라면……."

　"의사 선생님, 악성이면요? 악성이면 어떻게 되는데요?"

　그를 붙들고 간절하게 바라보는 설아의 눈빛을 보며 의사가 측은

한 눈빛을 보내왔다.

"악성이 아니길 빕시다."

조직검사 결과가 나오기까지 지옥 같은 일주일이 흘렀다. 하경만큼이나 안타깝게 말라 버린 설아는 말문을 여는 의사의 입술을 뚫어져라 쳐다보았다.

"림프종이란 우리 몸의 면역체계를 구성하는 림프조직에서 발생하는 암이라고 생각하면 됩니다. 선천적으로 질환이 있거나 장기이식 후 면역억제제를 오랫동안 투여하고 있는 환자에서 악성 림프종의 발생률이 높죠. 류하경 씨 같은 경우는 워낙 면역력이 약해서 발병한 케이스입니다."

의사가 숨을 고르기 위해 말을 끊자 설아는 마른침을 삼키며 두 손을 꼭 쥐었다.

"결론적으로 보자면 악성입니다. 암이 침범된 범위를 알기 위해 복부 및 흉부에 대해 CT 촬영을 해본 결과 여기 보다시피 흉곽과 복부 내에까지 암이 퍼져 있어요. 장기는 물론 골수까지 암이 전이된 걸로 보아……."

설아는 의사의 얼굴을 넋을 놓고 응시하며 이 지옥 같은 삶 속에서 끝내 벗어날 수 없을 거라고 생각했다.

'왜 잠시라도 틈을 주지 않는 걸까. 우리가 뭘 그리 잘못했기에 이렇게 고통스럽게 하는 거야.'

그녀의 눈에서 눈물이 주르륵 흘러내렸다.

"보호자 분이 원하시는 대로 항암화학요법과 방사선 요법을 쓸 수는 있습니다. 그러나 지금 상태로 보아 완치율이 낮습니다. 사정을 들으니 형편이……."

의사의 말이 더 이상 귀에 들어오지 않았다. 설아의 머리 속에는 오직 한 가지 물음만이 맴돌았다.

'하고 많은 사람 중에 왜 하필 우리 오빠야? 세상에 나쁘고 더러운 놈들이 얼마나 많은데, 그중에서 왜 착한 우리 오빠가 그런 몹쓸 병에 걸린 거야. 불공평해! 너무 불공평하단 말이야!'

설아는 병원 화장실 변기 위에 앉아 숨죽여 울며 하늘을 원망하고 또 저주했다. 자신의 처지에 대해 평생 욕 한 번 하지 않은 그였다. 천형 같은 뇌성마비 때문에 근육이 굳어지고 뼈가 틀어져 평생 누워만 지내왔지만 얼굴 한 번 찌푸리지 않고 자신을 향해 웃어주던 오빠. 그런 오빠를 불치병이라고 해서, 지금 형편에 엄두도 못 낼 만큼 많은 돈이 든다고 해서 손을 놓고 있을 수는 없었다.

"설아야, 나나는 이렇게 되엔 거 워원망 안 해에. 나안 너어만 자 알되면 되엔다고."

자신을 챙길 줄 모르는 하경은 그 와중에도 설아의 걱정만 늘어놓았다. 그런 그를 보면서 설아는 어떻게든 살려내겠다고 다짐하고 또 다짐했다.

'할 수 있는 것은 모두 동원해서 고쳐 놓겠어. 팔 수 있다면 나라도 팔아서 오빠를 살려놓을 거야. 지금까지 죽기 살기로 버텨왔으니 앞으로도 그럴 수 있어. 우린 여기서 포기하지 않아!'

물기 걷힌 설아의 눈에 창백한 불꽃이 일렁이기 시작했다.

설아의 발길이 멈춘 곳은 김주녕이 살고 있는 펜트하우스였다. 숨이 턱에 차도록 뛰어온 것이 무색하게 막상 문 앞에 서니 몸이 움직여지질 않았다. 희고 가는 설아의 손가락이 초인종에 가까이 갔다가

내려지기를 반복하다가 결국은 힘없이 돌아서려는 찰나, 갑자기 문
이 열렸다.

"이봐, 들어올 거야, 말 거야?"

문이 열림과 동시에 남자들에게만 나는 독특한 스킨 냄새가 코끝
에 퍼졌다. 깜짝 놀라 아무 말도 못하는 사이 그가 손을 잡아 안으로
이끌었고 그제야 전체 모습이 눈에 들어왔다. 그는 외출 준비 중이었
는지 흰 드레스셔츠를 반쯤 풀어헤치고 넥타이를 반쯤 걸치고 있었
다.

"그래, 다시는 상종도 안 할 것처럼 감자를 먹이고 가더니 무슨 일
로 왔지?"

큰 걸음으로 응접실을 가로지른 그는 한쪽 벽에 붙은 전신거울에
자신의 모습을 비춰가며 느린 손동작으로 넥타이를 맸다. 세련된 남
성다움이 물씬 흐르는 그를 보며 설아는 자신이 한없이 작아지는 것
을 느꼈다. 그에게서 풍겨 나오는 오만과 당당함이 자꾸만 몸을 움츠
러들게 했다. 그러나 여기까지 와서 바보처럼 돌아갈 순 없다. 설아
는 용기를 끌어 모은 다음, 뛰어오는 내내 생각했던 말을 꺼냈다.

"취직하려고 왔습니다."

"흠, 취직하려고 온 사람의 옷차림과 말투가 아니군. 그건 그렇고
어떻게 마음이 변했을까 궁금한데?"

주녕의 냉소적인 웃음에 그녀는 큰 눈만 깜박거릴 뿐 무표정한 얼
굴로 서 있었다.

"육 개월 만에 찾아와서 일자리를 달라. 너무 오래 고민한 거 아니
야?"

여전히 가벼운 장난쯤으로 대꾸하는 그를 보고 있자니 도로 나가

고 싶은 충동이 일었다. 그러나 그녀는 최대한의 인내를 동원하며 딱딱하게 말했다.

"저를 고용하실 건가요?"

"글쎄, 경리 자리는 찼지만 내 비서 자리는 비어 있지. 그래, 월급은 얼마를 생각하고 왔나?"

오만한 목소리와 자신이 넘치는 표정은 언젠가는 찾아올 줄 알았다는 투다. 하경과 자신의 미래가 저 인간의 돈줄에 달렸다는 사실이 못 견디게 화가 나 당장 이 자리를 벗어나고 싶었지만 그녀는 어금니를 깨물며 간신히 버텨냈다.

"어떻게 흥정하느냐에 따라서 달라질 수도 있다는 말입니까?"

"똑똑하니까 바로 알아듣는군. 그래, 네가 어떻게 할 수 있느냐에 따라서 달라질 수 있지."

"그 비서란 자리, 정확하게 어떤 일을 하는 겁니까?"

"내게 오는 전화 받고 스케줄 관리해 주는 거야. 이따금 건물 관리도 하고."

태연하게 담배를 피워 무는 주녕을 보며 설아는 땀에 흥건히 젖은 주먹을 꽉 쥐었다. 잘못 든 길이라고, 당장 여기서 나가라고 안에서 외치고 있었지만 그럴 수가 없었다.

'오빠의 치료비가 필요해. 지금 중요한 건 그것뿐이야.'

그녀는 마른침을 삼키며 간신히 중얼거렸다.

"그것만 하면 되는 겁니까? 월급은······."

"얼굴을 보아하니 돈이 절실해서 온 것 같은데 후하게 쳐주지. 삼백만 원 어때?"

그는 대수롭지 않은 듯 무표정 얼굴로 말했다. 저렇게 높게 부르면 쉽게 거절하지 못할 거란 걸 안 거겠지. 설아는 갑자기 그가 두려워지기 시작했다. 찬물에 들어간 것처럼 온몸에 오한이 드는 것은 그의 차가운 눈빛 때문인가.

"비서 월급으로는 과분하게 많군요."

"네가 지금 그런 거 따질 때가 아닌 것 같은데."

'그래, 지금 상황에 그런 것 따질 때가 아니야. 하루라도 빨리 치료에 들어가야 해. 병원에 누워 있는 오빠를 생각하자.'

설아는 약해지려는 자신을 채찍질했다. 애써 허리를 곧게 펴며 말했다.

"그 월급 선불로 주세요."

"OK. 뭐 어려운 주문도 아니군."

그는 삼백만 원 따위는 돈도 아닌 것처럼 그녀가 보는 앞에서 지갑을 열어 수표 세 장을 테이블에 올려놓았다. 일렬로 찍힌 동그라미들을 무감한 눈으로 그것을 내려다보던 설아는 피 맛이 느껴질 만큼 힘 주어 입술을 깨물었다. 누구에게는 그저 종잇조각일 뿐이고 누구에게는 목숨 같은 돈. 이것 때문에 사람이 살고 죽고 한단 말인가. 단지 이것 때문에? 비참함이 밀려와 폐를 짓눌러 좀처럼 숨을 쉴 수가 없었다.

"그럼 고용 계약은 성사된 거야. 아참, 법대는 그만둔 건가?"

순간 그를 올려다본 설아는 그의 얼굴에 서린 비웃음을 읽었다. 그동안 뒷조사를 한 건가. 그래서 언젠가는 찾아올 줄 알았던 거군. 그는 설아의 눈빛을 읽었는지 얼굴에 웃음을 가득 머금고 말했다.

"난 궁금하면 못 참는 성격이거든. 그동안 뒷조사를 조금 했지."

"학교에는 휴학계를 냈습니다."

"그럼 내일 열한 시까지 와. 일은 천천히 배우도록 하지."

거울을 보며 말끔한 자신을 이리저리 비춰보던 그는 허수아비처럼 서 있는 그녀를 아래위로 훑어보며 못마땅한 얼굴을 했다.

"아무리 비서라지만 그런 복장은 곤란해. 손님 접대도 해야 하니 이거 가지고 가서 옷 좀 사 입어. 그리고 그 어수선한 머리도 어떻게 좀 하고 말이야."

내미는 카드를 받지 않고 멍하니 서 있는 설아를 흥미로운 눈으로 쳐다보던 주녕은 테이블에 카드를 던져 놓고 태연하게 말했다.

"싫으면 출근하지 않아도 돼. 뭐, 수표는 가져도 상관없고."

바로 천천히 걸어간 그는 언더락스 잔에 위스키를 가득 따라 손에 들고는 무표정한 얼굴로 중얼거렸다.

"난 동의없이 여자를 안아본 적이 없어. 싫다는데 억지로 취하는 것은 적성에 안 맞거든. 널 안기 위해 비열한 수작 따윈 걸지 않을 테니 안심하라고. 우선 궁금증이 해결될 때까진 관찰하는 걸로 만족하지."

"관찰에 대한 비용으론 좀 비싸군요."

입을 다물고 있던 그녀에게서 딱딱한 어조가 튀어나오자 주녕이 꽤 재미있다는 듯이 웃었다.

"뭐, 그 정도야 내가 지불할 대가에 비하면 우습지. 대개는 며칠 안가 넘어오던데 넌 어떻게 될지 모르겠다. 천천히 여유를 갖고 해. 금방 넘어오면 재미없잖아."

결국엔 자신의 품으로 뛰어들 것처럼 말하는 저 오만함에 설아는 속이 뒤틀렸다. 저 서늘한 눈빛과 사람을 꿰뚫어 보는 듯한 여유가 혐오스럽다. 하지만…… 난 돈이 필요해. 그것도 절실히! 설아는 마음속으로 결정을 내렸다.

'지금 이 길이 옳지 못하다는 것도, 나를 망치게 될 거란 것도 다 알고 있어. 하지만 난 이 길을 선택할 수밖에 없어. 당장은 살아야 하니까. 어떻게든 살고 봐야 하니까. 다음 일은 그 다음에 생각하는 거야.'

다음날, 그의 펜트하우스 앞에 선 설아는 힘없이 중얼거렸다.

"점점 싸구려 삼류소설처럼 변해가는 것 같아."

초인종을 눌러놓고 긴장된 숨을 몰아쉬며 문이 열리기를 기다리는데 그의 얼굴 대신 앞치마를 두른 중년 여자가 문을 열고 반갑게 맞이했다.

"아! 사장님이 말한 그 아가씨로군요. 어서 들어와요."

유난히 반갑게 맞이하는 그녀를 보며 어색한 미소를 지은 설아는 집 안으로 들어가자마자 재빨리 응접실을 훑어보았다. 그런 눈길을 읽었는지 옆에 선 여자가 말했다.

"아직 일어나실 시간이 안 됐어요. 점심때쯤이나 일어나시니까 그동안 집이나 한번 둘러보세요. 정 심심하시면 서재 가서 책 보셔도 되고요."

그녀는 테이블과 가구들에 마른걸레질을 하며 본연의 임무로 돌아갔고 응접실 한가운데에 어색하게 서 있던 설아는 적적함에 이곳저곳을 기웃거리며 집 구경을 시작했다.

평수를 가늠하기 힘들 만큼 넓은 집을 기웃거리며 설아가 내린 결론은 김주녕이란 인간은 지독하게 돈이 많다는 것이었다. 손님 접대용 응접실과 잡지에서 튀어나온 듯한 고급스런 사무실. 당구대와 바가 있는 곳을 지나니 그만이 쓰는 듯한 거실과 물방울 한 점 없는 주방이 나왔다. 하나같이 최고급 인테리어다. 설아는 손님용 침실들과 갤러리를 방불케 하는 복도, 고급스런 가구들을 구경하며 신은 참 불공평하다는 것을 절감했다.

"빌어먹을, 그 나이에 어디서 이렇게 돈을 벌었담."

투덜거리며 걸음을 옮기려는 순간, 열린 문틈 사이로 책들이 가득 꽂힌 서재가 눈에 들어왔다. 조심스런 걸음으로 서재에 들어가니 상상을 초월하는 규모에 탄성이 흘러나왔다. 작은 도서관을 방불케 할 만큼 큰 서재. 문학, 과학, 역사, 철학 등 다양한 장르의 책이 빼곡하게 차 있는 책꽂이를 보니 자신의 것이 아닌데도 가슴이 다 두근거릴 정도였다.

"평생 책 한 권 안 읽었을 듯한 얼굴이던데, 의외네."

비웃음 가깝게 중얼거린 설아는 손가락 끝으로 책 제목들을 하나하나 짚어보다 활자가 찍히지 않은 가죽 책에 시선을 멈췄다. 호기심에 살짝 빼서 펼쳐 보니 정갈하고 멋스런 펜글씨가 누런 종이 위에 가득 펼쳐져 있었다.

〈이 지루한 인생에서 끝내 벗어나지 못하게 될 것이라 생각이 들 때마다 난 공포에 시달린다. 저주를 받아 바다를 표류하는 유령선처럼 나는 현실이라는 바다에 무기력하게 떠다닌다. 이젠 목적도, 이유도 없다. 내 삶은 영원히 반복되는 악몽일 뿐이다.〉

"지금 뭐 하는 거지?"

갑작스런 목소리에 화들짝 놀란 설아는 손에 들고 있던 책을 바닥에 떨어뜨리고 한 걸음 뒤로 물러섰다. 눈앞에는 잠에서 막 깼는지 잔뜩 헝클어진 머리에 상체엔 아무것도 걸치지 않고 헐렁한 면바지만 입은 그가 우둑커니 버티고 서 있었다.

"저, 저기…… 그러니까……."

"아무리 비서라도 남의 일기까지 들추면 곤란하지. 나도 프라이버시라는 게 있거든."

그의 냉담한 미소에 당황한 설아는 바닥에 떨어진 노트를 얼른 집어 책꽂이에 꽂고는 애써 침착하게 입을 열었다.

"사장님 일기인 줄 몰랐습니다. 주의하겠습니다."

"죄송하다가 아니고 주의하겠다? 흠, 건방지군."

낄낄거리며 웃은 그는 서재 소파에 앉아 고양이처럼 몸을 늘어뜨리며 기지개를 켜더니 테이블에 있는 케이스를 열어 담배를 꺼내 입에 물었다. 불을 붙이지 않고 한참을 가만히 있는 그를 보며 설아가 어이없는 얼굴로 말했다.

"지금 제가 담뱃불이라도 붙이길 바라시는 건가요?"

그는 고개를 끄덕였다.

"전 그런 일 하려고 온 게 아닌데요."

"난 이런 일 시키려고 고용한 건데."

"그래도 명색이 비서라구요. 담뱃불이나 붙여주려고 온 몸종이 아니에요."

"비서와 몸종이 같은 단어가 아니던가?"

화 때문에 얼굴이 빨개진 설아는 어쩔 줄 몰라 하며 주먹을 꼭 쥐었다. 그런 그녀를 보는 주녕의 입가에 미소가 흘렀다.

"우선 전화가 오면 무조건 없다고 해. 메모를 받아두면 내가 골라서 연락할 거야. 약속이 잡히면 스케줄을 메모했다가 알려줘. 내가 건망증이 심해서 제때에 챙겨주지 않으면 잊어버리거든."

그는 몸을 숙여 라이터를 짚고는 얼굴 가까이 가져가 불을 붙였다. 그가 숨을 쉬자 하얀 연기가 공기 중에 흩어졌다.

"약속없이 찾아오는 인간들은 그냥 돌려보내. 대개는 아쉬워서 찾아오는 인간들이니까 크게 신경 쓰지 않아도 돼. 그리고 우편물들 좀 챙겨두고 에…… 또 뭐가 있더라. 암튼 그때그때 할 일이 생기면 말해 줄게."

"그게 단가요?"

"그게 다야."

너무나 쉽게 대답하는 그를 보고 설아는 기가 찬 얼굴을 했다.

"아참, 그 후줄근한 옷 좀 어떻게 하면 안 돼? 볼썽사납다고 했을 텐데."

"하는 일도 별로 없는데 갖춰 입고 있을 필요가 있나요?"

"우선 내 눈이 괴롭거든. 백화점 가서 옷 좀 사 입도록 해. 그리고 그 머리도 좀 어떻게 해봐. 태어나서 파마란 걸 한 번이라도 해본 거야?"

"모델 같은 비서를 원한다면 얼마든지 있을 텐데요."

"그런 여자들은 침대에 두는 것으로 족해. 내가 하고 싶은 것은 인형놀이야. 인형놀이가 뭔진 알지? 이것저것 입혀보고, 구두도 신기고. 아무튼 지금 난 가지고 놀 장난감이 필요해. 이제 내 말 알아들었어?"

설아는 이를 부득부득 갈며 그를 노려보았다. 그녀가 화난 표정을 할 때마다 그의 눈빛은 더욱더 밝게 빛나고 입가에는 미소가 어렸다.

“그럼 전 장난감을 사러 가야겠네요.”

“내 눈을 즐겁게만 해준다면 오래 걸려도 좋아.”

하얀 이를 드러내며 웃는 그를 보고 심기가 불편해진 설아는 허리를 굽혀 인사하고는 서둘러 서재를 나왔다. 그의 시야에서 벗어나자 절로 신음이 흘러나왔다. 너무나 치욕적이고 불쾌한 기분에 온몸이 저절로 떨려오기 시작했다. 이곳에 발을 디딘 후 마흔 번째 후회를 거듭하며 걸음을 옮기는데 등 뒤로 그의 목소리가 들렸다.

“사실, 난 네가 안 올 줄 알았어.”

설아는 그대로 멈춰 선 채 그의 얘기를 들었다.

“너 같은 여자에게 끌리는 나도 이해할 수 없지만 겁도 없이 이곳에 들어온 너도 이해할 수가 없군. 아무튼 앞으로 잘해보자고.”

점점 멀어지는 그의 발자국 소리를 들으며 설아는 아랫입술을 깨물며 한참을 서 있었다. 그녀의 어깨로 창을 통해 들어온 하얀 햇살이 소리없이 쏟아졌다.

셋

검은 리무진 하나가 주차장을 유유히 빠져나가고 있었다. 뒷좌석을 흘끔 보니 요즘 정치계를 주름잡는 국회의원 중 하나다. 저 치도 요즘 다른 의원들처럼 정치 자금이 많이 부족하거나 부당하게 받은 돈을 세탁하고 싶어서 찾아온 건가. 인규는 한층 가라앉은 얼굴로 넓은 주차장 구석에 자신의 차를 세우고는 그의 집, 아니, 정확하게 말해 어머니 서혜옥 여사의 대궐 같은 집으로 이어지는 계단에 올라섰다.

조선시대 왕이 살았던 궁궐 못지 않게 넓고 화려한 기와집과 연못, 정자, 작은 조각공원들로 이루어진 대저택을 보고 있노라면 이곳에 살고 있으면서도 손님처럼 느껴질 때가 많다. 그는 차라리 비바람을 막기 위해 너덜너덜한 비닐을 덧대어놓은 설아의 판잣집이 훨씬 편했다.

인규가 그늘진 얼굴로 본채에 걸어 들어가자 응접실에서 익숙한 웃음소리가 귓속으로 흘러 들어왔다.

"김 사장님, 이제 보니 유머가 상당하신데요. 호호호."

그 소리가 듣기 싫어 미간을 접은 인규는 응접실에서 조금 떨어진 복도를 소리나지 않게 신경 쓰며 걸었다. 그러나 거의 벗어났다고 생각했을 즈음, 등 뒤에서 그녀의 목소리가 들려왔다.

"어머! 아들, 이제 오니?"

인규는 등 뒤로 들리는 필요 이상의 경쾌한 말에 인상을 쓰며 멈춰 섰다가 재빨리 표정을 지우며 뒤돌아섰다. 그의 시선이 앞에는 쉰이라는 나이가 무색하리만큼 여전히 아름답고 생기 넘치는 어머니가 서 있었다.

어머니 서혜옥 여사가 방앗간 집 딸에서 대한민국 지하경제의 큰 손으로 군림하기까지의 과정을 일일이 열거하자면 소설 몇 권도 부족하지만, 세상엔 그저 뛰어난 머리와 죽은 남편의 보잘것없는 유산을 엄청난 액수로 불린 여걸이라고만 알려진 분이다. 수치로 뽑기조차 힘들 만큼 엄청난 재산을 가진 어머니를 두고 있으면서도 인규는 철들면서 일절 한 푼 받지 않고 아르바이트로 용돈을 벌어 썼다. 지금까지는 나름대로의 자존심을 지키는 길이고 성인 남자라면 의례히 그래야 한다고 생각해 왔지만 막상 돈이 아쉬우니 그마저도 후회가 되기 시작했다.

'돈 빌려달란 얘기를 어떻게 하지.'

어머니를 보자 돈 빌릴 생각부터 한 인규는 몇 년 만에 만난 사람처럼 반갑게 안아주는 어머니의 얼굴을 어색하게 바라보았다.

"같은 집에 살면서도 왜 이렇게 얼굴 보기가 힘드니. 잠깐 이리 와

봐, 소개할 분들이 있어.”

억지로 그녀의 손에 잡혀 응접실로 끌려간 인규는 얼굴에 기름이 번들번들한 중년의 남자들을 향해 억지 인사말을 하며 허리를 굽혔다.

“처음 뵙겠습니다. 강인규라고 합니다.”

“아, 이 청년이 한국대 법학과를 다닌다는 아드님이군요. 서 여사님을 닮아서인지 꽤 미남입니다.”

남자들의 가식적인 얼굴에 인규의 얼굴이 저절로 딱딱하게 굳어갔다.

“호호호. 그런가요? 저보다는 애아버지를 닮았지 뭐예요.”

그녀는 남편의 장례식장엔 가지도 않았으면서 꽤나 지고지순하고 고상한 미망인 행세를 한다. 아직도 잊지 못한 것처럼 우아하게 말이다. 그러나 인규는 알고 있었다. 밤마다 안채에 몰래 드나드는 젊은 남자들의 정체와 어머니의 지독한 남성편력에 대해서.

“그럼 전 제 방으로 가보겠습니다.”

“어머, 그럴래?”

우아하게 머리를 틀어 올리고 단아한 옥색 한복을 입은 어머니에게 꾸벅 인사한 인규는 손님들에게도 마지못해 고개를 숙이고는 서둘러 본인의 방으로 향했다. 꽤나 지루하게 느껴지는 넓은 복도들을 지나 자신의 방으로 온 그는 지친 기색이 완연한 얼굴로 침대 위에 털썩 주저앉으며 긴 숨을 내쉬었다.

자꾸만 어제 본 설아의 뒷모습이 눈에 아른거려 정신이 산란했다. 다급해 보이는 걸음이 어찌나 빠른지 금방 정문을 나가는 것을 봤는데 모습이 보이지 않았을 정도로 그녀는 황망히 병원을 뛰쳐나갔었다. 무슨 급한 일이었기에 그렇게 나간 걸까. 그녀와 하경 생각에 얼굴을 찌푸리고 있던 인규는 얼마 지나지 않아 장지문을 열고 다소곳이 들어오는 어머니를 보고 자세를 고쳐 앉았다.

"내 아들, 요즘 컨디션이 안 좋은 거 같은데 무슨 일 있어?"

간드러지는 목소리로 옆에 앉은 어머니는 노상 볼을 부비며 오늘따라 다정다감하게 말을 걸어왔다. 근래에 보기 드물게 기분이 좋은 모양이었다.

'이럴 때 말을 꺼내는 거야. 우물쭈물하면 더욱더 의심하니까 아무렇지도 않은 척, 별일 아닌 척 말해야 해.'

"어머니, 부탁이 있어요."

긴장을 해서인지 조금 무뚝뚝한 어투로 입을 연 인규는 숨을 한번 몰아쉬고 어머니의 반응을 기다렸다.

"네가 부탁이란 걸 할 때도 있구나. 뭔데?"

"돈 좀 빌려주세요. 삼천만 원이면 돼요."

"삼천만 원은 어디다가 쓰게?"

인규는 태연한 혜옥의 시선을 똑바로 맞추며 최대한 당당하게 보이려 애썼다.

"일 년 안에 이자 쳐서 갚을게요. 꼭 필요해서 그러니 빌려주세요."

"글쎄, 빌려주는 건 어렵지가 않은데 어디다가 쓸 건지 알아야겠다."

여전히 웃음을 잃지 않고 다감하게 말하는 그녀를 보고 인규는 한순간 모든 것을 털어놓을 뻔했다. 그러나 그녀를 누구보다 잘하는 그가 실수를 할 리가 없다.

“증권을 좀 했는데 별로였어요. 새로운 종목에 투자하려는데 자금이 좀 모자라서요.”

“내가 그렇게 말할 때는 안 듣더니 갑자기 웬 증권이야. 요즘 투자해 봤자 이미 단물 다 빨려서 맹탕이야. 당분간은 기다리는 게 좋을걸.”

“그래도 맘에 둔 것이 있어서 그래요. 빌려주실 거죠?”

“네가 철들고 처음 하는 부탁이니 거절할 수는 없지. 빌려줄 테니 걱정 마. 내일 중으로 계좌에 넣어줄게.”

“감사합니다.”

생각 외로 일이 쉽게 풀리자 인규의 표정이 순간적으로 허물어지면서 안도의 빛이 스쳐 갔다. 이때를 놓치지 않고 어머니의 얼굴에서 의심이 스쳐 가자 인규는 다시 긴장하며 변명을 늘어놓았다.

“아는 분에게 들은 작전이 있는데 빠지기엔 좀 아까운 거였어요. 며칠이면 본전은 뽑고도 남아요.”

“후훗, 누가 뭐래니. 당황하는 걸 보니 뭔가 있는 것 같네. 그러고 보니 최근에 너 많이 이상한 거 같아. 아침잠 많은 애가 일찍 나갔다가 저녁 늦게 들어오질 않나, 돈을 다 빌려달라고 하질 않나.”

“그냥 여러 가지로 바빠서 그래요. 누나는 어디 갔어요?”

어떻게 해서든 화제를 다른 곳으로 돌려보려고 하는 그의 의도를 알았는지 혜옥은 짐짓 모른 척하며 인주의 얘기를 꺼냈다. 여전히 의심스런 눈빛을 거두지 않고서.

“개야 요즘 살판난 애 아니냐. 윤수랑 결혼식장 알아본다고 아침부터 나가더니 감감무소식이야.”

얼마 전 뉴욕에서 디자인 공부를 하고 돌아와 약혼자와 결혼을 앞둔 인주. 결혼 준비에 바쁜지 좀처럼 얼굴도 마주하기 힘든 그녀였다.

"얼마나 뻑적지근한 결혼을 할 건지 닥치는 대로 사들인다니까. 자기가 돈 내는 거 아니라 이거지 뭐."

혜옥은 수다에 몇 번 말대꾸를 해주자 신나게 이야기보따리를 풀어놓더니 손님과 약속이 있다며 서둘러 방을 나갔다.

"휴~"

인규는 침대에 벌렁 누워 긴 숨을 내쉬었다. 가슴속에 돌덩이처럼 자리 잡고 있던 돈 문제가 해결되니 속이 다 뻥 뚫린 느낌이었다.

"돈은 구했으니 한시름을 놨다. 이제 하경이 병도 고치고 설아 공부도 시키고. 다시 예전처럼 돌아갈 수 있어."

천장을 바라보던 인규의 얼굴에 흐뭇한 미소가 번져 갔다. 그러나 벽 하나를 사이에 두고 선 다른 한 사람의 얼굴은 심각하게 굳어 있었다. 웃으며 인규의 방을 나온 혜옥은 돌연 차갑게 굳은 얼굴로 저녁놀이 비치기 시작한 복도를 지나 자신의 방으로 왔다. 곧장 수화기로 손을 뻗은 그녀는 비서에게 전화를 걸었다.

"나야. 알아봐 줘야 할 게 있어."

비서에게 지시사항을 말하고 전화를 끊은 그녀의 표정은 얼음처럼 차가우면서도 표독스러웠다. 자신의 아들이 어떤 성품을 가지고 있는지 키워오면서부터 이십사 년간 체험으로 안 혜옥이다. 죽은 남편을 닮아 옳고 그름이 분명하고 자존심에 고집 센 인규. 그런 자식이 돈 삼천만 원 빌려달라고 했을 때는 뭔가 절박한 사정이 있어서다.

'말도 안 되는 핑계를 대고 있지만 그런 수법에 쉽게 넘어갈 서혜

옥이 아니지.'

그녀는 생각에 잠겨 콘솔 위에 놓인 액자 속 아이들을 뚫어지게 응시했다. 뭔지 몰라도 그렇게 신경 썼던 일이라면 중요한 것이겠지. 숨기고 있는 게 뭔지 기필코 알아낼 것이다. 내 자식한테 일어나는 일은 뭐든 다 알아야 하니까. 혜옥은 불쾌함을 숨기지 못하고 파르르 떨었다.

"간만에 기분이 좋았는데 다 망쳐 버렸어. 기분 전환 삼아 애인이라도 불러볼까."

다시금 수화기에 손을 뻗는 그녀의 얼굴에 요염한 미소가 은은히 퍼졌다.

톰 요크의(Radiohead) 우울한 목소리가 노오란 불빛과 담배 연기 자욱한 공중을 부유하다 당구대에 몸을 숙이고 있는 주녕의 등에 젖어들었다. 불빛 아래 드러난 그의 넓은 등은 음울한 멜로디와는 달리 역동적으로 꿈틀거렸다. 움직일 때마다 두드러져 보이는 남성다운 골격과 두툼하고 단단하게 자리 잡은 근육은 다비드상을 보는 것처럼 근사하지만 온기나 따뜻함은 보이지 않았다. 대리석처럼 미끈하면서도 대리석보다 더 차가운 그의 마음. 속내를 알 수 없는 깊은 눈빛과 얼음으로 조각한 듯한 얼굴에선 무거운 그늘이 짙게 깔려 있었다.

그늘. 그는 언제나 비밀스런 그늘에 쌓여 있었다. 출생에서 시작해 모든 것이 비밀이고 그래서 늘 혼자인 주녕. 그는 고독과 담배 필터를 질근질근 씹으며 색색의 공들을 노려보다 큐를 움직였고 공끼리 몸을 부딪치며 내는 경쾌한 소리를 들으며 몸을 일으켰다.

"오늘따라 공이 잘 맞는데."

낮게 가라앉은 목소리가 조용한 실내에 울렸다. 가만히 서서 담배 두어 모금을 빨던 그는 반쯤 남은 담배를 아무렇게나 비벼 끄고 J&B Reserve를 병째 집어 들었다. 물처럼 느껴지는 술이 막상 목으로 넘어가니 취기가 도는지 온몸이 후끈해졌다. 당구, 술, 여자. 그가 좋아하는 세 가지. 이제 남은 한 가지만 있으면 완벽하다는 생각이 스쳐 감과 동시에 거짓말처럼 초인종이 울렸다.

주녕은 개인 거실 한쪽을 차지하고 있는 모니터들로 시선을 돌렸다. 건물 매 층과 엘리베이터, 현관부터 시작해 집 안 전체에 설치해 둔 카메라. 십여 개의 TV 모니터 사이에서 그녀를 발견한 주녕은 시계를 흘끔 보며 현관을 향해 갔다.

문을 열자 양손에 쇼핑백을 가득 든 그녀가 몹시 지친 얼굴로 서 있는 게 보였다. 그 순간, 그는 일말의 동정을 느끼며 부드러운 시선을 보냈다.

'그까짓 걸 사 오면서 죽도록 피곤한 얼굴을 하다니.'

주녕은 그녀의 변화된, 그러나 약간의 변화만 줬을 뿐 여전히 밋밋한 생머리를 보며 시큰둥한 얼굴로 말했다.

"딱 여덟 시간 걸렸군. 너무 짧은 거 아니야?"

일부러 자극을 줄 요량으로 비아냥거리는 목소리를 내자 말라비틀어진 양상추처럼 기운없던 얼굴에 금세 찬바람이 돌더니 도도한 표정으로 변했다.

"다 못 들 것 같아서 나머진 배달시켰어요."

"그래? 그럼 전화를 하지, 기사를 보내줬을 텐데."

자신을 지나쳐 안으로 휘적휘적 걸어 들어가는 그녀의 뒷모습을 보고 주녕은 흥미롭다는 듯 웃었다. 스쳐 가는 그녀에게서 처음 만났을 때 맡았던 은은한 꽃향기가 났다. 유혹적이지도, 그렇다고 세련되지도 않은 냄새가 왜 좋은 걸까. 주녕은 들고 있던 위스키 한 모금을 마시며 그녀의 뒷모습을 관찰했다. 낮에 입고 나갔던 데님바지와 칙칙한 남방, 닳아 빠져 볼품없는 운동화를 훑어보자니 한숨이 절로 나왔다.

'아름다운 여자가 자신을 꾸밀 줄 모르는 건 죄악이지. 아니, 자신이 아름답다는 것에 대해 무지한 것은 범죄에 가까운 거야.'

가볍게 툴툴대며 복도를 따라 개인 거실을 향하는 발걸음을 따라가던 주녕은 허름한 옷 속에 가려져 있는 늘씬한 키와 균형 잡힌 몸매에 경탄을 보냈다. 그녀는 알까? 자신이 순수함과 섹시함을 동시에 가지고 있는 사람이라는 것을……

"그나저나 그렇게 많이 사들였으면 한 벌쯤은 입고 오지 그랬어. 갔던 때와 복장이 그대로군."

그녀는 별다른 말이 없었다.

'피곤해서 대꾸할 기운도 없다는 건가. 다른 여자들은 카드 한 장만 안겨주면 구두 굽이 닳도록 백화점과 숍을 돌던데. 쇼핑에 흥미가 없었던 모양이로군.'

거실 한쪽에 쇼핑백을 내던지듯이 부리는 그녀를 보며 고개를 설레설레 흔든 주녕은 다시 큐를 들고 거실 옆에 있는 당구대 앞에 가서 섰다. 당구대를 제외하고 어두컴컴한 거실이 신경이 쓰였는지 그녀는 서둘러 나가고 싶은 기색이 완연했다.

"기사 붙여줄 테니 집까지 가지고 가."

큐에 초크 칠을 하던 주녕은 들리지 않게 한숨 쉬며 머리칼을 쓸어 넘기는 설아의 모습을 지켜보았다. 보면 볼수록 마음을 잡아끄는 아이다. 방심할 때마다 짓는 저 표정이 사람을 미치게 한다. 무표정함 속에 드러나는 순수함, 쉽게 길들여지지 않겠다는 결연함. 저 표정을 매 순간 끌어낼 수 있다면 좋으련만.

"안 가져갈 거예요. 이건 사장님 장난감이니까 여기에서만 입겠습니다."

"그런가. 맘대로 해."

본인은 완벽하게 숨긴다고 생각하겠지만 주녕의 눈엔 그녀의 그늘이 보였다. 어딘지 모르게 불안하고 슬퍼 보이는 저 그늘.

너도 나와 같은 과인가.

주녕은 저 가느다란 허리를 끌어당겨 서늘한 눈빛을 들여다보고 싶은 충동을 느꼈다. 그와 동시에 생각했던 것보다, 아니, 훨씬 더 그녀에게 끌리고 있는 자신을 발견했다.

"그럼 가보겠습니다."

"잠깐, 내 장난감을 사 왔으면 어떻게 생겨먹은 건지 선은 보여줘야지. 그냥 가면 무슨 재미야?"

그녀의 눈에서 불꽃이 튀는 걸 보며 주녕은 작은 만족을 느꼈다. 한눈에도 자존심이 강해 보이는 그녀, 그 오뚝한 코에서 드러나는 자존심의 높이가 좋았다.

'그래, 그렇게 자신을 드러내 봐. 억누르지 말고 숨기지 말고 솔직하게……. 처음에 그랬던 것처럼 말이야.'

그는 설아의 다음 말을 기다리며 느긋하게 기대섰다.

"항상 이런 식으로 다른 사람들을 가지고 노시나 보죠? 네, 사장님 돈이 필요해서 취직했어요. 그렇다고 해서 마음대로 갖고 놀라고 허락한 게 아니란 걸 알아두세요.”

주녕은 한쪽 입꼬리를 치켜 올리며 웃었다. 그녀는 알까, 자신의 얼굴에 무궁무진한 표정들이 숨어 있다는 것을?

“어떻게 하지? 난 널 가지고 노는 게 좋은데.”

“정말이지⋯⋯.”

말씨름하는데 지쳤는지 설아는 몸을 획 돌려 현관으로 걸어갔다. 그 순간, 주녕의 가슴 깊은 곳에서 여자를 정복하고 싶은 강렬한 욕구가 솟아올랐다. 왠지 이 여자를 안으면 공허한 가슴이 모두 채워질 것만 같다. 팔딱팔딱 튀어 오르는 몸을 바닥에 쓰러뜨려 자신의 모든 것을 쏟아 부으면 그동안의 고통, 좌절, 분노 따위를 모두 내버릴 수 있을 거라는 막연한 기대감이 일었다.

‘널 갖고 싶어. 너는 그동안 안은 여자들과 왠지 다를 거 같아.’

몸을 돌려 현관으로 가려는 여자를 몇 걸음만으로 따라잡은 그는 상상했던 것보다도 더 가는 허리를 휘감아 벽으로 밀어붙였다. 화들짝 놀란 그녀가 격렬하게 저항했지만 주녕은 그녀의 턱을 잡아 고정시키고 닿을 듯 말 듯하게 얼굴을 갖다 대었다. 감탄이 나오는 긴 속눈썹과 그 안에 이글거리는 눈빛. 적대감을 숨기지 않는 여자의 표정을 보니 억눌린 욕구가 화산처럼 뿜어져 나왔다.

“이, 이거 놔요.”

그녀는 떨고 있었고, 주녕은 희열을 느꼈다. 겁에 질린 여자의 심장이 거칠게 뛰는 것을 느끼며 너무나 보드라울 것 같은 입술을 지그시 바라보았다.

장미 꽃잎처럼 붉고 솜사탕처럼 부드럽고 달콤할 것 같은 입술. 이 입술에 키스를 한다면 어떤 느낌이 들까. 네 표정만큼이나 차가울까? 아니면 사탕같이 달콤할까?

주녕은 그녀의 얼굴 가까이 자신의 얼굴을 가져갔지만 입술은 빼앗지 않고 그대로 멈춰 있었다.

설아는 많은 생각들이 스쳐가는 듯한 그의 표정이 싫었다. 왜 자꾸 그런 눈으로 보는지, 왜 자꾸 그런 표정을 짓는지 점점 알 수가 없었다.

“비켜요. 비키란 말이야.”

“움직이지 마.”

귓가에 낮은 속삭임이 들려오자 설아는 움직임을 일시에 멈추고 그를 노려보았다. 그리고 정염에 휩싸인 표정을 본 순간, 온몸이 떨릴 만큼 그가 무서워졌다.

“네가 마음에 들어. 괜한 시간 낭비 말고 본론으로 들어가자. 오늘 밤 자고 가.”

그의 말은 유혹도, 부탁도 아닌 명령에 가까웠다. 설아는 새된 비명을 지르며 그에게서 떨어졌다.

“미쳤어요?”

그러나 돌아온 건 타는 듯한 갈증에 시달리고 있는 사람의 눈빛이었다. 주녕은 더욱더 몸을 바싹 기대오며 중얼거렸다.

“편하게 얻을 수 있는 방법이 있는데 왜 먼 길로 돌아가려고 하지? 내 마음을 뺏으면 네게 필요한 것들을 얻을 수 있어. 그 이상의 것도.”

그가 몸을 더욱더 가까이 밀착해 오자 설아는 얼결에 침을 꼴깍 넘기고는 후들거리는 다리에 힘을 주었다. 주녕의 벗은 상체에서 후끈한 열기가 배어 나와 온몸에 열기가 퍼졌다. 그리고 얇은 바지 사이로 묵직한 뭔가가 느껴진 순간, 그것이 어떤 의미인지 깨닫자 온몸에 식은땀이 흘러내렸다. 설아는 최대한 그의 이성을 깨울 수 있기를 바라며 절대로 내뱉고 싶지 않은 말을 꺼냈다.

"제발, 보내줘요."

생각과는 달리 입에서 흘러나온 말은 진심으로 호소하는 말투. 설아는 짜증과 함께 자신이란 존재가 나약하게 느껴져 화가 났다. 그러자 그는 고개를 숙여 눈을 맞추더니 낯선 눈빛으로 속삭였다.

"원하는 게 돈이면 얼마든지 줄 수 있어. 네가 원하는 게 그런 거 아니야? 얼마쯤 집어주면 돼? 말만 해."

순간, 그의 눈이 너무나 외로워 보였다. 그것은 마치 사랑에 굶주린 눈빛과 흡사했다. 언젠가 거울 속에서 본 자신의 눈빛과 닮은 그의 눈빛. 설아는 가슴 한쪽이 무거워지는 것을 느꼈다.

"네 눈빛, 정말 마음에 안 들어. 왜 그렇게 보는 거지?"

기분이 상했는지 그가 몸을 떼고 물러섰다. 그리고 옆에 있는 술병을 집어 들어 입에 털어 넣다 빈 병이란 걸 알고는 바닥으로 아무렇게나 던져 버렸다.

"잡아먹지 않을 테니 걱정하지 마. 나 같은 놈 밑에서 일할 수 있는 그릇인지 테스트해 본 것뿐이니까. 이 정도 장난에 겁먹고 출근 안 한다고 하는 건 아니지?"

설아는 그에게서 한바탕 놀아난 기분이었다. 젠장! 사람을 갖고 노는 것도 분수가 있지. 놀란 가슴이 어느 정도 진정되고 다리의 후들거림이 멈추자 설아는 히죽 웃으며 바(bar)로 향하는 그의 앞을 막아섰다. 그리고는 어떤 반응을 할지 궁금하다는 표정을 지은 주녕의 따귀를 온 집 안에 소리가 울릴 정도로 올려붙였다.

쫘악!!

"사장님 인내심 테스트 중이에요. 기분 나쁘면 자르세요."

때린 손바닥이 다 얼얼하게 아플 정도로 강한 따귀였지만 그는 눈하나 깜짝하지 않았다. 아니, 오히려 재미있다는 듯 웃고 있었다.

"발길질만 잘하는 줄 알았더니 손도 맵구나. 말도 잘하고 말이야. 앞으로 지루하진 않겠다. 기대되는걸."

그는 삐딱한 웃음을 지으며 설아의 볼을 토닥였다.

"그럼 이걸로 환영식은 끝난 거지? 이제 서로가 어떤지 파악했으니까 내일부터는 본격적으로 일해보자고."

주녕은 살짝 윙크를 하며 바로 향했다.

나쁜 인간! 설아는 찡긋하는 그의 한쪽 눈을 후벼 파고 싶을 정도로 화가 치밀었다. 그 분노를 읽었는지 그가 말했다.

"내 옆에 있으려면 이 정도는 약과야. 다 알고 시작한 거 아닌가? 이런 걸로 포기해 버린다면 실망인데."

설아는 뭐라고 대꾸하려다 입을 다물고 어금니를 깨물었다.

'그래, 처음부터 김주녕이란 인간이 어떤 인간인지 알고 시작한 일이야. 이 정도에 포기하고 돌아선다면 장난에 실컷 휘둘리다 나가떨어지는 꼴이 돼. 지지 않을 거야. 네가 뭐라든지 악착같이 버텨낼 거야.'

설아는 최대한 허리를 곧추세우고 어깨를 폈다. 놀라서 부들부들 떨었던 주제에 대수롭지 않았다는 듯 싸늘하고 당당하게 펜트하우스를 걸어나왔다.

'그까짓 어린 계집애 때문에 이렇게 흔들리다니…… 빌어먹을!'

붉게 충혈된 눈이 초점을 잃고 흔들리다 거실 구석에 놓인 쇼핑백들에 시선이 고정되었다.

"너도 다른 년들이랑 똑같아. 좀 더 많이 뜯어내려고 하는 머리 좋은 계집일 뿐이라고."

그는 자신이 뭐라고 중얼거리는지도 모른 채 한참을 서 있었다. 얼마쯤 집어주면 되냐고 묻는 순간, 그녀가 지은 표정이 자꾸만 눈에 밟혔다. 일순간 스쳐 지나갔던 건 동정이었나. 하! 말도 안 돼. 동정이라니. 그러나 몇 번이고 재생해 봐도 그 눈빛은 자신에 대한 동정과 연민의 눈빛이었다. 지금껏 자신에게 그런 눈빛을 보낸 여자는 없었다.

'세상에 싸질러 놓은 여자조차도 짓지 않은 표정을 너 따위가 뭔데 짓는 거야!'

주녕은 제대로 통제하지 못한 감정과 가슴속에 이는 묘한 감정에 언짢아하며 냉소적인 표정을 지었다.

'그저 값싼 호기심일 뿐, 그뿐이야. 실컷 가지고 놀다가 싫증날 때 버리면 되는 거야.'

그러나 외면하려고 하면 할수록 설아의 영상은 점점 더 또렷해져 갔다. 얼굴을 구긴 채 침실로 향하던 주녕은 테이블 위의 수화기를 보며 멈춰 섰다. 지금 이 순간 여자가 간절했다. 그녀의 체취와 길들여지지 않은 눈빛을 보면서 느꼈던 흥분과 희열이 아직도 몸속에 남아 남성을 뻐근하게 했다. 다시 한 번 느껴보고 싶다. 맨살에 와 닿던 뜨거운 숨과 하얀 크림이 묻어나올 듯한 피부, 그리고 실크처럼 부드러운 감촉.

주녕은 전화 한 통이면 삼십 분 내로 달려올 여자가 있었지만 수화기에서 시선을 돌리고 침대에 누워버렸다. 시트에 몸을 묻고 위스키를 목으로 흘려 넣자니 가슴이 헛헛해 견딜 수가 없었다. 이렇게 허전하고 횡한 느낌이 든 건 처음이다. 다 그 애 때문인가. 열두 살이나 어린 여자애에게 동정이나 받다니. 씁쓸한 미소를 지은 그는 폐 속 깊숙이 끌어내는 숨을 내쉬고는 뻑뻑한 눈을 감았다.

잠이나 자자. 이 밤이 지나 그 애의 눈빛이 잊혀지면 다시 어제의 나로 돌아갈 것이다. 예전의 김주녕으로…….

그는 긴 밤을 몇 병의 술로 달래며 다시 예전으로 돌아갈 것을 다짐했다.

다음날 아침, 집을 나서자마자 난데없이 튀어나온 그림자 때문에 설아는 화들짝 놀라며 뒷걸음질쳤다. 놀란 마음으로 그림자의 정체를 살며본 그녀는 그제야 어이없는 웃음을 터뜨리며 그의 어깨를 툭 쳤다. 아침 햇살만큼이나 윤이 나게 웃고 있는 인규. 설아는 지난밤을 불면으로 보내 푸석푸석한 얼굴이 잠시 부끄러워 볼을 붉혔다.

"선배?"

"안녕, 류설아! 요즘 왜 그렇게 보기가 힘들어. 취직했으면 한턱 쏴야 하는 거 아니야?"

"미안해. 좀 경황이 없었어."

하얀 이를 드러내며 씩 웃는 그를 보니 며칠 못 본 사이에 많이 보고 싶어했음을 깨달았다. 언제나 해사한 웃음과 따스한 기운을 북돋아주는 사람. 봄이 지나가고 있었지만 한겨울처럼 얼어붙었던 그녀의 가슴에 봄 아지랑이가 너울너울 피어올랐다.

"오빠 병간호하랴 일하랴 바빴던 거 다 알아. 골목 아래에 차 대놨어. 데려다 줄게."

그는 필요 이상으로 명랑하게 굴며 기분을 띄워주려 애썼고 설아
는 그런 인규에게 고마움을 느꼈다. 그런데 신나게 얘기를 하던 그가
막상 차에 타고 나니 할 말이 있는지 우물쭈물 대며 기회를 찾고 있
었다.

"저기, 있잖아. 저기……."

"무슨 말인데 그래?"

운전하는 내내 말을 꺼내려다 몇 번이고 어물거리는 그의 모습에
보다 못한 설아가 물었다.

"저기 말이야."

"저기고 여기고 간에 빨리 말해. 명 짧은 사람 숨넘어가겠다."

"내가 돈을 좀 마련했어. 하경이 병 고치는 데 좀 보태고 싶어서
말이야."

사거리에 빨간 신호등이 들어오고 차가 멈췄다. 그와 동시에 설아
의 입도 굳게 닫혔다.

"설아야, 화났나?"

눈치를 보며 긴장하고 있는 그의 눈을 보고 있자니 한숨이 절로
나왔다.

어떻게 화를 내겠어. 당신의 그런 얼굴을 보고 어떻게 화를 내. 고
마운걸, 너무나 고마워서 눈물이 나는걸.

설아는 목이 메는 걸 간신히 참으며 말했다.

"선배…… 고마워."

"휴, 다행이다. 화난 거 아니었네? 너 화낼까 봐 밤새 걱정 많이
했어."

그는 뒷머리를 긁적이며 진심으로 다행스런 얼굴을 했다.

"그런데 말이야. 그 돈은 받을 수 없어."

"왜?"

"선배도 어렵잖아. 힘들게 모은 돈일 텐데 내가 어떻게 써."

"아냐. 나, 나는……."

"진심만 받을게. 학비 버느라 고생하는 거 다 봤는데 그 돈을 어떻게 받아."

"설아야, 내 말 좀 들어봐."

뒷차가 경적을 울리며 빨리 출발하라고 재촉을 해댔다. 인규는 난감한 얼굴로 출발을 했고 설아는 그런 그의 옆모습을 보면서 가슴이 따뜻해지는 것을 느꼈다. 가족 외에 이렇게 따스한 손길을 내밀어준 사람은 그가 처음이었다. 지금은 동전 한 닢도 필요할 만큼 다급한 사정이지만 가난한 고학생인 그에게만은 신세지고 싶지 않다. 자신도 힘들면서 남을 위해 배려해 주는 그가 고마워 설아는 기어를 잡고 있는 손을 살짝 잡았다.

"선배, 고마워. 하지만 말이지, 아직까진 혼자서도 감당할 수 있어. 나중에 진짜 힘들 때, 그때 받을게."

놀란 나머지 몸을 움찔한 인규는 감동받은 표정을 지었다. 좀처럼 감정 표현을 않는 설아였기에 먼저 손을 잡은 것은 큰 발전이었고 그래서 뛸 듯이 기뻤다.

"데리러 올게. 이 앞에서 기다리고 있을 테니까 이따 보자."

멀어지는 그의 차를 향해 손을 흔들던 설아는 등 뒤에서 인기척이 나 고개를 돌렸다. 뒤에는 트레이닝복을 입고 서 있는 주녕이 그녀가 돌아보던 길을 따라 보고 있었다. 막 운동을 하고 온 모양인지 옷이 흠뻑 젖어 있는 그를 보고 설아는 떨떠름한 표정을 지었다.

"애인?"

"안녕하세요."

"차가 좀 후진데. 학생이야? 사귄 지는 얼마나 됐어?"

"운동 갔다 오시나 봐요."

"흠, 내 말엔 대꾸도 하지 않는군. 사생활이다 이거지?"

시큰둥하게 중얼거린 그는 엘리베이터에 타자 목에 걸친 이어폰을 다시 귀에 꽂고 발장단을 맞추며 딴청을 피웠다. 설아는 한없이 심각하다가도 유치하게 구는 그를 보며 누군가와 닮았다는 생각을 했다. 그녀가 생각에 잠긴 사이에 엘리베이터 문이 열렸다.

"상관이 어영부영하다고 일까지 그럴 거란 생각은 애초에 접어두는 게 좋을 거야. 이래 뵈도 일할 때는 마구 몰아붙이는 성격이거든."

그는 무섭지도 않은 주의를 주며 안으로 들어갔다. 설아는 뒤따라 들어가며 어제처럼 어색한 분위기면 어쩌나 걱정했던 것이 기우였음을 깨달았다. 성격이 더럽긴 해도 뒤끝이 없는 인간이라는 생각이 들자 그나마 장점이 있다고 생각하며 설핏 웃었다.

그 뒤로 한 달 동안 주녕은 직장 상사 그 이상도, 이하도 아니었다. 지극히 사무적으로 대하는 그의 태도에서 처음의 지분거리는 모습을 찾기 힘들어 당황하기도 했다. 그녀를 놀라게 한 건 그것뿐만이 아니었다. 그저 건물 몇 개를 가진 나이트클럽 사장인 줄 알았던 그가 악명을 날리는 기업 사냥꾼이란 것이었다. 특정기업의 일정 지분을 장내에서 사들인 뒤 경영권을 쥔 대주주를 협박하거나 장외에서 비싼 값에 되파는 수법으로 이익을 남기고, 최악의 경우 회사를 조각조각 내 되파는 것으로 상상을 초월하는 돈을 벌어들인다는 주녕. 갈수록 냉혹한 사업가의 모습을 보이는 그가 낯설었다. 그러면서도 왜 그가 겉으로 보이는 것처럼 나쁜 사람은 아닐 거라는 생각이 드는 걸까.

심각한 표정으로 일에 매달려 있을 때의 그는 소름이 돋을 만큼 차갑고 거침없었다. 그러다 혼자만의 시간을 가질 때는 염세적이고 세상사에 초월한 듯한 표정을 짓곤 했다. 그는 두 사람이 아닐까 하는 생각이 들 정도로 극과 극을 달렸다. 정확하게 단정 지을 수 없고, 어느 쪽에도 속하지 않는 그의 성격. 맨 처음 가졌던 부정적인 느낌이 시간이 흐를수록 점점 호기심으로 바뀌기 시작했다. 찾아오는 가족도 없고, 만나는 친구도 별로 없는 그였다. 최근에는 거의 만나지 않지만 가끔 찾아오는 여자들과의 관계가 그나마 친밀한 인간관계로 보였고 시간이 나면 혼자 당구를 치거나 책에 묻혀 지냈다. 뭐든지 적거나 넘치는 것이 없는 남자. 여자도, 취미도, 술도 완벽하게 경계선을 유지하며 관리하는 것을 보면 감탄이 나올 정도였다.

"어떻게 하면 그렇게 돈을 많이 벌어요?"

거실 소파에 앉아 남성 잡지를 들추던 그가 뜬금없이 무슨 소리냐는 표정을 지었다. 같은 공간에서 끊임없이 부딪혀도 먼저 말을 건 적이 이번이 처음이라 그도 의외인 모양이다.

"뭐라고?"

멋쩍은 표정을 지은 설아는 조심스럽게 소파에 앉아 전부터 물어보고 싶은 질문을 했다. 그녀는 한껏 분위기를 잡더니 진지하게 물었다.

"매일 늦잠 자고 노는 것처럼 보이는데 어떻게 이렇게 돈이 많은 가 해서요. 부모님이 부자예요?"

주녕이 보기 드물게 웃음을 터뜨렸다. 대답은 안 하고 한참 동안 웃기만 하는 그를 설아는 뚱한 표정으로 바라보았다. 흥, 얘기해 주 기 싫으면 말지 왜 비웃는담. 민망한 나머지 일어서려는데 그가 웃음 기를 머금은 채로 말했다.

"그거 알아? 넌 가끔 엉뚱한 데가 있어."

그는 잡지를 테이블에 올려놓고 팔짱을 낀 채 설아를 쳐다보았다.

"첫 번째 질문의 답부터 얘기해 줄게. 부자는 눈이 여덟 개쯤을 달 려야 해. 여기저기 돈 나올 구멍이 어디에 있는 끊임없이 궁리해야 하지. 돈을 볼 줄 아는 안목이 있어야 하는데 그건 쉽게 얻어지는 게 아니야. 근데 내가 볼 때는 넌 돈을 못 벌 거 같다."

"왜요?"

"돈은 나같이 나쁜 놈들만 많이 벌거든. 착한 인간들은 모질지가 못해서 돈을 못 벌어. 그리고 두 번째 질문의 답은 당분간은 쉬기로 했기 때문에 일을 줄였어. 지금 하는 건 취미 생활이라고 할 수 있 지."

취미 생활로 그 정도 돈을 벌면 실제로는 얼마나 번다는 거야? 설 아의 눈이 토끼눈처럼 동그래졌다.

"그리고 세 번째 질문에 대한 답인데 아쉽게도 태어날 때부터 은 수저 물고 태어난 부류는 아니야. 거의 내 힘으로 여기까지 왔지. 이 제 답이 됐어?"

얼떨떨한 얼굴로 고개를 끄덕이자 그의 입가에 또다시 미소가 지 어졌다. 웃는 주녕의 얼굴을 보는 순간 가슴이 두근거렸다. 밝은 성격이었다면 참으로 많은 사람들이 주위에 있었을 텐데 현재의 그는 너무나 고독해 보였다. 설아는 그렇게 잘생긴 얼굴이 어두운 그늘에 가려져 있는 것이 조금은 아쉬웠다.

"그럼 내가 질문할 차례야. 가장 자신있는 게 뭐야?"

딴생각에 잠겨 있던 설아가 갑작스런 질문에 눈을 동그랗게 떴다.

"네? 저요?"

"그럼 내 앞에 있는 사람이 너밖에 더 있니? 어떨 때는 참 맹하단 말이야."

그의 말에 설아는 볼에 바람을 잔뜩 집어넣고 말했다.

"특별히 자신있는 건 없어요. 공부하고 요리 정도?"

"듣기만 해도 지루하다. 그럼 미치도록 우울할 때는 뭘 하는데?"

"공부요."

주녕이 눈을 굴리며 괴상한 표정을 짓자 설아는 깔깔깔 웃음을 터뜨렸다.

"도대체 무슨 재미로 인생을 사는 거야? 그럼 가장 해보고 싶은 것은?"

"오페라가 보고 싶어요. 한 번도 본 적이 없거든요."

"정말, 하나같이 지루하고 고리타분하네."

"매일 틀어박혀서 당구나 치고 책이나 읽는 사람도 고리타분하긴 매한가지예요."

"그래도 우울할 때 공부한다는 사람보단 나아."

주녕과 투덕투덕 말을 주고받던 설아는 가슴 언저리가 따스해지는 것을 느꼈다. 그도 보통 남자일 뿐이라는 생각이 들었다. 주위에 바리케이드를 치고 적대시하곤 하지만 그래도 속마음은 남들과 다

름없다는 생각에 그동안 가지고 있는 편견들이 한 꺼풀 더 벗겨졌다.

주녕의 눈빛이 끊임없이 설아의 주위를 맴돌았다. 창가에 서서 책을 볼 때 드러나는 탐스러운 흰 목, 뭔가 마음에 안 들 때마다 접혀지는 양 미간, 아무리 어른스러운 척해도 이따금씩 드러나는 천진난만한 표정이 사랑스럽기 그지없었다. 어쩌다 저 어린애에게 끌리게 됐을까. 주녕은 일 때문에 잔뜩 화가 나 있다가도 그녀만 보면 감탄 어린 눈으로 훑곤 했고 사감처럼 딱딱한 정장에 심각한 표정을 짓고 있는 그녀를 무릎에 앉혀놓고 싶은 충동에 시달렸다. 항상 이런 식이다. 눈과 귀는 그녀에게 열려 있어 일에 도통 집중할 수가 없었고 틈만 나면 다가가 말을 시키려고 갖은 노력을 했다. 값싼 호기심 때문이라고 장담하던 때가 엊그제 같은데 이제 와 무슨 꼴이람. 주녕은 그런 자신에게 화가 나 설아를 눈에 안 보이는 곳에 치워 버리고 싶다가도 잠시라도 보이지 않으면 미쳐 버릴 것만 같았다.

"김 사장, 지금 내 말 듣고 있는 거야?"

생각에 잠겨 있던 주녕은 눈썹을 살짝 꿈틀거리며 짐짓 아무렇지도 않은 척 행동했다.

"아, 네. 듣고 있어요."

"듣고 있기는, 염불엔 관심없고 잿밥에만 관심을 두고 있는 거 같은데?"

석현호는 엄지손가락으로 사무실 밖을 가리키며 짓궂게 웃었다. 그가 의미하는 것은 그녀이리라. 주녕은 말도 안 된다는 표정으로 쳐다보았다.

"거참, 농담도."

"농담이 아니야. 저 예쁜 비서가 오고 나서 김 사장 주의가 많이 흐트러진 거 같아."

"그래, 세진건설에 빌려준 대금을 채권으로 회수했다구요?"

주녕은 살짝 굳은 얼굴로 앞에 놓인 파일을 뒤적였다. 그러자 현호는 여전히 웃음을 머금은 채로 꼬투리를 잡아 신난다는 표정으로 떠들어댔다.

"아니야, 수상한 냄새가 난단 말이야. 솔직하게 말해. 저 비서 마음에 두고 있는 거지?"

"그만 하죠. 재미없어요."

급속하게 차가워진 말투에서 여기서 이야기를 끝내는 것이 신상에 좋다고 느낀 현호는 못 이긴 척 화제를 돌렸다.

"듣자 하니 헤지펀드로 주머니깨나 불렸다고 하던데 한턱 안 낼 거야?"

"벌긴요. 그전에 손해 본 거 생각하면 간신히 체면 유지했어요."

"그 정도 수익이면 됐지, 하여튼 욕심도 많아. 이 정도 벌었으면 좀 쉬엄쉬엄 벌라고. 그래야 나 같은 사람도 벌지."

'하이에나 같은 자식.'

주녕은 적당히 비위를 맞춰 줘가며 자신의 주위를 맴도는 그가 썩 내키지 않았다. 마지못해 관계를 유지하고 있긴 하지만 그 멀쩡한 얼굴에 숨겨진 사악함이 일찌감치 믿지 못할 사람으로 분류하게 만들었다. 사채업자의 충복으로 돈 푼깨나 만진다고 거들먹거리는 꼴 하고는……. 그래 봤자 부자 놈들 뒷구멍에 여자들이나 받치는 주제에. 주녕은 뻔뻔한 얼굴을 마주하고 있자니 짜증이 났다. 그래서 선약이 있다며 일찌감치 보내려는데 그가 잊은 것이 있다며 말을 꺼냈다.

"요 며칠 후에 서 여사님 생신이잖아. 꼭 올 거지?"

"내가 그 여자 생일잔치에 왜 가요?"

"여기 온다니까 꼭 오라는 말 전해달라고 신신당부하시더군. 애인 있으면 한번 데리고 오라셔."

"아주 못 끌어내서 안달이구만. 걸핏하면 오라 가라니, 제길. 서 여사한테 전해줘요. 애인들이 하도 많아 고르는 데만도 몇 날 며칠이 걸려 못 간다구요."

그녀 생각으로 가득했던 머리 속에 딴 여자의 영상이 비집고 들어오자 공연히 화가 났다. 미워하고 증오하지만 멀어질 수 없는 여자. 서로를 잇는 끈을 잘라 버릴 수만 있다면 무슨 짓이든 할 수 있는 주녕이었다. 그러나 사람의 인연이 그렇게 쉽게 잘라지던가.

'흥. 애첩들 줄줄이 거느리고 거나하게 잔치하시겠다! 잘나셨구만.'

그는 속이 점점 뜨거워짐을 느끼며 또다시 병이 도졌음을 알았다. 가끔씩 치밀어 오르는 뜨거운 불길, 이따금씩 발작처럼 일어나는 경련 때문에 갑자기 온몸이 뜨겁게 달궈지기 시작했다.

"까다롭게 굴지 말라고. 생신이잖아. 그럼 볼일도 다 봤으니 이만 가네."

사람 좋은 미소로 씩 웃고 자리에서 일어난 현호가 사무실을 나가자 주녕은 테이블에 놓인 서류들을 집어 던지며 거칠게 욕설을 내뱉었다.

"뭐야! 도대체 언제까지 자기 마음대로 하려고 드는 거야! 이젠 제발 내버려 두라고!"

이따금 들르는 석현호라는 사람이 나가자마자 사무실에서 한바탕 소음이 들려왔다.

‘뭐가 또 꼬여서 저러는 걸까.’

설아는 문을 살짝 열어 슬쩍 쳐다보니 그가 서류와 장식품들을 바닥에 던지고 마구 욕설을 내뱉더니 옆에 놓인 골프 가방을 번쩍 들어 한쪽에 내팽개치는 것이 눈에 들어왔다.

‘저럴 때면 정말 미친 사람 같다니까.’

샐쭉한 미소를 지으며 문을 닫으려던 설아는 갑자기 그와 눈이 마주치자 깜짝 놀라며 황급히 문을 닫았다. 그러나 채 닫기도 전에 문이 획 열리는 바람에 손잡이를 붙든 채로 앞으로 고꾸라져야 했다.

“나와! 갈 데가 있어.”

씩씩거리며 숨을 몰아쉰 그는 옷걸이에서 재킷을 집어 들고 사무실 문을 나섰다.

“저, 퇴근할 때 됐는데요.”

어물거리는 말에 그는 눈을 험악하게 부라렸다.

“시간 외 수당 줄 테니 따라오란 말이야.”

그는 대답도 듣지 않고 긴 다리로 성큼성큼 걸어갔고 설아는 옷도 갈아입지 못하고 따라나서며 그의 뒤통수를 흘겨보았다.

‘뭐든 자기 생각대로 움직여야 직성이 풀리나 보네.’

속으로 툴툴거린 그녀는 주녕의 뒤에서 가운뎃손가락을 번쩍 치켜 올렸다.

심각한 눈동자와 굳게 다문 입술, 더욱더 도드라져 보이는 턱 선. 한껏 심각하게 서 있는 그를 보니 어디 가냐는 물음이 좀처럼 입 밖으로 나오지 않았다. 그는 무거운 표정으로 입을 다물고 있었고 엘리베이터가 지하 주차장에 이를 때까지 침묵은 여전했다. 불만이 가득한 표정으로 따라가던 설아는 그가 타려는 차를 보고 그대로 굳어버렸다. 비록 운전 면허도 없는 형편이지만 자동차에 대해 관심이 많았던 터라 잡지에서나 보았던 람보르기니 디아블로(Lamborghini diablo)가 눈앞에 버티고 있자 넋을 놓고 쳐다보았다. 타기는커녕 평생에 딱 한 번 보기만 해도 좋을 것만 같은 차가 앞에 있다니……. 그녀는 호기심에 반짝이는 주녕의 시선을 받으며 차 주변을 빙글빙글 돌았다.

"와! 이, 이건 디아블로?"

"차에 대해서 좀 아는가 보군."

강한 직선미의 카리스마가 넘치는 강렬한 레드 스포츠카. 불빛을 받아 빨갛게 타 들어가는 것처럼 보이는 악마라는 이름의 차는 명성 그대로 강한 마력을 뿜어내고 있었다.

"아! 너무 아름다워요."

"여자들은 차 자체보다는 얼마냐에 관심이 더 많던데, 넌 정말 특이하구나."

팔짱을 끼고 서 있는 그를 흘깃 쳐다본 설아는 어린 소녀 팬처럼 열광하는 자신이 쑥스러워 머쓱한 자세로 서 있었다. 꽁꽁 숨겨두었던 자신의 일부분이 드러난 것 같아 입 안이 모래를 삼킨 것처럼 껄끄러웠다.

"이봐, 언제까지 서 있을 참이야. 이러다 밤새겠어."

설아는 제자리에서 움직일 줄을 모르고 경이에 찬 시선으로 차를 뜯어보았다. 보는 것만으로도 엄두가 안 나는데 실제로 타보다니, 꼭 꿈속에 들어와 있는 것 같았다.

"쯧쯧, 어떨 때는 늙은이 같더니 지금은 꼭 어린아이 같구나."

위로 올라가는 차 문을 흥미롭게 쳐다본 그녀는 물속에 잠수하는 사람처럼 숨을 크게 들이마시고 차에 올라탔다. 검은 내형을 쓱 훑어보고 손끝으로 차갑고 부드러운 감촉을 음미하자 저절로 탄성이 흘러나왔다.

"그럼 출발한다. 안전벨트 매도록 해."

그의 말대로 안전벨트를 매자 묵직한 소음을 내며 차가 출발했다. 두 사람을 태운 디아블로는 빠른 속도로 어두워진 도심 속에 뛰어들었고 딱히 목적을 두지 않고 밤거리를 헤맸다. 불이 환하게 켜져 있는 빌딩들과 어디론가 바쁘게 향하는 사람들, 검푸른 한강, 점점 멀어지는 서울 도심. 그는 어둠을 뚫고 끝없이 펼쳐진 길을 따라서 영원히 서지 않을 것처럼 쉬지 않고 달렸다.

설아는 마치 누군가에게 쫓기는 사람처럼 빠르고 거칠게 차를 모는 그를 보면서 여러 가지 생각이 스쳐 지나갔다. 가슴을 억누르는 무언가로부터의 도피가 아닐까. 어쩌면 자신에게서 도망치고 싶은 처절한 몸부림일지도 모르지. 설아는 미치도록 현실에서 도피하고 싶은 충동을 이해하기에 묵묵히 앉아 스쳐 가는 야경을 바라보았다. 왜 데려왔는지는 모르지만 침묵 속에서도 그의 격한 감정이 어렴풋이 느껴졌다.

밤거리를 두 시간이나 헤맨 끝에 그가 비로소 입을 열었다. 뭔가 뒤틀리고 삐딱한 것을 예상했지만 꽤 부드럽게 시작되는 말에 설아는 고개를 돌려 조용한 얼굴의 그를 바라보았다.

"난 말이지, 때때로 발작을 일으키곤 해. 그 발작이라는 게 가만히 있지 못하게 만드는 지랄병이거든. 몸에서 마구 불덩이가 솟구치는 것 같아. 그럴 때면 이렇게 차를 몰고 밤새도록 미친 듯이 헤매야 직성이 풀리지."

유난히 차분하게 가라앉은 목소리가 쓸쓸하게 들린다고 생각한 순간, 의외의 말이 들려왔다.

"지금 애인, 사랑하니?"

당황해서 입을 열기도 전에 그가 말했다.

"좋겠다, 누구를 사랑할 수 있어서. 누군가를 사랑하고 사랑받는다는 것은 축복이지."

여전히 시선을 앞에 두고 있는 그에게서 묘한 감정이 느꼈다. 뭐랄까. 진심으로 부러워하고 있는 느낌, 그와 동시에 느껴지는 질투. 갑자기 가슴이 답답해진 설아는 창밖으로 시선을 돌리며 물었다.

"사랑 같은 거, 해본 적 없죠?"

"그래 보여?"

"네."

"맞아. 사랑은 돈으로도 살 수 없더군."

쓸쓸한 웃음이 끝남과 동시에 차가 급정거를 하고 섰다. 그 바람에 갑자기 몸이 앞으로 쏠리자 설아는 짧은 비명을 질러야 했다. 간신히 정신을 차리고 주위를 보니 젊은 남자들 몇 명이 배트를 휘두르고 있었다. 두 시간이 넘게 달려온 곳이 고작 실외 야구 연습장이라니, 그녀는 어이가 없었다.

차에서 내린 그는 날아오는 공들이 적이라도 되는 것처럼 죽일 듯이 노려보며 한 시간이 넘도록 공을 쳤다. 그는 좀처럼 내려올 줄을 몰랐고 지루해진 설아는 멀찌감치 쪼그리고 앉아 커피 한 잔을 홀짝이며 오늘따라 전혀 다른 사람처럼 보이는 그를 조용히 지켜보았다.

여느 때처럼 열 시에 출근해 서재로 향하던 설아는 거실 소파에 누워 고양이처럼 뒹굴고 있는 그를 보며 화들짝 놀라서 멈춰 섰다. 정오가 다 되도록 침대에서 나올 줄 모르던 인간이 왜 이렇게 빨리 일어난 거지? 의아한 얼굴로 인사를 하자 그는 어제와 달리 제법 웃는 낯으로 입을 열었다.

"저기에 있는 것 좀 풀어봐."

그가 가리키는 테이블에서 커다란 상자를 발견한 설아는 조심스런 손길로 열어보았다. 그 속에서 봄처럼 화사한 복숭앗빛 시폰 드레스를 발견하자 얼떨떨한 표정을 지은 그녀가 소파에 길에 누워 있는 주녕을 돌아보며 물었다.

"이거 제 거예요?"

놀라서 눈이 동그랗게 변한 설아를 보고 그가 웃었다.

"그럼, 그걸 내가 입으려고 샀겠어? 피부가 하얗고 깨끗해서 잘 어울릴 것 같아 주문했어. 마음에 들어?"

"하지만 제가 왜⋯⋯."

"내일 파티가 있어. 파트너를 데려가야 되는 모양인데 특별히 같이 갈 사람도 없고 해서 말이야. 월급 받는 비서 놀리면 뭐 해, 이럴 때 써먹어야지."

'정말 잘 봐주려고 해도 미운 말만 골라서 한다니까.'

속으로 한껏 투덜거린 다음 상자를 도로 닫으며 그의 쪽으로 밀었다.

"안 가요."

"누구 맘대로?"

“그런 데 가본 적도 없고, 사장님 파트너라니 더 더욱 가기 싫어
요.”

“너무 솔직한데.”

그는 두 손을 깍지 껴 뒷머리에 대고 편안하게 웃어 보였다.

“그래도 어쩔 수 없어. 정 껄끄러우면 비서 일의 연장이라고 생각
하고 가면 될 거 아니야. 거의 놀다시피 하면서 미안하지도 않아? 이
렇게라도 밥값을 해야지.”

능글대는 그를 노려보며 설아가 양 미간을 접고 심각한 표정을 지
었다.

“거 무섭지도 않은 인상 그만 좀 써. 그 나이에 벌써 이마에 주름
지고 싶은 거야?”

그는 농담을 늘어놓으며 대단한 파티도 아니고 가서 얼굴 도장만
찍고 오면 된다는 것을 강조했다.

‘하긴 어려운 자리거나 중요한 자리라면 나 같은 아이를 데려가진
않겠지.’

그러나 막상 파티에 간 설아는 김주녕이 자신을 속였다는 것에 어
이가 없었다. 그녀는 고급 차들의 전시장 같은 주차장과 대궐처럼 으
리으리한 저택의 외양과 화려한 불빛에 넋을 잃을 지경이었다.

“뭘 그렇게 보고만 있어?”

차창 밖으로 펼쳐진 진풍경에 긴장해 버린 설아는 차 문을 열고
내리기를 기다리는 주녕을 올려다보며 거의 울 듯한 표정으로 말했
다.

“이건 얘기가 다르잖아요. 전 안 가요. 집에 갈…….”

말을 다 끝내기도 전에 그가 허리 숙여 팔을 잡더니 자신 쪽으로

확 끌어당겼다. 그 바람에 앉아 있던 설아는 그의 품에 안기다시피 해서 차에서 끌려 나왔고 그 탓에 사람들의 시선을 한몸에 받았다.

"사장님, 전 진짜……."

그녀의 울 듯한 표정에 주녕은 볼을 살짝 토닥이며 말했다.

"허리 펴고 나한테 했던 것처럼 당돌하고 당당하게 굴어."

하지만 그의 말에도 전혀 자신감이 생기지 않았다. 설아는 불안한 눈으로 주위를 바라보며 입술을 잘근잘근 깨물었다.

"이봐, 나야 좋지만 사람들이 보잖아. 이제 그만 떨어지지 그래?"

그제야 그의 품에 대롱대롱 매달려 있는 자신을 발견한 설아가 화들짝 놀라며 떨어졌고 주녕은 고급 정장의 옷매무새를 가다듬으며 핸섬한 미소를 지었다.

설아는 드레스의 살짝 구겨진 옷자락을 펴며 연신 한숨을 쉬었다. 주위를 둘러보니 여기가 한국인가 싶을 정도로 화려한 옷을 입은 사람들이 서로들 아는 체를 하며 주차장을 지나 저택으로 들어가고 있었다.

"걱정 마. 지금까지 눈에 띈 여자들 중에선 네가 가장 예뻐."

천연덕스런 주녕의 말에 나지막한 한숨을 쉰 설아는 허리를 꼿꼿이 펴려고 애썼다. 지금 자신의 모습은 본인이 봐도 매혹적일 정도로 아름다웠다. 주녕이 부른 미용사들에게 몇 시간씩 머리와 얼굴, 손톱까지 맡기고 있으려니 한없이 지루하고 괴로웠지만 시폰 드레스와 긴 진주목걸이를 목에 두르고 전신거울 앞에 서니 딴 사람이 된 것처럼 황홀했다.

"자, 봐. 남자들이 모두 너만 보잖아. 자신감을 가져."

그의 말대로 주변 남자들의 시선들은 자신을 향해 있었다. 그러자 더욱 어색해진 그녀는 주녕의 에스코트를 받아 조심스러운 걸음으로 저택에 들어갔다. 그저 아는 사람의 집이라고 소개한 저택은 고궁보다도 화려하고 갖가지 볼거리를 가지고 있었다. 대낮같이 환하게 밝힌 정원에는 온갖 화려한 음식들과 술, 사람들로 넘쳐 났고 갖가지 꽃 장식과 얼음 조각, 시원하게 물을 내뿜고 있는 분수들이 이국적인 풍경을 연출했다. 가득 들어찬 사람들 틈에서 걸음을 떼던 설아는 높은 하이힐 때문에 많이 불편했다. 그러자 그가 팔짱을 끼게 하고 자연스럽게 정원의 중앙을 향해 걸어갔다. 그때, 낯익은 얼굴이 시원스런 미소를 지으며 다가왔다.

"김 사장, 절대로 안 올 것처럼 굴더니 드디어 왔군!"

말을 걸어온 사람은 사무실에 자주 들르는 석현호라는 사람이었다.

"안 오고 배기겠어요? 그렇게 난리를 치는데."

주녕이 삐딱한 어조로 말했지만 상대방은 별로 개의치 않는 듯했다.

"서 여사님이 좋아하실 거야. 가만있자, 방금 전까지 이 근처에 계셨는데."

현호는 정원에 가득한 인파 속을 두리번거리더니 찾던 사람을 발견하자 손을 번쩍 들고 가리켰다.

"어, 저기 계시네."

그가 이끄는 대로 가자 화려하면서도 우아해 보이는 한복을 입고 곱게 머리를 틀어 올린 중년 여성이 보였다. 같은 여자가 봐도 참으로 아름답고 고운 분이어서 내심 감탄이 나왔다.

"서 여사님! 누가 왔나 보세요!"

"어머! 주녕이 왔구나!"

반색을 한 그녀는 우아한 걸음으로 다가와 주녕을 끌어안고 볼에 입을 맞추었다. 설아는 일그러지는 그의 얼굴과 뻣뻣하게 굳어지는 몸을 보며 그녀와의 관계가 심히 궁금해졌다.

"세상에, 어쩜 그리 무관심할 수가 있니. 이게 몇 달 만이야."

"생신 축하드려요."

경직되고 딱딱한 목소리. 주녕은 생일파티에 온 게 아니라 장례식장에 온 사람 같았다.

"말로만 그러지 말고 자주 좀 와."

더없이 다정한 손길로 주녕의 볼을 쓰다듬어 준 그녀는 옆에 어정쩡하게 서 있는 설아를 발견하고는 눈부시게 웃으며 말을 건넸다.

"우리 주녕이가 사귀는 사람인가 보죠? 반가워요. 난 주녕이 엄마 서혜옥이라고 해요."

넷

 상냥한 미소를 지으며 다가온 그녀는 얼떨떨해하는 설아의 두 손을 꼭 쥐며 반가운 기색을 숨기지 않았다. 보기만 해도 감탄이 나올 만큼 아름다운 중년 여성, 지금이 이 정도니 젊었을 적엔 어땠을지 상상이 안 갔다. 우아하면서도 만만해 보이지 않는 단호함이 묻어나는 그녀는 한 점 흠잡을 데 없는 미소로 열렬한 환영을 해주었다.

"우리 주녕이가 애인을 다 데려오다니, 너무 무뚝뚝해서 연애 한 번 못할 거 같았는데 이렇게 예쁜 애인을 숨겨두고 있었네요."

"안녕하세요. 류설아라고 합니다."

갑작스럽게 붙은 애인이라는 단어가 껄끄러워 정정하려는데 그녀가 바로 말을 잘랐다.

"반가워요. 어쩜 이렇게도 예쁠까. 눈이 부시네."

그녀의 찬사에 소녀처럼 볼이 붉어진 설아는 애인이라는 단어가

목에 가시처럼 걸려 오해를 정정하기 위해 입을 열었다.

"그런데요, 전 사장님 애인이 아니라……."

"뭘 좀 들어야죠? 이쪽으로 와요."

소란스러운 주위 소음과 서 여사의 말에 설아의 말은 그대로 묻혀 버리고 말았다. 서 여사에게 손목을 잡혀 끌려가던 설아는 앞으로의 몇 시간이 무척이나 지루하고 끔찍할 것이라는 걸 예감했다. 주녕의 어머니는 확실히 아름답고 사교성 많은 사람으로 보이긴 했지만 만든 꽃 같다고나 할까. 어딘지 모르게 가식적인 면이 느껴져 약간의 거부감이 일었다. 게다가 졸지에 그의 애인이 되어버린 것이 거북해 해명을 부탁하기 위해 찾았지만 그새 어디를 갔는지 주녕의 모습이 보이지 않아 속이 부글부글 끓어올랐다. 한쪽에 마련되어 있는 테이블로 이끈 서 여사는 웨이터에게 샴페인을 주문했고 갑자기 몰려드는 사람들 때문에 정신이 없는 사이, 유달리 화려한 외모의 여자가 다가와 옆에 섰다.

"안녕하세요. 전 주녕이 오빠 동생 인주라고 해요."

설아가 풋풋하고 소녀적인 느낌의 섹시함을 가졌다면 인주는 서양 난처럼 화려한 매력을 가진 여자였다. 꽤 섹시한 드레스에 화려한 액세서리를 두른 그녀가 다가오니 도발적인 향수 냄새가 훅 하고 끼쳤다.

"안녕하세요. 류설아라고 합니다."

"오빠 눈이 높은 건 알고 있었지만 좀 놀랐어요. 정말 예쁘시네요."

"감사합니다. 그런데요……."

기회는 이때다 싶어서 그와의 관계를 설명하려고 했지만 인주는 웨이터에게 샴페인 잔과 딸기 접시를 받아 들고는 쾌활하게 종알거렸다.

"사실 애인 있는 거 오늘 처음 알았어요. 이런 미인을 곁에 두고 있었으면서 왜 애기를 안 했는지 모르겠네."

'이 집 여자들은 왜 하나같이 남의 말을 잘라먹는 거야.'

설아는 부아가 치밀어 오르는 것을 참으며 어색한 웃음을 지었다. 그라도 빨리 와서 오해를 풀어줬으면 했지만 사람들이 너무 많아 좀처럼 찾을 수가 없었다.

"오빠 찾는 거예요? 지금쯤 손님들한테 둘러싸여 꼼짝도 못할걸요. 다들 어떻게 하면 돈 버는 방법을 배워볼까 기회만 엿보고 있거든요. 오빠는 돈 버는 데는 천재니까."

설아는 새침하게 웃으며 샴페인을 홀짝이는 그녀를 보며 활달한 말투와는 달리 표정이 상당히 싸늘하다는 느낌을 받았다. 그를 대하는 모녀의 행동이나 말투는 꽤 친근해 보였지만 배어 나오는 느낌은 정반대여서 진짜 가족이 맞는지 의심이 들 정도였다.

'정말 이상한 가족이구나.'

설아는 샴페인 잔을 들고 주위를 훑어보며 오지 말아야 할 곳에 온 것처럼 동떨어진 느낌을 받았다. 옆에서 서 여사와 인주가 수다스럽게 웃으며 떠들어댔지만 귀에 들어오지 않았고 어떻게든 이 자리를 벗어나고 싶은 생각뿐이었다.

"어머, 저기 우리 집 막내가 오네요. 잠깐만 기다려요, 소개해 줄게요."

인주가 갑자기 쾌활한 미소를 짓더니 한 팔을 번쩍 들고 누군가에게 손짓을 했다. 곧 사람들 사이를 비집고 한 사람이 다가왔다.

"막내야! 큰오빠가 약혼녀를 데려왔어. 류설아 씨래."

갑자기 애인에서 약혼녀로 업그레이드된 단어에 뜨악해 있는 사이, 익숙한 실루엣이 눈에 들어왔다. 낯익은 얼굴, 낯익은 걸음걸이, 낯선 눈빛. 설아는 근사한 정장을 입고 다가오는 그를 보며 너무 놀란 나머지 들었던 샴페인 잔을 놓쳐 버리고 말았다.

쨍그랑!!

돌바닥에 잔이 떨어지며 요란한 소리를 냈지만 그녀의 귀엔 아무것도 들리지 않았다. 세련된 정장을 입고 걸어오는 남자가 인규란 걸 사람인 걸 깨닫자 갑자기 정원에 있는 많은 사람들이 거짓말처럼 사라지고 이 세상에 그와 단둘이 마주 서 있는 느낌이 들었다. 마치 낯선 사람을 보는 느낌이다. 부잣집의 아들 강인규, 김주녕의 동생 강인규. 태어나서 처음 보는 사람처럼 멀게만 느껴졌고 편두통이 밀려오며 몸에 힘이 모조리 빠져나가는 듯했다. 충격에 다리가 풀리고 높은 하이힐에 아슬아슬 올려져 있던 발이 공중에 붕 뜬 느낌이 든 순간, 설아는 그대로 바닥에 주저앉고 말았다. 그러자 옆에 있던 인주와 서 여사가 부축하며 소란스럽게 떠들었다.

"어머, 어떻게 해. 몸이 안 좋아요?"

"아이고, 얼굴이 파랗게 질렸네. 괜찮아요?"

그들이 말을 걸어왔지만 설아는 아무 대답도 할 수가 없었다. 가슴을 뭔가가 짓누르는 것처럼 숨이 가쁘고 답답했고 자꾸 몸이 무겁고 한없이 가라앉는 것만 같았다.

"안 되겠다. 인주야, 네가 손님방으로 안내해 드려."

그들에게 뭐라고 말하고 싶었지만 입술이 붙어버린 것처럼 떼어지질 않았다. 충격을 받은 듯한 얼굴로 서 있는 인규와의 거리가 멀어질수록 온 세상이 검게 변하며 흔들렸다.

'선배, 뭐라고 말 좀 해봐. 왜 아무 말도 없이 서 있어.'

그의 모습이 사라질 때까지 설아는 애원하는 듯한 눈빛으로 바라봤지만 그는 석상처럼 그 자리에 서서 움직일 줄을 몰랐다.

"저런, 좀 가냘파 보인다 했더니 빈혈이라도 있나 보다."

안타깝게 중얼거리는 서 여사를 보며 인규는 어금니가 부서져라 깨물고 있던 턱을 벌리고 무거운 숨을 토해내었다. 멀리서 설아와 비슷한 여자를 발견했을 때만 해도 비슷한 사람이라고만 생각했을 뿐, 그녀일 거라는 생각은 꿈에도 하지 못했다. 그런데 자신의 여자가 남의 약혼녀로 둔갑해 가족과 사람들 앞에 서 있다. 그것도 김주녕의 애인으로, 강인규가 아닌 김주녕의 여자로. 인규는 온몸이 긴장으로 굳어지는 것을 느끼며 손님들을 향해 함박웃음을 짓고 있는 어머니 옆에 섰다.

"김주녕이 데려왔다구요?"

"형을 왜 그렇게 불러."

그녀는 미소를 잃지 않고 살짝 흘겨보며 인규의 옷매무새를 만져주었다.

"그 자식이 자기 약혼녀랬어요?"

"뭐?"

"자기 약혼녀라고 했냐구요!"

"이런 자리에 데려온 걸 보면 모르겠어? 참 예쁘게도 생겼지? 잘하면 올해 안에 결혼시킬 수도 있겠다."

생글거리는 어머니의 말이 끝나기도 전에 인규는 넓은 정원을 가로지르며 당장이라도 때려눕히고 싶은 얼굴을 찾아 헤맸다.

'죽여 버리겠어! 가만 안 둬! 그동안 괴롭힌 걸로도 충분해. 지금까진 봐줬지만 이번만은 안 돼. 설아만은 안 된다고!'

그가 삶 속으로 걸어 들어온 순간부터 인규는 한 번도 마음 편해본 적이 없었다. 그는 인규가 가지려고 하는 모든 것들을 탐욕스럽게 빼앗아 짓밟아 버렸다. 장난감부터 시작해 아끼는 건 뭐든지. 작은 악마에서 어마어마한 괴물이 되어버린 주녕, 그가 이제는 여자까지도 빼앗으려 하고 있었다.

눈에 띄게 얼굴이 굳어진 인규는 무리 지어 있는 남자들 속에서 주녕을 발견하고 멈춰 섰다.

"김 사장 같은 탁월한 감각이 있는 사람이나 하지, 우리 같은 범부들은 절대로 그렇게 못해."

"우린 나이가 있지 않은가. 모험보다는 안전한 수익이 좋지."

놈은 늙은이들 사이에 끼어 하품할 듯한 지루한 얼굴로 와인을 마시고 있었다. 태연한 표정의 그를 보니 인규는 저절로 주먹이 쥐어지며 속에서 뜨거움이 치밀어 올랐다.

'아무리 배다른 형제라도 이렇게까지 하다니. 넌 인간도 아니야!'

속으로 이를 부드득 간 인규는 한층 차가워진 얼굴로 그들에게 다가갔다.

"저 좀 잠깐 보죠."

주녕의 뒤에 가서 넌지시 말한 인규는 웬일이냐는 표정의 그를 보고 차가운 독기를 뿜어냈다. 심상치 않은 분위기를 읽었는지 그는 사람들에게 양해를 구하고 자리를 빠져나와 멀찍이 있는 정자 쪽으로 걸어갔다. 인규는 그런 그의 등을 보며 피 맛이 느껴질 정도로 힘껏 입술을 깨물었다.

"막내도령이 무슨 용건에서 미천한 나를 보자고 하셨을까."

비웃음이 가득한 눈초리. 인규는 뻔뻔한 그를 바닥에 눕혀놓고 원 없이 주먹을 갈겨주고 싶었다.

"내 여자 건드리지 마."

그는 주녕에게 위협적으로 다가서며 말했다. 이에 주녕은 눈썹을 치켜올리며 물었다.

"네 여자?"

"설아는 내 사람이야."

순간 그의 얼굴에서 흥미로운 기색이 스쳐 가더니 그제야 이해가 간다는 눈빛으로 바뀌었다.

"아하, 그래서 그 여자가 그렇게 부산스럽게 군 거로군."

"네까짓 게 마음대로 할 아이가 아니야."

인규는 그의 눈초리가 표범처럼 날카롭고 표독스러워지는 것을 놓치지 않았다. 어릴 때부터 익히 보아온 표정. 인규는 차갑게 가라 앉은 그의 표정을 보며 등을 꼿꼿이 세웠다.

"흠, 네 여자다 이 말이지?"

그의 한쪽 입꼬리가 치켜 올라가자 인규는 치고 싶은 욕구를 절제 하느라 팔에 경련이 나는 것을 간신히 억제했다. 그가 딱딱하게 굳어 있는 것과 반대로 주녕의 인상은 점점 편하게 풀어지고 있었다.

"착한 여자야. 네까짓 게 장난 걸면 안 되는 여자란 말이야."

"하! 웃기는군. 그렇게 안 봤는데 꽤나 신파로구나. 그런데 어떻게 하지? 나도 그녀가 마음에 들었거든."

그는 팔짱을 끼고 정자 한쪽에 기대 헛웃음을 터뜨렸다.

"네가 함부로 할 아이가 아니라고 했잖아. 넌 그 애를 몰라!"

"많이 안다고 해서 사랑하는 건 아니지. 그렇게 좋아 죽겠으면 진작 네 어머니한테 말하지 그랬니, 내가 선수치기 전에."

"개새끼!"

인규의 주먹이 주녕의 얼굴에 내리꽂히려는 순간 잽싸게 피한 그가 인규의 한쪽 팔을 잡아 꺾고는 바닥에 넘어뜨렸다. 씩씩거리며 숨을 몰아쉬는 인규를 보고 그가 입술을 비틀면서 말했다.

"네 여자를 지키고 싶으면 싸움하는 법부터 배워야 할 거야. 앞으론 좀 더 치열해질 테니까."

주녕은 바닥에 쓰러져 있는 그를 비웃는 눈초리로 내려다보며 걸음을 뗐다. 그러자 찢어지는 듯한 고함이 들려왔다.

"나쁜 새끼! 네가 사람이야?!"

걸음을 멈춘 주녕은 표정 하나 바꾸지 않고 인규를 노려보았다.

"이 집에서 내가 사람 대접 받은 적이 있던가."

주녕은 안됐다는 표정을 지으며 허리 숙여 인규의 머리를 쓰다듬었다.

"불쌍한 막내도령, 가서 네 어머니한테 형의 여자를 빼앗아달라고 사정해 보지 그래? 혹시 아니? 그녀와 비슷한 여자를 어디서 구해다 줄지."

"너, 이 새끼!"

"사람들이 본다. 생일잔치에 자식들이 주먹다짐하는 건 예의가 아니지."

인규의 볼을 토닥여 준 그는 구겨진 옷매무새를 바로 잡으며 자릴 벗어났다.

정원으로 발길을 옮기면서 주녕의 머리 속으로 수없이 많은 생각이 스쳐 갔다. 이 모든 일을 기획한 서혜옥의 연출력에 감탄을 보내면서도 어쩔 수 없이 남의 집 가족사에 휘말리게 된 설아가 불쌍해 마음이 무거웠다. 처음부터 이렇게 꼬이게 될 운명이었던 걸까. 어쩌다가 네가 우리 형제 눈에 든 걸까. 착잡한 마음으로 걸어간 주녕은 사람들 한가운데에서 화사한 미소를 보내는 혜옥의 옆에 서서 가만히 중얼거렸다.

"서 여사, 대단한 무대 연출이었어. 따님과 함께 환상적인 콤비플레이를 하셨더군."

"쯧쯧, 말버릇 하고는."

그녀는 주녕의 말에 혀를 끌끌 차며 곱게 흘겨보았다.

"그래서 그렇게 비서 좀 데려오라고 안달이었군. 처음부터 그녀가 막내도령의 애인이란 걸 알았지?"

"내가 모르는 일이 어디 있겠니. 다 부처님 손바닥 안이지. 그나저나 형제가 하나같이 눈이 낮으니 누굴 닮았나 몰라."

그녀의 시니컬한 웃음에 주녕이 따라 웃었다.

"아비가 다르니 어미를 닮았겠지."

"그게 생일인 어미 앞에 와서 할 소리냐?"

사람들에게 보내는 미소와 상반되는 앙칼진 말투. 주녕은 대단한 연출가이자 배우인 서혜옥의 연기력에 박수를 보내고 싶었다.

"막내도령이 얼굴이 벌게져서 찾아왔어. 안 어울리게 주먹을 다 쓰던데?"

"걔는 순진해서 아무것도 몰라. 그저 반반한 얼굴에 혹해서 정신 못 차리는 거라고."

그 말을 듣는 주녕의 표정이 살짝 굳었다가 본래의 무표정으로 돌아왔다.

"총애해 마지않는 막내도령은 안 되고 사냥개는 가져도 된다?"

주녕은 아름다운 가면 속에 잔인하고 이기적인 모습을 하고 있는 어머니를 증오에 찬 시선으로 보았다. 핏줄이긴 하지만 생물학적인 어머니로만 인정할 뿐, 그는 한 번도 그녀를 어머니로 생각한 적이 없었다.

"인규는 뭔가에 빠지면 헤어나올 수 없는 성격이지만 넌 다르잖아. 설아라는 계집애, 네가 빼앗아. 지금까지 딴 계집들에게 그랬던 것처럼 아무렇게나 가지고 놀다가 버리란 말이야."

"그 아름다운 얼굴로 참으로 추악한 말을 하는군."

그의 말에 그녀는 인상 하나 변하지 않은 채 눈썹을 치켜 올리고 샴페인을 들이켰다.

"너도 꽤 구미가 당길 것 같은데. 넌 인규를 괴롭히지 못해서 안달 난 아이잖아."

"싫다면?"

"그 여자를 보는 네 눈빛을 봤어. 부탁도 하기 전에 이미 시작했더군."

두 사람의 차가운 눈빛이 부딪쳐 파란 불꽃이 튀었다. 이 여자 말이 맞는지도 모른다. 자신의 여자라고 말하던 인규를 본 순간, 주녕은 그녀를 빼앗고 싶었다. 자신이 가지지 못한 것을 모두 누리며 자란 동생이다. 사랑도, 보호도 자신이 가지지 못한 걸 모두 차지한 그에게서 가장 중요한 것을 빼앗을 기회가 온 지금, 탐탁지가 않은 기분이 드는 건 왜일까. 왜 자꾸 그녀의 모습이 눈에 밟히는 걸까. 주녕은 그제야 설아의 모습이 보이지 않다는 것을 깨닫고 황급히 주위를 훑어보기 시작했다.

　안채로 향하는 남자의 걸음이 불안하게만 보였다. 다리는 풀린 듯 힘이 하나도 없었고 또렷했던 검은 눈동자는 분노와 초조함으로 흐려져 있었다. 인규는 앞으로 흘러내린 머리를 연신 뒤로 넘기며 다른 쪽 손은 하얗게 보일 정도로 꽉 쥐었다. 온몸이 긴장으로 딱딱하게 굳어 예전의 넉넉하고 부드러웠던 모습은 어디에도 없었다. 그의 머리 속엔 오직 한 가지 의문뿐이었고 답을 들으러 가면서 미칠 것 같은 두려움에 피가 마르는 것만 같았다. 손님방 앞에 선 그는 가쁜 숨을 몰아쉬며 한참을 망설이다 무겁게 노크를 했다.

　똑똑!

　인규는 노크하고는 큰 숨을 들이마신 후 안으로 한 걸음을 내디뎠다. 침대에 힘없이 누워 있던 그녀가 몸을 뒤척이면서 일어나는 것이 보였다. 아름다운 드레스와 보석으로 한껏 치장을 한 설아를 보자 깊이 눌러두었던 뜨거운 불덩이가 목까지 차 올랐다. 하얗게 질리긴 했어도 그녀는 눈이 부실 만큼 곱고 예뻤다. 우아하게 늘어뜨린 긴 머리와 진주처럼 뽀얀 살결이 복숭앗빛이 엷게 도는 드레스와 잘 어울렸다. 그러나 지금 모습이 자신을 위한 게 아니라는 것이 인규를 참을 수 없게 만들었다. 다른 남자를 위해 아름답게 꾸민 그녀, 인규는 자신 또한 그녀를 속여왔다는 사실은 잊은 채 경멸에 찬 시선을 보냈다.

　"이렇게 치장하니까 다른 사람처럼 보이는구나."

　자신이 말해 놓고도 한없이 차가운 어조였다. 인규는 놀라는 그녀의 표정을 보고 가슴 언저리가 불에 덴 것처럼 쓰렸지만 너무도 화가 난 나머지 마음에도 없는 말을 술술 늘어놓았다.

"그렇게 꾸미니까 좋니? 내 앞에서는 그런 것들에 전혀 관심없는 척하더니 오늘 보니까 가관이더구나."

인규는 기막힌 얼굴로 할 말을 찾지 못하는 그녀에게 성큼 다가서며 외쳤다.

"김주녕이 어떤 자식인지는 잘 알아. 그렇기 때문에 놈의 행동은 이해할 수 있어. 그런데 넌 뭐야? 왜 그 자식 장단에 놀아나는 거야!"

설아는 다른 나라의 언어를 듣는 것처럼, 인규의 말을 하나도 이해할 수 없었다. 분노로 이글거리는 눈빛도, 창백한 얼굴도, 주먹을 꼭 쥔 손도 어느 것 하나 이해가 가는 것이 없었다.

"선배……."

"너 이런 것에 연연해하는 여자 아니잖아. 이렇게 화려하고 값비싼 거 좋아하지 않았잖아. 다른 사람은 몰라도 넌 그러면 안 되는 거잖아. 나한테 이러면 안 되는 거잖아! 안 그래?"

무슨 말을 하는지 설아의 머리로는 도저히 이해할 수가 없었다. 오해라고, 뭔가 잘못 알고 있는 거라고 말하고 싶지만 어이없고 억울해서 입이 떨어지지 않았다.

'오해야. 선배가 생각하는 그런 거 아니란 말이야.'

입 밖으로 내뱉지 못한 무수한 말들이 그녀의 머리 속에 맴돌았다. 지금 눈앞에 있는 남자가 너무 낯설어선지, 혹은 죄책감인지 모를 복잡한 감정이 설아를 혼란스럽게 했다.

"그 인간, 보기엔 화려하고 그럴듯해 보이지만 속은 더럽고 역겨운 놈이야. 가진 건 돈밖에 없는 쓰레기라고. 네가 본색을 몰라 잠시 끌렸던 거라고 생각할게. 그러니까……."

어처구니없는 말에 머리보단 몸이 먼저 반응을 했다. 벌떡 일어난 설아는 그를 올려다보며 참을 수 없다는 듯이 소리쳤다.

"선배, 오해야! 난 그저 비서 자격으로……."

"오해? 넌 그 오해란 걸 즐기고 있던걸. 얼굴에 웃음을 가득 머금고 말이야."

쓴웃음을 짓는 그를 보며 가슴 한쪽이 먹먹해졌다. 지금 마주 대하고 있는 남자가 강인규라는 것이 믿기지가 않았다. 맑고 착한 눈은 날카롭고 신경질적으로 변해 완전히 다른 사람처럼 보였다.

"오해였다면 아니라고 말을 했어야지. 김주녕의 약혼자가 아니라고 어머니에게 말을 했어야지."

"하려고 했어. 그런데 상황이……."

"다 그 자식이 파놓은 함정에 걸린 거라고. 어머니 앞에서 먼저 선수를 치면 내 입장이 곤란해질 걸 알고 일부러 데려와서 약혼자라고 소개한 거야!"

"아니야, 약혼자라고 말한 건 사장님이 아니라……."

"지금 누구 편을 들어주는 거야!!"

설아의 말이 채 끝나기도 전에 그의 눈초리가 믿기 힘들 정도로 매섭게 치켜 올라가더니 갑자기 손목을 움켜쥐고 아프게 흔들어댔다.

"넌 그 자식 여자가 아니야. 내 거잖아! 그러니까 내 편을 들어야 하는 거야!"

그때 거칠게 문 여는 소리와 함께 커다란 그림자가 불쑥 뛰어들어와 악을 써대는 인규를 방 한구석에 밀어버렸다. 설아는 가쁜 숨을 몰아쉬며 인규를 죽일 듯 노려보고 있는 남자가 그라는 것을 알고 벌어진 입을 다물지 못했다.

"함부로 해선 안 된다고 네 입으로 그래 놓고 무슨 짓이야!"

인규는 귀가 멍멍할 정도로 크게 소리쳤다.

"너 이 자식!!"

굳은 표정의 주녕은 짐승처럼 울부짖으며 달려드는 인규를 다시 바닥에 내동댕이치며 사납게 소리 질렀다.

"못난 자식! 네가 왜 안 되는지 알아? 감정에 치우쳐서 앞을 제대로 못 보기 때문이야!"

"안 돼! 다른 건 몰라도 설아는 안 된단 말이야!"

울음 섞인 인규의 비명을 들으며 설아는 온몸에 소름이 돋는 것을 느꼈다. 그의 말속에서 가슴이 울릴 만큼 강한 집착과 상처가 느껴졌다. 오해 때문에 화를 내는 정도가 아니다. 뭔가 가슴에 맺힌 것이 많은 사람의 목소리, 그녀는 도저히 영문을 알 수가 없었다. 그에게 다가가려는데 주녕이 벌겋게 손자국이 난 그녀의 손목을 험악한 눈으로 보더니 거칠게 자신 쪽으로 끌어당겼다.

"가자! 집에 데려다 줄게."

"아니에요. 난 선배랑 할 얘기가……."

"지금 저 자식한테 얘기해도 아무것도 듣지 못해. 내일 얘기해."

"싫어요. 이거 놔요. 선배, 선배!"

애타게 인규를 불렀지만 그는 고개조차 돌리지 않고 등을 들썩이며 바닥에 엎드려 있었다. 간간히 흐느끼는 소리가 들려오자 설아는 멍하니 그의 뒷모습만 쳐다보았다. 이 집에서 만난 강인규에게선 그전에 알고 있던 남자다운 모습이 어디에도 없었다. 낯선 그의 모습에 당황한 그녀가 복도에서 시간을 끄는 사이, 연신 잡아끌던 주녕은 갑자기 그녀를 어깨에 들쳐 메고 성큼성큼 복도를 걸어갔다.

"내려줘요! 내려달란 말이야!"

설아가 마구 비명을 지르며 등에 주먹질을 해댔지만 그는 거침없이 복도를 지나 안마당을 가로질렀다. 파티장의 혼잡함을 피해 안마당까지 들어온 사람들이 그들을 보고 수군거렸지만 주녕은 상관하지 않고 차가 대기해 있는 후문으로 저벅저벅 걸어갔다. 설아가 거칠게 몸부림을 쳤지만 그는 별다른 말 없이 조수석을 열어 그녀를 던지듯이 내려놓고 어지러워 정신을 못 차리고 있는 사이에 운전석에 앉아 차를 출발시켰다.

"당장 차 세워요!"

"사고나서 같이 죽고 싶지 않으면 가만히 있어."

"나쁜 자식! 이중인격자! 당신이 뭔데 이러는 거야!"

"이중인격자라 그래. 그러니까 가만히 좀 있어."

그가 경직된 표정으로 중얼거리곤 그녀의 외침을 무시한 채 빠른 속도로 달리기 시작했다. 감정이 한껏 격앙된 설아는 화를 내며 내려달라고 말했지만 그는 입을 다물고 묵묵히 운전만 했다.

'정말, 선배 말이 사실일까. 하지만 고용해 달라고 찾아간 건 나인데.'

멍든 손목을 한참 동안 응시하던 그녀는 혼란스런 얼굴로 스쳐 가는 야경을 바라보았다. 어디를 향해 가는 건지는 모르지만 도시의 불빛들이 빠르게 그들을 지나쳐 가고 있었다.

그가 한참을 달려 선 곳은 한강이 한눈에 내려다보이는 한적한 둔치였다. 내내 입을 다물고 있던 그는 차가 서자마자 문을 열고 나가

밤바람을 맞으며 담배를 입에 물었다. 설아는 라이터를 켜면서 불빛에 잠깐 드러난 그의 담담한 표정과 밤공기에 흩어지는 하얀 연기를 보며 차 문을 열고 나갔다. 그는 말이 없었다. 강과 같이 흐르는 야경을 바라보며 흰 담배 연기만 뿜어낼 뿐이다.

"차라리 그 애와 도망을 가라. 내 눈에도, 누구의 눈에도 띄지 않는 곳으로. 그러지 못하겠거든 헤어져. 그 애한테 널 뺏기 위해서가 아니야. 널 위해서 해주는 충고야."

갑작스런 말에 설아는 놀란 얼굴로 쳐다보았다.

"이해할 수가 없네요. 우린 죄지은 거 없어요."

"너희들은 너무 어려. 그래서 세상을 몰라. 세상일은 마음처럼 되는 게 아니야. 지금 끝내. 그렇지 않으면 앞으로 더 힘들어져."

"사랑 못해봤다고 했죠? 그러니까 모르는 거예요. 사랑은 힘들다고 쉽게 포기되는 게 아니에요."

"지금 네게 사랑학 강의 듣고 싶은 생각 없어. 지금 멈춰. 그렇지 않으면 나중엔 감당할 수 없게 돼."

"힘들다고 해도 내가 겪게 될 일이에요. 남의 인생에 함부로 끼어들지 마세요."

빨갛게 타 들어가던 불씨가 강 위로 포물선을 그리며 날아갔다. 잠깐 그것을 보던 설아는 그가 바로 옆에 서 있자 움찔하며 물러섰지만 곧 넓은 품에 가둬지고 말았다.

"이거 놔요."

설아는 그의 가슴에 주먹질을 하며 마구 몸부림을 쳤지만 그는 그녀를 가슴에 꼭 품고 귓가에 따뜻한 숨을 불어넣으며 말했다.

"네가 우리 인생에 뛰어든 거야. 안 그래도 복잡한 우리 인생에 뛰어들어 더 헝클어놨다고. 그러니 이만 나가, 우리 인생에서 나가줘."

인생에서 나가달라는 말과는 달리 주녕은 절대로 놓지 않겠다는 듯이 힘 주어 안았다. 설아는 그런 주녕이 미웠다. 그 때문에 오해가 생기고 모든 것이 엉망이 되어버렸다. 그런데 지금 이 순간에는 미운 감정보다 가슴이 두근거렸다. 이건 너무나도 여성적인 반응이다. 이래선 안 된다. 그는 인규의 형이고, 자기 멋대로 떼어놓으려고 하는 나쁜 사람이다. 그리고…… 머리 속에 가득했던 생각들이 주녕의 얼굴이 가까이 오자 멈춰 버렸다. 그가 고개를 숙이자 약간은 차가운 듯한 입술이 이마에 살짝 닿았다. 순간, 너무 놀란 나머지 발을 접질렀지만 그의 품에 안겨 있어 넘어지지 않을 수 있었다. 다시 시선이 마주쳤다. 흔들리는 눈빛에서 주녕이 망설이고 있는 것을 알 수 있었다.

쿵쾅. 쿵쾅.

심장 박동 소리가 머리를 울렸다. 머리 속에선 물러서야 한다고 외쳤지만 설아는 어느 행동도 취할 수 없었다. 뒷목에 그의 손가락이 느껴졌고, 그 손길에 소름이 오소소 돋아난 순간 그의 입술이 빠르게 침범해 들어왔다. 단숨에 입술의 틈새를 열고 들어온 주녕이 입 안이 얼얼하도록 거친 키스를 해왔다. 어지럽고 심장이 멎을 것 같은 느낌에 눈을 감았다. 이런 열정적이고 거친 키스는 처음이었다. 그러나 입술은 거칠었지만 뒷목과 허리를 감싼 손길은 오히려 깨질 듯이 조심스럽고 억제된 손길이라 여러 가지 감정을 불러일으켰다.

'선배와 나를 떼어놓으려는 사람이야. 나쁜 사람이라고!'

머리 속에선 끊임없이 도망치라고 외치고 있었지만 온몸이 마비된 듯 몸이 움직여지질 않았고 오히려 그에게서 벗어나고 싶은 욕구

대신 낯선 느낌을 맛보고 싶은 욕구가 스멀스멀 피어올랐다. 메마르고 건조할 것 같았던 입술에서 촉촉하면서 강렬한 맛이 났다. 서로에 대한 따스한 감정을 나누고 부드러움을 맛보았던 키스와는 확실히 다르다. 가슴 깊은 곳에서부터 뭔가를 끌어내는, 온몸이 녹아버려 안으로 스며들 것 같은 뜨거운 키스. 설아는 어느덧 키스에 몸을 맡기고 격렬하고 파도에서 헤어나오지를 못하고 있었다. 모든 걸 삼켜버릴 듯이 파고들어 온 그의 입술이 생애 마지막 키스가 될 것처럼, 한 번에 모든 것을 맛볼 것처럼 집요하고 열정으로 몰아가기 시작했다. 너무나 강렬해 현기증이 나고, 신경이 머리 속을 헝클어 버려 몸의 감각이 차츰 마비되어 갔다.

"젠장."

잠깐 입술을 떼고 낮게 중얼거린 그는 혀끝으로 입술을 간질이더니 다시금 입속을 헤집고 들어와 입 안 구석구석을 탐색하며 뜨겁게 감싸 안았다. 모든 것이 요동 치고 한꺼번에 무너져 내리는 듯했다. 시간 감각이 흐트러져 일 분이 지났는지 한 시간이 지났는지 모를 시간이 흐른 후, 그가 간신히 입술을 떼고 들릴 듯 말 듯하게 중얼거렸다.

"이젠 놓아줄게. 잘 가."

고통과 아쉬움이 느껴지는 말을 끝으로 몸을 떨어지자 갑자기 허전함이 밀려왔다. 설아는 팔을 뻗어 그의 볼을 쓸어보고 싶은 충동을 느꼈지만 이내 손을 내렸고 비로소 돌아오는 현실 감각에 충격을 받은 얼굴로 멍하니 서 있었다. 마지막 인사가 왜 이리 가슴을 아프게 하는 걸까. 설아는 눈물이 핑 도는 것을 느끼면서 고개를 숙였다. 강에 비친 야경이 눈물 때문에 뿌옇게 흐려져 보이지 않았다. 그리고 어느 순간, 볼을 타고 흘러내린 눈물방울이 시멘트 바닥에 동그란 원을 그리며 하나둘 떨어지기 시작했다.

정신없이 차를 몰아 도시를 빠져나가는 주녕의 모습은 평소의 침착함을 완전히 잃고 한껏 흥분해 있는 상태였다. 일그러진 얼굴로 가쁜 숨을 몰아쉬던 그는 차에 탄 이후로 내내 욕설을 중얼거렸고 신호 때문에 잠시 멈춰 있을 땐 핸들을 주먹으로 내려치곤 했다. 입을 꽉 다물고 앞만 보고 달리는 눈빛에 시퍼런 날이 서 있었다. 눈앞에는 달려드는 인규의 모습과 키스하며 눈을 꼭 감고 있는 그녀의 얼굴이 겹쳐 보였고 그럴 때마다 가슴이 터질 것처럼 답답했다.

'갖고 싶다. 미치도록 갖고 싶다.'

태어난 이후로 원한 것은 무슨 짓을 해서든 갖고야 마는 자신이었다. 그런 김주녕이 갖고 싶은 것을 포기하다니. 동생의 여자라고 해서 놓아주는 것이 아니다. 설아의 눈빛, 그 눈빛을 지켜주고 싶어서였다. 자신에게 오면 그 영롱한 빛을 잃을 것만 같아서, 그래서 결국 다른 여자들처럼 버려질까 봐 두려워 놓아주고 싶었다.

'태어나서 처음으로 소중한 것이 생겼는데, 마구 써버리는 소모품도, 단순히 쾌락을 주는 여자도 아닌 지켜주고 싶은 사람이 생겼는데 놓아줘야 하다니.'

주녕은 그녀를 보며 지긋지긋한 인생이, 역겹게 느껴지는 자신이 변할 수 있다는 막연한 희망을 가졌었다. 인생에 대한 기대 같은 건 잊고 산 지 오래인 그에게 서광처럼 비친 희망, 그러나 이젠 신기루처럼 사라져 버린 덧없는 감정이다.

"젠장!"

그녀의 입술 감촉이 아직도 머리를 어지럽게 했다. 처음 봤을 때부터 원했던 키스였지만 지금은 자신을 죽여 버리고 싶을 만큼 후회가 되었다. 쿵쾅대던 그녀의 심장, 미세하게 떨리던 속눈썹, 놀랍도록 부드럽고 달콤하던 입술의 감촉. 모든 것이 심장 안에 생생하게 각인되어 그 순간이 몇 번이고 되풀이되었다.

'왜 너를 놓아줘야 하는 거야. 이렇게 원하는데, 너무나 간절하게 갖고 싶은데.'

본능이 차를 돌려 그녀에게 가고 싶다고 외쳤지만 주녕은 끝내 핸들을 돌리지 않았다.

'벗어나야 해. 지금이 아니면 영영 벗어날 수 없게 돼. 너를 위한 거야. 김주녕, 널 위한 거야.'

그는 불빛으로 가득한 도시를 벗어나면서 설아를 가슴에서 밀어내고, 처음으로 느꼈던 설렘과 기대로부터 벗어나기 위해 끝없이 이어진 도로를 내달렸다.

새벽부터 일어나 온 집 안을 쓸고 닦고 병원에 가져갈 밑반찬들을 만들던 설아는 조각조각 되살아나는 그의 기억을 잊으려 필사적으로 움직였다. 골목 한 귀퉁이, 노란 불빛 아래서 보았던 주녕의 얼굴, 담배를 문 채 당구를 치고 야구 배트를 휘두르던 모습, 키스할 때의 얼얼한 감각들이 방심할 때마다 불쑥불쑥 튀어나왔지만 그럴 때마다 바쁜 몸짓으로 기억의 잔영을 털어버렸다. 그러나 노력을 하면 할수록 주녕의 존재가 크게 다가오고 있었다. 가랑비에 옷이 젖듯이, 미처 알지 못하는 사이 그에게 젖어들어 가슴에 지워지지 않는 얼룩이 져버렸다. 아무리 열심히 비비고 빨아도 좀처럼 없어지지 않는 얼룩. 설아는 마음에 물든 짙고 옅은 얼룩을 지워 버리지 못해 결국 외면해 버렸다. 자신의 힘으로는 안 된다는 것을 쉽게 인정해 버린 그녀는 일상 속에 뛰어들어 기억상실증 환자처럼 굴었다.

"내가 있을게요. 할머니는 집에 가서 쉬세요."

"아니야, 요 며칠 계속 있었잖아. 그러니까 오늘은 내가 있을게."

"할머니 허리도 안 좋으시잖아요. 취직될 때까지는 제가 있을게요."

굳이 병실을 지키겠다는 할머니를 집으로 보낸 설아는 병색이 완연한 얼굴로 잠들어 있는 하경의 얼굴을 물수건으로 닦아주고는 주전자 쟁반을 들고 병실을 나왔다. 그러다 먼발치에서 익숙한 얼굴을 발견하고 걸음을 멈췄다. 그날 그렇게 헤어진 후로 일주일 만에 보는 얼굴이다. 인규는 해쓱한 얼굴로 저벅저벅 걸어오다 그녀를 발견하고 우뚝 멈춰 섰다. 이렇게 마주 서 있으니 그동안 꽤 오랜 시간이 흐른 듯했다.

"잘 지냈어?"

"응."

"사과하러 왔어. 미안해……."

인규는 시선도 제대로 맞추지 못하고 말끝을 흐렸다.

"평소의 선배답지 않았어."

"그래, 인정해. 바보, 멍청이 같았어."

쓴웃음을 지으며 복도 벽에 기대선 그는 발끝을 내려다보며 중얼거렸다.

"그 사람은 내 아킬레스건 같은 존재야. 그래서 그와 관계된 것에는 이성을 잃고 흥분해 버려. 그런 흉한 꼴 보여서 미안하다."

인규의 옆모습은 연민이라는 단어를 비로소 실감할 만큼 슬프고 딱해 보였다.

"나 그곳 그만뒀어. 그 사람 다시 만날 일 없을 거야."

설아는 그에게 다가가 옆에 나란히 서서 유난히 희게 보이고는 손을 잡았다. 인규의 따스한 체온이 손끝에 와 닿자 영문을 알 수 없어 더욱더 불안하게 날뛰던 감정들이 조금은 차분해지는 느낌이 들었다.

'그래, 잠시 끌렸던 것뿐이야. 내가 가지지 못한, 모든 걸 가진 사람을 향한 잠깐의 동경. 그 이상도, 이하도 아닌 거야.'

옆에 선 그의 손을 꼭 쥔 설아는 따스하게 내려다보고 있는 인규와 시선을 맞추며 며칠 만에 비로소 웃어주었다. 이러면 다시 예전으로 돌아갈 수 있을 것만 같았다. 그를 만나지 않았던 그때로, 인규만을 좋아했던 그때로 충분히 돌아갈 수 있을 거라고 설아는 생각했다.

밤늦도록 술에 절어 있다가 간신히 잠든 주녕은 갑자기 쏟아지는 햇살을 한 손으로 가리며 얼굴을 찌푸렸다.

"뭐야, 젠장!"

"지금이 몇 시인 줄 알아?"

목소리의 주인공이 혜옥이란 걸 알자 자그맣게 욕설을 내뱉은 그는 짜증을 내며 시트를 덮어썼다. 그러나 높은 톤에 앙칼진 목소리는 서슴없이 귓속을 파고들어 와 남아 있던 잠을 마저 깨웠다.

"잘났군, 잘났어. 지금 한가롭게 잠이나 자붙이고 있을 때니?"

"그 딴 말 하러 온 거면 당장 나가!"

시트 속에서 날카롭게 외친 주녕은 깨질 듯한 두통에 가느다란 신음을 내뱉었다. 며칠째 술에 절어 있어 그의 몰골은 엉망이었고 몸 상태도 말이 아니었다.

"천하의 김주녕이 여자 때문에 술병이 났나 보구나. 오래 살고 볼 일이네."

밉살맞게 중얼거리는 혜옥 때문에 더욱더 두통이 일자 그는 시트를 걷어붙이고 일어나 한껏 짜증을 내며 욕실로 향했다. 그러나 집요한 그녀는 욕실까지 따라오며 피곤하게 굴었다.

"어머, 얼굴 야윈 것 좀 봐. 어쩜 두 형제가 하는 짓이 이리도 똑같을까. 핏줄은 못 속인다니까."

생글거리는 얼굴을 차갑게 노려본 주녕은 짜증스러운 어조로 말했다.

"구경 실컷 했으면 이만 가주시지. 할 일이 그렇게도 없어?"

혜옥이 보는 앞에서 옷을 훌훌 벗고 샤워 부스로 들어간 주녕은 뜨거운 물을 맞고 서서 투명 유리로 보이는 그녀를 노려보았다. 흥미롭다는 표정으로 서 있는 혜옥이 심히 껄끄러워 쫓아내고 싶지만 호락호락 나갈 리 없는 그녀기에 투명인간처럼 무시해 버렸다. 그러나 상대가 누군가. 혜옥은 눈 하나 깜짝하지 않고 샤워 부스 앞에 서서 붉은 립스틱이 듬뿍 칠해진 입술을 삐죽거렸다.

"내가 원하는 답을 줘야 가지. 말했잖아, 설아라는 계집애 좀 치워 달라고."

"이미 노(NO)라고 말했을 텐데."

"그건 저번에 들었고 새로운 대답이 필요해. 인규와 그 계집애가 또 만나고 돌아다니더라. 그냥 저대로 둘 거니?"

순간, 벽을 짚었던 주녕의 손목에 힘이 잔뜩 들어갔다. 아무리 잊으려고 해도 떠오르는 얼굴. 술로도, 다른 여자로도 잊혀지지 않는 그녀의 눈빛. 주녕은 더욱더 센 물줄기 아래 자신을 맡겼다.

"너도 그 애를 마음에 두고 있잖아. 그래서 가지라는데 왜 싫다는 거야?"

뜨거운 물이 온몸을 적시자 지독한 숙취가 조금씩 가시고 정신이 들기 시작했다. 뿌옇게 김이 서리기 시작한 유리 벽 너머로 보이는 혜옥을 한참 동안 응시하던 그는 떨어지지 않는 입술을 간신히 떼고 말했다.

"그 애들…… 그냥 내버려 두면 안 돼?"

자신의 마음과 정반대되는 말을 해버린 그는 어금니를 힘껏 깨물고 차가운 웃음을 짓고 있는 혜옥을 보았다.

"내 아들이 그런 애와 연애질하는 걸 놔두라고? 그런 더럽고 냄새나는 밑바닥 인생들과 뒹굴게 내버려 두라는 거야? 너 미쳤니!"

천식에 걸린 소프라노처럼 새된 비명에 주녕의 눈썹이 꿈틀거렸다.

"누가 밑바닥 인생이라는 거야! 당신 따윈 비교도 안 될 만큼 깨끗하고 가치있는 사람들이야."

"흥, 어련하시겠어. 그런데 말이지, 나는 그 가치있다는 여자애가 내 아들에게 붙은 기생충으로밖엔 안 보이거든? 네가 아니라도 떼어내 줄 사람은 많아."

콧방귀를 뀌며 몸을 돌려 나가려는 혜옥을 보며 동요한 그는 긴장된 투로 물었다.

"무슨 말이야!"

"네가 아니라도 손봐줄 사람은 많다는 말이야. 이를 테면."

“이를 테면?”

“덩치 좋은 애들 몇 명 시켜서 남자 맛이 뭔지 알게 해줄 수도 있고, 또……..”

그 말이 끝남과 동시에 샤워 부스를 부술 듯이 뛰쳐나온 주녕은 한껏 비웃고 있는 그녀에게 소리쳤다.

“그렇게 하게 가만 놔둘 거 같아?”

“내 말이 그 말이야. 그렇게 되기 전에 네가 미리 손 좀 쓰라고. 이 몸이 구질구질하게 나서지 않아도 되게 말이야.”

두 사람 사이에 팽팽한 신경전이 오갔다. 가쁜 숨을 몰아쉬던 주녕은 그녀의 멱살을 잡고 싶은 걸 억누르느라 팔에 경련이 날 지경이었다. 그런 그에게 조소를 던진 혜옥은 옆에 있던 목욕 가운을 건네며 말했다.

“솔직히 너란 아이, 다 안다고 생각했어. 그런데 지금의 네 모습은 전혀 예상 밖이야. 그래서 무척이나 흥미로워. 우리 잘해보자고.”

유유히 욕실을 나서던 혜옥은 물이 뚝뚝 흐르는 그의 몸을 쓱 훑어보며 중얼거렸다.

“빠르면 빠를수록 좋아. 그년 좀 빨리 치워줘.”

싸늘하게 돌아서는 그녀의 뒤통수에다 대고 주녕이 말했다.

“당신, 그래도 내, 나를 낳아준 사람이잖아. 왜 이렇게 잔인하게 구는 거지?”

그 말에 잠깐 멈춰 선 그녀는 뒤도 돌아보지 않고 말했다.

“아무리 어미라도 결국은 인간이거든. 인간은 가장 잔인한 동물이야. 죽을 때까지 그 사실을 잊지 마.”

그녀의 뒷모습이 사라지고 난 이후에도 한참 동안 제자리에 서 있던 주녕은 낮은 욕설을 중얼거리며 거울 앞에 섰다.

"젠장할, 진작 도망가지 그랬니. 내가 말할 때, 그때 가지 그랬어."

결국 와장창 유리 깨지는 소리가 온 집 안을 울렸다. 낭자한 피와 거친 숨소리. 욕실 거울은 형편없이 깨져 있었고 그 앞엔 주먹에 피를 뚝뚝 흘리고 있는 주녕이 깨진 거울에 비친 자신을 혐오스럽다는 듯이 쳐다보고 있었다.

이십일 년 전.

"쟤 어디가 김씨 자손이유? 어디 닮은 구석 하나 없잖아요."

"쉿, 조용히 해. 듣겠어."

"김씨 집 남자 중에 저런 좋은 인물 가진 사람이 하나라도 있었냐고요. 키도 그렇고 생김새도 그렇고 아무리 봐도 오빠 자식이 아닌 거 같단 말이에요."

"그렇다고 애 엄마한테 대놓고 물어볼 수도 없고."

"왜 못 물어봐요?"

"딱 잡아떼면 어떻게 해?"

"잡아떼면 친자 확인 검산가 뭔가 해보면 되지요. 돈 있겠다 뭐가 걱정이유?"

"만약에 내 자식이 아니면?"

"애 엄마한테 돌려줘야지요. 왜 남의 씨를 공들여 키워요? 무슨 자선하는 것도 아니고."

"그래도 애는 죄가 없잖아."

"오빠, 제정신이에요? 그럼 누구 씨인지도 모르는 사생아를 키우고 싶어요?"

사생아, 사생아. 무슨 뜻인진 모르지만 그 단어가 무척이나 끔찍하게 들렸다.

'아니야, 고모가 잘못 알고 있는 거야! 난 울 아버지 아들이야! 김씨 집안 장손 김주녕이야!'

입을 두 손으로 막고 터져 나오는 울음을 가까스로 참은 아이. 태어나서 처음으로 버림받는다는 공포를 뼛속까지 느껴본 주녕은 어린 나이에 핏줄에 집착하는 인간이 얼마나 잔인한 존재인지 깨달았다. 가족이란 사람들이 핏줄을 의심하기 시작하면서 눈빛부터가 달라지기 시작했고 언제나 밝고 명랑했던 골목대장 주녕이는 집에서 조용히 공부만 하는 착한 아이가 되었다. 쫓겨나지 않기 위해, 얼굴도 모르는 여자 집에 가지 않기 위해, 아무리 공부를 열심히 하고 잘 보이려 노력해도 아버지를 포함한 친척들의 태도는 눈에 띄게 싸늘해졌고 오직 할머니만이 그를 아껴주었다.

그리고 몇 달이 흐른 후, 아버지가 어두운 얼굴로 책과 옷가지를 가방에 꾸리기 시작했다.

"아버지, 어디 가요?"

"그냥. 여행 가는 거야."

어두운 얼굴로 변한 주녕은 드디어 집에서 내쫓기게 됐다는 것을 깨달았다. 하지만 그동안 얼마나 아껴주었던 아버지인가. 아이는 희망을 버리지 않았다.

"난 여행보다는 집에 있는 게 좋아요. 아버지랑 할머니랑 있을래요."

다정하게 팔을 감아오는 작은 손길에 흠칫하고 굳은 그가 다시금 짐을 싸기 시작했다.

"아버지, 저 이번에 공부 잘했다고 상 받았어요. 그림도 잘 그려서 미술상도 받는댔어요. 전 커서 훌륭한 사람이 되어 할머니, 아버지 호강시켜 드릴 거예요."

옷가지를 개켜 가방에 넣는 손길은 여전히 바삐 움직였다.

"TV에 나오는 사람들처럼 될 거예요. 대통령도 되고, 의사도 되고, 판사도 될 거예요. 선생님이 전 똑똑하니까 뭐든 될 거라고 했어요."

여전히 똑같은 동작을 반복하고 있는 아버지를 보고 아이가 다급한 어조로 말했다.

"할머니께 말씀드렸더니 다 아버지를 닮아서 그런 거라고 하셨어요. 그죠? 아버지를 닮은 거죠?"

"자, 이제 옷 입고 나가자."

무뚝뚝하고 차가운 손길이 억지로 옷을 입히고 양말을 신겼다. 시간이 흐를수록 아이의 공포는 극에 달하기 시작했다.

"아버지, 할머니는요? 할머니는 어디 계세요?"

"잠깐 시골에 내려가셨어. 한참 후에나 오실 거야. 자, 그럼 가자."

금방이라도 울 듯한 아이의 표정. 주녕은 아버지를 따라나서며 울지 않으려고 필사적으로 애썼다. 울면 화를 낼 것 같아서, 그러면 악독하다고 손가락질하는 여자에게 보낼 것만 같아서 아버지의 손을 다정스레 꼭 쥐고 최대한 의젓하게 걸었다. 현관을 나서자 운전석에 앉아 있는 고모가 보였고, 아버지 손에 이끌려 차에 타자 같이 탈 것만 같았던 그가 차 문을 닫고 고개를 떨어뜨렸다.

"아버지……."

"고모가 데려다 주실 거야."

그 말을 끝으로 아버지라고 불러왔던 남자는 집 안으로 도망치듯 들어가 버렸고 차는 출발했다. 차를 모는 그녀는 묵묵히 운전만 할 뿐 대답이 없었고 거의 넋이 나간 아이는 간신히 숨만 내쉬며 앉아 있었다.

그렇게 자동차가 한참을 달려 도착한 곳은 이층 양옥집들이 빼곡히 들어서 있는 동네. 그녀는 녹색 철제 대문 앞에 서더니 초인종을 눌렀다.

[누구세요?]

"나야. 주녕이 데려왔어."

옆에 선 여자의 카랑카랑한 목소리에 주녕은 순간적으로 어깨를 움츠렸다.

[미쳤어? 여기가 어디라고 와? 그 아인 김정식이 아들이야.]

"보낸 거 못 봤어? 구질구질해지기 전에 여기서 끝내."

[몰라! 주녕인 그 집 자식이니까 알아서 해. 나하고는 상관없는 일이야.]

"너란 년, 정말 나쁜 년이구나. 네 새끼 여기에 놓고 갈 테니 알아서 해!"

잔뜩 화난 목소리에 놀란 아이는 들었던 가방을 떨어뜨렸고 자동차 쪽으로 걸어가는 여자를 쫓아가 치맛자락을 꼭 움켜쥐었다. 그러자 짜증스럽다는 듯이 인상을 구긴 그녀는 아이의 태도를 보고 욕설을 내뱉으며 뿌리쳤다.

"주녕아, 잘 들어. 넌 이제부터 김씨 집 사람이 아니야. 알아듣겠어? 서혜옥, 그년 아들이니까 앞으론 이 집에서 사는 거야.”

“흑흑흑, 고모!”

간신히 참고 있던 울음이 터진 아이는 치맛단이 뜯어질 정도로 강하게 움켜쥐고 매달렸다.

“버리지 마세요. 하란 대로 다 할게요. 공부 열심히 해서, 돈 많이 벌어서…… 흑흑…… 버리지 마세요.”

“이거 놔!”

“잘못했어요. 제가 잘못했어요, 고모!”

순간 불에 덴 듯한 화끈함이 볼에 느껴지고 가벼운 몸이 붕 떠서 대문 한쪽에 처박히고 말았다.

“씨팔, 여기서 살라면 사는 거지 웬 말이 그렇게 많아! 애새끼가 지 어미를 닮아서 독해 빠져 가지고. 너 내 뒤에 따라오면 죽을 줄 알아!”

전신을 감싸는 아픔에 바닥에 몸을 웅크린 아이는 멀어져 가는 자동차를 보며 뜨거운 눈물을 줄줄 흘렸다. 버려졌다는 절망감과 세상에 혼자만 남겨졌다는 두려움이 뼛속까지 시리게 밀려왔다. 그 후로 어린 주녕은 몇 시간을 추위에 떨며 벨을 눌렀지만 아무런 대답도 듣지 못했다. 네 살 때 이혼한 후로 한 번도 찾아오지 않은 엄마란 여자를 애타게 부르던 아이는 자신을 버린 아버지를 찾아 무거운 가방을 끌고 거리로 나섰다. 그리고 일주일 뒤, 아동 임시 보호소에 사색이 된 할머니와 버리고 갈 때와 비슷한 표정을 짓고 있는 여자가 찾아왔다.

“할머니!”

눈에 띄게 야윈 아이가 눈물을 펑펑 쏟고 있는 노인의 품에 안기며 서러운 듯이 울먹였다.

"아이고, 내 새끼! 어디 갔다가 이제 왔누."

두 사람의 눈물겨운 해후를 못마땅한 얼굴로 보던 여자가 앙칼지게 쏘아붙였다.

"엄마, 꼭 이렇게까지 해야 해?"

"그 입 다물어! 금수만도 못한 것들. 너희가 못 키운다면 내가 키워. 내 새끼니까 내가 키운단 말이다."

아이는 그토록 그리워했던 할머니의 품에 꼭 안겨 다시는 떨어지지 않겠다는 듯이 매달렸다. 마치 생명줄이라도 되는 것처럼, 그 줄을 놓으면 천 길 낭떠러지로 떨어질 것처럼 힘껏 붙들었다. 그러나 힘없는 노인의 힘으로는 가족들의 성화를 무시하긴 역부족이었다. 결국 아는 집에 보내져 눈칫밥을 얻어먹던 주녕은 몇 달 후 다시 생모의 집으로 보내졌다.

처음과는 달리 두 번째에선 순순히 열린 문. 재혼한 남편이 죽고 할머니가 꽤 많은 금액의 돈을 집어주자 서혜옥은 그제야 아들을 받아들였다. 할머니 덕에 고아원에 버려지지 않고, 호적에도 남아 있을 수 있었지만 어린 나이에 많은 것을 겪은 주녕은 그 이후로 한없이 비뚤어져 버렸다. 이미 많은 상처를 받아 사람들을 미워하고 누구도 믿지 못하게 되어버린 소년. 아이답지 않은 매서운 눈빛을 가진 그는 커가면서 오직 돈 버는 기술을 배우는 데만 자신의 재능을 바쳤다. 그리고 미국에서 M&A를 공부하고 돌아와 미친 듯이 번 돈으로 자신을 버린 사람들에게 차례로 응징을 가했다. 세상이 밉고 사람이 미웠다. 할 수만 있다면 자신에게 상처 준 사람들을 갈가리 찢어 죽이고 싶었다. 죽을 때까지 치유하지 못할 커다란 상처가 응어리진 그는 자신을 이기적이고 잔인한 인간으로 몰아갔다. 그리고 이제 단 한 사람만이 남았다.

'하늘을 찌를 듯이 높고 견고한 마천루. 하지만 한 번 넘어지면 다신 일어설 수 없지. 그때가 언제가 될진 모르지만 꼭 무너뜨려 주겠어.'

그렇게 복수에 눈이 멀어 살다가 문득 정신을 차린 주녕은 물질적으로 많은 것을 이룩해 낸 자신의 곁에 아무도 없다는 것을 깨달았다. 그런 잡다한 관계 따윈 필요하지도 않았고 만들고 싶지도 않았지만 점점 사람이 그리워지기 시작했다. 해일처럼 밀려오는 죽음과도 같은 고독. 그 허탈함과 절망에 몸서리쳐지는 때에 나타난 여자.

처음엔 그 아름다움이 갖고 싶었다. 젊고 싱싱한 아름다움을 맘껏 취한 뒤 누구에게나 그랬던 것처럼 헌신짝처럼 내버리면서 희열을 얻고 싶었다. 그러나 류설아라는 여자를 알고 나자, 그녀에게만은 상처 주고 싶지 않았다. 오히려 지켜주고, 보호해 주고, 가지고 싶었다. 눈부신 아름다움을 넘어 맑은 눈에서 내비치는 영혼이, 가족을 사랑하고 희생하는 것을 마다 않는 따뜻한 마음이 그를 잡아끌어 옴짝달싹도 못하게 만들었다. 이기적이다 못해 끔찍하리만치 잔인한 여자를 보며 자란 그에게 설아는 가까이 범접하기 어려울 만큼 고결해 보였다. 그래서 미치도록 가지고 싶지만, 태어나서 처음으로 진심이 느껴지는 여자지만, 사랑한다는 이에게로 보내주려고 했다. 쓰레기 같은 자신에게서 놓아주어 사람다운 남자의 품에서 살게 해주고 싶었는데. 잔인한 운명이 원치 않는 방향으로 몰아가기 시작했다.

　병원 옆 공원, 여름의 따가운 햇살을 피해 그늘이 있는 벤치에 자리 잡은 설아는 생활정보지를 꼼꼼하게 훑어보며 취직 자리를 찾았다. 아는 교수가 아르바이트자리 몇 개를 추천해 줬지만 낮 시간은 하경을 위해 남겨둬야 하기 때문에 오후에 할 수 있는 일을 찾아 구인란을 들췄다.

〈보조 바텐더(女) 구함. 오후 출근. 숙식 가능.

—웨스턴 바 Remember.〉

　바텐더. 많은 아르바이트를 해봤지만 웨스턴 바는 처음인지라 망설여졌다. 하지만 오후 출근과 숙식 가능이라는 단어가 눈을 잡고 놓아주지 않았다. 요즘 들어 상황이 나빠지고 있어서 빨리 무엇이든 시작해야 했다. 하경의 병은 호전될 기미가 없었고 며칠 전부터 병원비 체납으로 치료도 중지된 상태. 설아는 해결 방법을 찾기 위해 돈을 벌고 있는 윤자에게 넌지시 운을 띄워보았지만 카드 빚 갚느라 돈이 없다며 엄살을 떨어대는 통에 그마저도 그만두었다. 결국 방법은 살고 있는 집의 전세금을 빼서 병원비를 대는 것인데 몇 푼 안 되는 전세금을 병원비에 보태면 할머니와 꼼짝없이 길거리에 나앉을 신세다. 수심이 깊어진 보안 이마가 살짝 접혀지면서 한숨을 푹푹 내쉰 그녀는 검은 볼펜으로 ‘Remember’ 이라고 적힌 란에 동그라미를 그렸다.

　그 후로 시간은 설아가 따라가기 벅찰 만큼 정신없이 흘러갔다. 그나마 다리 뻗고 잘 수 있었던 전세집에서 나와 돌려받은 전세금으로 밀린 병원비를 내고 할머니는 병원에, 현자는 아는 사람 집에, 설아는 새로 취직한 곳에서 숙식을 해결하게 됐다. 그녀가 취직한 곳은 생활 정보지 구인란에서 본 Remember 이름의 웨스턴 바. 마음씨 좋아 보이는 주인 여자의 배려로 몸만 간신히 뉘일 수 있는 내실에서 생활하며 청소와 설거지, 어렵지 않은 칵테일을 만들면서 보조 바텐더의 일을 익혀갔다. 처음엔 도저히 적응할 수 없을 것 같아 암담했지만 시간이 흐르니 잘 만드는 칵테일도 생기고 단골손님들과 농담도 주고받을 수 있을 정도로 여유도 늘어갔다.

아무리 어려운 환경에 던져져도 산 사람은 꾸역꾸역 살아가게 되어 있나 보다. 설아는 요즘 따라 그 말을 실감한다. 사교적이지 못한 성격의 그녀가 처음 보는 사람들에게 미소를 건네고, 지분거리는 남자에게 농담 섞인 거절도 한다. 새록새록 드러나는 의외의 모습들에 설아는 신기함과 낯설음을 동시에 느꼈다.

자신에게 이런 면이 있었던가. 사람들에게 이렇게 넉넉하게 대해 본 적이 있었던가. 그 사람은 나의 이런 면을 보면 뭐라고 할까. 특유의 비틀린 미소를 지으며 놀려댈 거야. 아니면……. 설아는 또다시 그를 상상하는 자신을 보고 화들짝 놀라며 생각을 멈췄다. 요즘 들어 하루에도 몇 번씩이나 반복되는 사고의 패턴에 그녀는 몇 번씩 놀라고 화내고 당황했다. 인규에게서도 그를 보고, 사람들에게서도 그를 보며, 자신에게서도 그를 본다. 그 망할 인간의 얼굴이 망막에 들러붙어 떨어지질 않는다. 젠장! 아무리 부수고 지워도 끈질기게 살아서 머리 속을 헤집고 다니는 기억들. 설아는 그에 관한 기억들이 되살아나지 않도록 단단히 봉인하려 애쓰며 일상 속에 자신을 파묻었다. 그렇게 뽑아내고 지우면 언젠가는 흉터없이 말끔해질 거라고 생각하며.

바에 취직한 지 한 달이 조금 지난 어느 날이었다. 유난히 길고 지루한 장마 때문에 손님이 없어 바텐더들도 일찍 퇴근하고 문을 닫으려는데 문이 열렸다. 우산에서 흘러내리는 빗물을 바닥에 뚝뚝 흘리며 들어오는 상대방에게서 근사한 비 냄새가 났다. 비릿하면서도 친숙하고 향이 좋은 커피를 생각하는 냄새. 왠지 피우지도 못하는 담배를 손가락에 끼워놓고 비에 젖은 도시를 봐야만 할 것 같은, 속옷까지 흠뻑 젖도록 거리를 돌아다니고 싶은 충동이 드는 그런 비 냄새다. 설아는 고개를 들어 마지막 손님이 될 사람을 쳐다보다 약간의 공백을 통해 상대방이 누구란 걸 깨달았다. 그러자 머리 속에서 그에 관한 데이터가 일제히 쏟아져 나오기 시작하면서 설아는 통제 불능의 상태에 빠지고 말았다. 뇌 기능도, 눈의 깜빡임도, 숨 쉬는 것마저도 잊은 그녀가 멍하니 서 있는 사이 주녕이 안으로 한 걸음을 내디뎠다. 더불어 열려진 문 사이로 약간의 비와 후두두둑 차양을 두드리는 소리가 조금 새어 들어왔다가 문이 닫히면서 잦아들었다.

"오랜만이야."

검은 우산을 접으며 그가 말했지만 놀란 설아는 여전히 눈만 동그랗게 뜨고 있었다. 그녀가 멍하게 보고만 있는 사이, 그가 저벅저벅 걸어와 앞에 앉았다. 처음엔 말하는 것조차 잊어버렸고 이제 무슨 말이라도 해야 한다고 생각했을 땐 어떤 말을 해야 할지 몰라 당황하고 말았다. 그렇게 한참을 머뭇거리던 설아는 어색하게 입을 열었다.

"비 많이 와요?"

맙소사. 한다는 소리가 겨우 그거라니. 설아는 자신이 바보 같아 얼굴을 붉혔다.

"태풍이 온대. 빗발이 점점 굵어지고 있어."

그도 멋쩍었는지 설핏 웃었다.

"그동안 잘 있었니?"

"아니요."

날이 선 자신의 말에 속으로 안도의 한숨을 쉬었다. 반갑다는 말투마저 나왔다면 죽어버리고 싶은 심정이었을 것이다.

"이렇게 찾아온 거 놀라지 않았니?"

"다신 만나는 일이 없을 줄 알았어요."

최대한 시큰둥하고 차갑게 들리기를 바라면서 말했지만 애인에게 삐친 여자의 말투처럼 들렸다. 이에 당황한 설아는 잠시 내려놓은 쉐이커를 바쁜 손놀림으로 닦기 시작했다. 그런 그녀를 어항 속의 열대어를 보듯이 들여다보는 주녕의 눈동자는 반가움과 충족되지 못한 그리움으로 촉촉이 젖어 있었다.

"솔직히 이런 일 하는 네 모습, 상상이 안 됐어. 그런데 생각보다 잘 어울린다."

설아는 시선을 마주치지 않고 잔과 술병들을 정리했다. 무시하는 태도가 완연한데도 그가 하던 말을 계속했다.

"너 사람들 사이에 섞여 있는 거 싫어하잖아. 그런데 왜 이런 일자리를 구했어?"

그제야 주녕을 노려볼 자신이 생겨서 고개를 든 그녀는 한결 부드럽게 변한 눈빛을 마음속에 담지 않으려 노력하며 퉁명스럽게 말했다.

"먹고 살아야 하니까. 누구처럼 돈이 남아돌아 한가한 사람이 아니잖아요."

"나한테라도 도와달라고 하지 그랬니."

바삐 움직이던 손이 멈췄다. 한 템포를 쉬며, 마음을 가다듬은 설아는 그를 노려보며 지금 당신이 와 있어서 피곤해 죽겠다는 눈빛으로 물었다.

"왜요?"

"난 돈이 남아도는 사람이잖아."

"이젠 그쪽 돈, 안 받아요."

"흠, 그쪽이라. 왜?"

촉촉했던 눈동자가 그쪽이라는 호칭에 물기가 걷혔다. 그런 눈빛을 봤는지 못 봤는지 설아는 싸늘하게 말했다.

"되도록이면 부딪치고 싶지 않으니까요."

쓴웃음을 지으며 병들 사이에 꽂혀 있는 메뉴판을 집어 든 그는 지루한 듯 몇 장을 넘기다가 무겁게 입을 열었다.

"여기 있는 칵테일 다 만들 줄 아니?"

더 이상 감정 싸움을 하고 싶지 않은데 그는 갈 생각을 않는다. 자신이 그에게 차갑게 대하면 대할수록 그는 집요하게 감겨오고 그러면 그럴수록 그의 그림자가 머리 속을 떠나지 않는다는 것을 알고 있기에 설아는 여느 손님에게 하는 것처럼 대하기로 마음먹었다.

"몇 가지만요."

"오랜만에 블랙러시안 한번 먹어볼까. 그건 쉬우니까 할 수 있겠지?"

뻔뻔하게 말하는 그를 당장 쫓아내고 싶지만 좀처럼 입이 떨어지지 않았다. 무슨 꿍꿍이로 찾아온 걸까. 또 어떻게 흔들어놓기 위해 찾아온 걸까. 설아는 앱솔루트 시트론에 깔루아를 섞으면서 내내 자문해 보았지만 좀처럼 답이 나오질 않았다. 그의 앞에 탁 소리가 나도록 잔을 내려놓은 설아는 느리게 칵테일을 맛보는 그를 말없이 쳐다보았다.

"꽤 그럴듯하구나. 보기만 좋으라고 데려다 놓은 것은 아닌가 보네."

"빨리 드시고 가세요. 가게 문 닫아야 해요."

칵테일 잔을 응시하던 그가 조용히 말했다.

"이런 데서 네 가치를 떨어뜨리지 마."

그 말에 설아의 가슴이 일시에 얼어붙었다.

"그쪽한텐 이곳이 가치없는 곳으로 보이겠지만 제겐 신성한 일터예요. 떳떳하게 일해서 돈을 버는 곳이라구요."

차갑게 쏘아붙인 설아는 그에게 말려들어 가는 것만 같은 불길한 예감이 들었다.

"내 돈은 더럽다는 건가. 내 밑에서 일할 때는 떳떳하지 못했나 보지?"

"아무리 돈이 필요해도 그쪽을 찾아가는 게 아니었어요."

"그랬으면 나 같은 더러운 자식한테 얽히는 일도 없었겠고 말이야. 그렇지?"

그가 특유의 차가운 눈빛으로 웃는다. 웃는다기보단 비웃음 같고, 비웃는다기보단 상처받은 것 같은 웃음이 가슴을 쿡쿡 찔러댔다.

"영업 끝났어요. 그만 가세요."

가슴을 훑고 지나가는 차가운 바람을 느끼며 그에게서 몸을 돌리는 순간, 짧은 단어가 걸음을 멈춰 서게 했다.

"결혼하자."

너무나 길고 지루하게 느껴지는 몇 초가 지나갔다.

"결혼하자. 너야 손해 볼 거 없잖아."

그는 무척이나 결연하고 비장하게 말했다. 마치 사업상의 계약을 하는 것처럼, 비싼 이윤을 남길 수 있다는 것처럼 그는 말했다.

"미쳤어요?"

"너 같은 애가 이러고 사는 거 더 이상 못 봐주겠어."

"관심 꺼요. 나한테 신경 쓰지 말라구요!"

흥분해서 소리친 설아는 다리가 제멋대로 떨리고 숨 쉬기가 곤란하자 침착해지려고 애썼다. 하지만 그 다음 말이 자제력을 무너뜨렸다.

"네 할머니와 오빠는…… 그 짐들을 어떻게 다 감당할 건데?"

"……."

"내가 시궁창에서 빼내줄 수 있어. 네 한마디면 가족들이 모두 편안해질 수 있단 말이야."

마른 행주를 꼭 움켜쥔 설아는 어금니를 지그시 깨물다 시선을 맞추었다. 그녀의 눈동자에서 파란 불길이 너울너울 춤추는 걸 본 주녕은 자신이 설아를 과소평가했다는 걸 깨달았다.

"그쪽 눈엔 보잘것없겠지만 내가 보기에 시궁창 속에 처박힌 건 당신이야. 사람의 감정은 돈으로 사고파는 게 아니라고."

차가운 침묵 속에 뜨겁게 얽히는 시선. 그는 굳은 얼굴로 입을 열었다.

"그래, 사랑은 위대하다 그거로군. 하지만 현실에서도 그게 통할까. 너를 창녀 취급하는 집에 붙어사는 그놈을 믿고 뭘 어떻게 할 셈인지 심히 궁금하군."

"그 사람을 모욕하지 말아요!"

"넌 단단히 착각하고 있어! 상대방이 고통스러워하는데 보고만 있는 건 사랑이 아니야. 아무것도 해주지 못하는 건, 입으로만 걱정해 주는 건 사랑이 아니야! 난 네게 뭐든 다 해줄 수 있어. 네 오빠도 고쳐 줄 수 있고, 집도 사줄 수 있고, 네가 원하는 꿈도 이뤄줄 수 있어!"

"내가 할 수 있어요. 당신 힘 빌리지 않고도 내가 다 할 수 있다구요!"

설아의 비명이 홀에 가득 울렸다. CD는 다 돌아가 꺼진 지 오래였고 침울한 고요만이 깊게 드리워져 있었다.

"자신을 너무 과신하지 마. 모든 일이 네 생각처럼 이루어지진 않아."

무겁게 말한 그는 지갑에서 수표 한 장을 꺼내 글라스 옆에 두고 바를 나갔다. 거칠게 열려진 문 사이로 거센 비가 들이치더니 문이 닫히면서 잦아들었다. 설아는 뜨거운 눈시울로 그가 나간 자리를 바라보다 우산꽂이에 남아 있는 우산을 응시하며 의자에 털썩 주저앉았다.

세상의 비를 혼자 다 받아내듯 무표정한 얼굴로 서 있는 남자. 우산을 방패 삼아 종종걸음을 치며 가던 행인이 이상하다는 눈으로 지나쳐 갔지만 그는 한참 동안이나 제자리에서 움직일 줄을 몰랐다. 굵은 빗방울이 얼굴을 적시고 옷 속으로 스며들었다. 빗속에 가로등처럼 묵묵히 서 있던 주녕은 도로 가장자리에 서서 튀어 오르는 물방울을 멍한 눈으로 응시했다. 셀 수 없이 많은 물방울들이 제각기 다른 곳에 몸을 내던지며 다양한 음색을 만들어내고 있었다. 화난 듯 사납

다가도 발라드처럼 부드럽고 슬프면서도 경쾌하다.

차박차박.

빗물에 잠긴 인도를 걷자니 강 위를 걷는 듯한 느낌이었다. 주녕은 유년의 기억을 떠올리며 고여 있는 물을 향해 발길질을 했다. 구둣발에 차인 물이 크고 작은 물방울이 되어 흩어지는 걸 보며 그는 몇 번이나 같은 행동을 되풀이하다 누구에게 얻어맞은 사람처럼 비틀거렸다. 그까짓 블랙러시안 한 잔 때문에 취한 건 아니었다. 위스키 몇 병을 들이부어도 꿈쩍을 않는 그였다. 주녕은 술 때문이 아니라 고통에 비틀거렸다. 입술을 꾹 다물고 조용히 자신을 응시하는 설아의 눈빛을 떠올리면 속이 울렁거리고 머리꼭지까지 취기가 밀려왔다. 그 망할 눈빛 때문에, 고집스럽게 다문 입술 때문에. 주녕은 젖은 가지를 늘어뜨리고 있는 가로수에 기댔다. 검은 하늘이 작정을 했는지 굵은 물줄기를 쉼없이 쏟아 부으며 뼛속까지 젖게 만들었다. 얼굴과 어깨로 떨어져 내리는 빗방울 하나하나가 그녀의 말간 얼굴이고, 눈빛이고, 흔들리는 목소리다.

"젠장, 여자 하나 때문에 미친놈처럼 비를 맞고 다니다니."

지나가는 행인이 흠뻑 젖은 채로 피식피식 웃고 있는 그를 미친 사람을 보는 눈길로 훑으며 지나갔지만 주녕의 상관없이 한참을 웃었다. 웃고 싶지 않은데 허파에 구멍이라도 났는지 연신 웃음이 새어 나왔다. 오히려 울고 싶은 기분인데 망할 놈의 입속에서 헛바람만 흘러나왔다. 지금 하고 있는 게임의 끝이 모두를 파멸로 이끌게 될 거라는 예감이 지워지지 않는다. 모든 사람들을 망가뜨리는 위험한 게임. 그걸 알면서도 멈출 수 없는 자신이 증오스러웠다.

"끝까지 가보는 거야. 결말이 어떻게 되든 끝까지 가는 거야."

주녕은 쓴웃음을 거두며 몸을 일으켜 걸었다. 여자의 눈빛 하나하나에 등신처럼 비틀거리는 자신이 한심했다.

"전처럼 행동해, 이 머저리 같은 자식아! 한때 아버지였던 사람을 파산시켜 버렸듯이, 고모라고 부르며 매달렸던 여자를 함정에 빠뜨려 감옥에 쳐넣었듯이, 그렇게 인정사정없이 굴란 말이다."

그는 씩씩거리며 무거운 다리를 옮겼다. 이제 주녕의 모습은 더 이상 상처받은 모습이 아니었다. 그는 너무나 익숙한, 가해자의 차갑고 날카로운 눈빛으로 돌아와 있었다.

인생의 절반을 남을 괴롭히기 위해 바쁘게 움직인 손에 또다시 칼이 들려졌다. 이번엔 꼭 끝장을 볼 것이다. 나마저 조각조각 베어지고 뼈와 살이 발라지는 끔찍한 고통 속에 빠진다고 해도 멈추지 않을 것이다. 온몸의 감각이 무뎌져 그녀를 향한 감정이 사랑인지, 복수심인지, 집착인지, 분노인지 아무것도 느껴지질 않았다. 경계가 불분명한 세계를 떠돌며 방황하는 것도 지겨워져서 어떻게든 끝을 내보고 싶다. 그 끝이 긴 방황을 마치고 쉴 수 있는 것이 되기를, 죽음처럼 편한 휴식으로 인도해 주기를 바랄 뿐이다.

생각에 잠긴 채 걷다가 길가에 멈춰 선 주녕은 멀리 보이는 리멤버의 간판을 응시하다 차에 탔다. 곧 이어 튕기듯 쏘아진 스포츠카가 빗속을 가르며 질주하기 시작했다.

틀날 열한 시가 가까워질 무렵에야 리멤버를 나선 설아는 할
머니와 교대를 하기 위해 병원으로 향했다. 며칠 동안 잠을 설친 터
라 충혈된 눈에 부스스한 얼굴이긴 하지만 특유의 맑은 피부와 검은
생머리가 구름 사이로 스미는 햇살에 빛을 발하며 청순한 분위기를
풍겼다. 어제의 우울한 일 따윈 잊으려는 듯 그녀의 표정은 꾸며낸
밝음으로 가득 차 있었고 그 모습을 유지하려 애쓰며 하경이 있는 병
실 문을 열었다. 항상 사람들로 빼곡하게 들어차 있는 입원실. 그런
데 오늘따라 뭔가 허전하다. 오빠가 누워 있는 창가 쪽을 쳐다본 설
아는 침대가 비어 있자 가슴이 쿵 하고 내려앉는 걸 느끼며 벽에 손
을 짚었다. 침대는 말끔히 정리가 된 상태였고 어제까지만 해도 놓여
있었던 가방들과 비품들이 깨끗이 치워져 있었다. 그녀가 울 것 같은
표정으로 황망히 서 있자 놀란 문 쪽 자리의 아주머니가 팔을 살짝

건드리며 말했다.

"아이고, 아가씨가 많이 놀랐나 보네. 걱정 말아요. 아침 일찍 다른 병실로 옮겼어."

그 말에 놀란 가슴을 쓸어 내린 설아는 감사의 미소를 건넨 후 지나가는 간호사에게 물어 새로 옮겼다는 병실로 향했다.

'어제까지만 해도 옮긴다는 얘기가 없었는데 무슨 일이지?'

고개를 갸웃하며 몇 번이고 이름을 확인한 후, 문을 열고 들어갔다. 순간적으로 확장된 그녀의 동공. 그녀는 말로만 듣던 특실에 누워 있는 하경을 보고 할 말을 잃었다. 입원실 몇 개를 합쳐 놓은 것처럼 넓은 실내와 병원이라는 장소에 어울리지 않는 화려하고 세련된 가구. 테이블에 세팅된 향긋한 꽃들에 시선을 주며 문 앞에 멍하니 멈춰 서버린 그녀는 낯선 풍경에 간신히 입만 달싹거렸다.

"이, 이게……."

호텔 같은 입원실의 충격이 채 가시기도 전에, 낯선 여자가 한쪽 문에서 나오더니 상냥하게 웃으며 다가왔다.

"아, 동생 되시는 분인가 봐요. 말씀 많이 들었어요. 이번에 새로 온 간병인이에요."

특실에 간병인. 머리에 불길한 예감이 스치면서 어찔해지는 기분이 들었다.

"누, 누가 고용한 거예요?"

"결혼하실 분이요. 김주녕 씨라고 하던데."

물어봐 주기를 기다렸다는 듯 태연하게 대꾸하는 낯선 여자. 붉게 변한 얼굴로 뭐라 대답하려던 설아는 등 뒤로 할머니의 목소리가 들려오자 흠칫 놀라며 주춤했다.

“설아야.”

순간 그 음성이 어찌나 따끔하게 들렸는지 제대로 뒤돌아볼 용기가 나지 않았다. 화라도 내면 어떻게 하나 걱정하는데 의외로 담담한 목소리가 들려왔다.

“나원, 며칠 전까지만 해도 퉁명스럽게 굴던 의사들이 특실로 옮겨오니까 뻔질나게 들락거리며 아는 체를 하더라.”

굳은 표정의 할머니가 오래전부터 특실에서 생활한 것처럼 자연스런 동작으로 걸어 들어갔다. 그 뒤를 창백한 표정으로 바라보던 설아가 따라 들어간다.

“우리 같은 사람한테 이런 과분한 호의를 베풀어주다니. 그 고마운 사람 덕에 한시름 놨다.”

고마운 사람. 설아는 기습공격이라도 당한 사람처럼 멍한 얼굴을 했다.

‘당신이 바란 것이 이것이로군.’

할머니가 김주녕과 아직도 엮여 있는 것에 대해 화를 내며 다그쳤다면, 몰랐던 일이라고 발뺌하며 병실을 옮기자고 했을 것이다. 하지만 할머니의 담담한 말 몇 마디가 머리 속을 헝클어뜨리며 자신을 비웃고 있었다. 할머니는 간접적으로 말했다. 그 사람의 동정을, 흑심을 받아들이겠다고. 지금 상황에서 이것은 다시 올 수 없는 기회니 절대 차버리지 않겠다고. 설아는 다행이라는 얼굴로 병실을 돌아보는 할머니와 병색이 완연한 얼굴로 지쳐 잠든 오빠를 보며 입술을 잘근잘근 깨물었다.

“언제 인사라도 드려야 하는 건데. 나중에 감사 전화라도 해야겠다.”

무엇이 마음에 걸리는지 시선도 제대로 맞추지 못한 할머니가 침대 머리맡에 서서 조용히 말했다. 유난히 눈에 들어오는 굽은 등이 자꾸만 눈에 밟혀 설아는 코끝이 시큰거렸다.

'할머니도 이 호의가 뭘 말하는 건지, 무엇을 바라고 하는 건지 잘 알잖아. 근데 왜 모른 척해? 내가 그 사람한테 가길 바라는 거야?'

설아는 할머니의 뒷모습을 응시하다 그대로 병실을 뛰쳐나왔다. 가슴이 터질 것처럼 답답해 견딜 수가 없다. 이겨낼 수 있으리라 생각했는데, 무시하면 된다고 생각했는데 오빠와 할머니를 보니 마음이 약해져 버렸다.

'그가 노린 것이 이것이겠지. 이렇게 조금씩 무너지다 결국 넘어오게 만들고 싶은 거겠지.'

두려운 건 비좁은 병실로 다시 옮기자고 말하지 못한 자신이다. 속셈이 뻔히 드러나는 악의를 거절하지 못하고 망설이는 자신이 두렵다. 이래선 안 되는 건데, 바보같이 흔들려서는 안 되는 건데. 매섭게 내치지 못하는 자신이 한없이 한심해 보이면서도 화학요법 때문에 힘들어하는 오빠를 보면 지금 같은 기회는 어떻게 해서든 잡아야 한다는 생각이 머리 속에 가득 들어찼다. 당신 말이 맞아. 세상일이 모두 내 생각처럼 이루어지진 않아. 무엇 하나도 쉬운 법이 없어. 설아는 그의 말을 곱씹으며 지친 듯 등을 벽에 기댔다.

"아까 나가서는 아직도 돌아오지 않고 있어요. 올 때가 지났는데."

한참 동안 병원 안팎을 서성이다 간신히 용기를 내어 병실 문을 여니 할머니의 목소리가 들려왔다. 조금 열려진 문틈 사이로 소파에 앉아 있는 할머니와 맞은편에 앉은 남자의 신발이 보인다. 혹시 그인가? 또다시 심장이 덜그럭거렸다. 숨을 멈추고 조금 더 열어보니 다행히도 몇 번 본 적이 있는 주녕의 관리 직원이 앉아 있었다.

"아니, 왔네요. 설아야, 왜 이제야 오니? 손님이 아까부터 와서 기다리셨어!"

언제 왔는지 구석에 있던 윤자가 튀어나오며 문을 열어젖혔고 그 바람에 침대에 누워 있던 하경을 포함한 사람들의 시선이 일제히 그녀에게 꽂혔다.

"아, 네……."

말을 끝을 길게 늘어뜨린 설아는 빨개진 얼굴로 병실에 발을 내디뎠다. 고개를 숙이고 있는 그녀의 모습은 꼭 죄라도 지은 사람처럼 힘이 없었다.

"있잖니, 설아야. 김 사장이 글쎄."

호들갑스럽게 말을 열려던 윤자는 흘겨보는 할머니 때문에 금세 입을 다물었다. 또 무슨 일이 터진 걸까 불안해하고 있는데 소파에 앉아 있던 남자가 일어나며 말문을 열었다.

"그럼 설아 씨도 왔으니까 다 함께 가시죠. 여기서 그리 멀지 않은 거리입니다."

"어머, 그럴까요?"

반색을 하며 윤자가 끼어들고 아직도 상황파악을 하지 못한 설아는 어리둥절해하며 남자를 쳐다봤다.

"어디를요?"

"따라와 보시면 알 거예요."

알 수 없는 말을 남긴 남자는 병원 정문에 차를 대놓겠다고 먼저 나갔고 뒤이어 할머니가 다가와 상기된 목소리로 입을 열었다.

"아까 김 사장한테 전화 왔다. 원래는 직접 와서 인사하려고 했는데 바빠서 짬이 안 난다고 사람을 보냈어. 목소리가 어찌나 예의 바르는지, 그동안 괜한 오해를 한 것 같아 미안하더구나."

"네?"

도대체 무슨 말들이 오갔는지 알 수가 없었다. 자리를 잠시 비운 사이에 일이 어떻게 돌아간 거지?

"김 사장이 네게 청혼했다면서? 그런 말은 진작 했어야지. 아무튼 이렇게 으리으리한 특실에 간병인까지 붙이고 엄마가 살 집도 장만해 놨다니! 김 사장이 설아를 많이 좋아하나 봐. 다른 사람 같았으면 이런 집구석 거들떠도 안 봤을걸."

침까지 튀어가며 신나 하는 그녀를 보니 앞이 캄캄해진다. 일주일에 한 번 얼굴을 비칠까 말까 한 여자가 특실로 옮기자마자 뽀르르 달려오다니. 역시 머리 좋은 남자다.

"그러니까 그 사람이 할머니 집을 샀다구요? 그래서 지금 거기를 가겠다는 거예요?"

"세상에 자그만치 육십 평이란다. 강남 육십 평 아파트면 돈으로 얼마야? 아이고, 난 꿈만 같다! 뭐 해, 내려갈 준비 안 하고?"

정말 꿈꾸는 표정의 윤자를 젖혀두고 아까부터 무표정한 얼굴로 서 있던 할머니를 쳐다보며 무슨 말이라도 해달라는 얼굴을 했다. 그러나 왠지 멍한 듯, 아무 말 없이 서 있는 할머니. 설아는 그런 그녀를 보며 너무 불안해 미칠 것만 같았다.

"가가지 마아세요."

할머니보다 먼저 입을 연 것은 하경이었다. 폐까지 악성세포가 침투한 그는 쌔액쌔액 가쁜 숨을 쉬며 천천히 입을 열었다.

"서서설아가 시일타자나요. 시일타는데 왜에 그으래요."

하경의 말에 병실에 서 있던 사람들의 얼굴이 눈에 띄게 굳어졌다.

"나나나 여여기 안 이쓸래. 벼벼병실 오옴겨."

설아의 눈시울이 붉어졌다. 오빠 말을 들으니 자신이 한없이 이기적인 인간처럼 느껴진다. 뒤이어 가슴 한편에서 조용한 울림들이 흘러나왔다.

『내 사랑도, 자존심도 중요하지만 오빠에겐 인생이 걸린 일이야. 난 그저 눈 한 번 질끈 감으면 되지만 오빠한테는 생명이 걸린 일이라고.』

『하지만 어떻게 선배를 버리고 다른 사람한테 갈 수 있어! 그것도 그렇게 증오하는 형한테로 말이야! 그동안 어떻게 괴롭혀 왔는지 다 듣고서도 배신을 한다면 넌 인간도 아니야!』

'항복하지 않을 거야. 이렇게 허무하게 항복하지 않을 거야. 모든 것이 당신 뜻대로 돌아가게 놔두지 않아!'

설아는 사람들의 외침도 무시한 채 그대로 주녕이 살고 있는 빌딩으로 향했다. 그가 있는 곳에 가까워질수록 긴장감에 심장이 제멋대로 쿵쾅거리기 시작했다.

무엇보다 놀라운 것은 그도 아플 수 있다는 것이다. 설아는 자신의 어리석은 생각에 잠시 비웃었지만 아픈 그를 보는 것이 놀라운 것을 어쩌랴. 그는 오전과 늦은 밤을 제외한 낮 시간에는 거의 반듯하게 날이 선 정장을 입는 편이다. 펜트하우스가 사무실과 주거공간을 겸한 곳이라는 특성도 있지만 그 자체가 자신이 흐트러지는 것을 못 보는 성미이기 때문이다. 그런 사람이 다 구겨진 면바지 하나만을 입고 열에 들뜬 얼굴로 있으니 그 모습이 한없이 낯설었다.

"괜찮아요?"

열에 들뜬 얼굴로 문에 기댄 그는 하얗게 튼 입술을 달싹거렸다.

"웬일이야."

갈라진 목소리에 힘이 하나도 없다. 설아는 자신이 걱정스런 눈초리로 그를 훑고 있다는 것을, 그런 눈빛을 주녕이 설레어한다는 것을 모른 채 안으로 성큼 들어갔다.

"감기 걸렸군요."

"내가 걱정돼서 온 건 아닐 테고 본론만 말하고 가줘. 결혼 승낙이라도 하러 온 거야?"

"일하는 아줌마는 어디 가셨어요? 약은 먹었나요?"

"젠장, 할 말 있으면 빨리 하고 가버려. 갸륵게 생각해 주는 척하지 말란 말이야."

통명스런 주녕의 말이 끝나기도 전에 그녀가 예고도 없이 바싹 다가섰다. 그러자 주녕이 흠칫 놀라며 뒷걸음을 쳤다. 그래도 집요하게 다가가 식은땀에 젖은 이마에 짚어본 설아는 금세 눈을 동그랗게 치켜떴다. 이렇게 걸어 돌아다니는 것이 신기할 정도의 그의 이마는 뜨거웠다.

"아프면 병원엘 가야지 왜 이러고 있어요?"

"싫어."

통명스럽게 말을 내뱉은 그는 침실로 휘적휘적 걸어가며 중얼거렸다.

"세상에서 제일 싫어하는 게 주사야."

그 말을 듣는 순간 어이가 없었다. 190㎝의 키에 사람을 압도할 만한 덩치를 가진 그가 주사 따위에 쩔쩔매다니……. 다른 사람도 아닌 주녕이 그런 말을 했다는 것이 믿겨지지가 않았다.

불안정한 걸음을 따라 침실 문 앞까지 갔다가 구겨진 시트 속으로 들어가는 주녕을 보며 설아는 여기까지 온 목적을 조금만 늦추기로 했다. 아무리 나쁜 인간이라지만 이렇게 아픈 사람을 몰아붙일 만큼 자신은 독하지 못했다. 화를 내더라도 약이라도 먹이고 내야지. 그 길로 펜트하우스를 나와 가까운 약국에 들러 감기약과 죽을 사들고 오니 그는 여전히 침대에 누워 있었다.

"아직도 안 간 거야? 꼴도 보기 싫으니까 사라지라고!"

"죽 사 왔어요. 이거 먹고 약 먹어요."

"싫어. 누가 그 딴 거 먹는데?"

"빨리 나아야 싸울 거 아니에요. 난 누구처럼 비열한 플레이를 하지 않으니까."

"잘났군. 어련하시겠어."

침대 옆에 서서 내내 인상을 쓰던 그녀는 한계에 다다른 듯한 표정으로 말에 힘을 실었다.

"이봐요! 김주녕 씨!"

바로 그때, 빠르게 몸을 돌린 그가 방심하고 있던 설아의 팔을 끌어당겨 침대 위로 넘어뜨렸다. 갑작스런 행동에 소리 한 번 지르지 못하고 그의 품에 안겨 버린 설아는 자신의 몸 위에 불덩이처럼 뜨거운 몸을 겹치는 주녕을 놀란 눈으로 쳐다보았다. 고열에 흐려진 주녕의 눈빛과 시선을 맞추는 순간, 가슴이 쿵 하고 내려앉았다.

"지금 네 행동, 결혼에 대한 승낙으로 받아들여야 하는 거니?"

기침으로 쉰 목소리에 설아는 겁먹은 얼굴로 고개만 가로저었다.

너무 뜨겁다. 그가 너무 뜨거워서 같이 타버릴 것만 같았다.

"그럴 거면서 왜 내게 잘해주는 거야. 동정이야? 적선 베푸는 거야?"

간신히 말을 마친 그는 고개를 돌려 오랫동안 기침을 했다. 그의 몸이 들썩거릴 때마다 지진이 나는 것처럼 몸이 흔들리고 뜨거운 전율에 숨 쉬기조차 곤란해졌다.

"나도 자존심 상해. 이 잘난 몸뚱어리를 옆에 두려고 돈을 쏟아 붓고 결혼 허락만 떨어지길 기다리는 것에 부아가 치민다고!"

그의 가슴에서 울리는 진동이 똑같이 심장에 전해졌다. 처음엔 몸을 내리누르는 그의 무게가 힘겨웠는데 이제는 그의 얼굴을 똑바로 쳐다보며 턱에 거뭇거뭇하게 난 수염을 관찰할 정도로 눈이 뜨였다. 그의 강인한 목 선과 싫지 않은 땀 냄새, 뜨거운 체온에 잠깐 정신을 놓고 있던 설아는 간신히 목소리를 쥐어짜서 말했다.

"안 하면 되잖아요. 그까짓 결혼 안 하면 되잖아요."

"널 그 자식한테 뺏기느니 이러는 게 나아."

"왜 그렇게 그 사람을 미워해요? 그래도 동생이잖아요."

"흥, 동생? 그 자식이 왕자처럼 우아하게 자랄 때 난 곰팡이 핀 지하실에서 벌레처럼 살았어. 그들이 부족한 것 없이 호화스럽게 살 때 나는…… 쿨럭쿨럭. 밥이 먹고 싶으면 구걸해서 먹었고, 옷이 없으면 훔쳐서 입었지. 처음부터 끝까지 내 힘으로 여기까지 왔어. 그런데 그 자식은 달라. 대가도 없이 필요하면 뭐든 주어졌어. 난 그런 인간을 증오해. 내 것까지 모두 빼앗아간 그놈을 용서할 수 없어. 빼앗을 거야. 놈이 원하는 것은 무엇이든 빼앗을 거야. 사랑하는 여자까지."

가슴이 아파서 도저히 들어줄 수가 없다. 설아는 그의 손이 느슨해진 틈을 이용해 뿌리치고 일어서 황급히 침대를 빠져나왔다.

"언제까지 복수에 눈이 멀어 인생을 망칠 거예요!"

"망친다고 생각해 본 적 없어. 오히려 완전해지지."

화가 난 설아는 그를 노려보다 문 쪽으로 걸음을 옮겼다. 등 뒤로 주녕의 목소리가 들려왔다.

"지금 그 문을 나가면 평생 후회할 일이 생길 거야."

걸음을 멈춘 설아가 그를 돌아보았다. 무표정한 그의 얼굴. 무슨 뜻일까.

"네 말대로 난 미친놈이야. 그래서 널 갖기 위해선 무슨 짓이라도 할 거야. 나란 인간이 어떤지는 너도 대충 파악했잖아. 쉽게 널 놔줄 것 같아?"

주녕의 싸늘한 눈빛에 압도되어 그녀는 아무 말도 할 수 없었다.

"지금 이 방을 나가면 네가 그렇게 죽고 못사는 강인규, 철저하게 무너뜨려 주겠어. 한때나마 키워준 집을 공중분해해 놓은 나야. 그런 내가 그까짓 샌님 하나 병신 못 만들 것 같아?"

설아는 손바닥에 손톱을 박아 넣으며 몸을 부들부들 떨었다.

"너만 오면 돼. 그러면 그 샌님 일에 관여하지 않을 거야. 알아듣겠어? 류설아만 내 옆에 오면 더 이상의 복수는 없어."

그에게 전이된 뜨거움이 삽시간에 차가움으로 바뀌었다. 또다시 밀려오는 욕지기와 그대로 주저앉고 싶은 것을 참느라 뱃속이 뻐근해져 왔다.

"대답 따윈 기다릴 필요도 없겠지? 너는 독하고 이기적인 여자가 못 되잖아. 안 그래?"

그의 비열한 웃음이 그나마 간신히 끌어 모은 자존심과 삶의 의욕을 산산이 짓밟기 시작했다. 그녀의 얼굴이 종잇장처럼 창백해지는 것을 보며 주녕은 마음에도 없는 말을 계속 내뱉었다.

"너란 여자, 가족을 위해 희생한다는 생각에 도취되어 사는 여자잖아. 이번에는 다른 사람을 위해 희생해 보지 그래? 그러면 나와 살면서도 의지할 곳이 생기는 거잖아. 그 같잖은 훈장으로 평생을 내그늘 안에 갇혀 살자니 손해 보는 것 같겠지만 지금 상황에선 다른 선택이 없을걸. 안 그래?"

가시 같은 그의 말이 폐부를 찌르자 붉은 선혈이 뚝뚝 흘렀다. 설아는 눈물이 그렁그렁한 눈으로 그를 노려보았다.

"그전까지만 해도 자신이 대단한 존재인 줄 알았겠지. 머리 좋은 거 하고, 얼굴 반반한 거면 그럭저럭 한세상 비비고 살 수 있겠다 싶었겠지. 하지만 말이야, 그러기엔 네 주변에 혹이 너무 많아. 차라리 고아로 태어나지 그랬니. 그럼 나 같은 더러운 놈한테 엉기는 일도 없었을 거 아냐."

"그만 해!"

설아는 온 집 안이 울리도록 날카로운 비명을 지르며 주저앉았다. 어느새 눈물이 가득 차 볼을 타고 흘러내리고 질끈 깨문 입술에 잇자국이 나 있었다.

"강해져. 내 도움 받지 않아도 될 만큼 강해졌을 때 놔줄게. 내가 증오하는 여자에게서 배운 생존법이야. 최악이면서 최고의 방법이지."

주녕은 힘없이 주저앉은 그녀를 쳐다보며 드디어 갖고 싶었던 것을 얻었다고 생각했다. 하지만 전혀 기쁘지 않았다. 지금 앞에 있는 것은 그가 미칠 듯이 가지고 싶었던 여자가 아니라 다른 남자를 위해 섶을 지고 불구덩이에 뛰어드는 무모한 여자일 뿐이다.

'너란 여자, 정말 바보 같구나.'

쥐어뜯은 허벅지가 피멍으로 얼룩져 가는 동안 그의 가슴에도 선홍색 핏물이 들고 있었다.

호텔 리셉션 홀에는 정관계, 언론계, 금융계 주요 인사들과 주주들, 해외 바이어들이 모여 E&J의 창립을 축하 파티가 한창이었다. 주주의 한 사람으로서 리셉션에 참석한 주녕은 되도록 사람들의 시선이 닿지 않는 구석에서 박 이사와 정치 얘기를 나누고 있었다. 대화라기보다는 열변에 가까운 그의 말을 들어주느라 따분해질 즈음, 홀 입구에서 일어나는 작은 소동이 주녕의 눈을 잡아끌었다.

"만날 사람이 있어요. 금방이면 돼요."

몇 명 경호원들과 실랑이를 하는 젊은 남자. 자세히 보니 인규였다.

"저 청년, 김 사장 동생 아닌가?"

주녕의 시선을 따라 입구 쪽을 돌아본 박 이사가 말했다.

"그러네요. 잠깐 실례하겠습니다."

무표정한 얼굴로 고개를 까딱한 주녕은 천천히 입구로 걸어갔다. 그가 걸음을 옮길 때마다 드러나는 멋진 맵시에 홀에 있던 여자들의 시선이 거미줄처럼 엉겨 붙었다. 몇몇 여자들이 과감하게 관심을 보이며 접근을 시도했지만 주녕이 여성 혐오자처럼 구는 바람에 가까이 가지 못하고 눈요기를 하는 것이 전부였다.

"글쎄, 초대장 없이는 안 된다니까요."

"금방 들어갔다 나올게요. 그게 어려우면 사람 좀 불러주던가요."

"아니, 이 사람이! 여기서 소란 피우지 말고 당장 나가요!"

"잠깐."

그들의 작은 소란 속에 묵직한 음성이 끼어들었다. 아까부터 안으로 들여보내 달라고 우기는 남자를 상대로 고군분투하던 직원들은 한눈에도 범상치 않은 남자의 출연에 자신들도 모르게 잡고 있던 팔을 놓았다. 갑자기 등장한 남자는 옷이 잔뜩 구겨진 채 붙들려 있는 남자를 향해 섬뜩하리만치 차갑게 웃었다. 그러자 일순간 싸늘해지는 공기. 직원들은 그제야 사태 파악을 하고 서둘러 흩어졌다.

"웬일이야, 꼬마도령?"

주녕이 물었다.

"할 말이 있어서 왔어."

"그래? 여긴 보는 눈이 많으니 올라가지."

일체의 동요 없이 태연하게 말하는 그를 보며 인규는 슬며시 어금니를 깨물었다. 고급 수트를 몸에 두르고 우아하게 앞장서서 걸어가는 주녕의 뒤통수를 보니 한 대 갈겨주고 싶은 맹렬한 욕구가 꿈틀거렸다. 그러나 인규는 최대한 자제심을 발휘하며 룸에 들어설 때까지 기다렸다.

"그래, 나한테 할 말이라는 게 뭐지?"

호텔 룸으로 올라오자 주녕이 지체없이 말했다. 인규는 그 무표정한 얼굴을 보며 아까부터 꽉 쥐고 있던 주먹을 날렸다. 휘청하며 한 걸음 물러선 주녕은 꽤 아팠을 텐데도 여전히 입가에 미소를 머문 채 입가에 흐르는 피를 쓱 닦았다. 그는 언제나 흐트러지는 법이 없다. 인규는 그런 상대를 향해 날카롭게 쏘아붙였다.

"왜 맞았는지 알겠지?"

"대충은."

"나쁜 새끼."

"무능력한 누구보다는 낫지."

태연히 대꾸한 그가 천천히 한쪽 구석으로 걸어갔다.

"설아 어디 있어? 어디다 숨겼어!"

"그녀를 만나면 다시 예전처럼 돌려놓을 수 있을 것 같아?"

"어디 있는지나 말해!"

주녕은 한심하다는 듯이 웃으며 냉장고에서 생수를 꺼내 입을 헹궜다.

"내가 그렇게 말했는데 아직도 상황 파악을 못했군. 그녀는 안 갈 거야. 너같이 능력없는 마마보이한테 충분히 질렸거든."

"웃기지 마. 그런 여자가 아니야."

"흐음, 과연 그럴까? 그녀가 절박했을 때 넌 어디서 무엇을 하고 있었지? 사랑은 현실이야. 힘이 없으면 지킬 수도 없지."

"네가 뭘 알아! 나, 나는……."

"알아, 학생 신분 들먹이면서 능력이 없어서 미안하다고 했겠지. 네 스스로 그걸 이겨보려는 노력은 안 하고 말이야. 나 같으면 공사판이라도 뛰면서 도왔을 거야. 아참, 넌 내가 아니지? 넌 우아한 부잣집 도령이잖아."

"함부로 말하지 마!"

인규는 자신을 삐딱한 시선으로 가늠하며 차갑게 빈정거리는 주녕을 쏘아보며 말했다. 그는 이 상황을 즐기는 듯 보인다. 마치 자신의 손에 모든 것을 거머쥔 것처럼 오만하고 당당한 표정. 어릴 때부터 수도 없이 보아온 저 표정은 항상 사람을 질리게 한다. 그리고 가슴 깊숙이 눌러놓은 피해의식을 건드린다. 그로 인해 자신의 삶이 불행하다고 생각해 온 인규였다. 그만 없었으면 자신의 삶이 이렇게 힘들지 않았을 거라는 생각이 늘 머리 속을 지배했다. 쓰레기 같은 자식. 널 죽이는 한이 있어도 더 이상 뺏기고는 살지 않을 거야.

인규는 그의 냉랭한 시선을 맞받아치며 어금니를 부드득 갈았다.

"그런데 말이야, 정말 나 혼자서 그녀를 빼앗은 거라고 생각해?"

주녕이 벽에 걸린 거울에 자신의 모습을 비춰 보며 느긋하게 말했다.

"무슨 헛소리야!"

"누가 그러더라고, 아들한테 붙어 있는 더럽고 냄새나는 밑바닥 인생 좀 치워달라고 말이야. 귀한 아들한테 그런 족속들이 얽혀드는 게 못 견디게 짜증난다나. 그래서 생각했지. 그 짐을 치우는 것에서 떠나 내가 떠맡기로 말이야. 아주 확실한 AS 아니겠어?"

"뭐?"

"그렇게 분위기 파악을 못해? 이번 일의 배후는 네 엄마 서혜옥이란 말이야."

귀가 멍하다. 그의 말이 늘어진 테이프에서 흘러나오는 말처럼 기괴하게 들려 소름이 끼쳤다. 인규가 아무 말도 못하자 주녕이 확인 사살이라도 하듯 거듭 강조해서 말했다.

"못 알아들었어? 네 어미가 뒤에서 사주한 거야! 아들에게 붙은 기생충 좀 떼어달라고 나한테 말했다고!"

순간 인규의 얼굴이 충격으로 일그러졌다. 거짓말! 머리 속에서 거짓말이라는 단어가 세포 분열을 하듯 끊임없이 증식하기 시작했

다. 그러나 어머니가 얼마나 무서운 사람인지 안다. 그걸 알기에 그
의 말이 사실일지도 모른다는 예감을 떨칠 수가 없었다.

"아냐, 그럴 리가 없어. 엄마를 알지만 그 정도는 아니야."

"네가 여자 속을 어떻게 다 알아? 하긴 그렇게 등신 같으니까 그
여자 연기에 감쪽같이 속아넘어가지."

"……."

"불쌍한 막내도령. 제발 정신 좀 차려. 넌 그 여자의 집착을 과소
평가하고 있어. 그 여자는 널 아들로만 생각하는 게 아니야. 자신의
꿈을 이루기 위한 도구, 돈 많은 졸부에서 그치지 않고 기득권 세력
으로 당당히 걸어 들어가려는 문쯤으로 생각하고 있다고. 왜 법대에
보낸 줄 알아? 단순히 검사, 변호사 따위를 시키려고? 아니야. 그 여
자는 너를 앞세워서 정치판에 뛰어들려고 한 거야. 자신이 못다 이룬
꿈을 실현시키려고 말이야."

인규는 말이 없었다. 방 안에 한동안 정적이 감돌자 손목시계를
흘금 쳐다본 주녕이 몸을 돌려 문 쪽으로 걸어갔다.

"아무리 곰곰이 생각해 본다고 해도 답이 없을 거야. 네가 그 여자
그늘을 벗어날 수 없다는 것에 내 전 재산을 걸 수도 있어. 반대를 무
릅쓰고 결혼하겠다고? 네 어미 등살에 배겨나지 못하고 스스로 포기
하게 될걸. 그러느니 차라리 나와 결혼하는 게 나아. 너같이 세상 물
정 모르는 샌님보다는 말이야."

주녕은 비웃음을 남긴 채 호텔방을 나갔다. 긴 웃음소리의 여운이
사라지고 문이 닫히자마자 억눌린 숨을 훅 하고 토해낸 인규가 쓰러
지듯이 소파에 주저앉았다.

"제기랄!"

머리를 감싸 쥔 그는 형편없이 얼굴을 찡그리며 욕설을 내뱉었다. 설아에게 연락이 안 돼 병원으로 찾아갔을 때의 기억이 느리게 재생되었다. 화려한 특실, 연신 시선을 피하던 하경과 한참을 망설이다 결혼 소식을 전한 할머니. 설아에게 사실인지 확인받기 위해 미친 듯이 찾아 헤맸지만 그녀는 어디에도 없었다. 인규는 모든 사실이 실감나지 않았다.

"어릴 때는 대책없이 당했지만 이번엔 어림없어. 나 자신을 위해서도, 설아를 위해서도 이번만은 절대로 안 돼! 절대로 너 따위에게 뺏기지 않을 거야!!"

인규는 주먹을 움켜쥐고는 벌떡 일어섰다. 설아를 찾기 전에 만나야 할 사람이 있었다.

욕조 안 흰 거품 속에서 느긋하게 와인 한 잔을 마시며 잡지를 보고 있던 혜옥은 갑자기 들이닥친 아들을 놀란 눈으로 쳐다보았다.

"어머, 인규야!"

혜옥은 불을 뿜듯 이글거리는 인규의 눈빛을 보고 주녕이 모든 사실을 밝혔다는 걸 알아차렸다. 흠, 생각보다 빨리 터뜨렸군. 여전히 놀란 표정을 거두지 않은 그녀가 와인 잔을 내려놓으며 씩씩거리고 있는 아들을 올려다보았다.

"무슨 일이니? 안 좋은 일이라도 생긴 거야?"

"주녕의 말이 사실이에요? 설아를 빼앗으라고 한 게 사실이냐구요!"

"그 녀석이 그러든, 내가 빼앗아달라 그랬다고?"

"왜 그랬어요! 어떻게 그럴 수 있어요!"

그의 거친 외침이 귀가 아프도록 욕실에 요동 쳤다.

"인규야, 내 얘기도 들어봐야지. 설마 엄마가 그런 짓까지야 했겠니? 걔는 너와 날 이간질하지 못해 안달난 녀석 아니냐. 그런 녀석의 말을 곧이곧대로 믿었니?"

혜옥이 짐짓 가녀린 표정까지 지어가며 천연덕스럽게 대답했지만 그는 여전히 격앙된 어조로 말했다.

"이젠 못 믿겠어요. 그 자식을 통해 일을 꾸민 게 어머니죠? 결혼하라고 조종한 게 어머니잖아요."

"뭐? 결혼?"

혜옥의 동공이 순식간에 확장되며 입이 벌어졌다. 결혼? 김주녕이 그년과 결혼을 해? 그것은 그녀도 몰랐던 사실이다. 그저 한동안 갖고 놀다가 버리라고 했지 누가 결혼하라고 했어? 그녀는 화난 표정을 그대로 드러내며 입술을 질끈 깨물었다.

"주녕이 그 애와 결혼을 한단 말이지."

"그 자식 입으로 들은 얘기예요."

"흠."

그녀의 머리가 빠르게 돌아갔다. 결혼까지는 예상하지 못한 일이다. 그 결혼을 방해하면서 인규에게 그년을 떼어놓을 방법은 없을까? 혜옥의 머리 속에서 일련의 사건들을 마무리할 시나리오가 바쁘게 써지기 시작했다.

"사실, 내가 그전까지 결혼을 반대해 온 건 사실이야. 워낙 집안도 엉망인데다가 돈만 보고 접근한 것이 아닌가 해서 탐탁지 않았거든. 하지만 아무리 그래도 형한테 동생 여자를 빼앗으라고 하진 않아. 그런 걸 어떻게 아들에게 시키겠니."

인규의 눈빛이 한층 부드러워지자 그녀는 자신의 말이 먹혀 들어가는 것에 내심 기뻐하기 시작했다.

"정말이야. 엄마가 아무리 독하다는 소리를 들어도 네게까지 그렇게 모질게 굴지는 않아. 그 자식이 괜히 너와 나를 떨어뜨리려고 수작을 부리는 거야. 엄마 말 믿지?"

그 말에 인규는 모든 기력을 다 소진한 듯 힘없이 주저앉았고 그녀는 속으로 쾌재를 불렀다. 혜옥은 진심으로 딱하다는 표정을 지으며 아들의 어깨를 부드럽게 토닥거렸다.

'그래, 이렇게 말을 잘 들어야 내 아들이지. 내가 널 어떻게 키웠는데.'

그녀는 아들의 머리를 부드럽게 쓸어 넘기며 속삭였다.

"상심이 큰가 보구나. 그래, 많이 힘들겠지. 하지만 사랑이라는 게 그렇게 변덕스러운 거란다."

"엄마."

"그래, 내가 왜 모르겠니. 네가 워낙 착하고 정이 많아서 이렇게 된 거야. 워낙 동정심이 많고 거절을 못하니까 그런 같잖을 것들이 파리처럼 꼬이는……."

그녀가 말을 다 끝내지도 않았는데 인규가 천천히 일어섰다. 혜옥은 유난히 크게 느껴지는 아들을 올려다보며 활짝 웃어 보였다. 그러나 그것도 잠시,

"파리라구요? 내가 사랑하는 여자가 한낱 파리라구요? 어머니는 돈 없고 권력없는 사람은 다 파리로 보여요? 이런 어머니를 어떻게 믿으라는 거예요!"

순간, 그녀의 표정이 얼음처럼 싸늘하게 굳어버렸다.

"지금까지 내 인생을 살아온 건 내가 아니었어요. 어머니가 원하는 게 내가 원하는 거고, 어머니의 꿈이 내 꿈이었어요. 그래도 난 불평하지 않았어요. 낳아준 어머니니까, 키워준 어머니니까 화가 나도 참고 이해했어요. 하지만……"

인규는 보는 사람도 얼굴이 찡그려질 만큼 고통스러운 표정을 지으며 벽에 손을 짚었다.

"이젠 질렸어요. 더 이상 어머니의 꼭두각시로 살진 않을 거예요! 등신같이 살지 않을 거라구요!"

욕실 문을 박차고 나가는 아들의 뒷모습을 보며 혜옥은 파랗게 질린 얼굴로 입술만 달싹거렸을 뿐 한마디도 할 수 없었다. 점점 멀어지는 발소리, 이따금 쿵 하고 열렸다 닫히는 문소리가 여운을 남기며 멀어졌다.

'어디서부터 잘못된 걸까. 무엇부터 손을 대야 하지?'

혜옥은 따뜻한 물에서 한기가 올라올 때까지 한참을 멍하니 앉아 있었다.

CCTV 화면에 한 남자가 담을 뛰어넘는 것이 잡혔다. 제법 날렵한 동작으로 높은 담을 훌쩍 넘은 그는 주위를 살피며 대나무가 우거진 숲으로 자취를 감췄다. 그 모습을 예리한 눈으로 지켜보던 남자가 책상 앞에 놓인 전화기로 손을 뻗었다.

"사장님, 경비 초소입니다. 좀 전에 강인규 씨가 들어왔습니다. 끌어낼까요?"

[아니, 그냥 둬. 내가 가지.]

낮게 깔린 목소리는 그 말만을 남긴 채 전화를 끊었다. 직원은 수화기를 내려놓으며 다른 화면에서 별장 뒷문을 향해 가는 인규를 주시했다.

짙은 파랑으로 물들어가는 호숫가에 새 한 마리가 수심에 스칠 듯

낮게 선회하다 숲 속으로 사라졌다. 산자락에서 불어온 시원한 바람이 숲의 나뭇가지들을 흔들어 보리 물결처럼 일렁이게 만들었고, 합창이라도 하듯 떼 지어 컹컹 강아지 짖는 소리가 멀리서 메아리쳤다. 다른 날과 비슷한 풍경이지만 열려진 창으로 들어오는 바람에 묻어 나는 습기와 유난히 시끄러운 개구리 울음이 비를 예고해 주고 있었다. 설아는 산등성이에 시선을 줬다가 저멀리 다가오는 검은 구름에 왠지 모르게 가슴이 섬뜩해졌다. 한바탕 비가 휘몰아칠 듯한 예감에 벌써부터 마음이 추웠다.

"아가씨, 바람이 차요."

별장 관리인 여자가 하루 종일 창턱에 앉아 밖을 내다보는 설아를 딱하다는 표정으로 봤다. 그녀가 그렇게 안쓰러운 눈길로 보는 것이 무리가 없을 만큼 설아의 모습은 죽어가는 화초처럼 물기 하나 없이 비쩍 말라 있었다. 여전히 먼 곳에 시선을 두고 있는 설아는 처음 왔을 때처럼 말이 없다. 관리인 여자는 그런 그녀를 보고 무슨 말인가를 하려다 도로 입을 닫고는 한숨을 쉬며 자신의 집으로 돌아갔다. 그나마 있던 사람마저 나가자 커다란 별장에 남은 생명체는 설아 하나뿐. 그러나 하얀 실내복을 입고 옷 빛깔만큼이나 창백한 얼굴로 앉아 있는 그녀는 비스크 인형처럼 생명력이 없어 보였다. 마음을 헤아릴 수 없는 멍한 눈동자는 하루 종일 창밖 어딘가를 향해 있었고 어둠이 몰려오는 지금도 여전히 같은 시선, 같은 자세였다.

이곳에 온 지 사 일. 별장에 처음 발을 내디딜 때부터 설아는 자폐증에 걸린 아이처럼 자기 세계에 틀어박혀 그 누구와도 말을 섞으려 하지 않았다. 관리인들이 귓속말로 미친 거 아니냐고 주고받을 만큼 비정상적으로 행동했고 아무것도 들리지도, 보이지도 않는 사람 행세를 했다.

그렇게 당당하고 악바리 같았던 류설아는 어디에도 없었다. 그저 무기력하게 먼 산만 바라볼 뿐이었다.

"여기 숨어 있었구나. 한참 찾았어."

어디선가 부드럽게 속삭이는 인규의 목소리가 들려왔다. 설아는 환청을 들은 거라고 생각하며 무릎 사이에 얼굴을 파묻고 가만히 있었다. 그와의 따뜻하고 단란했던 한때가 몇백 년 전 일처럼 아득하게 느껴졌다.

"안 반겨줄 거야?"

밝은 목소리와 함께 인기척이 들리자 설아는 튕기듯 소파에서 일어섰다. 주방 쪽에서 걸어오는 남자. 맙소사, 인규였다. 도저히 자신의 눈을 믿을 수가 없었다. 자신만큼 부쩍 수척해 있는 얼굴. 정말 그가 맞는 걸까? 혹시 꿈을 꾸고 있는 게 아닐까?

"며칠 사이에 얼굴이 반쪽 됐다. 밥은 제때 챙겨 먹는 거니?"

학교 다닐 때부터 수도 없이 들었던 말. 눈앞에 서 있는 사람의 실체를 확신한 순간, 설아는 무너지듯 주저앉았다. 이곳에서 그를 만나다니. 충격으로 멍해진 사이 갈라진 목소리가 흘러나왔다.

"선배……."

"반갑지 않니? 난 무척이나 보고 싶었는데."

보고 싶었다. 그러나 이곳에서 이런 모습으로 만나기를 기대한 건 아니었다. 아무 말도 못하고 있는 설아 앞으로 뚜벅뚜벅 걸어온 그가 손을 내밀었다.

"널 데리러 왔어. 가자. 여긴 네가 있을 데가 아니야."

내민 손과 담담한 얼굴을 번갈아 바라보던 설아는 자신이 떨고 있다는 걸 깨닫고 몸을 동그랗게 말았다. 여름인데도 턱이 딱딱 부딪칠 만큼 온몸에 오한이 밀려왔다.

"아, 안 돼. 난 여기서 나갈 수 없어."

"왜?"

"그, 그건……."

소파로 다가온 그가 한쪽 무릎을 꿇고 앉아 시선을 맞췄다. 인규의 흔들리는 눈빛을 보자 식도가 타 들어가는 느낌이다.

"결혼한다는 얘기를 들었을 때, 무슨 사정이 있겠지 생각했어. 네가 나를 사랑하고 있다는 사실을 추호도 의심하지 않았거든. 널 믿어. 지금 이 순간에도, 앞으로도 믿을 거야. 날 실망시키지 않을 거지?"

그의 말에 설아는 목 놓아 울고 싶었다.

'그는 왜 나를 미워하지 않은 걸까. 자신의 형과 결혼한다고 사라져 버린 여자를 왜 아직도 믿는다고 말하는 걸까. 단념하길 바랐는데, 나 같은 여자는 욕이나 실컷 퍼붓고 잊기를 바랐는데.'

혼란스러운 머리 속으로 그의 말소리가 아프게 파고들었다.

"설아야, 우리 도망가자. 사람들의 시선이 닿지 않는 곳으로 가서 살자. 너 없이는 도저히 살 수 없을 것 같아서 모든 걸 버리고 왔어. 우린 이제 떠나기만 하면 돼."

순간, 파랗게 질린 설아가 눈앞의 남자를 쳐다봤다. 그가 무슨 말을 내뱉는 건지 좀처럼 헤아려지지 않았다.

"이제 자유롭게 사는 거야. 그 누구의 방해도 받지 않고."

"난 못 가. 갈 수 없어."

그녀의 강한 부정에 인규는 실망과 배신감을 동시에 느꼈다. 별장에 발을 들여놓을 때까지 그녀가 거부하리라고는 생각하지 않았다. 사랑한다고 믿었기에 자신이 모든 걸 버리면 따라와 줄 거라고 생각했기에 실망은 더욱 컸다.

그래, 모든 이유는 가족 때문일 것이다. 질투가 날 만큼 하경이를 챙기던 그녀였으니 김주녕이 특실에 치료비까지 대주니까 어쩔 수 없이 결혼을 허락했을 것이다. 하지만 평생을 묶여 살 수는 없지 않은가. 자신의 인생도 돌봐야 하지 않은가. 인규는 어떻게 해서든 설득하고 싶었다. 아니, 설득 못하면 끌고라고 여기서 나갈 작정이었다.

"그동안 네가 할머니와 하경이를 위해 얼마나 헌신적으로 살아왔는지 나도 잘 알아. 하지만 이대로 머뭇거리다간 우리 인생은 불행해질 거고 그건 가족들도 원하지 않을 거야. 설아야, 너도 나를 위해 포기하면 안 되니? 아무도 모르는 곳으로 가서 처음부터 다시 시작하면 안 될까?"

"난 그렇게 못해. 아니, 안 해! 내가 오빠와 할머니를 얼마나 사랑하는지 선배도 알잖아. 그런데 버리라는 말이 쉽게 나와?"

"그러면 나는 어떻게 하고! 난 이제 너 아니면 안 된단 말이야. 널 그 자식한테 뺏기고 어떻게 제정신으로 살란 거야. 설아야, 부탁이야. 제발 나와 같이 가자."

"왜 안 돼? 나 같은 여자 그냥 잊고 살면 되지 왜 못산다는 거야!"

"그 자식한테 갔잖아! 다른 사람도 아니고 김주녕한테!"

설아는 그제야 그의 눈에서 느꼈던 낯설음의 정체를 발견했다. 그의 집에서부터 줄곧 담겨 있었던 그늘. 그것은 주녕을 상대로 한 분노와 질투였다.

'그거였어? 그 사람이기 때문에 놓아줄 수 없는 거였어?'

모순이다. 정작 자신은 애인의 형 집으로 도망와 결혼 날짜를 기다리고 있으면서 배신감을 느끼다니. 설아의 얼굴이 고통으로 일그러졌다.

"그랬구나. 그 사람한테 뺏기기 싫어서 여기까지 온 거구나. 그렇다면 선배는 너무 이기적인 사람이다. 내가 왜 이런 결정까지 내렸는지 정말 이해 못하는 거야?"

"이해 못해! 왜 그런 자식과 결혼하겠다는 건지 모르겠어. 우리가 행복했던 시간을 떠올려 봐. 그때로 다시 돌아가고 싶지 않아?"

"돌아가고 싶어. 하지만 도망간다고 그게 되찾아지진 않아."

인규가 입술을 깨물며 벌떡 일어섰다. 무서우리만큼 딱딱하게 굳은 얼굴. 그가 설아의 손목을 낚아채더니 거칠게 끌어당겼다.

"더 이상 아무 말도 듣고 싶지 않아. 넌 여기 있으면 안 돼! 그 자식과 결혼해서도 안 돼! 내 거야. 넌 내 거란 말이야!"

격렬하게 외치는 그를 보고 설아가 잡힌 손목을 빼내려 애쓰며 반항했다. 그러나 인규는 발버둥 치는 그녀를 힘으로 제압하고 거실을 가로질러 뒷문으로 향해 갔다. 지금 눈앞에 있는 사람은 전혀 다른 사람이다. 잔뜩 흥분한 채 날뛰는 그가 점점 더 두렵고 불안했다. 뭔가가 안 좋은 일이 일어날 것만 같은 예감. 설아는 자신도 모르게 몸을 떨었다.

"선배, 제발 이것 좀 놔."

"싫어. 같이 가야 해!!"

"이미 난 마음을 정했어. 그 사람과 결혼할 거야."

순간적으로 손목이 놓아지고 얼얼한 아픔이 채 가시기도 전에 그의 손이 날아왔다.

쫘악!

거세게 뺨을 맞고 파란 타일 위에 쓰러진 설아가 믿기지 않는다는 얼굴로 그를 봤다. 씩씩거리며 거친 숨을 몰아쉬는 인규. 낯설면서도 무섭게 변한 그를 보자 가슴속에 억울함이 치밀었다.

"왜 결혼을 해! 무엇 때문에! 죽어도 못 보내! 죽어도 그 자식한텐 안 줄 거야!"

인규가 막무가내로 그녀를 끌고 주방 옆에 난 뒷문으로 갔다. 서러움이 북받친 설아는 손목에 피멍이 들 정도로 저항을 했지만 그는 성큼성큼 걸음을 옮겨 뒷문을 열고 나갔다.

"선배, 내 말 좀 들어봐!"

"나와 같이 가겠다는 말이 아니면 아무 말도 듣고 싶지 않아!"

필사적으로 반항하며 그에게서 벗어날 방법을 찾던 그때, 갑자기 인규가 걸음을 멈췄다. 영문을 몰라 주위를 두리번거리던 설아는 어둠 속에서 낯선 남자들이 서 있는 걸 보고 얼음처럼 굳어버렸다.

"그 손 놓으시죠."

남자들 중 하나가 경고했다.

"비켜!"

"여긴 개인 사유지입니다. 당장 나가주십시오."

사람들이 한 걸음 앞으로 다가오며 거리를 좁히자 인규는 그녀를 잡은 왼손에 더욱더 힘을 주며 날카롭게 외쳤다.

"내 여자야! 비켜! 비키란 말이야, 개새끼들아!"

갑자기 인규가 잭나이프를 꺼내 들자 설아를 포함해 그 자리에 서 있던 사람들이 흠칫 놀라며 주춤했다. 일순간 차갑게 내려앉은 공기. 설아는 목이 타 들어가는 것을 느끼며 울먹였다.

"이러지 마."

그는 정신이 거의 나가 보였다. 가로등 사이로 비치는 눈빛이 손에 든 칼날만큼이나 날이 서 있었고 숨이 무척 거칠었다.

"다치고 싶지 않으면 꺼져. 꺼지란 말이야!"

그는 보기만 해도 섬뜩한 칼을 쥐고 사람들을 위협하기 시작했다.

"자꾸 이러시면 사람이 다칩니다. 그만 내려놓으시죠."

"난 눈에 뵈는 게 아무것도 없는 놈이야. 그러니까 죽고 싶으면 가까이 와봐!"

그 순간, 무리 중 하나가 다가서려는 움직임을 보였고 그 남자를 향해 인규가 찌를 듯이 칼을 휘둘렀다.

"안 돼!"

설아의 비명이 공중에 울리는 순간, 남자들 중 하나가 귀신처럼 빠른 몸놀림으로 칼을 든 손을 걷어차고 인규를 제압했다. 그 바람에 같이 바닥으로 쓰러진 설아는 남자들에게 눌려 마구 비명을 지르는 인규를 보며 끝내 울음을 터뜨렸다.

"이거 놔! 이거 놓으란 말이야!"

설아는 더 이상 그를 볼 수가 없었다. 완전히 낯선 타인이 자신의 이름을 부르고 있었다.

"설아야! 설아야! 이거 놔, 놓으라고!!"

잠시 후, 인규는 사람들에게 잡혀 어디론가로 사라지고, 설아는 남은 한 남자에게 끌려 다시 감옥 같은 침실에 감금됐다.

철커덕!

밖에서 문 잠기는 소리와 함께 또다시 적막이 찾아오고 무거운 침묵이 흘렀다. 창에 비친 자신의 얼굴을 보며 화끈거리는 볼을 만져 보던 그녀는 광기에 가까운 행동을 보인 인규를 떠올리며 자신도 모르게 진저리를 쳤다. 지금껏 자신보단 남을 위해 살아가는 게 기쁨이고 행복이라고 생각했다. 그런데 그 모든 것이 이 순간 후회가 되었다.

우리가 사랑을 하긴 한 걸까. 혹여 나와는 정반대인 그를 동경해 온 것은 아닌가. 자신의 어려운 집안사정을 모두 알면서도 옆을 지켜주던 그가 고마웠던 것은 아닐까. 그를 만나기 전까지만 해도 믿었다. 사랑이라고, 그래서 그를 위해서 택한 길에 후회는 없었다. 그러나 사람들에게 끌려가는 그의 뒷모습을 보며 생각했다. 인규가 사랑한 건 사랑이라는 감정 자체가 아니었을까. 어릴 때부터 자신을 괴롭혀 온 사람으로부터 그 것을 빼앗기는 게 두려워 저러는 건 아닐까.

설아는 많은 의문들 속에 녹초가 되어 침실 위에 쓰러졌다. 머리 속이 뒤죽박죽 엉켜 혼란스러웠다. 시작과 끝을 찾을 수 없는 엉킨 실타래. 어디서부터 찾아야 풀 수 있는 걸까. 그녀는 흐르는 눈물을 닦을 생각도 하지 않고 그대로 눈을 감았다.

'언젠가 아빠가 말했잖아. 아픔이 없는 사람은 인생을 알 수가 없다고. 그런데 다 거짓말인 것 같아. 내게 주어지는 고통은 점점 인생을 알 수 없게 만들어.'

침실에 작은 흐느낌이 퍼지기 시작했다.

"당신 애완견이 탈출했더군. 내 별장에 잡아다 뒀으니까 데려가."

경비원에게 전화 연락을 받은 주녕은 그 즉시 혜옥에게 전화를 걸었다. 처음엔 여보세요 하는 목소리가 들려왔는데 지금은 아무 말도 없이 침묵만이 흘러나왔다.

"듣고 있어?"

[나쁜 자식! 네가 의도한 게 이거였지?]

수화기를 타고 흘러나오는 앙칼진 목소리에 주녕은 헛웃음을 흘렸다.

"뭐, 아니라고는 말 못하지."

[그래, 속이 시원하니?]

"아니, 아직 부족해. 좀 더 흥미있는 뭔가가 터졌으면 좋겠어."

[나쁜 새끼.]

"나도 비슷하게 맞받아줘야 하는 건가? 그런 건 내 입이 더러워질까 봐 싫은데. 그럼 오는 걸로 알고 있을게. 보관료는 안 받을 테니 한시라도 빨리 와서 데려가."

상대방의 말은 듣지도 않고 냉소적인 어조로 전화를 끊은 주녕은 씁쓸한 표정으로 창밖을 바라보았다. 이렇게 얘기하고 나면 통쾌할 것 같았는데 기분이 썩 좋지 않아 더 더욱 화가 났다. 모든 것이 자신이 원하는 대로 풀리고 있는데 왜 기분이 말끔하지 않은 거지. 그는 차창을 내리고 밖을 내다봤다. 캄캄한 하늘 저 너머에서부터 번쩍번쩍 빛이 비치고 산이 우는 것처럼 우르릉 소리가 나더니 이내 굵은 빗방울이 떨어지기 시작했다. 차창에 흘러내리는 빗방울을 보니 그녀 생각이 났다.

'지금 네 기분은 어떨까. 사랑하는 사람을 따라가지 못해 속이 상했겠지. 내가 죽도록 미울 거야.'

주녕은 폭신한 시트에 몸을 묻으며 눈을 지그시 감았다. 도착할 때까지 잠시라도 눈을 붙이고 싶었다.

“김 기사, 조용한 음악 좀 틀어줘.”

CD 몇 장을 고르던 기사가 라흐마니노프의 보칼리즈를 틀었다. 슬프면서도 애잔한 첼로 선율에 지그시 눈을 감은 그는 여전히 떠오르는 그녀의 영상을 곱씹으며 잠을 청했다.

주녕이 눈을 떴을 땐 막 별장 진입도로에 들어서고 있을 무렵이었다. 반질반질한 시멘트 위에 차가 멈춰 서자 몇 명의 남자들이 뛰어나와 깍듯하게 인사를 했다.

“오셨습니까!”

“그 녀석은?”

“창고에 있습니다. 칼까지 휘두르는 통에 위험했습니다.”

“흠, 칼이라.”

눈썹을 꿈틀하며 저 멀리 창고에 시선을 준 주녕은 가보겠냐는 경비원의 말에 고개를 저으며 본채로 걸어갔다.

울다 치쳐 잠이 든 설아는 자신의 머리를 쓸어 넘기는 손길에 경기를 일으키듯 놀라며 몸을 일으켰다. 그러나 저승사자처럼 버티고 서 있는 주녕과 시선을 마주치자 놀란 표정은 침착하게 가라앉기 시작했다. 주녕은 그런 그녀의 눈빛을 보고 흥미로운 듯 몸을 숙였다.

“울었구나.”

주녕이 그녀의 눈가에 맺힌 이슬을 털어내며 말했다.

“의외구나. 울 줄도 알고.”

그의 말에 설아는 싸늘하게 고개를 돌렸다.

“내가 미운가 보지. 하긴 그렇게 사모해 마지않는 낭군님이 지척에 잡혀 있는데 내가 곱게 보일 리가 없지.”

그녀가 시선을 외면하며 아무 말이 없자 주녕은 이마를 살짝 찌푸리며 주먹을 꼭 쥐었다가 폈다가를 반복했다. 아까부터 치밀어 오르는 화가 그녀를 보면 다스려질 줄 알았는데 더욱더 북받쳐 올라 미쳐버릴 것만 같았다.

"벙어리가 되기로 작정했나."

짜증스럽게 내뱉은 그가 재킷과 넥타이를 풀어 아무렇게나 던져버리고 침대로 다가왔다.

"말 좀 해봐. 그놈에게 다시 보내달라고 애걸복걸이라도 해보란 말이야!"

"그렇게 하면 보내줄 건가요?"

설아가 고개를 돌려 담담하게 시선을 맞추고 말했다. 순간, 그녀의 또렷한 눈동자가 가슴을 후벼 파자 금방이라도 폭발할 듯한 감정이 조금은 누그러졌다.

"아니, 그런 일은 없을 거야."

"그럼, 그런 애원 따윈 하지 않을 거예요."

"흠, 끝까지 자존심은 지키겠다?"

"자존심 따윈 이미 닳아 없어진 지 오래예요. 더 이상 구차해지기 싫을 뿐이에요."

그는 자신에게서 시선을 돌리려고 하는 설아의 어깨를 잡아 마주 보게 했다.

"지금 이 상황에서 떳떳하길 원하는 것도 사치야. 너에겐 아무 선택권도 없어."

"불쌍하군요. 할 줄 아는 게 사람을 곤경에 빠뜨리고 괴롭히는 것밖에 없나 보죠? 이렇게 여자에게 선택권을 빼앗고 마음대로 휘둘러야 직성이 풀려요? 이런 방법이 아니면 흥분을 못 느끼나요?"

제법 당돌한 눈빛과 건조한 어조. 바싹 풀이 꺾여 있을 줄만 알았는데 여전히 생생한 눈빛을 보고 있자니 반가우면서도 모래를 씹은 것처럼 입 안이 버석거렸다.

"당신이란 사람, 평생을 그렇게 살 거야. 남들을 이용하고 괴롭히고 마음대로 조종하겠지. 나도 곧 싫증나면 헌신짝처럼 내던질 테고. 하루라도 그런 날이 빨리 왔으면 좋겠어."

톱날처럼 날카로운 그녀의 말에 주녕은 전기에 감전이라도 된 듯 전율이 흐르는 것을 느꼈다. 그녀의 말이 맞다. 난 그런 구제불능, 인간쓰레기지. 주녕은 손으로 심장을 쥐어짜는 것처럼 강렬한 마음의 고통을 견디지 못하고 벌떡 일어섰다.

"그래? 네가 원하는 게 나한테 버려지는 거라고? 그렇다면 난 더욱 버릴 마음이 없어. 평생을 옆에 두고 괴롭혀 주지."

가슴에 이는 아픔과는 달리 그녀를 향해서 쏟아지는 말은 한없이 차갑고 싸늘한 말들뿐이었다.

"이렇게까지 사람을 망가뜨려 놓고 아직도 부족해? 뭘 더 원하는데? 나야, 이 몸뚱어리야?!"

새된 그녀의 비명이 끝남과 동시에 침실 허공에 옷 찢는 소리가 울렸고 손길이 지나간 곳마다 하얀 원피스 자락이 찢어져 맨살이 드러났다. 주녕은 이를 악물고 가슴 부분을 북북 찢는 설아를 무서운 표정으로 노려보았다. 악에 받친 듯한 그녀의 얼굴과 날이 선 말투가 자꾸만 내밀한 속을 건드렸다.

"당신, 지옥에 갈 거야. 그 누구에게도 용서받지 못하고 평생을 악몽 속에서 살게 될 거야."

창백한 얼굴과 하얗게 부르튼 입술에서 흘러나오는 저주. 설아의 손이 스친 자리마다 하얀 살결이 드러나고 숨이 멎을 만큼 유혹적인 가슴이 드러났다. 뽀얗고 손에 가득 잡힐 듯한 봉긋한 가슴과 핑크빛 유두. 주녕은 가시 돋친 말과 대조되는 아름다운 모습을 보며 얼굴을 일그러뜨렸다.

"그런 저주 따윈 하도 많이 들어서 새삼스러울 것도 없어. 앞으로도 시간은 많이 있으니까 색다른 레퍼토리를 준비해 보라고."

갑자기 독한 술이 간절해 발길을 돌리려고 하는데 그녀가 팔을 잡았다. 거침없이 흔들리는 그녀의 눈빛을 보며 주녕은 다음 말을 기다렸다.

"이런 싸움 지치지도 않아? 난 지쳐. 힘들어 죽겠다고. 어떻게든 빨리 끝내고 싶어. 마지막 부탁이야. 뭐든 시키는 대로 할게. 하지만 결혼만은 안 돼."

그녀는 정말 지쳐 보였다, 안쓰러울 만큼. 그래서 안아주고 싶을 만큼 그녀는 파김치가 되어 있었다. 아주 잠깐 동안이지만 주녕은 그녀를 놓아주고 싶은 충동을 느꼈다. 이렇게까지 괴롭히고 싶진 않았다. 사랑하기에 옆에 두고 싶었고 지켜주고 싶었지만 그게 오히려 그녀의 생명을 갉아먹고 있는 것 같아 괴로웠다. 하지만 머리 속과 달리 감정은 그녀를 절실히 원했다. 마음 따윈 주지 않아도 좋으니 껍데기만이라도 끌어안고 살고 싶다. 어차피 지금까지의 인생이 지옥이었으니 새삼스러울 것도 없고 그녀만 옆에 있어준다면 그럭저럭 버틸 수 있을 거 같았다.

"네가 아무리 저주를 하고, 몸을 내던진들 놔줄 수 없어. 정확하게 이틀 후에 넌 내 아내가 될 거야. 평생을, 아니, 죽을 때까지 넌 김주녕의 여자야. 할 수만 있다면 지옥까지도 널 데려가겠어.”

점점 그늘지는 눈빛과 찢어진 옷 사이로 드러나는 하얀 속살을 보며 주녕은 주먹을 꽉 쥐었다.

“마음을 바꿨어. 오늘 널 안을 거야. 지금 화가 많이 났으니까 고분고분하게 행동하는 게 너를 위해 좋을 거야.”

그 말을 끝으로 주녕이 그녀의 몸을 무겁게 짓눌렀다. 그리고 설아의 몸에 위태롭게 걸쳐 있던 하얀 원피스를 발기발기 찢어 침대 밑으로 집어 던지기 시작했다. 순간, 번쩍 하고 번개가 치더니 대기를 찢는 듯한 천둥 소리가 울렸다. 이에 설아가 시선을 돌려 창밖을 바라보았다. 맹렬하게 창을 두드리는 빗방울 소리가 가슴을 먹먹하게 하고 거칠게 몸을 흔드는 나뭇가지의 그림자가 어지럼증을 불러일으켰다.

‘이제 그 무엇과도 싸우지 않을 거야. 살려고 발버둥 치지도 않을 거야. 어차피 벗어날 수 없다면 아무런 노력도, 희망도…… 가지지 않을 거야.’

눈물이 막 고이려는 찰나, 설아의 몸에 남은 마지막 한 조각을 찢어 바닥에 던진 주녕이 그녀의 턱을 잡아 시선을 맞추었다.

“나와 있을 때는 한눈팔지 마. 안 그러면 죽여 버리겠어.”

그의 이글거리는 눈빛을 보며 설아가 긴 숨을 내쉬었다. 무척이나 길고 고통스러운 밤이 시작되고 있었다.

흐릿한 스탠드 불빛 속에서 얽힌 눈빛은 폭풍우 속에 너울대는 바다와 고요하기 그지없는 밤바다로 대비되었다. 격정적으로 달아오르기 시작한 그의 눈빛과 차분하게 식어가는 자신의 눈빛. 김주녕이란 남자와 한침대에 누워 있다는 것에 새삼 낯설었다. 어떻게 이렇게 되었을까. 우연과 필연, 인연과 악연이라는 단어를 가늠하고 있는 자신이 문득 우스워졌다. 이제 와서 다 무슨 소용이람. 결국 이 지경까지 오게 됐는데. 인연보다 악연의 고리가 더 오래가고 질긴 법이다. 그래서 이렇게 지긋지긋하고 힘든 걸 거야. 아마 평생 이렇게 살게 되겠지. 생각만으로도 설아는 벌써부터 넌더리가 났다.

"이렇게 나무토막 같은 여자를 안다니. 정말 흥이 안 나서 못해먹겠군."

"나도 좋아서 미칠 것 같은 상태는 아니야. 빨리 해치워."

빨리 이 상황에서 벗어나고 싶어 딱딱하게 말했지만 첫 경험을 앞둔 처녀들의 두려움이 다 그런 것처럼 설아도 겁을 집어먹었다. 깨진 유리 파편 위를 걷는 아슬아슬한 긴장 속에 그의 손이 얼굴에 다가오자 자신도 모르게 몸이 떨렸다. 단단한 근육이 감싸인 넓은 어깨와 남성다운 곡선의 다부진 팔을 보고 있으면 자신을 가루로 만들어 버리고도 남을 것 같았고 무겁게 눌러오는 그의 커다란 체구를 감당할 수 있을지 걱정이 되었다.

'어떤 행동을 해도 절대 애원하거나 울지 않을 거야. 절대로.'

머리 속에 최악의 상황을 그려 넣고 단단히 다짐을 하던 설아는 그의 긴 손가락이 귀 뒷부분부터 시작해 목을 지나 쇄골까지 단숨에 미끄러져 내려오자 일순간 자신감을 잃었다. 단순한 손동작에도 전율이 일고 갈비뼈를 부술 듯이 심장이 쿵쾅거렸다. 그저 단순한 손동작 하나에 말이다. 너무 빨리 뛰는 심장이 어느 순간 터져 버리는 것이 아닌가 걱정을 하는 사이, 이번엔 그의 숨이 귓가에 와 닿았다. 이미 각오한 터라 좀 전같이 놀라진 않았지만 뜨거우면서도 축축한 혀가 귓바퀴를 간질이며 목에 내려오자 자신도 모르게 신음이 흘러나와 황급히 입술을 깨물었다. 그의 입술은 재미있는 장난감을 발견한 것처럼 목과 쇄골, 어깨를 휘젓고 다녔고 가끔씩 서늘한 느낌을 주는 혀가 맛있는 것을 맛보듯 피부를 쓸었다. 설아는 그런 그를 보며 고문 따윈 그만 하고 빨리 해치워 버리라고 명령하고 싶었지만 도무지 입술이 열리지 않았다.

'절대로 당신을 마음에 두고 있어서 가만히 있는 게 아니야. 시간이 더 길어질까 봐 참견하지 않는 것뿐이지.'

어금니에 금이 갈 정도로 세게 깨문 설아는 가슴으로 다가오는 입술과 손에 가쁜 숨을 들이마셨다. 주녕이 탐스러운 과육이라도 맛보는 것처럼 입 안 가득 가슴을 물고 혀끝으로 부드럽게 돌리기 시작했다.

"아아……."

절대로 내뱉지 않으리라 생각했던 신음이 작게 일자 그가 한쪽 눈썹을 꿈틀거리며 쳐다보았다. 이에 창피해진 설아는 얼른 눈을 감고 흥미롭다는 눈빛을 외면했다.

돌처럼 딱딱하게 굳어 있는 그녀를 보며, 주녕은 생명을 불어넣고 싶다고 생각했다. 조각상과 사랑에 빠진 피그말리온이 이런 기분이었으리라. 그는 기쁨에 겨워 지르는 신음이든 저주이든 침실에 빗소리가 아닌 뭔가로 가득 채우고 싶었다. 괴물 아래 깔려 있는 듯한 표정을 짓는 그녀에게 기쁨을 가르쳐 주고 자신의 존재를 각인시키고 싶었다. 이를 즉각 행동으로 옮긴 주녕은 긴장하는 기색이 역력한 그녀의 몸에 자신의 불덩이 같은 몸을 포개고 뜨거운 입술로 화인을 찍듯 귀에서부터 아래로 서서히 내려갔다. 긴 목 선과 단단한 쇄골을 지나 어깨까지 내려올 때만 해도 비교적 침착했던 그는 봉긋 솟아오른 가슴에 이르자 단번에 이성을 잃어버렸다. 손 안에 가득 들어오는 그녀의 가슴은 너무나 완벽해서 눈을 뗄 수가 없었다. 보드라운 살결, 향긋한 살 냄새가 속을 휘저어놓자 주녕은 머리가 아득해지는 기분이었다. 그가 핑크 빛 유륜 주위를 혀로 간질이자 금세 단단해져 유혹하듯 꼿꼿이 일어섰고 뽀얀 살결을 삼킬 듯 입 안에 넣고 맹렬히 빨자 드디어 한숨 섞인 신음이 터져 나왔다. 주녕의 몸짓 어디에도 처음의 강렬함과 거친 면은 없었다. 오직 설아에게 집중된 신경은 자그마한 반응을 불러일으키려 애쓰고 있을 뿐이었다. 간신히 가슴에서 놓여난 그의 입술이 가슴 사이의 골을 지나 형편없이 납작한 배와 배꼽을 지났다. 자극적인 애무가 멈추지 않고 은밀한 곳을 향해 계속 내려가자 그녀가 더욱더 크게 반응하기 시작했다.

"싫어⋯⋯."

그의 애무는 설아에게 흥분을 지나 전율에 가까워졌고 결국에는 고통스러웠다. 아무리 신경들을 통제하려고 해도 그의 입술과 혀가 피부에 닿을 때면 온몸이 들썩거릴 정도로 반응이 왔고 그럴수록 설아는 화가 났다.

'난 동물이 아니야. 이성을 가진 사람이라고. 그러니 이런 남자가 주는 감각은⋯⋯.'

머리 속의 외침은 억지로 무릎을 벌리게 하고 자리 잡는 그를 보는 순간 멈춰 버렸다. 그가 지금 뭘 하려는지 알아차린 설아는 급하게 몸을 돌리려다 넓은 품에 갇히고 말았고 손으로 엉덩이를 받치고 단숨에 파고들어 오는 그의 입술에 놀라 비명을 질렀다.

"아아, 안 돼!"

그녀의 안타까운 중얼거림이 천상의 음악이라도 되는 양, 만족한 표정을 지은 주녕은 부드럽게 때론 거칠게 혀를 움직였다. 조금씩 촉촉해지기 시작한 부드러운 속살은 좀처럼 헤어날 수가 없을 정도로 그를 흔들어놓았다.

더욱더 깊이 파고들어 그녀의 숨겨진 모든 것을 맛보고, 느끼고, 소유하고 싶다. 미치도록!

주녕이 폭발할 것 같은 욕구에 신음하는 동안, 어느덧 설아가 가쁜 숨을 몰아쉬고 있었다. 이런 감각을 느껴선 안 되는 거다. 그건 인규를 배반하는 거니까, 그러니까 반응하면 안 되는 것이다. 그러나 그가 일깨우는 화학반응은 점점 더 이성을 잃게 만들었다. 아무리 인규와의 순간을 떠올리며 죄책감을 끌어올려도 그의 입술이 집요하게 파고들 때마다 기억은 하얗게 탈색되었다.

고통스러운 듯 신음을 흘리며 벗어나려 몸부림치는 그녀가 꽤나 유혹적이어서 주녕은 몸을 일으켜 그 모습은 천천히 음미했다. 헝클어진 검은 머리, 발갛게 달아오른 얼굴, 한껏 부풀어 봉긋 솟아오른 가슴과 잘록한 허리. 검은 수풀을 중심으로 부드러운 선을 그리는 둔부와 곧게 뻗은 다리에 시선이 이르자 신비감마저 들었다.

주녕은 몸을 일으켜 그녀의 입술에 키스하며 허리를 한 팔로 감싸 안았다. 차가웠던 그녀의 체온이 자신처럼 뜨거웠다. 하얗게 튼 입술을 연신 핥자 금세 촉촉하게 물기를 머금기 시작했다. 입술과 입술이 겹쳐지고 서로의 몸이 한 치의 틈도 없이 밀착되자 아찔할 정도로 숨이 조여왔다. 오래도록 그녀의 입술을 맛보고 싶지만 더 이상 견딜 수 없을 정도로 딱딱해진 남성이 그녀를 원한다고 맹렬하게 발악을 했다. 그런 요구를 무시하며 키스에 몰입하던 주녕은 더 이상 견딜 수 없을 때서야 비로소 입술을 떼고 다시금 모아진 다리를 벌려 자리를 잡았다. 그리고는 촉촉해진 여성 안으로 부드럽게 파고들어 갔다.

"아…… 아파……. 아아아……."

조금 삽입했을 뿐인데도 그녀가 마구 신음을 흘리며 작은 주먹으로 어깨를 치기 시작했다. 그제야 설아가 처녀일지도 모른다고 생각한 주녕은 난감한 표정을 지으며 즉시 움직임을 멈췄다. 커다란 눈에 고인 눈물을 보자 괜스레 마음이 약해졌다.

"괜찮아. 조금 지나면 괜찮아질 거야."

아이를 다독이듯 부드럽게 말한 주녕은 그녀를 위해 한 템포 쉬었다. 그녀와 마찬가지로 주녕도 견디기 힘든 상태였다. 설아의 여성은 비명이 나올 만큼 좁았고 처음 접하는 강렬한 감각이 등을 통해 머리를 관통하는 기분이었다. 이로 인해 그의 섬세한 등 근육은 해소하지 못한 욕망으로 꿈틀댔고 가슴은 땀으로 흠뻑 젖어 있었다. 몸에서는 어서 빨리 터질 듯한 욕구를 채워달라고 아우성이었지만 그는 설아가 자신을 받아들일 때까지 시간을 준 다음, 떨고 있는 어깨를 잡고 조금씩 전진해 들어갔다.

"아아아……."

설아의 신음 소리가 점점 고조되고 아름다운 두 나신이 완전히 겹쳐지자 그 또한 고통스런 신음을 흘렸다. 그리고 가장 힘들고 길게 느껴지는 순간이 지나 그녀의 좁은 여성이 낯선 상대에게 완전히 익숙해졌을 즘, 주녕이 다시 허리를 움직였다. 맘 같아선 거칠게 자신의 욕구를 채워 버리고 싶었지만 눈물이 그렁그렁 맺힌 눈이 떠올라 그는 최대한의 배려를 아끼지 않았다. 땀이 송골송골 맺힌 그녀의 이마에 충동적으로 입술을 맞춘 후, 부드럽게 움직이니 온몸의 혈관이

죄어오는 느낌이 들었다. 누군가에게 이렇게 몰입하고 전율하는 것은 그녀가 처음이었고 그 색다른 체험에 주녕 또한 첫 동정을 겪는 소년 같은 심정이 되었다.

알몸으로 엉킨 두 사람이 서서히 절정을 향해 치달아가자 침실엔 누구의 숨소리인지 모를 격렬한 신음 소리가 가득 했다. 빗소리도, 천둥 소리도 더 이상 들려오지 않았다. 눈물이 나올 듯한 아픔도 이제는 느껴지지 않고 형언할 수 없는 감각이 설아를 혼란스럽게 하고 있었다. 끔찍하게 아프고 혐오스러울 것만 같았던 그와의 하룻밤. 그러나 그는 부드럽고 조심스러웠다. 흔적없이 녹아들 듯한 애무와 애써 억누른 몸짓. 태어나서 한 번밖엔 느낄 수 없는 아픔 뒤에 밀려오는 가슴 두근거리는 감각들. 설아는 자신도 모르게 그의 목에 팔을 두르고 눈을 감았다. 뜨겁게 달아오른 피가 중심으로 몰리고 몸이 위로 들려지는 듯했다. 숨 쉬기가 곤란하고 자꾸만 비명이 새어 나왔다. 차가운 공기로 가득 찼던 침실에 어느덧 뜨겁고 은밀한 공기와 숨소리가 가득 퍼졌고 절정의 마지막 그가 급하게 들이마시는 숨소리가 천장에 울렸다.

"후우……."

새로운 감각의 한계선을 재발견한 주녕이 긴 숨을 내뱉으며 그녀의 몸 위로 쓰러졌다. 그의 가쁜 숨은 한참이 지나도 잦아들지 않았고 더불어 가쁜 숨을 몰아쉬던 설아는 빨갛게 달아오른 얼굴로 누워 있었다. 쓰라린 아픔 뒤에 오는 형언할 수 없는 안도감. 차츰 제정신으로 돌아오고 맞닿은 가슴에 격렬하게 고동치는 그의 심장 박동을 느끼자 기분이 묘했다. 처음엔 한없이 거칠고 죽일 듯이 굴었던 그가 생각보다 부드럽게 군 것은 의외였다. 순간, 이마에 와 닿았던 입술이 떠오르고 혹여 섹스뿐이 아닌 뭔가가 있지 않을까 하는 생각이 스쳐 갔다.

'말도 안 돼. 그럴 리가 없어.'

머리 속으로 마구 부정을 하는데 그가 고개를 들어 시선을 맞췄다. 어느덧 그의 얼굴에 냉소적인 방어막이 사라지고 없었다. 혼자 있을 때만 짓는 부드러운 표정. 설아는 갑자기 이런 모습들을 보이는 그가 낯설고 두려워졌다.

"이제 아프지 않아?"

갑작스런 물음에 설아는 놀란 눈으로 고개를 저었다. 사랑하는 연인들이 첫날밤을 치르고 나눌 법한 그런 부드러운 안부. 그에게서 이런 종류의 말을 들을 줄은 상상도 하지 못한 설아는 자못 퉁명스럽게 중얼거렸다.

"신경 쓰지 마요."

무심한 듯, 슬쩍 고개를 돌리자 여전히 자신을 내려다보고 있는 그의 시선이 느껴졌다. 몇 초 후, 그가 조심스러운 동작으로 몸을 빼자 또 한 번의 쓰라린 감각 뒤에 허전함이 밀려왔다. 그가 몸을 일으켜 욕실로 가자 재빨리 침대에 남아 있는 빨간 흔적을 확인한 설아는 비로소 그와 잠자리를 나눴다고 실감했다. 시트에 남겨진 붉은 자국. 그다지 아름답거나 신비한 느낌은 들지 않았다. 지척에 사랑하는 사람을 두고 그의 형과 잠자리를 했다는 사실에 잠시 잊었던 죄책감이 되살아났을 뿐이다.

"이리 와. 씻어야지."

시트에 정신을 팔고 있는 사이 다가온 그를 보고 설아는 빨개진 얼굴로 시선을 돌렸다. 아주 잠깐이었지만 그의 알몸이 머리 속에 또렷하게 박혀 버렸다. 잡지에서 우연히 본 외국 배우의 몸까진 아니지만 꽤 다부지고 탄탄한 체구였다. 게다가 그의 중심에서 여전히 우뚝 서 있는 그것은…… 설아는 재빨리 그 영상을 머리 속에서 털어버리려 애썼다.

"지금껏 벗고 있었는데 새삼스럽게."

퉁명스럽게 중얼거린 그가 다가오더니 그녀를 너무나 가볍게 안아 들고 욕실로 향했다. 놀란 나머지 작은 비명을 질러 버린 설아는 피부에 와 닿는 묘한 감촉에 전율하며 몸을 움츠렸다.

잠시 후, 묵묵하게 샤워 부스까지 온 그가 욕실을 나가자 설아는 비로소 억눌렀던 숨을 내쉬었다. 드디어 그의 시선에서 멀어졌다는 안도감과 함께 많은 의문들이 더운 김과 함께 모락모락 피어올랐다. 온통 이해 안 가는 것 투성이다. 죽일 듯이 굴어 적잖이 마음의 준비를 하고 있었는데, 부드럽고 사려 깊은 행동을 대하고 보니 허를 찔린 듯이 멍했다. 차라리 끔찍하게 고통스럽고 아픈 밤이라면 이렇게 혼란스럽지는 않을 텐데. 불현듯, 그와 나누었던 키스가 떠오르자 설아의 머리 속은 더욱더 헝클어져 버렸다.

'왜일까. 왜 소리 지르거나 거칠게 굴지 않는 걸까. 나는 왜 그의 키스에 반응해 버린 걸까.'

그렇게 많은 의문을 품은 채 샤워를 끝내고 나오니 창가에 서서 와인을 기울이는 그가 보였다. 다행히도 가운을 걸친 상태. 설아는 긴장을 풀고 주변에 시선을 돌렸다. 그녀가 남긴 흔적이 있었던 침대엔 새 시트가 씌워져 있었고 격정적이고 열에 들뜬 공기로 가득했던 침실엔 비와 나무, 젖은 풀 향기로 가득 채워져 있었다. 설아가 어찌할지 몰라 멀뚱하니 서 있기만 하자 그가 욕실로 가 하얀 타월을 들고 나타났다.

"젖은 머리를 충분히 말리지 않으면 감기 들어."

멍하니 그를 쳐다보던 설아는 그의 손길에 따라 몸을 일으키고 머리를 내맡겼다. 그러자 주녕이 자상한 손놀림으로 머리를 말리기 시작했다. 행여나 아플세라 젖은 머리칼을 타월로 감싸 꾹꾹 누르는 그를 보며 설아는 이상한 느낌을 받았다. 거칠게 보였던 모습 안에 담긴 부드러움과 섬세함이 자꾸만 가슴속 깊은 곳을 건드렸다.

"됐어요. 이제 그만 해요."

설아는 그에게서 수건을 받아 들고 자신이 직접 말렸다. 잠시 어색한 침묵이 후, 그가 입을 열었다.

"그리 끔찍한 첫날밤은 아니지?"

"끔찍해요."

자기도 모르게 강하게 부정을 해버린 설아는 순간 반짝이는 그의 눈빛을 보며 아차 싶어 입을 다물었다. 주녕이 때를 놓치지 않고 웃음을 머금은 채 말했다.

"그럼 내 목을 둘렀던 팔은 누구 거지?"

이상하게 그의 눈을 마주할 용기가 나지 않았다. 한없이 부끄럽고, 한없이 화가 난다. 그때 그가 불쑥 그녀를 안고 이마에 입술을 맞췄다.

"왜, 왜 이래요!"

설아는 자신이 입고 있는 가운 자락을 움켜쥐고 소리쳤다.

"끔찍하다며. 다시 확인해 보고 싶어. 조금 전에 느낀 것이 나 혼자만의 것이라면 억울해서 말이야."

순간, 아찔하리만큼 열정적인 입술이 파고들어 왔다. 그리고 아까보다 빠르고, 훨씬 더 자극적인 감각이 온몸에 빠르게 퍼지기 시작했다. 격정적인 풍랑에 몸을 맡긴 배처럼, 설아는 그의 뜨거움에 점점 휩쓸려 갔다.

아찔한 현기증과 함께 찾아온 키스. 그는 숨 쉴 여유조차 주지 않고 격렬하게 휘몰아가기 시작했다. 마치 이 순간이 마지막이 될 것처럼 일 분 일 초도 낭비하지 않고 깊게 파고들어 오는 그의 혀가 영혼을 헤집어놓는다. 아까는 두려움과 죄책감에 반도 느끼지 못했다면 이번엔 그의 입술과 피부 감촉이 주는 서늘하고 뜨거운 감각이 숨겨진 신경까지 곤두서게 만들었다.

숨이 막히도록 뜨겁다. 아찔하다. 온몸을 태워 버릴 듯한 열기에 더워서 견딜 수가 없다.

설아는 가운이 미치도록 답답해 훌훌 벗어 던져 버리고 싶은 충동을 느꼈다. 그와의 사이에 있는 가운을 벗어 던지고 더욱더 밀착되고 싶다. 그를 온전히, 하나도 빼놓지 않고 느끼고 싶다. 그 마음을 읽었는지, 급한 손길이 가운을 여미고 있던 끈을 풀러 버렸다. 그러자 눈부시게 드러나는 하얀 나신. 주녕은 만족스런 신음을 흘리며 온몸이 부서져라 그녀를 안았다.

강렬함. 정신을 혼미하게 하는 뜨거움.

그가 가슴을 아프게 움켜쥐고 엄지손가락으로 딱딱해진 유두를 천천히 쓸었다. 설아는 비명을 지르고 싶었지만 그의 입술에 막혀 가쁜 숨을 삼켜야 했다. 그에 의해 장악된 입술, 그의 손에 장악된 가슴. 뒤이어 허리를 감싸고 있던 다른 한 손이 다리 사이의 은밀한 부분에 파고들었다. 이에 설아는 숨 한 번 크게 쉬지 못하고 그의 어깨를 힘껏 끌어안았다. 지금은 아무 생각도 나지 않는다. 그저 그가 선

사하는 감각을 하나도 빠짐없이 느끼고 음미할 뿐. 그의 손이 촉촉해
진 여성 곁으로 미끄러지듯이 다가와 손가락 중 하나가 작은 원을 그
리며 유혹을 하기 시작했다. 순간, 머리 속이 하얗게 비어지면서 심
장이 터질 듯이 요동 쳤다. 그의 어깨에 힘껏 매달린 설아는 다급하
게 입술을 떼고 가쁜 숨을 몰아쉬었다.

그러자 그 짧은 순간을 기다릴 수 없다는 듯이 그의 입술이 가슴
으로 향했다. 뜨거운 입술이 우뚝 솟아난 정점을 물고 자근자근 깨물
자 설아는 아낌없이 신음을 토해내며 몸을 들썩였다. 그의 입술이 거
칠게 빨고 느슨하게 혀를 굴리며 안타깝게 하는 사이 손가락 하나가
촉촉하게 부푼 여성 속으로 들어왔다. 갑자기 체온이 급상승하고 등
이 활처럼 휘었다. 그의 애무는 그녀를 깊이를 알 수 없는 감각의 바
다에 빠뜨렸고 동시에 하늘 끝까지 치솟게 만들었다.

"제발…… 견딜 수가…….."

"아직 부족해. 조금 더, 조금만 더."

흐느끼는 설아의 말에 그가 잠긴 목소리로 대답했다. 그의 입술이
가슴 사이를 오가며 쉼없는 신음을 흘리게 하는 동안, 흠뻑 젖어 있
는 그녀의 여성 속으로 딱딱하게 부푼 그의 남성이 다가왔다. 설아는
다리를 벌리고 그를 맞아들였다. 고통스러운 전희가 어서 끝나고 빨
리 그에게서 벗어나고 싶었다. 그는 너무 뜨겁고 강렬하기 때문에 겁
이 났다. 그러나 그의 남성은 들어오지 않고 여성 위를 부드럽게 자
극했다. 설아는 온몸의 피가 중심으로 몰리는 것을 느끼며 그가 주는
놀라운 감촉에 전율하기 시작했다.

"눈을 떠봐. 네 눈동자를 보고 싶어."

설아는 그제야 자신이 눈을 감고 있다는 것을 깨달았다. 힘겹게

눈꺼풀을 밀어 올리자 뜨겁게 일렁이는 그의 눈빛이 보였다. 칠흑같이 검은 열망에 사로잡힌 눈동자가 부딪쳐 오면서 가슴에 작은 불꽃이 일었다. 설명할 수 없는 감정의 일렁임. 이대로 세상이 끝나 버릴 것 같다는 아득한 느낌에 젖어들면서 자신도 모르게 그의 얼굴을 감싸 쥐었다. 그리고 지체없이 그의 얼굴을 끌어당겨 자신의 입술을 겹쳤다.

갑작스런 그녀의 행동에 놀라 딱딱하게 굳어버린 주녕의 가슴 한복판에 기쁨이 가득 찼다. 그리고 세상을 다 가진 것 같은 흥분이 차올랐다. 주녕은 가는 허리를 감싸 안고는 그녀의 키스 이상으로 열정적으로 답해주었다. 그들은 오랫동안 뜨겁고도 대담한 키스를 나누면서 절정에 젖어들었다. 키스만으로도 서로의 감정을 느낄 수 있었다. 막연한 이끌림, 애타는 그리움, 가질 수 없어 더욱더 소유하고 싶었던 강렬한 감정. 주녕은 머리부터 발끝까지 전해오는 환희에 미친 듯이 소리치고 싶었다.

'넌 내 사람이야. 영원히…… 내 사람이야.'

아찔하게 풍겨오는 향기를 들이마시며 한껏 부풀어 오른 남성을 벌어진 다리 사이의 촉촉한 샘으로 밀어 넣었다. 순간, 몸을 들썩이며 목에 매달린 그녀가 억눌린 신음을 내뱉었다. 주녕은 저릿하게 밀려오는 쾌감에 신음을 억누르며 땀에 젖은 그녀의 머리를 넘겨주며 부드럽게 등을 쓸어주었다. 그리고 천천히, 아주 느리게 허리를 움직였다. 아까와는 달리 그녀가 많이 아파하지 않자 안도를 하며 몸짓 하나하나에 감정과 힘을 실어 넣었다. 점점 그의 움직임이 격렬해질수록, 그녀의 호흡도 빨라졌다. 허리에 다리를 감게 하고 좀 더 깊이 파고들어 가자 숨이 멎을 것 같은 황홀함이 밀려왔다. 주녕은 그렇게 그녀와 호흡을 같이 하며 절정 속으로 빨려 들어갔다. 두 사람은 거대한 우주의 중심에 있었고 누구의 방해도 받지 않고 서로에게 깊이 빠져들었다. 서로의 마음속으로 한 걸음 더 가까이, 점점 더 깊고, 격렬하게…… 그들은 완벽한 절정을 향해 달려갔다.

거친 호흡과 신음 속에서 마침내 우주가 무너져 내리는 듯한 폭발이 찾아왔다. 주녕은 자신의 모든 것을 한 방울도 남김없이 쏟아놓으며 그대로 쓰러졌고, 설아 또한 자신의 몸속에서 무언가가 폭발하는 것을 느끼며 그의 어깨를 힘껏 끌어안았다. 몸 아래 뜨거운 불덩이가 산산이 부서져 혈관 속으로 스며드는 것만 같았다. 믿을 수 없을 만큼 아찔한 감각의 여운. 땀에 흠뻑 젖은 채 여운을 되새기고 있는 그를 보며 설아는 가슴이 뭉클함을 느꼈다. 단순히 육체적인 결합이 아니었다. 그와 그 이상을 나눈 거라고, 설아는 확신할 수 있었다.

아주 긴 시간이 흘러갔다. 설아는 여전히 가쁘게 오르내리는 그의 가슴에 얼굴을 묻고 나른한 여운 뒤에 쏟아지는 잠과 싸우고 있었다. 아늑하고 마음이 편안했다. 여기 온 후로 숙면을 이뤄본 적이 없는데 갑자기 잠이 쏟아져 제대로 눈을 뜰 수 없을 정도가 되었다. 설아는 사랑이 담뿍 묻어나는 그의 시선을 보지도 못하고 그대로 잠 속으로 곯아떨어졌다. 주녕은 그런 그녀를 보다 입술에 살짝 키스했다.

"잘 자."

이 말에 그녀가 끄응 하며 몸을 뒤척이자 그는 등을 토닥토닥 두드려 주며 품에 꼭 안았다. 이제 더 이상의 지긋지긋한 고독 속에서 살지 않아도 된다. 그녀로 인해 자신의 인생은 변하게 될 것이고 이로 인해 벌써부터 가슴이 설레기 시작했다. 주녕은 깊은 만족을 느끼며 그녀를 더욱더 꼭 안은 채 달디단 잠 속에 빠져들었다.

작은 인기척에 그의 저절로 눈이 떠졌다. 커튼 사이로 어둑어둑한 새벽빛이 새어 들어오고 있었고 설아는 여전히 자신의 품에 잠들어 있었다. 그럼 이 인기척은 누구지? 점점 침대 쪽으로 다가오는 발걸음에 주녕의 신경이 집중됐다. 폭신한 카펫을 밟는 발걸음은 자신을 숨기는 기색이 아니었다. 마치, 일부로 자신의 존재를 드러내고 싶은 듯 한 걸음 한 걸음 힘 주어 밟는 걸음. 주녕은 머리 속으로 발걸음의 주인이 누구일지 빠르게 헤아려 보았다. 혹시 혜옥이 보낸 자가 아닐까. 만일 무기라도 들고 있는 적이라면 그녀를 보호해야 하기 때문에 함부로 움직일 수 없다. 그렇다고 가만히 있을 수도 없기에 가까이에 무기가 될 만한 게 있었나 가늠해 보며 잠결인 척하며 몸을 살짝 틀었다. 그리고 눈을 가늘게 뜨고 다가오는 실루엣에 시선을 고정했다. 처음엔 그리 밝지 않은 새벽빛에 누군지 좀처럼 분간이 가지 않았다. 그러나 상대방이 한 걸음 더 다가서자 희미한 여명 빛을 받아 얼굴의 윤곽이 드러났다.

'너는!'

침대 옆에 다가온 이는 놀랍게도 인규였다. 비에 흠뻑 젖은 채 날카롭게 번뜩이는 칼을 들고 서 있는 남자는 그가 알던 막내가 아니었다. 마치 금방이라도 살인을 저지를 듯이 위험해 보이는 낯선 남자였다.

한없이 온순하고 바보 같을 정도로 착한 녀석이었다. 그 구김살 없는 표정과 어려움없이 자라 곱상한 얼굴을 보고 있으면 더 심술이 나서 괴롭혀 주곤 했다. 그렇게 착해 빠진 녀석이 칼을 들고 침실에 뛰어들다니. 주녕은 사태가 심각하게 꼬였음을 감지했다. 고요 속에 움직이는 실루엣에서 이따금씩 거친 숨이 흘러나왔다. 주녕은 그의 시선이 곤하게 잠들어 있는 그녀에게 고정되어 있는 것에 불안을 느꼈다. 인규의 입술에서 작은 흐느낌이 새어 나온다고 생각한 순간, 날카로운 칼이 설아 쪽으로 향하는 것을 보며 주녕은 자기도 모르게 몸을 던졌다.

쿵 하고 바닥에 쓰러진 두 사람. 그들의 몸이 뒤엉킨 채 엎치락뒤치락하는 사이, 갑작스런 소음에 눈을 뜬 설아가 그 광경을 보고 놀라 소리를 지르기 시작했다. 침실을 뒤흔드는 비명을 들으며 그들의 몸싸움은 격렬해졌다. 인규의 눈빛은 정신 나간 사람처럼 초점을 잃은 채 악에 가득 차 있었고 연신 욕설을 내뱉었다. 몇 번이나 그가 휘두르는 칼에 찔릴 뻔한 주녕은 간신히 그의 손목을 움켜쥐고 바닥에 내려치기 시작했다. 몇 번의 내려침에 인규의 손에서 칼이 떨어지자 지체없이 구석을 향해 발로 차버렸다. 분노로 이글거리는 인규의 눈빛이 그들의 알몸을 번갈아 응시했다.

"죽여 버리겠어. 너희 둘, 죽여 버리고 말겠어!"

그의 절규가 폐부를 파고들자 심장이 화상을 입은 것처럼 쓰라리고 아프기 시작했다. 무엇이든 설명을 하고 싶었지만 아무 말도 나오지 않았다. 그녀 자신도 뭐라고 말해야 할지 모르기 때문이다. 인규의 눈에 자신은 어떻게 비춰졌을까. 사랑했던 여자가 형의 품 안에서 다정히 잠들어 있는 걸 보고 무슨 생각을 했을까. 상상만으로도 몸서리가 쳐졌다. 설아는 악몽 같은 현실을 앞에 두고 낭떠러지에서 떨어지지 않으려는 사람처럼 필사적으로 시트를 움켜쥐었다.

"어떻게 그럴 수가 있어! 널 위해 모든 걸 버리고 여기까지 왔는데 어떻게 내게!"

인규의 외침에 설아는 손으로 얼굴을 감싸고 몸을 웅크렸다. 그의 목소리가 몸을 갈기갈기 찢어놓는 것만 같았다.

"너 이런 여자였어? 아무렇게나 몸을 굴리는 그런 여자였어? 어떻게 이 자식과……."

분노로 제대로 말을 잇지 못하는 인규를 보며 화가 난 주녕이 멱살을 잡아 흔들며 외쳤다.

"네가 설아한테 그런 말 할 자격이 있다고 생각해!"

"내가 왜! 무슨 잘못을 했는데! 엄마를 이해하려고 노력한 죄? 너 같은 자식을 형으로 둔 죄? 그것도 아니면 설아를 사랑한 죄?!"

"넌 지금도 네 감정만 소중하잖아. 힘들어하는 설아를 위해 해준 게 뭐야! 네 그 나약함 때문에 그녀가 힘들어했을 거라는 생각은 왜 못해!"

"그래서 너처럼 돈만 갖다 바치면 잘해주는 거야? 돈이면 다 되는 거였어!!"

"그만, 제발 그만 해!"

거친 외침이 터져 나오자 실랑이를 멈춘 두 남자가 그녀를 쳐다보았다. 그녀의 얼굴은 눈물로 젖어 있었고 괴로움에 일그러져 있었다. 죽을죄라도 진 사람처럼 위축된 모습의 그녀가 시선을 떨어뜨리며 말했다.

"용서해 줘. 내가 잘못했어."

"설아야!"

이번엔 주녕이 외쳤다. 그의 얼굴은 이해할 수 없다는 표정에서 차츰 차가운 분노로 바뀌고 있었다.

"이러려는 게 아니었어. 이런 식으로 상처 주고 싶지 않았는데."

"이미 늦었어. 난 봐버렸다고! 너와 이 자식이 무슨 짓을 했는지 봐버렸단 말이야!"

주녕의 시선은 더 이상 인규를 보고 있지 않았다. 그의 시선은 부정한 정사를 들켜 참회의 눈물이라도 흘리고 있는 여자처럼, 서럽게 우는 설아에게 고정되었다. 그녀의 얼굴에 깊게 드리워진 후회와 죄책감. 그럼 너와 내가 나눈 건 뭐지. 우리가 느꼈던 건? 주녕의 머리 속은 점점 더 복잡하게 뒤엉키기 시작했다.

"네가 흥분에 못 이겨 지르는 신음을 들으면서 내가 무슨 생각을 했을 거라고 생각해? 죽고 싶을 만큼 비참했어. 하기 싫은 결혼 억지로 하는 것처럼 굴더니 결국엔 이 자식이 좋았던 거지? 처음부터 그렇게 말하지 그랬니. 내가 모든 걸 버리기 전에 진작 말했더라면……."

인규는 더 이상 말을 잇지 못하고 가쁜 숨을 몰아쉬며 벌떡 일어섰다. 주녕은 더 이상 그를 말리지 않고 서늘한 눈매로 설아를 쳐다보았다.

"너란 여자를 다 안다고 생각했는데 착각이었어. 내가 병신이지. 이미 싫어진 남자가 도망가서 살자고 했을 때 속으로 얼마나 비웃었을까. 그래, 네가 원하는 대로 없어져 줄게. 아예 이 세상에서 흔적없이 사라져 주겠어."

싸늘하게 말을 마친 그는 그 길로 침실을 나갔다. 그리고 흠칫 놀랄 만큼 쾅 하는 소리가 온 집 안에 울렸다.

"선배……."

설아가 어깨를 들썩이며 흐느끼기 시작했다. 멍하니 바닥에 앉아 있던 주녕은 그녀에게 가까이 가지 않고 묵묵히 쳐다보았다. 그녀는 인규에 말에 상당한 상처를 받은 듯싶었다.

"제발…… 저 사람 좀 잡아줘요."

울먹이는 그녀의 말에 주녕이 차갑게 대꾸했다.

"내가 왜 그래야 하는데?"

싸늘하게 식어버린 주녕의 눈동자. 그는 고통스러운 듯 몸을 떠는 그녀를 응시하며 어금니를 깨물었다. 배신감. 주녕은 그녀에게서 깊은 배신감을 느꼈다. 잠깐 동안에 착각을 한 건가. 내 것이라고 생각했는데, 어이없는 착각이었나. 그는 부정하고 싶었다. 그녀가 그저 육체적인 것에만 반응했을 거라는 생각은 그를 고통스럽게 했다.

"저대로 보내면 안 돼요! 무슨 일이라도 나면…… 제발 가서 막아줘요."

흐느낌이 오열로 바뀌고 그녀는 간절한 얼굴로 애원하기 시작했다. 주녕은 가슴에 찬바람이 이는 걸 느끼며 천천히 일어섰다.

"그게 네가 원하는 거니?"

"제발……."

걱정에 사색이 돼서 몸을 떠는 그녀를 보며 주녕이 물었다.

"한 가지만 물을게. 정말로 인규를 사랑하니? 그래?"

"……."

그녀는 말이 없었다. 잠깐 동안의 침묵이지만 주녕의 속은 찐득하게 녹아내리고 있었다.

"너를 안으면서 조금은 희망을 가졌었어. 나에게 조금은 마음을 연 거라 생각했지. 그런데 지금은 모르겠다. 정말 네 마음속엔 인규밖에 없는 거니?"

그의 낮게 가라앉은 음성, 그 속에 담긴 갈망을 설아는 보지 못했다. 그녀의 머리 속엔 오직 인규에 대한 걱정으로 가득해 아무 말도 들어오지 않았다.

"지금 그게 중요해요? 제발, 저러다 무슨 일 나겠어요. 선배부터요. 그런 건 나중에 얘기하자구요."

그녀의 외침에 주녕은 옷장에서 청바지와 면 셔츠를 꺼내 들고 침실 문 쪽으로 걸어갔다. 문을 열고 걸음을 멈춘 그가 문득 창백한 얼굴로 자신을 쳐다보는 설아를 돌아봤다. 그리고 아무 말 없이 시선을 고정시킨 채 느리게 문을 닫았다.

그것이 설아와 주녕의 슬픈 마지막이었다.

빗속을 뚫고 두 대의 차가 미친 듯이 내달렸다. 폭우로 한 치 앞을 보기도 힘든 상황인데도 불구하고 속력은 줄지 않았다. 거의 미친 사람처럼, 아니, 죽기로 작정을 한 것처럼 한 대가 앞으로 내달렸고 뒤에 따라가는 차는 마구 경적을 울리며 세워보려고 안간힘을 쓰고 있었다.

"젠장, 강인규! 너 죽으려고 작정했어! 대체 왜 이러는 거야!"

주녕이 차창을 열고 고래고래 소리를 질렀지만 쏟아 붓는 비가 소리를 삼켜 버렸다. 도무지 대책이 없다. 이런 비에 운전한다는 것 자체가 미친 짓인데 보통 이상의 속력으로 달리고 있으니 언제 무슨 일이 생길지 예측을 할 수가 없었다. 주녕은 그의 차를 들이받아서라도 세운다는 일념으로 속도를 높였다. 그의 차를 추월해 속력을 줄이면 어떻게든 승산이 있을 거라는 생각이 들었다. 그렇게 간신히 인규의 차를 따라 잡아 추월하려는 찰나, 갑자기 인규의 차가 흔들린다 싶더니 빗물에 미끄러져 도로를 돌기 시작했다. 불과 몇 초 사이에 벌어진 일이었다. 마치 얼음판 위를 돌듯 차가 빙그르 돌았고 인규의 차

범퍼가 거세게 주녕의 차를 들이받았다. 엄청난 충격과 함께 얼얼한 고통이 그를 덮쳤고 주녕의 차는 손쓸 틈도 없이 도로에 미끄러지기 시작했다.

'이대로 죽겠구나. 아직 해야 할 일이 많은데…… 며칠 있으면 설아와 결혼하고, 그러면 다시 시작할 수 있을 거라고 생각했는데…… 이렇게 허무하게 끝나 버리다니.'

강을 향해 힘껏 던진 돌처럼, 젖은 도로를 물수제비 뜨듯 구르던 주녕의 차는 가드레일을 들이박고 절벽 아래로 떨어지기 시작했다. 차라리 정신이라도 잃으면 좋으련만 이상하게도 의식만은 또렷하다. 잃고 싶지 않아서이리라. 설아와 자신의 삶을 잃고 싶지 않아서. 간신히 얻은 희망을 이렇듯 허무하게 잃어버리기 억울해서 주녕은 의식을 놓을 수가 없었다.

온몸의 마디마디가 부서지고 뼈들이 퉁겨지는 듯했다. 입 안 가득 비릿한 피 맛과 쓰라린 아픔이 느껴지더니 뭔가에 크게 부딪쳐 호수에 반쯤 처박히자 그마저 있던 감각들도 사라지기 시작했다. 무서울 만큼 정적이 흘렀다. 아니, 귀가 잘못돼서 아무것도 안 들리는지도 모르겠다. 눈을 뜨려고 해도 안 되고, 입속으로 연신 흘러 들어오는 피를 뱉고 싶은데 턱이 움직여지질 않았다. 그는 비릿한 피를 꿀꺽꿀꺽 삼기면서 손끝을 움직여 보려 했다. 그러나 내 몸이 아닌 것처럼 아무것도 할 수가 없었다. 머리만 남고 몸이 다 으깨지기라도 한 걸까. 이렇게 처참하게 죽기는 싫은데.

주녕은 그 와중에도 그녀에게 끔찍하게 보이면 어쩌나 걱정하는 자신이 한심했다. 그러나 이 얼마나 다행인가. 죽기 전에 가슴속에 절절히 품어볼 수 있는 사람이 있다니 그나마 헛산 인생은 아니라는 생각이 들었다.

"으…… 으으윽……."

순간 주녕은 삼켰던 피를 도로 토해내며 고통스런 신음을 흘렸다. 그러나 끔찍한 고통도 잠시, 아픔은 점점 사라지고 실낱처럼 가늘게 남아 있던 의식도 차츰 꺼져 갔다.

"서…… 서어얼…… 아…… 야……."

그는 꺼져 가는 의식을 끝까지 놓지 않고 필사적으로 매달렸다.

'보고 싶다. 죽기 전에 마지막으로 딱 한 번만 봤으면 좋겠다. 네 손을 잡고 사랑한다고, 진정으로 사랑한다고 말하고 싶다. 아프게만 하고 떠나 미안하다고 말하고 싶지만 이제 다시는 네 앞에 나타날 수 없게 됐구나. 이럴 줄 알았으면 좋은 기억이라도 남겨두는 건데. 네가 나란 놈을 금방 잊어버리면 억울해서 어떻게 하지. 아, 이런, 제길. 널 두고 가기 싫다. 이대로 죽기 싫다. 정말 죽기 싫다,'

점점 숨 쉬기가 곤란해졌다. 주녕은 이제 진짜 마지막이 왔구나 생각하며 환히 웃고 있는 설아를 머리 속에 떠올렸다. 웃고 있는 설아는 정말로 아름다웠다. 주녕은 그 미소를 머리 속에 깊이 각인시키며 마음속으로 웃었다.

'나로 인해 많이 아프지 않았으면 좋겠다. 부디 행복해라. 사랑한다. 사랑한다. 사랑…….'

악몽(惡夢).

사람들이 부산히 오가고 공기 중에 여자들의 울음소리와 향 냄새가 매캐하게 떠다닌다. 의례히 보는 장례식장 풍경. 설아는 장례식장 입구에 서서 한참 멍하니 서 있었다. 어제까지만 해도 멀쩡히 살아 있던 사람이 이곳에 누워 있단다. 이젠 웃을 수도 없고, 화낼 수도 없다고 한다. 죽음이 따뜻한 숨결을 가져가 버린 탓에 더 이상 이 세상 사람이 아니란다. 그녀는 미약한 바람에도 쓰러질 듯이 휘청이며 장례식장 풍경을 내려다보았다. 지하로 통하는 긴 복도가 지하 세계로 가는 입구 같아 아득하다. 검은 양복을 입은 사람들이 사자(使者)들로 보여 무섭고, 이따금씩 들려오는 여자들의 울음소리가 몸서리가 쳐졌다. 이곳에 오기 전까지만 해도 괜찮을 거라고, 크게 다치지 않았을 거라고 생각했었다. 죽었을 거라는 사람들의 말도 흘려들었다. 누군가의 죽음을 보는 것은 더 이상 내게 일어나지 않았을 거라고, 더 이상의 추락은 없을 거라고 자조하며 살아 있을 거라고 몇 번이나 되뇌었다. 눈으로 확인해야만 했다. 직접 확인해야지 믿을 거라고 설아는 몇 번이나 되뇌었다. 그러나 막상 오니 들어갈 엄두가 나지 않았다. 그의 영정 사진을 보는 순간, 그는 정말이지 죽는 것이 된다. 설아는 그 상황을 도저히 받아들일 수 없을 것만 같았다.

"이년아, 여기가 어디라고 와!!"

찢어지는 듯한 목소리에 돌아볼 사이도 없이 머리채를 잡혔다. 몸에 기운이 없어서인지 지푸라기 인형처럼 이리저리 휘둘리는 가운데 웅성거리면서 사람들이 그녀 주위에 모여들기 시작했다.

"아이고, 맞아 죽으려고 환장을 했구먼. 여기가 어디라고 왔데?"

"네가 무슨 자격으로 여길 와!!"

악을 바락바락 쓰는 여자들의 목소리 중에 한 사람의 목소리는 젊고 익숙했다. 기억을 더듬어보던 설아는 예전 파티에서 본 인규의 누나라는 걸 기억해 냈다. 아니, 그의 여동생이라고 해야 하나.

"이 미친년아! 말 좀 해봐. 주둥이가 있으면 말을 해보란 말이야!"

"보아하니 사내 여럿 잡게 생긴 년이네. 아무리 돈에 환장해도 그렇지, 어떻게 두 형제를 꼬여낼 수가 있어!"

한 여자의 주먹이 날아오고 콧등이 아찔하더니 붉은 피가 뚝뚝 흐르기 시작했다. 여자들의 손찌검은 남자 못지 않게 우악스럽고 매웠다. 여자들은 그녀가 인규와 주녕을 직접 죽인 것처럼 살기등등한 목소리로 악을 쓰며 뭇매를 때렸다. 까끌까끌한 시멘트 바닥에 설아의 무릎이 까져 피가 나고, 우악스런 손에 검은 머리카락이 숭덩숭덩 뽑혀져 나갔지만 그녀는 저항하지 않았다.

"주둥이가 붙어버렸어? 왜 말을 못해! 하기야 무슨 변명을 할 수 있겠어. 이 창녀 같은 년."

"인규 어떻게 할 거야. 죽은 내 동생 어떻게 살려낼 거야!"

그녀의 말이 끝나고 또다시 따귀가 날아왔다. 얼굴이 돌아갈 만큼 매섭고 날카로운 손찌검. 설아는 멍한 눈으로 그들을 바라보았다. 화가 나기보다 마음이 편안하게 가라앉는 이유는 왜일까. 상처와 멍이 늘수록 설아는 잔잔한 바다 깊은 곳으로 서서히 침잠하는 기분이었다.

그때, 낯익은 목소리가 들려왔다.

"인주야."

낮고 싸늘한 음성에 여자들이 일제히 행동을 멈췄다. 부은 눈을 간신히 치켜뜨니 모여선 사람들 사이에서 하얀 상복을 입은 여자가 천천히 걸어왔다. 그의 어머니다. 상복 차림조차 아름다운 그의 어머니. 지금껏 맞으면서 눈물 한 방울 흘리지 않았던 설아는 혜옥을 본 순간 눈물이 그렁그렁해졌다.

"감히 여기가 어디라고 왔니."

속에 분노를 애써 다스리는 그녀의 표정을 보니 설아의 가슴이 미어졌다.

"……죄송합니다."

간신히 입을 여니 저벅저벅 걸어온 그녀가 바로 앞에 와서 멈췄다.

"너 같은 애한테는 욕할 가치도 없다. 당장 여기에서 나가!"

이대로 갈 순 없다. 이것이 마지막이라면, 영원히 마지막이라면 용서를 빌어야 했다.

"어머니, 보게 해주세요. 사진만이라도 보게 해주세요."

울먹이며 간신히 입을 열자 그녀가 가까이 오더니 자그맣게 속삭였다. 그런 그녀의 눈이 너무나 차갑고 싸늘해서 설아는 날카로운 칼에 베인 듯이 아파왔다.

"어머니? 그 더러운 입 다물어. 안 그러면 찢어버릴 테니까."

"마지막으로…… 한 번만……."

"네가 무슨 면목으로 내 아들을 만나. 너 때문에 죽었어. 내 몸처럼 아끼고 사랑한 아들이 네년 때문에. 너만 아니었어도 그 아이들은 죽지 않았어. 네년이 내 두 아들을 죽인 거야."

두 아들이란 말에 설아는 온몸을 부르르 떨었다. 아니다. 경찰에게 들은 말로는 한 사람은 그 자리에서 죽고 나머지 두 사람은 살아서 응급실에 들어갔다고 했다. 그런데 둘이라니, 아니다. 그럴 리가 없다.

"아니에요. 그럴 리가 없어요. 두 사람이 아니라고 했어요. 사장님은 살았다고……."

"죽었어. 주녕이도, 인규도 다 네년이 죽인 거야!"

"아니에요. 그럴 리가 없어요!"

설아의 외침은 비명이 되었다. 그러자 옆에 있던 한 여자가 바닥으로 패대기를 치며 잔인하게 말했다.

"이 걸레 같은 년!! 네가 함부로 굴린 몸 때문에 사람이 죽었어. 미안한 줄 알면 너도 따라 죽든지 아니면 평생 조용히 엎드려 있어. 뭐해, 이 짐승보다 못한 년 끌어내지 않고!!"

그녀의 말 한 마디 한 마디에 사지가 잘려 나가는 듯했다. 거칠게 잡아 일으키는 남자들의 손에 저항하지도 못한 설아는 멀어지는 혜옥의 뒷모습을 응시했다. 하얗다 못해 푸르스름하게 보이는 상복에 눈이 아렸다. 점점 멀어지는 하얀 색. 하얀 색이 저리도 슬픈 색이던가. 저리도 아픈 색이던가. 저리도…….

『죽었어. 내 주녕이도, 인규도 다 네년이 죽인 거야!』

싸늘한 목소리가 머리 속에서 점점 커졌다. 마치 귀에다 대고 말하는 것처럼 크고 또렷하게. 그 순간, 이수는 작은 비명을 지르며 눈을 떴다. 온몸이 온통 땀에 젖어 축축하고 무겁다. 또다시 악몽을 꾼 모양이다.

"젠장, 한동안 안 꾼다고 했는데."

식은땀에 푹 젖은 이마를 짚으며 이수는 작은 신음을 토해냈다. 칠 년 전 그날이 마치 어제 있었던 일처럼 생생하게 느껴졌다. 그들이 내뿜는 절망과 분노가 아직도 몸에 남아 있는 것 같아 이수는 몸을 떨며 시트 속으로 깊숙이 파고들어 갔다. 뱃속의 태아처럼 몸을 웅크린 자세로 떨리는 몸을 감싸 안고 있으니 차츰 안정이 되기 시작했다.

‘그 자식 때문이야. 그 자식 때문에 악몽을 꾼 거야.’

짜증스럽게 중얼거린 이수는 팽팽하게 조여오는 관자놀이와 어제의 일을 잊지 말라는 듯 욱신거리는 발 때문에 얼굴을 찡그렸다. 그의 말대로 상처가 생각보다 깊어 아무래도 병원에 가봐야 할 거 같다.

“접근한 이유가 뭐냐고 물었지. 별다른 이유는 없어. 그저 한국에 온 김에 옛사랑을 만나고 싶었을 뿐이야. 덕분에 내 인생이 완전히 뒤바뀌게 되어서 고맙다고 인사도 할 겸해서.”

“자신이 잃을 것이 없다고 생각하는 모양이로군. 네가 미처 알지 못하는 뭔가가 있을 거야. 내가 그걸 찾아내서 부숴주지.”

지난밤 그가 했던 말을 곰곰이 되새기자니 가슴이 무겁게 가라앉았다.

이대로 그 자식에게 꼼짝없이 끌려 다니는 건 아니겠지? 목적이 뭔지는 몰라도 바보처럼 당하고 있을 수만은 없잖아. 이렇게 축 처져 있으면 안 돼. 내가 약해지면 우습게 보고 기고만장해져서 기어오르려고 할 거야. 힘내서 싸워야 해! 그런 자식은 절대로 날 상처 낼 수 없어.

이수는 침대에서 일어났다. 굳이 거울을 보지 않아도 지금 자신의 꼴이 어떤지 짐작이 가자 그녀는 미처 벗지 못하고 잠들었던 옷을 차례로 벗어 던졌다. 그리고 눅눅한 공기를 환기시키기 위해 커튼을 걷고 창문을 열어젖혔다.

아침 햇살 속에 드러나는 이수의 눈부신 나신. 밝은 빛에 투영된 그녀의 아름다운 곡선이 여신처럼 아름다웠다. 그녀는 피부에 와 닿는 상쾌한 공기에 두통이 조금이나마 가시는 것을 느끼며 담배를 찾아 물고 자신과는 상관없이 활기차게 돌아가는 도시와 유유히 흐르는 강을 바라보았다. 그렇게 오랫동안 생각에 잠긴 채 담배 피운 그녀는 나른하게 기지개를 켜고는 욕실로 향했다. 엉덩이까지 내려오는 긴 생머리가 걸을 때마다 리드미컬하게 출렁였다.

"발이 이 모양이니 쇼핑 가기는 글렀고, 윤숙 언니 불러서 드라이브나 갈까?"

그녀의 무심한 듯 보이는 얼굴에 희미한 미소가 피어올랐다. 상대방이 잘못 판단한 게 있다. 옛날의 류설아로 착각한 것이 바로 그것이다. 과거의 설아라면 지금쯤 울고불고 난리치며 마음을 졸였겠지. 하지만 지금 이 자리에 있는 것은 류이수다. 이미 닳고 닳은 고급 콜걸. 더 이상 잃을 것도 없고 얻고 싶은 것도 없는 여자. 그러나 자신하나 지킬 힘은 충분히 되고도 남는 여자. 누군가 자신을 흔들어놓고 싶다면 상당히 많은 노력을 들여야 할 것이다. 이젠 남들에게 쉽게휘둘리지 않으니까.

"쉽게 생각하고 덤빈 거라면 큰코 다칠 거야. 네가 깨버리지 못하면 내가 박살 내버릴 테니까."

그녀는 발에 감긴 붕대를 아무렇게나 풀어버리고 뜨거운 물 아래섰다. 그리고 어젯밤 보았던 남자의 눈빛을 곰곰이 되새겨 보았다. 확실히 익숙하긴 하다. 그러나 강인규의 눈빛이라기보단 다른 사람의 눈빛에 가까웠다.

'누구지? 누구와 비슷한 걸까?'

일곱

서울 컬렉션의 빅 카드인 이원중의 쇼가 끝난 뒤, 일천오백여 명의 손님들이 애프터 파티 장소로 마련된 청담동의 맨해튼 Manhattan 바에 몰려들었다. 서울에서 가장 세련된 패션 피플들은 물론 동료 디자이너, 모델, 원중을 추종하는 스타들로 혼잡한 이곳은 쇼만큼이나 다양한 볼거리들로 가득했다. 여기저기 스타들을 찍어대는 카메라 플래시가 터지고 파란 조명 사이로 담배 연기와 웃음소리가 가득했다. 몇몇은 스웨이드의 Beautiful Ones에 맞춰 가벼운 춤을 췄고, 발 빠르게 이성을 사냥한 부류들이 신나게 자신을 떠벌리기 시작했다. 구석에서 그런 광경들을 묵묵히 지켜보던 이수는 하이힐을 벗고 아직도 욱신거리는 발을 슬슬 돌려보았다. 생각보다 큰 말썽 부리지 않고 아물기 시작해 마음은 놓였지만 상처를 볼 때마다 그가 생각나 불쾌했다. 뭔가 노리고 접근했으면 목적을 슬슬 드러내든지 복수를 하려 한다면 그게 뭔지 실체를 드러내야 하는데 그는 일주일이 다 가도록 감감무소식이었다.

'겁만 잔뜩 줘놓고 왜 이렇게 소식이 없는 거야. 설마 자신없어서 포기해 버린 건 아니겠지?

이수가 생각에 잠겨 있는 사이, 어느새 다가온 윤숙이 헤네시 잔을 건네며 말했다.

"저번 쇼보다 반응들이 좋은 거 같아. 그치?"

이수는 그녀의 시선을 따라 주변을 훑어보며 고개를 끄덕였다. 평소보다 생기없어 보이는 그녀의 모습에 윤숙이 물었다.

"왜 그렇게 시무룩하게 있어? 기분이 안 좋아?"

"아니, 괜찮아."

"괜찮긴, 저번에 말한 그 남자 때문이지? 생각하면 할수록 괘씸하더라. 칠 년이나 지났는데 이제 와서 그러는 이유가 뭐야?"

"돈 몇 푼이라도 좀 우려내려고 하든지 아니면 맺힌 게 많아 복수라도 하고 싶은 모양이지."

이수는 별일 아니라는 듯 태연히 이층을 올려다보았다. 원중이 요즘 뜨고 있는 남자 배우의 어깨에 팔을 두르고 신나게 떠들어대고 있었다. 그는 이수가 오 년 전 만난 남자로 윤숙 더불어 각별하게 지내는 친구 중 하나다. 최근에 기분이 가라앉아 있는 걸 알고 눈독을 들이고 있던 심플한 드레스를 선물해 쇼에 오지 않고는 못 배기게 만든 장본인. 문득 시선을 돌린 그와 시선이 얽히자 이수는 잔을 들어 눈인사를 했다. 이에 원중이 환하게 웃으며 윙크를 보내왔다.

"지금 누가 누구에게 복수를 해야 하는데? 가슴에 맺힌 게 많아도 너보다야 하겠냐?"

한번 이야기를 시작하면 멈추는 법이 없는 그녀가 계속 떠들어대자 이수는 짜증 섞인 어조로 물었다.

"당사자는 난데 왜 언니가 흥분해?"

"내가 흥분 안 하게 생겼냐? 네가 그동안 오죽이나 힘들게 살아왔냐? 나한테 올 때 거의 다 죽어서 온 거 기억 안 나? 그런 널 두고 뭐가 어째?"

"이런 자리까지 와서 구질구질한 얘기 하고 싶지 않아. 다른 레퍼토리 없어?"

이수는 따분하다는 표정을 지으며 한 무더기의 젊은 여자애들을 응시했다. 별다른 감정의 동요도 보이지 않는 그녀를 보며 윤숙은 혀를 끌끌 찼다.

'내가 네 속을 모르냐. 아무렇지도 않은 척하기는.'

그녀는 아직도 이수를 처음 봤을 때가 눈에 생생했다. 폐허를 생각나게 하는 황폐함. 발 한 번만 굴러도 바스라질 것 같던 그녀. 그러나 검은 눈동자에서는 섬뜩하리만치 생명력이 넘쳐흐르고 있었다. 악이라고 해야 하나 집념이라고 해야 하나. 이수의 눈빛은 그동안 보아온 어떤 여자들보다 강렬했다. 오직 하나의 목표를 향해서만 고정되어 있는 눈빛. 그녀는 수십 명의 눈이 지켜보고 있는 가운데도 전혀 위축되지 않고 당당히 말했었다.

"돈 벌러 왔어요. 이중에서 가장 많이 벌 자신 있으니까 긴장해야 할 거예요."

그 당돌함이 어처구니없기보단 안쓰러웠다. 속에 품고 있는 상처가 눈에 보이는데도 힘든 내색 한 번 한 적이 없을 정도로 이수는 독했다. 그리고 칠 년이라는 세월이 지난 지금까지도 여전히 멀쩡한 척한다. 딱한 것. 윤숙은 사람들을 구경하는 그녀를 보며 또 한 번 가슴이 찌르르해지는 것을 느꼈다.

"요즘 들어 저렇게 젊은 여자애들을 보면 부러워. 나도 딱 오 년만 되짚어갔으면 좋겠단 말이야."

쓸쓸하게 웃으며 술을 홀짝인 이수가 테이블에 턱을 괴고 손가락으로 음악 장단을 맞추었다. 칠 년이라는 세월을 보내고 남은 것은 돈과 허무함뿐이다. 이 허무함은 그 무엇으로 달랠까. 밑 빠진 독에 물을 들이붓는 것처럼 아무리 계속 들어부어도 텅텅 비는 마음. 몸 어딘가에 보이지 않는 구멍이라도 뚫린 것 같았다. 이수는 몸 안에 있는 수분 대신 독한 알코올을 가득 채워 넣고 싶은 충동을 느끼며 윤숙의 팔을 슬쩍 건드렸다.

"원중 오빠 바쁜 거 같은데 나갈래? 조용한 데 가서 한 잔 더 마시자."

"곧 들어가 봐야 해. 석현호가 뭐가 틀어졌는지 호출했어. 젠장, 그 자식 보기 싫어서라도 독립을 하든지 해야지."

윤숙은 석현호가 운영하는 룸살롱의 얼굴 마담이자 그의 아래에 있는 여자들을 관리하는 일을 하고 있었다. 설아와 윤숙은 첫 만남부터 내내 으르렁거리다 미운 정이 들어버렸고, 이젠 친자매처럼 각별한 사이가 되었다.

"그래? 그럼 오늘은 안 되겠네. 머리가 꼭지가 돌 정도로 한번 마시고 싶었는데."

"네가 불러주기만을 기다리는 이십사 시 대기조한테 전화해 보지 그래? 신발 밑창에 그을음나도록 달려올 텐데 말이야. 왜, 너한테 목 메고 있는 모델 아이 하나 있잖아.”

“그런 꼬마 취미없어.”

“귀엽던데 뭘.”

“귀엽긴. 그런 어린애는 영 재미가 없단 말이야.”

“후훗, 어떻게 하냐. 걔도 양반은 못 되나 보다. 저기 오는데?”

윤숙이 가리키는 쪽을 보니 잡지 화보에서 방금 튀어나온 듯이 화려하고 세련된 차림을 한 남자가 다가오고 있었다. 최해진. 질투나는 생생한 젊음과 발랄함을 담뿍 뒤집어쓰고 자신을 여신처럼 추앙하고 따르는 무리 중 하나. 이수는 그의 출연에 시큰둥한 표정을 지으며 테이블에 턱을 괴었다.

“오랜만이에요. 그동안 잘 있었어요?”

한숨이 나올 만큼 명랑한 어조. 그는 이때껏 무시했던 것을 마음에 담아두고 있지 않은 모양이었다. 얼굴은 또랑또랑하게 생겨서 눈치는 영 젬병인가 보지? 이수가 브랜디만 홀짝이고 대꾸가 없자 무안했는지 윤숙이 먼저 입을 열었다.

“해진 씨, 안녕. 오늘 쇼 멋졌어요.”

“멋지게 봐주셔서 감사합니다.”

앉으라는 말도 없었는데 앉은 그는 뭐가 좋은지 마냥 싱글거렸다. 앳되고 선한 얼굴에 조각상처럼 매끄럽고 곱상한 외모가 꽤나 천진난만해 보이지만 이수는 여전히 흥미가 생기지 않았다. 우연히 원중의 숍에서 만난 그는 약이라도 맞은 사람처럼 멍한 얼굴로 한참을 보더니 대뜸 사귀고 싶다고 고백해 왔었다. 그 모습이 얼마나 어처구니가 없던지. 그녀가 가장 싫어하는 부류가 해진과 같은 부류였다. 어설프게 필이 꽂히고 대책없이 달려드는 타입.

"이수야, 그럼 난 이만 가봐야겠어. 해진 씨도 즐거운 밤 보내요."

한쪽 눈을 찡긋한 윤숙이 뭐라 말할 사이도 없이 사라지자 그녀는 슬쩍 이마를 찡그렸다. 이 꼬맹이만 남겨두고 가면 나보고 어떻게 감당하라는 거야. 어떻게 빠져나갈까 고민하는 사이 바싹 붙어 앉은 해진이 투정하듯이 중얼거렸다.

"이수 씨, 사람이 왔으면 보는 척이라도 해봐요. 옆에 앉은 사람 무안하잖아요."

"무안하면 다른 데 가서 놀아."

그녀의 차가운 어조에 해진이 단정한 이마를 살짝 찡그렸다가 폈다.

"술도 몇 잔 마신 거 같은데 눈도장 그만 찍고 다른 데 가서 놀죠. 내가 안내할게요."

"나 같은 노땅 말고 젊은 애들 알아봐. 늙으니까 젊은 애들이랑 놀 기운 없어."

"이수 씨는 그 쌀쌀함이 매력인 거 알아요? 그러면 그럴수록 난 더 당신이 좋아진다구요."

"그런 느끼한 멘트는 다른 팬들한테 가서 날려. 네가 아직도 파악을 못했나 본데 난 너 키워줄 능력이 없는 사람이야. 그러니까 다른 스폰서 찾는 게 빠를 거야."

"정말 왜 이렇게 삐딱하게 굴어요? 나 당신 정말 좋아한단 말이야."

'아서라. 나 같은 여자한테 잘못 걸리면 두고두고 인생이 피곤해질 거다.'

그의 말을 흘려들은 이수는 차 키와 백을 챙겨 일어섰다. 차라리 집에 가서 뜨거운 물에 몸을 담그고 와인이나 한 병 비우는 게 좋을 듯싶었다.

"난 이만 간다. 즐겁게 놀아."

덩달아 일어선 해진은 정말로 속상한 얼굴을 하고 그녀를 따라 출입구까지 왔다. 그러나 이수는 그를 투명인간처럼 대할 뿐, 주차원에게 대리운전을 부탁하며 무료한 듯 시계를 들여다보았다. 그때 막 백에서 벨소리가 울렸다. 꺼내보니 모르는 번호다.

[나야.]

통화 버튼을 누르자마자 튀어나오는 목소리. 이수는 어이없는 표정을 지었다.

"이젠 휴대폰 번호까지 알아냈네. 그 다음엔 집 주소인가?"

[그건 이미 알아. 네 속옷 사이즈, 신발 사이즈까지 알고 있지.]

"대단하다는 칭찬이라도 듣고 싶은 거라면 단념해."

[아쉬운데. 칭찬받고 싶었는데 말이야.]

이수는 그와 말장난할 기분이 아니라 단도직입적으로 물었다.

"하고 싶은 말이 뭐야."

[얘기할 게 있어. 내 집으로 와.]

"흥, 오라고 해서 넙죽 갈 거라고 생각한 건 아니겠지?"

[같은 청담동인데 뭐가 오기 힘들다고 그러는 거야. 가까우니까 술도 깰 겸 슬슬 오지 그래.]

여우같은 자식! 이수는 주변을 돌아보며 신경질적으로 입술을 깨물었다.

"제길, 이젠 감시까지 붙였군. 무슨 권리로 내게 이러는 거지?"

[언제까지 오겠어? 내가 모시러 갈까?]

이수는 화가 치민 나머지 가쁜 숨을 몰아쉬며 새된 목소리로 소리질렀다.

"난 당신이 멋대로 갖고 노는 장난감이 아니거든? 할 말 있으면 당신이 와!"

탁 소리가 나게 폴더를 닫고 배터리를 빼버린 이수는 잠시 생각에 잠긴 얼굴을 하다가 여전히 입구에 서 있는 해진에게 다가갔다.

"나 좋아한다고 그랬지? 오늘 밤 같이 안 잘래?"

"네?"

순진한 그의 눈이 동그랗게 변했다.

"너랑 자고 싶다고 했어. 싫으면 관두든지."

그녀가 몸을 돌려 가려고 하자 해진이 냉큼 팔을 잡았다. 얼떨떨한 표정으로 쉽게 말을 떼지 못하는 그를 보고 이수가 싱긋 웃었다.

"네 차로 갈래, 아니면 내 차로 갈까?"

그 후로 정확히 사십 분 만에 그들은 호텔 룸에 들어섰다. 너무나 자연스러운 이수에 비해 해진은 벌게진 얼굴로 입구에 황망히 서 있었다. 순진한 척만 하는 줄 알았는데 꿔다 놓은 보릿자루처럼 멍하니 있는 해진을 보고 있자니 정말 숙맥이라는 생각이 들었다. 이런 아이가 어떻게 모델을 한다는 건지.

"뭐 해? 밤새도록 거기에 서 있을 거야?"

그제야 어색한 몸짓으로 안으로 들어온 그가 소파에 앉아 담배를 물고 불을 붙이는 이수를 쳐다보며 무겁게 입을 뗐다.

"얼결에 여기까지 오긴 했지만 이용당한 느낌이에요."

"맞아. 너 이용당한 거야."

이수는 라이터를 탁자에 소리나게 내려놓으며 길게 연기를 내뿜었다. 몸속에 니코틴이 들어오니 그제야 숨통이 트였다.

"난 진심으로 대하는데 이수 씨는 장난감처럼 갖고 노는군요. 누구에게나 이런 식이에요?"

"응."

"정말 구제불능이군요."

"그래, 예수님, 부처님이 온다고 해도 구제 못할 나쁜 년이지."

그 말에 두 손을 뒤로 하고 벽에 기대고 있던 그가 천천히 걸어와 옆에 앉았다. 그리고는 마치 불쌍한 사람을 앞에 두고 있는 것처럼 동정심으로 가득한 눈으로 봤다. 오랜만에 보는 눈빛이다. 아까보다 한결 부드러워진 이수의 눈을 보고 그가 나직하게 말했다.

"예전에 크게 상처받은 적 있죠? 그래서 남자들에게 이러는 거 아니에요?"

해진의 말에 그녀는 피식 웃어버렸다. 갈수록 귀여워지는군. 이수는 계획하진 않았지만 이 아이와 자는 것도 나쁘지는 않겠다 싶었다.

"오늘 밤 그런 재미없는 얘기로 날샐 거야? 얘기나 하려고 비싼 방값 지불하고 여기까지 온 건 아닐 거 아냐."

벌떡 일어나 목에 두른 스카프를 풀고 재킷을 벗은 이수. 그녀는 그의 허벅지에 다리를 올려놓고 스타킹을 벗어 내렸다. 그러자 해진의 얼굴이 금세 붉어지더니 딱딱하게 굳었다. 그는 이수의 다리를 치우고 꽤나 남자다운 눈빛을 보내왔다.

"이봐요, 류이수 씨. 난 당신과 한번 자보려고 달려드는 양아치가 아니야. 내가 바라는 건 이런 게 아니란 말이야."

"그럼 뭘 바라는데? 이런 걸 바라고 귀찮게 따라붙은 거 아니었어?"

심각해져 있는 해진에게 바싹 다가선 그녀는 셔츠 단추를 하나하나 풀며 유혹적으로 속삭였다.

"젠틀한 척, 고상한 척하지 마. 어차피 최종 목적은 하나잖아."

"난 진지해지기를 원해요. 원 나잇 스탠드가 아니라 진짜 사랑을 나누고 싶단 말이에요."

그의 말에 이수는 자기도 모르게 피식 웃고 말았다. 서울 땅에 아직도 이런 착각에 젖어 사는 남자가 있었던가. 그녀는 김샜다는 얼굴로 중얼거렸다.

"미안. 그런 거라면 불가능해. 난 남자라는 족속과는 진지해지기 싫거든. 같이 자기 싫으면 가버려. 그게 아니라면 그 입 좀 다물고. 먼저 씻을 테니까 그동안 잘 생각해 봐."

욕실로 향하는 이수의 등 뒤로 그가 담담하게 말했다.

"당신이 왜 그렇게 가시가 돋친 줄 알아요? 상처뿐인 자신을 감추고 싶어서예요. 남들이 볼까 봐, 눈치라도 챌까 봐 필사적으로 가리고 있다는 거 다 알아요. 당신 눈에 난 애송이로밖엔 안 보이겠지만 마음을 열어봐요. 그러면 나도 기댈 수 있는 남자로 보일……."

욕실에 들어서면서 이수는 쾅 소리가 나도록 거세게 문을 닫았다.

"주제넘기는, 네가 뭘 안다고 함부로 지껄여."

이수는 차갑게 가라앉은 얼굴로 욕실 거울을 바라보았다.

"이 세상에 기댈 건 나 하나뿐이야. 사랑? 엿 먹으라고 해. 그 딴 거 믿지 않은 지 오래야."

이수에게 삶은 형벌이다. 매일매일 먼저 죽은 이들을 생각하며 자기 자신을 채찍질했다. 무능력한 죄, 우유부단했던 죄, 끝내 사랑한다고 말하지 못한 죄. 그 밖에 수없이 많은 죄목으로 자신에게 벌을 주었다. 가슴을 찢어놓는 채찍으로 그녀는 너덜너덜해졌고, 새살이 돋기도 전에 다시 찢어진 살점 때문에 영원히 남을 흉터가 생겼다.

어느덧 입고 있던 옷을 모조리 벗고 알몸으로 거울 앞에 선 이수는 마음으로 봐야지만 볼 수 있는 깊은 흉터를 쳐다보았다. 몸 곳곳에 남겨진 흉측한 채찍 자국. 죽을 때까지 이것들을 더듬으면서 살겠지. 난 죽을 자유조차 없어. 난 살아야 해.

그녀는 정신이 번쩍 날 만큼 찬물에 샤워를 하고 욕실을 나왔다. 호텔 룸은 비어 있었고 침대 시트에 쪽지가 하나 놓여 있었다.

〈이런 식으로 당신을 안긴 싫어요. 기다려요, 내가 당신을 기나긴 잠에서 깨어나게 해줄 테니까.〉

담담하게 쪽지를 읽어 내려간 이수는 피식 웃으며 종이를 구겨 휴지통에 던져 버렸다.

"재미있는 아이네. 동화책을 너무 많이 본 모양이야."

씁쓸한 표정을 지으며 술을 꺼내온 그녀는 위스키를 잔에 가득 따라 한 모금 들이켰다. 식도를 타고 넘어가는 알코올이 가벼운 전율을 불러일으키며 수축됐던 혈관들이 일제히 요동 쳤다. 그렇게 한 시간 흐른 뒤, 위스키 병 하나를 비운 이수는 그대로 침대에 쓰러져 잠이 들었다.

전화벨이 자꾸만 신경을 자극했다.

"젠장맞을, 누구야."

시트에 얼굴을 파묻고 웅얼거린 이수가 고개를 쳐들었다. 그사이에도 벨이 계속 울리자 그녀는 욕을 내뱉으며 수화기를 낚아챘다.

"여보세요!"

[좋은 아침.]

이런, 젠장. 그 자식이다.

"당신 정신병자야? 왜 꼭두새벽부터 설치는데?"

잠긴 목소리로 바락바락 악을 쓰자 상대편이 피식 웃는 소리가 들렸다.

[체크아웃 할 시간 다 되어가는데 꼭두새벽은 아니지. 하루에서 기다릴 테니 내려와. 같이 아침이나 하지.]

그녀가 뭐라고 할 사이도 없이 전화가 끊겼다.

"뭐 이딴 자식이……."

이를 갈며 주먹으로 침대를 몇 번 내려친 이수가 한참을 머뭇거리다 간신히 몸을 일으켰다.

'그래, 무슨 말을 하는지 들어주지. 별 시답지 않은 얘기면 아작아작 씹어주고 말겠어.'

그녀는 아주 긴 샤워를 하고 화장을 하며 뜸을 들인 뒤 한껏 늦장을 부리며 준비를 한 후 그가 기다리고 있는 장소로 향했다.

호텔 안에 있는 한식집 하루에 들어서자 굳이 고개를 돌리며 살펴보지 않아도 그가 눈에 들어왔다. 그는 어디에 있든 한눈에 시선을 잡아끄는 사람이다. 하긴 저런 남자가 눈에 띄지 않으면 이상한 거겠지. 창가에 앉아 서류를 들여다보는 모습이 꽤나 시크하고 정갈해 보였다. 자신과 상관없는 사람이었다면 한 번쯤 눈여겨보았을 그 세련되고 맵시있는 모습. 이수는 느긋하게 팔짱을 끼고 그를 감상했다. 뭔가에 몰두해 있는 그의 모습은 섹시했다. 서류를 넘기다 엄지손가락으로 턱을 문지르는 버릇도, 이따금 시계를 들여다보는 몸짓도 상당히 매력적이었다.

'이런 식으로 내게 접근하지만 않았어도 한 번쯤은 유혹해 보고 싶은 사람이야.'

그러나 성적인 호감은 호감일 뿐, 한걸음 물러서서 보면 또 뭔가를 노리고 접근하는 인간일 뿐이다. 외모는 물론이고 상당한 재산까지 가지고 있는 여자를 노리는 남자들은 부지기수로 많으니까. 저 남자도 그런 부류일까, 아니면 진짜 강인규일까. 이수는 느리게 그의 앞으로 걸어갔다. 인기척을 듣고 그가 고개를 들었다.

"어서 와."

"용건이 뭐야."

그녀는 꽤나 도도한 표정을 지으며 의자에 앉았다.

"우선 주문부터 하지. 술 꽤나 마신 얼굴인데 해장할 수 있는 걸로 해."

'퍽이나 생각해 주는 척하는군.'

이수는 뻔뻔한 그를 싸늘하게 노려보았다. 그러나 그는 여전히 웃는 낯으로 앞에 놓인 물 한 잔을 천천히 들이켰다. 이수의 시선이 무심코 컵에 닿았다가 그의 왼손을 보고 고정되었다. 이상하다. 자료에선 분명히 기혼이라고 했는데 결혼 반지가 보이지 않았다. 반지 자국조차 없는 그의 약지를 보니 호기심이 스멀스멀 피어올랐다. 그사이 웨이트리스가 와서 주문을 받아갔고 그는 보고 있던 서류들을 치웠다.

"솔직히 처음 봤을 때 얼굴에 손을 댔나 했어. 너무 다르게 보여서 말이야. 그런데 보면 볼수록 예전의 설아가 드러난다."

뭐야, 이 말투는. 또다시 속 긁는 말을 할 줄 알았는데 의외로 부드러운 어조에 이수는 이마를 찌푸렸다. 뭐랄까. 입에 발린 공치사는 아니었다. 아니, 아련한 추억까지 느껴지는 어조다. 이 남자 정말 사람 기막히게 만드네. 속으로 비아냥거린 이수가 삐딱하게 말했다.

“어떻게 하지. 내 눈엔 과거의 인규를 기억할 단서가 아무것도 보이질 않으니 말이야.”

“그래, 난 너보다 더 많이 변했지.”

희미하게 웃으며 고개를 끄덕인 그가 창밖을 응시하자 이수도 따라 창밖을 바라보았다. 잠시 침묵이 흐르고 무슨 생각을 하고 있을까 궁금해지려는 순간, 그가 입을 열었다.

“돌이킬 수 없을 만큼 변해 버렸지만 그래도 여전히 변하지 않는 것도 있어. 이를 테면 네게 받은 배신감, 미움, 증오 같은 거 말이야.”

태연한 얼굴로 단어들을 내뱉는 그의 눈을 보고 있자니 절로 감탄이 나왔다. 이 남자라면 웃으면서도 죽여 버리겠다고 말할 수 있을 것이다. 이수는 잠자코 다음 말을 기다렸다.

“왜 이제 와서 지난 일들을 들먹이냐고 하겠지만 모든 건 때가 있다고 생각해. 그동안 증오와 분노를 바탕으로 해서 날 채찍질해 왔어. 그 덕분에 지금 자리까지 왔다고 해도 과언이 아니야. 그런데 이젠 더 이상 그런 감정에 매어 살기 싫어졌어. 그래서 버리고 싶은데, 쉽게 버릴 수 있는 성질이 아니더군. 그래서 너와 같이 그것들을 버리려고 해. 그걸 복수라고 불러야 할지 잠시 유보해 두었던 채무를 청산한다고 해야 할지 모르겠지만 네게서 받을 게 있는 것은 확실하지.”

그는 마치 사업 얘기를 하는 것처럼 담담하게 말했다. 기가 막히긴 하지만 그가 진짜 강인규라면 꽤 설득력은 있는 얘기다.

"그래서 잠시 미뤄뒀던 복수를 하러 한국까지 날아오셨다?"

"그래."

"흠……."

냉소적인 웃음을 지은 그녀는 백을 뒤지다 벽에 붙은 금연이라는 글씨를 보고 도로 닫았다. 담배, 아니, 술이 간절한 순간이었다. 그런 이수를 흥미있다는 눈으로 쳐다보던 그가 천천히 입을 열었다.

"앞으로 한국에 머물 기간은 보름이야. 그 보름 동안 같이 지내."

"같이 지내자니? 동거라도 하자는 얘기야?"

"그래. 오늘부터 십오 일간."

"미쳤군. 당신, 내가 그걸 받아들일 거라고 생각하고 말하는 거야?"

자기도 모르게 새된 비명을 내지른 이수가 멀쩡한 얼굴을 하고 있는 그를 노려보았다.

"물론. 전에 열렬했던 반응을 생각해 보면 그리 지루한 시간은 아닐 거라고 생각해. 과거 안 좋은 기억이 있다곤 하지만 성적으로는 많은 일치를 봤잖아?"

그의 무표정한 얼굴에 이수의 눈빛이 점점 사나워지기 시작했다.

'하! 성적으로 일치를 봤다고!! 이제 알겠어. 과거 일이고 뭐고 한국에 와 있는 동안 적적하지 않게 데리고 놀다가 가겠다는 말이군. 내가 그 따위 개수작에 말려들 거 같아?!'

이수가 맞은편 남자에게 이를 갈듯이 말했다.

"아무리 몸으로 먹고 살았던 여자라고 해도 네가 우습게 볼 만큼 녹록하진 않아. 허튼수작하지 말라고!"

"농담이야. 그렇게 어린애처럼 발끈하지 말라고."

'농담? 지금 농담이 나와!'

이수는 미소 짓고 있는 그를 보며 이를 바득바득 갈았다.

"너도 과거로부터 완전히 자유롭지는 않았을 거야. 너로 인해 많은 사람들이 상처 입었으니까. 이번 기회에 그 짐을 덜어놓고 싶지 않아? 나를 위해서도, 너를 위해서도 이건 합리적인 제안이야."

웃음기를 거둔 그가 진지한 눈빛으로 말했다.

"합리적인 제안 좋아하네."

이수가 어이없다는 듯이 팔짱을 끼며 코웃음을 쳤다.

"섹스 파트너가 필요해서 오라고 한 게 아니야. 그랬다면 다른 여자들도 얼마든지 널렸으니까. 지난 세월 동안 네가 어땠는진 몰라도 난 끔찍했어. 그 울분을 푸는 길은 갈 때까지 가보는 거라고 생각해. 과거로부터 헤어날 수 있는 마지막 기회가 될지도 몰라."

그의 담담한 말속에서 진심이 언뜻언뜻 보이자 이수는 혼란스러웠다. 그가 진짜 강인규일까. 도저히 확신할 수 없었다. 동거 따위가 불행한 기억으로부터 벗어나게 해줄 수 있을 거란 말은 우스웠지만 그의 정체가 몹시도 궁금해졌다.

"십오 일 동안이야. 그 후엔, 죽기 전까진 보는 일이 없을 거야."

그는 마지막 말을 강조했다, 죽기 전까진. 그래, 죽어서나 보게 되겠지. 지옥에서 말이야. 순간 한 남자의 얼굴이 떠올랐다. 죽으면 그 사람을 볼 수 있을까? 간신히 아문 마음의 상처가 또다시 욱신거리기 시작했다.

"생각해 보지. 기대는 하지 않는 게 좋을 거야. 당신 때문에 입맛이 싹 사라졌으니까 먼저 가볼게."

백을 집어 들고 일어선 이수는 찬바람이 도는 표정 그대로 하루를 나왔다. 또각또각, 도도한 걸음걸이였지만 그녀의 머리 속은 엉킨 실처럼 복잡하고 물에 젖은 솜처럼 무거웠다.

'내가 왜 네 개수작에 말려들 거라고 생각한 거지? 어이가 없어서.'

이수는 집으로 가는 내내 그의 말들을 하나하나 곱씹어보며 생각하고 또 생각했다. 말도 안 되는 제안이지만, 그가 진짜 강인규라면…… 이대로 무시해 버릴 순 없는 노릇이었다. 정면으로 맞닥뜨려야 할 일을 외면한다고 잊혀지는 건 아니니까. 하지만 왜 하필이면 지금에서야 찾아온 걸까. 왜 이제야.

아파트에 들어선 이수는 잔뜩 지친 얼굴로 침대에 뛰어들었다.

"진짜 속내를 모르겠어. 나와 같이 지내면서 어떤 빛을 받겠다는 거야. 결국은 끝도 없는 소모전일 텐데. 그렇게 상처를 내면 마음이 가벼워질까?"

이수는 어느덧 그가 강인규라는 전제 하에 생각하는 자신을 보고 씁쓸하게 웃었다. 가짜라면 완벽한 배우일 것이다. 실제로 겪어보지 못한 사람은 그런 눈빛을 하지 못하니까. 그녀는 하루가 다 갈 때까지 꼼짝 않고 고민을 했다. 평소에 하던 대로 여러 가지 가정을 세우고 결과를 예측하려 해도 도무지 대책이 세워지지 않았다. 결국은 이 상황을 주도하는 것은 그라는 실감만 했을 뿐이었다.

"제길, 부딪쳐 보지 않고 생각만 한다고 일이 해결되진 않아!"

헝클어진 얼굴로 침대에서 벌떡 일어난 이수가 자기 자신에게 소리쳤다.

"그동안의 깡은 다 어딜 간 거야. 언제까지 과거에 묶여서 질질 끌려 다닐 거냐고!"

한참을 바락바락 악을 쓰며 팔을 휘두르던 이수는 그 길로 서재로 가서 수첩에 꽂아놓은 명함들을 뒤지기 시작했다. 그가 자신에 대해 세세하게 꿰차고 있는 만큼 자신 또한 그에 대해서 알아야 한다. 빠른 손길로 수첩을 넘기는 이수의 손길에 멈추게 하는 것이 있었다. detective Korea 탐정회사. 지난해 잘생긴 남자로 끈질기게 따라붙는 남자가 사기꾼이라는 것을 알아내는 데 도움을 준 곳이다. 이수는 곧장 그곳으로 전화를 걸었다.

"간단한 이력 사항은 팩스로 넣어줄게요. 그 사람이 강인규가 정말 맞는지, 미국에서 어떻게 살았는지 알아야겠어요. 네, 미국 출장 비용까지 전액 부담할 겁니다. 돈은 얼마가 들어도 좋으니까 샅샅이 조사해 주세요."

그로부터 두 시간 후, 여행 가방을 든 이수가 그의 집 현관벨을 눌렀다. 그러자 기다렸다는 듯 문이 열리고 그가 나타났다.

"내 집에 온 걸 환영해."

두 사람의 차가운 시선이 얽히면서 작은 불꽃이 튀었다. 적진에 막 뛰어든 이수의 심장이 세차게 뛰는 순간이다.

이미 올 줄 알았다는 얼굴로 여행 가방을 받아 든 그가 성큼성큼 안으로 들어갔다. 빌라 안에는 금방 커피를 내렸는지 근사한 커피 향이 가득했고 격정적인 피아노 선율이 실내에 흐르고 있었다. 라흐마니노프인가. 피아노 선율에 귀를 기울이며 느긋한 태도로 거실을 훑어보았다. 저번 방문 때와 달리 보다 많은 것들이 눈에 들어오기 시작했다. 단정한 그의 옷차림만큼이나 흐트러짐없이 말끔한 실내. 가구라고 해야 침대나 드레스 룸에 옷장이 전부인 자신의 집과는 달리 고급 가구들에 세련된 인테리어가 눈을 즐겁게 했다. 그는 종종 서울에 왔던 것일까, 아니면 이번 방문을 위해 마련한 걸까. 이런저런 생각을 하며 멍하니 서 있는데 그의 목소리가 들려왔다.

"네가 쓸 방은 미리 치워뒀어. 여기야."

먼저 앞장서 걸어가는 그를 따라 복도를 따라 걸어갔다. 그가 선 곳은 복도 끝 방이었는데 약간 어두운 복도와 대조적으로 아주 밝았다. 꽤 신경을 썼는지 그곳은 다른 사람의 손때가 묻지 않은 완벽한 새 공간이었다. 환기를 잘 시켰는지 페인트 냄새나 새 가구 냄새가 나지 않은 것이 다행스러웠지만 온통 하얀 색 일색인지라 손자국이라도 남길까 봐 만지는 것조차도 꺼려졌다. 하얀 벽과 밖으로 열게 되어 있는 나무 창문. 흐트러뜨리기 아까울 정도로 깔끔하게 정리된 하얀 침대와 그 위에 베일처럼 드리워진 캐노피. 단조로움을 피하기 위해 창과 캐노피 위에 드리워진 색색의 크리스털 볼이 그와 어울리지 않게 로맨틱해 보이는 공간이었다.

"마음에 들어?"

"마음에 안 든다고 하면 다른 데로 옮겨줄 건가?"

무뚝뚝하게 대꾸하자 그가 팔짱을 끼며 설핏 웃었다.

"내 방으로 오고 싶다면 말리진 않아. 반대 편에 있으니 언제든 환영이야."

"흥."

코웃음을 치며 창으로 걸어간 이수가 창을 활짝 열어 젖혔다. 그러자 도심 속에서는 드물게 아름다운 정원이 눈에 들어왔다. 미풍을 따라 향나무와 솔나무 향이 실려왔고 풀 내음이 은은하게 전해져 왔다. 아, 좋다. 눈이 스르르 감길 만큼.

"짐 정리 끝내고 주방으로 와. 차 마실래? 아니면 간단한 칵테일?"

"커피."

돌아보지도 않고 짧게 말한 이수는 바람에 따라 이리저리 흔들리는 나무들을 보며 크게 심호흡을 했다. 마치 나무의 기운을 빌어 싸울 힘을 축적하는 것처럼.

'당장 쫓아내고 싶을 만큼 질리게 만들어줄까? 성질 고약한 여자랑은 일 분 일 초도 같이 있기 싫을 만큼 말이야.'

머리 속으로 여러 생각들이 스치고 지나갔다. 그의 반응을 보고 차차 결정하는 거야. 은근슬쩍 다가와 끈적하게 굴면 인정사정없이 걷어차 줘야지. 그렇게 단단한 각오를 하고 나자 조금씩 자신감이 붙어 한결 마음이 가벼웠다.

이수는 트렁크에 있는 옷들과 화장품을 꺼내 정리하고 주방으로 갔다. 인테리어 잡지에 나오는 주방처럼 없는 것 없이 다 갖춰진 곳에 서 있는 그는 누가 봐도 자상한 가장처럼 보였다. 피곤한 부인을 위해 향이 좋은 커피를 따라주는 남편. 그러나 잔인한 현실은 달콤한 상상을 철저하게 깨부쉈다. 그림처럼 완벽한 공간에 마주한 이들은 애인을 앞에 두고 그 형과 놀아난 여자와 죽었다고 알려졌던 남자. 그들은 지금 과거 청산을 위한 동거를 시작하면서 서로를 탐색 중이었다.

"저녁은 했어?"

이수는 그가 내미는 머그컵을 받아 들고 고개를 끄덕였다.

"기술 제휴 건 때문에 며칠은 바쁠 거야. 아마 밤늦게나 돼야 올 거야. 하지만 일이 끝나면 여유가 생길 테니 투정하지 말라고."

"당신이랑 연애하려고 여기 온 게 아니잖아."

"그래, 싸우러 왔지. 알고 있어."

그는 씩 웃더니 커피 한 모금을 들이켰다. 이수는 그가 웃을 때마다 속이 뒤틀렸다. 왠지 그에게 밀리고 있는 느낌이 들어서다. 이수는 지지 않겠다는 듯이 도도하게 그를 응시했다. 그런 그녀에게 그가 부드러운 눈길로 말했다.

"재미있는 게임을 생각해 놨어. 애들 놀이 같아 우습긴 하지만 나름대로 재미있을 것 같더군. 번갈아가면서 상대방 요구를 들어주는 거야. 만약 지게 되면 모든 기회 박탈. 어때?"

"정말 유치하군."

"하지만 꽤 재미있을걸."

"다시 무덤 속으로 들어가 달라는 요구는 안 되는 거야?"

"애석하게도."

어깨를 으쓱하는 그를 보며 이수가 불만이 가득한 표정을 지어 보였다.

"재미없군."

"뭐, 시작해 보면 알겠지. 내일부터야. 나 먼저 시작해도 괜찮겠지?"

"마음대로 해."

시큰둥한 반응에 미소 지은 그가 손목에 시계를 들여다보더니 머그컵을 내려놓았다.

"난 할 일이 남아서 이만 실례해야겠어. 내일 아침에 보자고."

그가 서재로 쏙 들어가 버리자 이수는 아쉬운 듯 입맛을 다시며 테이블에 앉아 있었다. 생각보다 싱거운 첫날밤이네. 유혈이 낭자하길 바란 건 아니지만 어린애 같은 게임 규칙만 던져 놓고 일하러 들어가 버린 것은 예상 밖의 일이었다. 기대를 너무 많이 했었나. 심심한걸. 컵을 씻고 방으로 돌아온 이수는 침대에 앉아 가지고 온 역사책을 집어 들었다. 잠이 안 올 것을 대비해 가져오길 잘했다고 생각하며 다리에 베개를 받히고 두툼한 책을 올려놓았다.

"그래, 처음부터 몰아치면 재미가 없지. 앞으로 차차 강도를 높여 가자고."

다짐을 하듯 중얼거린 그녀는 책갈피를 꽂아둔 부분을 펴고 집중하려고 애썼다. 그러나 글자들과 사진들이 머리 속에서 어지럽게 떠다닐 뿐, 좀처럼 눈에 들어오지 않았다. 그렇게 읽는 둥 마는 둥 시간을 보내던 그녀는 새벽녘에야 겨우 잠이 들었고 귀를 간질이는 새소리에 눈을 떠보니 어느덧 날이 환하게 밝아 있었다.

탁자에 놓인 시계를 보니 열 시. 힘껏 기지개를 켠 이수가 실내 가운을 걸치고 방을 나왔다. 그는 이미 나가고 없고 집엔 혼자뿐이었다. 헝클어진 머리로 연신 하품을 하며 주방으로 간 그녀는 냉장고에 붙여놓은 메모지를 물끄러미 응시하다 천천히 읽어 내려갔다.

〈네가 차려주는 저녁이 먹고 싶어. 근사한 걸로 부탁해. 단, 독약은 넣지 말 것. 그리고 이 집 비밀번호는 0000.〉

"정말 못 말리겠군."

이수는 어이없는 웃음을 터뜨리며 한참 동안 메모지를 노려보았다.

‘저녁이 먹고 싶으면 사달라고 할 것이지 직접 해달라는 건 뭐야.
요리, 요리라.’

마지막으로 음식을 만든 것이 언제인지 모를 만큼 까마득했다. 음
식을 만들고 있으면 앞서 떠나보낸 가족이 생각나서다. 그들을 위해
김치를 담그고, 된장찌개를 끓이고, 나물을 무치던 때가 떠올라 이
수는 차마 손을 댈 수가 없었다.

“뭐, 그래도 잠자리 해달라는 요구는 아니어서 다행이네. 의기소
침해지지 말자. 받은 만큼 돌려주면 되는 거니까.”

애써 침울함을 털어낸 이수가 비로소 집 안을 구경하기 시작했다.
외국인들이 사는 아파트라 그런지 천장이 높고 구조가 넓었다. 특히
정원을 향해 난 커다란 창들과 발코니가 마음에 들었고 맨발에 닿는
대리석의 차가운 느낌이 좋았다. 이수는 주인 없는 이곳을 구석구석
탐사하기로 마음먹고 들뜬 기분으로 문을 열었다.

첫 번째로 들른 곳은 그의 침실. 모노톤의 정갈하다 못해 차가운
느낌을 주는 그의 방은 밤새 비워 있었는지 사람이 머문 흔적이 없었
다.

‘이 집에 들여놨을 땐 훔쳐봐도 된다는 의미겠지?

호기심 가득한 눈으로 옷장을 열어보니 고급 정장들이 빼곡하게
들어차 있었다. 근사한 모직 냄새와 잘 다려진 드레스셔츠에서 나는
냄새를 즐기며 여기저기 둘러보던 이수의 시선이 이번엔 서랍으로
향했다. 대부분 옷들과 속옷들뿐, 시선을 잡게 하는 것이 없자 이번
엔 서재로 향했다. 서재는 침실과 달리 그의 흔적이 꽤 남아 있었다.
담배는 피우지 않는지 책상은 깔끔했고 컴퓨터에 영어로 표기된 메
모와 서류들이 널려 있었다. 그리고 지난밤에 마셨을 언더락스 잔 몇

개가 놓여 있었다.

"뭐야, 재미있는 게 하나도 없잖아."

별다른 소득이 없어 아쉬운 얼굴로 서재를 나온 그녀에게 새로운 곳이 눈에 들어왔다. 서재 옆에 방. 다가가 손잡이를 돌려봤지만 잠겨서 돌아가지 않았다.

'뭐야, 비밀의 방인 거야?'

그녀는 거실과 서재, 침실을 오가며 열쇠가 있는지 찾아보았지만 나오는 게 아무것도 없자 김샌 얼굴을 했다.

"일부러 궁금하라고 잠가둔 게 아닐까. 사람 감질나게 하는군."

연신 투덜거리며 욕실로 향했다. 그러자 찜찜한 기분을 상쇄시켜줄 크고 널찍한 대리석 욕조가 그녀를 기다리고 있었다. 휘파람을 길게 불며 욕조 가장자리를 쓸어본 이수는 뜨거운 물을 틀고 서랍을 뒤져 거품 목욕제를 풀었다. 뜨거운 김과 함께 하얀 거품이 몽글몽글 올라오고, 은은한 재스민 향이 욕실에 가득 퍼지자 기분이 좋아졌다. 그녀는 널찍한 대리석 욕조에서 아주 오래 목욕을 즐기고는 빌라를 나왔다. 밝은 햇살이 머리 위로 가득 쏟아지는 오후의 한자락이었다.

"뭐야!"

"류이수!"

두 사람이 동시에 내지른 소리에 이수가 눈살을 찌푸리며 귀를 막았다.

"귀청 떨어지겠어."

"이 계집애가 미쳤어! 거기가 어디라고 들어가!"

윤숙이 금방이라도 폭발할 것 같은 얼굴로 소리쳤다.

"이 헛똑똑이야. 강인규라고 냉큼 들어가다니 정신이 있는 거야, 없는 거야!"

이번엔 원중이 말했다.

"어떤 사람인지도 모르면서. 나참, 너 그 인간이 정신병자나 변태면 어떻게 하려고 그래?"

"그 인간 보나마나 사기꾼이야. 당장 거기서 나와!"

두 사람의 잔소리에 이수가 벌떡 일어나 창가로 갔다. 정말 시끄럽네. 쇼핑이나 할 걸 괜히 여기에 왔어.

지금 그녀와 와 있는 곳은 원중의 아뜰리에. 오랜만에 같이 모여 수다나 떨려고 했더니 화살이 온통 자신에게만 쏟아지자 이수는 귀가 따가워 견딜 수가 없었다.

"윤숙아, 네가 좀 말려봐. 저 계집애 그냥 두면 큰일 치르겠어."

"오빠는, 쟤가 말린다고 들을 애야? 정말 두 눈 뜨고 못 봐주겠네."

"그래도 어떻게 하겠어. 첫사랑이랍시고 마음이 약해진 모양인데 네가 끌고 나와."

"이수 고집이 보통 고집이야? 성질머리는 더러워 가지고. 에잇, 나쁜 년."

자매처럼 아웅다웅하는 그들이 재미있어서 이수는 피식 웃고 말았다. 그녀는 그들 쪽으로 빙그르 돌아서서 밝은 어조로 말했다.

"이봐요, 아줌마들! 걱정 말아요. 내 몸은 내가 지킬 수 있다고요!"

"지키긴 뭘 지켜!"

동시에 소리치는 두 사람의 날카로운 시선을 보며 이수는 새초롬

한 표정을 지으며 소파에 앉았다.

"내가 그 강인규라는 사람을 만나봐야겠어. 이래 뵈도 사람 볼 줄 안단 말이야."

"볼 줄 알긴, 그래서 그 쥐며느리같이 생긴 자식한테 돈 뜯겼어?"

"쥐며느리? 우리 찰스를 욕되게 하지 마. 그는 아티스트야."

"아티스트 좋아하네. 시답지 않은 그림 그리는 화가 나부랭이더구만."

이 두 사람은 붙어 있기만 하면 서로 물어뜯지 못해 안달이다. 디자이너로서 꽤 입지를 다진 원중은 외모처럼 유머러스하고 천진난만한 사람이다. 귀여운 몽상가라고 해야 할까. 그래서 현실적인 윤숙과 만났다 하면 견원지간처럼 으르렁거리며 서로 잡아먹지 못해 안달이다. 그래도 오랫동안 친구로 지내는 걸 보면 서로 맞는 구석이 있긴 있을 텐데. 원중과 이수의 관계도 그랬다. 자수성가한 그는 환경이 비슷한 이수를 잘 이해했고 어떨 때는 오빠처럼, 혹은 친구처럼 마음을 털어놓는 관계가 되었다. 게이와 전 매춘부, 현직 포주라는 묘한 관계 구도긴 하지만 오히려 그런 특수성 때문에 더없이 죽이 잘 맞는 그들이었다.

"우리 찰스는 돈 바라고 접근한 게 아니야."

"그래, 어련하시겠어."

계속 티격태격하는 그들을 견디다 못한 이수가 백을 챙겨 들었다. 여기 계속 있다가는 고막이 떨어져 나가거나 덩달아 유치해질 거 같아서였다.

"나 그만 갈게."

그러자 싸움이 중단되고 걱정스런 눈빛이 날아왔다.

"이수가 다시 생각해 봐. 이 오빠는 네가 진심으로 걱정돼서 하는 소리야."

진심으로 걱정스럽다는 듯이 원중이 말하자 그녀는 다 안다는 듯이 어깨를 토닥여 주며 웃었다.

"정말 걱정 말래도. 정 아니다 싶으면 내 발로 걸어나올게. 그럼 간다."

뒤에서 뭐라고 소리쳤지만 이수는 그대로 아뜰리에를 내려와 바삐 돌아가는 거리로 뛰어들었다. 바삐 움직이는 사람들과 자동차. 그 중간에 선 자신은 목적없이 헤매는 바람 같은 존재였다.

'얼마 동안이나 이렇게 떠돌아다니게 될까. 나도 정착이란 걸 하고 살 수 있을까.'

그녀는 인사동 갤러리와 명품 백화점을 기웃거리며 많은 생각에 잠겼다. 다른 때와 별반 다르지 않은 일상인데 어딘가 이상하다. 어제와 마찬가지로 지루하게 흘러가는 인생인데 오늘따라 왜 이렇게 허전한 거지? 이수는 자신이 자꾸 시계를 들여다보고, 휴대폰을 확인하는 것을 보고 그를 의식한다는 것을 깨달았다. 채 하루도 지나지 않았는데 벌써부터 그 사람을 신경 쓰고 있다니. 갑자기 일상의 한 귀퉁이를 차지해 버린 그의 존재감 때문에 짜증이 일었다. 그 인간은 왜 갑자기 내 인생으로 뛰어들어 모든 것을 헤집어놓는 걸까. 과거는 그냥 과거 속에 묻어두면 안 되는 걸까. 꼭 이렇게 죄다 끄집어내 놓고 들여다보고 있어야 하는 건가. 주차장으로 걸어가던 이수가 씁쓸한 미소를 지었다. 벌써부터 그가 이렇게 의식되는 걸 보면 처음 목적과는 많이 벗어나게 될 것 같은 예감이 엄습했다.

그는 친절하게도 출발하면서 전화를 했다.

[사십 분 정도 후면 도착할 수 있을 거야.]

수화기를 내려놓은 이수는 어이없다는 표정을 지으며 허리에 손을 얹었다. 가스레인지에는 생태찌개가 끓고 있었고, 노릇노릇하게 구운 생선과 직접 무친 나물 몇 가지가 테이블에 가지런히 놓여 있었다.

"내가 왜 이 짓거리를 해야 하는 거야."

이수는 몇 번이나 찌개 냄비를 들었다 놨다 하고 생선과 나물을 쓰레기통에 처박고 싶은 욕구를 잠재우느라 심호흡을 해야 했다.

'이것들이 다 뭐야, 내가 왜 이렇게까지 해야 하는 거냐고!'

그녀는 질식할 것 같은 얼굴로 테이블을 노려보았다.

"하라는 놈이나 꾸역꾸역 만드는 년이나."

혀를 끌끌 차며 애꿎은 테이블 다리만 툭툭 걷어찼다. 더욱더 화가 나는 것은 할머니와 오빠가 좋아하는 메뉴로 고른 자신이다. 천장에 쥐들이 기어다니고 누렇게 바랜 벽지가 축축 늘어지는 허름한 집이었지만 세 식구가 모여 생태찌개를 끓여 먹을 때면 남부럽지 않게 행복했었다. 그 흐뭇한 웃음소리가 귀 언저리를 맴돌 때면 이수는 칼질을 하던 손을 멈추고 눈을 질끈 감았다. 아프다. 과거의 기억들이 심장을 저미고 소금을 뿌린 것처럼 아렸다. 그렇게 이러지도 저러지도 못하고 황망히 서 있는데 현관문이 열리고 그가 들어왔다.

"음, 냄새 좋은데."

별다른 대꾸 없이 수저와 젓가락을 놓는 이수를 물끄러미 바라보던 그가 욕실에서 손을 씻고 왔다. 이수는 그 앞에 밥그릇을 내던지다시피 내려놓고 달그덕거리며 의자를 끌어와 자리에 앉았다.

"가정부가 필요하면 진작 말하지 그랬어? 그랬으면 요리 잘하고 청소 잘하는 아줌마를 소개시켜 줬을 텐데."

"일하는 사람은 이틀에 한 번 꼴로 와. 그저 네가 차려준 밥을 먹고 싶었을 뿐이야."

묵묵히 대꾸한 그가 수저를 들더니 여전히 보글보글 끓고 있는 찌개 맛을 보았다. 표정을 보아하니 그럭저럭 괜찮은가 보다.

"하루 종일 심심했겠다. 뭐 하고 있었니?"

이 남자, 지금 뭐 하자는 거야! 이수는 대답없이 그를 노려보았다. 도대체 원하는 게 뭐길래 이렇게 나오는 걸까. 차라리 악담을 퍼부으며 손가락질을 한다면 받아내고 말겠는데 이렇게 다정하게 나오니 말문이 막혔다. 그녀가 아무 말이 없자 그가 고개를 들어 시선을 마주했다. 뻔뻔하게도 그는 희미하게 웃고 있었다.

"인상 좀 펴. 즐거운 저녁 시간이잖아."

인내심이 한계에 도달했다는 빨간 등이 켜지자 탁 소리가 나게 수저를 내려놓은 이수가 물었다.

"얼굴은 어떻게 된 거야."

"알다시피 사고 때문이야. 차마 못 볼 정도로 많이 망가졌지. 공포 영화에 나오는 그런 끔찍한 얼굴이었는데 현대 의학의 발달로 지금의 얼굴이 됐어. 꽤 많은 시간과 돈을 들인 결과지."

태연하게 젓가락질하는 그를 보며 이수의 얼굴이 점점 굳어져 갔다.

"그럼 그 가슴에 난 상처도 사고 때문이야?"

"그래. 병원에 실려갔을 땐 의사들도 기함할 만큼 만신창이었대. 어디 한 군데 멀쩡한 구석이 없었다는군. 십오 일 동안은 다들 죽을 거라고 했고 그 후 한 달은 잘해야 불구는 면할 거라고 말했었지. 하지만 지금은 이렇게 멀쩡히 살아 돌아다니고 있어."

"난 당신이 죽은 줄 알았어."

"그 독한 여자가 그렇게 말했다는군. 잔인하기도 하지, 간신히 숨이 붙어 있는 아들을 두고 그런 말을 하고 싶었을까. 지금 생각해 보면 정말 죽이고 싶었던 게 아닐까 생각해. 내가 눈을 떴을 때 꽤나 아쉬운 얼굴을 하고 있었거든."

이상하다. 왜 갑자기 그가 떠오를까. 냉소적인 말투가 그 사람과 상당히 닮아 있었다. 처음 목소리가 비슷했을 때는 형제간이니까 그러려니 생각했다. 그러나 이 말투는, 도저히 흉내 내기 힘든 그 사람의 말투다.

'설마, 아니겠지. 그럴 리가……'

그가 창백하게 경직되어 있는 이수를 빤히 보며 말했다.

"뭐 해, 먹지 않고?"

"음식 냄새 맡았더니 입맛이 없어. 나 먼저 일어날게."

도망치듯 주방을 나와 자신의 방으로 돌아온 이수는 갈비뼈를 부술 듯 쿵쾅대는 가슴을 감싸 쥐고 가쁜 숨을 몰아쉬었다. 그가 강인규라고 말했을 때와의 당혹감보다 훨씬 더 크고 육중한 뭔가가 머리를 강타했다. 초조한 듯 방 안을 서성이던 그녀는 잠겨 있는 방을 생각해 내고 걸음을 멈췄다. 그에 대한 해답이 그 방에 있을 것 같은 예감이 들었다.

"그래, 내일 그가 나가면 열어볼 거야. 분명 뭔가가 있을 거야. 뭔가가."

그녀는 긴 숨을 내쉬며 쓰러지듯 소파에 주저앉았다. 심장은 여전히 쿵쾅대고 온몸의 혈관들이 조여오기 시작했다.

다음날, 아침 일곱 시가 되자 거실을 어슬렁거리는 인기척이 났다. 그리고 십 분 후 현관을 나가는 소리가 들려왔다. 집 안에 정적이 감돌 무렵에야 방에서 나온 이수는 아무도 없음에도 불구하고 도둑고양이처럼 살금살금 걸어서 그의 침실에 들어갔다. 어제처럼 말끔하게 정리된 침실을 보니 그가 인간인지 의심스러워졌다. 흐트러짐 없는 침대는 그렇다 치고 제자리에 못 박힌 듯 있는 사물들과 손자국 하나 없는 방은 사람 손길이라곤 받아본 적이 없었던 것처럼 을씨년스러워 보였다. 이수는 마구 흐트러뜨리고 헤집어놓고 싶은 욕구를 간신히 잠재우고 다시 한 번 열쇠를 찾기 위해 머리를 굴리기 시작했다.

"생각을 해보자. 나라면 열쇠를 어디에 뒀을까."

어제 구석구석 못 찾았으니 새로운 곳을 생각해 찾아내야 한다. 어디에 있을까. 그라면 어디에 뒀을까. 이수는 침실과 거실을 오가며 있을 만한 곳을 다시 찾아보았지만 여전히 헛수고였다. 매트리스 밑, 서랍을 꺼내 밑바닥까지 훑고, 스탠드 속까지 들여다봤지만 망할 놈의 열쇠는 보이지 않았다. 사정은 서재도 마찬가지여서 짜증스런 얼굴로 의자에 주저앉은 이수가 불만스럽게 중얼거렸다.

"나참, 뭐 중요한 것을 숨겨놨기에 이리 찾기가 힘든 거야."

무심코 책장을 훑어보던 이수의 눈이 한 책에 가서 박혔다.

〈'열쇠' 다니자키 준이치로 지음.〉

열쇠? 자기도 모르게 일어나 책으로 손을 뻗은 이수가 조심스런 손길로 책장에서 책을 꺼냈다. 그러자 안에 있던 쇠붙이가 툭 하고 떨어졌다. 열쇠다. 살면서 수도 없이 보아왔던 평범한 열쇠. 어제 오늘 그토록 찾아헤맸던 것이 이렇게 허무하게 손에 들어오다니. 이수는 생전 처음으로 열쇠를 보는 것처럼 신기한 얼굴로 집어 들었다.

딸깍.

너무나 부드럽게 열리는 소리에 이수는 신음을 내뱉을 뻔했다. 이제 와서 불안해지는 건 무슨 조화일까. 도둑질이라도 하는 것처럼 가슴이 두근거렸다. 그녀는 숨을 크게 들이마시고 힘 주어 문을 열었다.

"아……."

방 안에 들어서면서 이수의 눈동자가 크게 벌어졌다. 그리고 짧은 감탄사가 입에서 흘러나왔다. 그녀의 눈에 비친 것은…… 인규의 방이었다.

이수가 한 치의 망설임도 없이 바로 단정 지은 것은 벽 한쪽에 걸려 있는 소년과 군복을 입고 하얀 이를 드러낸 남자의 사진 때문만은 아니었다. 그녀의 시선을 잡아끈 것은 지금은 이미 이 세상에 없는

류설아의 얼굴, 그리고 그 옆에서 장난꾸러기처럼 V 자를 그리고 있
는 인규의 모습 때문이었다. 배경은 벚꽃이 만발하던 도서관 옆 벤
치. 도망가려고 하는데 억지로 잡아다 사진을 찍게 만들었던, 그 후
에 까맣게 잊고 있던 그 사진. 사진 속 여자가 이마를 곱게 찡그리며
수줍은 듯 웃고 있었다. 삶이 얼마나 가혹한지 알기 전, 찬란했던 젊
음이 사각의 액자에 고스란히 담겨 있었다. 저 나이의 저들은 아름답
고 눈부셨는데, 지금은 삶의 모든 것이 변해 버렸다. 마치 타임머신
을 타고 과거로 돌아간 것만 같았다. 책장엔 전공서적들과 철학, 역
사에 관한 책이 꽂혀 있었고 옆 메모판에 자잘한 메모지가 붙어 있었
다. 모든 것이 작은 메모판 안에 다 있었다. 과 시간표, 친구들 전화
번호, 사보아야 할 책과 약속, 바뀐 과사무실 전화번호, 하경의 입원
실 호수를 적은 메모까지 모두 다 있었다.

'맙소사, 이런 걸 아직까지 가지고 있다니.'

그의 단정한 글씨체를 보고 이수는 말라 버린 식물처럼 그대로 그
바닥에 주저앉아 버렸다. 일말의 기대가 절망으로 무너지고 다시 죄
책감으로 변했다. 힘들게 살아온 사람에게 미안한 마음을 갖기는커
녕 기대했던 사람이 아니라고 실망하는 자신이 세상에 둘도 없이 나
쁜 사람처럼 느껴졌다. 자신의 흔적을 고스란히 간직한 채 나타난 남
자. 작은 메모지 한 장 버리지 못할 정도로 지난 삶에 애착이 있었다
는 것은 그만큼 자신을 미워한다는 이야기다. 이수는 다시 한 번 그
의 분노와 절망이 느껴져 가슴이 먹먹했다. 죄책감과 실망. 자꾸만
한쪽으로 기우는 감정과 그것을 탓하는 자신 속에서 방황하던 이수
는 얼마 못 가 지쳐 버리고 말았다. 그들이 살아 있을 때도 그렇게 갈
등하더니 지금에 와서도 이렇게 방황하는 자신이 한심했다. 그나마

인규가 살아와서 다행이라고 해야 하나. 그러나 죄책감은 조금도 덜어지지 않았다. 오히려 주체할 수 없는 아픔이 가슴을 짓눌렀고 콜타르처럼 검고 묽은 수렁 속으로 빠져드는 기분이었다.

전화벨 소리가 무덤처럼 고요한 실내에 울렸다. 벌써 네 번째던가. 아니, 다섯 번째던가. 떠지지 않는 눈꺼풀을 간신히 치켜뜨고 몸을 일으켰지만 그 이상은 몸이 움직이지 않았다. 마치 거대한 추를 몸에 묶어놓은 것처럼 한없이 밑으로 가라앉는 것만 같다. 몸을 일으키려던 이수는 극심한 오한과 함께 손가락 하나 까딱할 기운이 없어 다시 누워버렸다. 남극대륙 한가운데에 발가벗은 채로 누워 있는 것처럼 춥다.

반나절이 흐른 후에 간신히 인규의 방을 기어나와 침실로 돌아올 때까진 이렇게 아프지 않았다. 문제는 침대에 눕고 나서부터였다. 오한에 나고 이가 딱딱 부딪쳤다. 배를 탄 것처럼 속이 울렁거렸고 헛구역질이 나왔다. 이러다 죽겠다 싶을 정도로 몸이 아프자 그녀는 일어나 누구에게라도 전화를 걸고 싶었다. 그러나 몸이 말을 듣지 않았다. 무거운 몸은 시간이 흐를수록 더 깊이 침대 속으로 가라앉는 듯했다. 그 사이에 유난히 고막을 자극하는 전화벨은 미친 듯이 울어댔고, 이수는 긴 신음을 흘렸다.

"젠장. 왜 자꾸 전화하는 거야."

기운없이 중얼거리며 시트 속으로 깊이 파고들었다. 잠이라도 푹 자고 싶은데 추워서 제대로 된 잠을 이룰 수가 없었다. 그나마 간신히 잠이 들을 무렵이면, 끊임없이 악몽 속에서 허우적거려야 했다.

악몽엔 언제나 과거에 잠자리한 남자들이 나온다. 기름이 흐르는 얼굴로 끈적끈적하게 웃어대는 남자들. 그들의 탄력없는 피부 감촉과 입 냄새, 지분거리는 손길이 끔찍하게 싫은데 꿈속의 여자는 생글생글 웃기만 한다. 그들의 긴 손가락이 얼굴과 가슴을 만지고 스커트 자락으로 손을 집어넣는데도 웃는다. 한 가지 표정밖에 지을 줄 모르는 인형처럼 똑같은 미소, 똑같은 신음, 꾸며낸 절정. 그렇게 지극히 동물적이고 탐욕으로 점철된 순간이 지나고 나면 그들은 시장 물건처럼 값을 치르고 등을 돌린다. 그 후 남는 건 지독한 허무와 모멸감, 그들이 남기고 간 역겨운 흔적들뿐이다.

여자는 몸 안에서 쿨럭쿨럭 흘러나오는 우윳빛 정액을 씻어내며 멍한 얼굴을 한다. 역겨운 현실이 치가 떨릴 정도로 싫은데도 벗어나지 않는 것은 자신에게 하는 학대였다. 한 여자 때문에 죽지 않아야 할 사람들이 죽었다. 류설아라는 여자 하나 때문에. 그랬기에 여자는 두 남자를 보내고 많은 남자들 앞에서 옷을 벗었다. 그리고 그들을 향해 다리를 벌리고 남자들의 성기를 자신 속에 집어넣었다. 그리고 끝없는 형벌이 시작된다. 끝을 모르는 긴 악몽. 그 악몽에는 그녀가 잔 남자들만이 있는 건 아니다. 가끔씩은 죽어가는 하경도 나온다. 간신히 사정해서 머물게 된 골방에서 그가 천천히 죽어가고 있다. 움푹 들어간 눈, 뼈가 훤히 드러난 몸뚱어리. 죽어가는 하경의 모습은 너무나 처참하고 가슴이 터질 듯이 아프다.

『후, 후회할 짓은 하지 마. 이, 이제는 해, 행복해져야 하잖아.』

현실과 너무나 동떨어진 그의 유언을 되새기며 여자는 울었다.

어떻게 행복하기를 꿈꾸겠는가. 창녀 주제에 행복하기를 꿈꾼다는 것은 뻔뻔스럽고 파렴치한 거라고 사람들은 말한다. 순결한 몸을 더럽힌 여자는 죽어 마땅하고, 그런 불결한 몸으로는 절대 행복해질 수 없단다. 화냥년, 매춘부, 갈보. 광장 한복판에 세워두고 돌팔매질을 해 죽여 마땅한 것들. 그런 도덕의 잣대가 그녀를 찍어 누르고 위협했다.

어쩌면 맞는 말일 것이다. 소중한 자신의 몸을 돈에 팔아 남긴다는 것은 벌받아 마땅한 일이지. 그러나 그것이 한 여자의 인생을 파멸로 몰고 가야 할 정도로 끔찍한 죄목일까. 그런 여자들은 불행해야 마땅한 걸까. 그보다 더 끔찍하고 나쁜 범죄를 저지른 인간들도 하늘 아래 떳떳이 살아가는데 왜 유독 몸을 판 여자들은 지옥의 밑바닥을 헤매야 하는 것일까.

아무리 묻고 또 물어도 답은 없었다. 누군가가 면죄부를 준다고 해도 이젠 아무런 쓸모가 없다. 이제 그녀는 행복해지는 법을 잊어버렸으니까.

『영원히 불행할 거야. 죽을 때까지.』

여전히 꿈속에서 깊이 침잠해 있는 이수가 작게 흐느꼈다. 바로 그때 누군가가 몸을 거칠게 흔들어댔다.

"괜찮아? 눈을 떠봐!"

다급한 남자의 목소리가 들렸다. 익숙한 목소리. 이수는 파르르 떨리는 눈꺼풀을 간신히 밀어 올리니 남자의 얼굴을 보았다.

그 사람이다. 미치도록 그리웠던 얼굴. 그러나 떠올리지 않으려 안간힘을 썼던 그 얼굴. 기억 속에 또렷이 박혀 있는 주녕의 얼굴을 다시 보자 애써 눌러놓았던 그리움과 아픔들이 일제히 쏟아져 나왔다.

"세상에, 이렇게 아프면 연락을 했어야지."

다급한 그의 말을 들으며 하얗게 부르튼 이수의 입술이 살짝 벌어졌다.

"아, 안 죽었으면서, 왜 이제야……."

작은 흐느낌이 흘러나왔다. 반가움보다는 깊은 서러움이었다. 그의 죽음에 대해 끝내 믿을 수 없었다. 며칠 전까지 살아 있던 사람을 죽었다는 이유로 영원히 볼 수 없던 현실을 인정할 수 없었고, 그의 죽음이 자신 때문이라는 사실에 매일매일 낯설고 고통스러웠다. 달이 가고 해가 바뀌는 동안 그의 쓸쓸한 등과 눈빛이 내내 가슴을 할퀴었고, 차에 있던 검붉은 핏자국이 눈앞에 아른거려 살점을 도려내는 고통을 느껴야만 했다. 그렇게 아파하게 만들어놓고 이제야 돌아오다니. 지금 이 모습이 꿈일까. 꿈이라면 삶은 정녕 잔인한 것이다.

"일어나. 병원에 가자."

이수는 흐려졌다가 다시 선명해지는 그의 얼굴을 보며 어떻게든 말하려 애썼다.

"할 말이 많은데…… 정말 하고 싶은 말이 많았는데……."

그가 정말 주녕인지 손으로 직접 확인해 보고 싶다. 그러나 손가락 하나 들어 올리지 못하고 축 늘어져 있는 자신이 원망스러웠다.

"이봐, 정신 차려. 일어날 수 있겠어?"

그가 침대 시트 속으로 손을 넣어 번쩍 안아 올렸다. 이수는 시트가 벗겨지자 견딜 수 없는 추위를 느끼며 그의 더운 가슴에 기댔다. 순간, 남자에게서만 맡을 수 있는 체취가 풍겨오자 그녀는 진심으로 안도했다. 꿈이 아니다. 살아 있다. 주녕이 죽지 않고 살아 있었던 것이다.

"그렇게 보내는 게 아니었는데……. 보고 싶었어. 많이 보고 싶었어."

이수는 그의 품속으로 파고들며 목을 끌어안았다.

"이제는 가지 마. 가지 않겠다고 약속해."

그가 생명줄이라도 되는 듯 필사적으로 매달렸다. 셔츠를 움켜쥔 손에 힘을 주고 옷깃에 볼을 갖다 댔다. 그러나 여전히 불안했다. 어느 순간 바람처럼 사라질까 봐, 거품처럼 흔적없이 녹아버릴까 봐 무서웠다. 영원히 놓지 않을 거야. 다신 보내지 않아. 그녀는 속으로 끊임없이 중얼거렸다. 그러나 간절한 바람과 달리 점점 의식이 어둠 속에 묻히기 시작했다. 싫은데, 그리웠던 사람을 계속 보고 싶은데, 야속한 어둠이 그녀를 삼키기 시작했다.

"이젠 내 옆에 있을 거지? 가지 마. 제발……."

그 말을 끝으로 이수는 그의 품에서 축 늘어져 버렸다. 여전히 그의 옷깃을 움켜쥔 채로.

"너란 아이는 여전하구나. 시간이 흘러도 여전해."

거칠게 차를 출발시키면서 칼은 신경질적으로 중얼거렸다. 간절한 애원이 귓가에 맴돌자 그는 어금니를 질끈 깨물고 옆에 있는 이수를 노려보았다.

'그래, 오랜만의 해후 때문에 이렇게 아픈 거니? 빨리 열 거라고 생각했지만 이렇게 아플 줄은 몰랐구나. 겉보기엔 강해진 것 같지만 넌 여전히 약해. 여전히 그놈을 사랑하고…… 여전히 나는…….'

칼은 쓸쓸하게 웃었다. 열에 달뜬 얼굴로 가쁜 숨을 몰아쉬고 있는 그녀를 옆에 두고 병원으로 달려가는 자신에게 보내는 조소다. 미워했는데, 정말 죽도록 미워했는데 아파서 신음하는 그녀를 보니 심장이 내려앉았다.

"가지 마…… 제발."

고열로 신음하는 그녀의 말에 칼은 핸들을 움켜쥐며 미친 듯이 내달렸다. 고통으로 잔뜩 일그러진 얼굴. 평상시에는 좀처럼 흥분을 하지 않는 그였지만 지금 이 순간만큼은 냉철해질 수 없었다.

'도대체 이게 무슨 짓이야. 이래서 얻어지는 뭐냐고!!'

미친 듯이 도로를 질주하면서 자신에게 물어보았지만 몇 년째 같은 답만 나올 뿐이었다.

이러지 않으면 살 수 없으니까. 끝장을 보지 않으면 영원히 네게 묶여 있을 것 같으니까.

끔찍이도 집착하는 자신이 혐오스럽지만 아무리 시간이 흘러도 그녀의 그늘에서 헤어나올 수가 없었다. 밤늦게까지 야근을 할 때나 혼자 술을 마실 때, 비 오는 밤이면 설아가 떠올랐다. 그 눈빛이, 표정이, 숨 막힐 듯한 나신이, 몸에 와 닿던 부드러운 체온과 감촉이 이미 아문 갈비뼈를 부수고 심장 속으로 파고들어 왔다.

속물로 변해 있을 거라고 생각했다. 방탕하고 타락한 생활에 추하게 변해 있을 거라고 생각했다. 그러나 그녀에겐 여전히 설아가 남아 있었다. 선명한 눈빛도, 가슴 설레게 하는 표정도, 여전히 남아 심장을 헤집어놓고 더욱더 아프게 했다.

'그때도 넌 인규만을 찾았지. 그 애가 어떻게 될까 봐 사색이 돼서 떨었잖아. 그때도, 지금도 네 눈에는 한 사람만 보이는가 보구나. 내가 아닌 다른 사람만 눈에 들어오는가 보구나.'

칼은 열에 들떠 의식이 없는 그녀를 향해 지난 세월 동안 수없이 되풀이한 질문을 하고 싶었다.

'왜 그 자식만 찾는 거야. 난! 널 위해 모든 것을 걸었던 나는 왜 찾지 않는 거야! 거지처럼 네 미소와 사랑을 구걸한 나는 왜 버려진 거야! 그렇게 그 자식을 사랑했니? 자신마저 내던질 만큼 사랑했어? 다른 놈들에게 몸뚱어리를 팔 만큼 내가 끔찍했던 거야?

사랑받지 못했기 때문에 더 포기하지 못한 것이리라. 갖지 못했기 때문에 더욱더 잊지 못한 것이리라. 불행한 삶이 전부 그녀의 책임인 양 돌려 버리고 나면 포기가 될까. 기형적으로 뒤틀려 버린 것이 그녀의 탓인 양 뒤집어씌우면 잊을 수 있을까. 칼은 벼랑으로 이어지는 고속도로를 전속력으로 내달리고 있는 기분이었다.

파멸인 줄 알면서도 손을 뗄 수 없고, 지옥인 줄 알면서도 발을 들여놓을 수밖에 없다. 나는 늘 너와 묶인 운명의 실을 잘라 버리려 몸부림을 친다. 그럴수록 나를 옭죄는 실타래. 어떻게 하면 널 내 삶에서 내칠 수가 있을까. 널 죽여 버리면 벗어날 수 있을까?

가까운 병원에 도착해 그녀를 안고 응급실로 뛰어가면서 칼은 익숙한 소독제 냄새에 자신도 모르게 몸서리를 쳤다. 아주 오랜 시간 병원에 입원해 있었다. 끔찍하게 고통스럽고 외롭던 병원 생활. 이수를 응급실 침대에 눕히면서 그는 과거의 김주녕을 떠올렸다. 외로이 병실에 누워 그녀가 와주길 기다리던 주녕을…….

누군가가 무엇을 깨뜨렸는지 불평과 함께 주워 담는 소리가 들렸다. 규칙적으로 되풀이되는 기계음. 몸을 쥐어짜는 신음 소리와 아프다며 칭얼거리는 아이의 울먹임이 귓속을 파고든다. 이수는 신경을 거슬리게 하는 소음들에 차츰 의식을 깨어 나갔다. 특유의 소독제 냄새 때문에 굳이 눈을 뜨지 않아도 병원이라는 것을 알아차릴 수 있었다. 내가 왜 병원에 있는 거지? 그녀는 열이 남아 있는 이마를 짚으며 기억을 더듬어 나갔다. 그러다 인규의 방이 떠올랐고 침대, 전화벨, 그리고 그의 얼굴이 차례로 생각이 났다.

가지 말라는, 너무나 간절했던 자신의 목소리와 주녕의 얼굴이 떠오르자 이수는 황급히 눈을 떴다. 제일 먼저 눈에 들어온 것은 반쯤 비워진 링거 병과 줄무늬가 있는 흰 커튼. 그녀는 정신없이 주위를 두리번거리며 주녕을 찾았다.

'설마 꿈은 아니겠지? 그렇게 생생한 모습이 꿈일 리 없어.'

주녕의 모습이 안 보이자 초조해진 이수는 링거를 꽂은 채로 침대에서 내려섰다. 그때 옆으로 드리워진 커튼으로 사람의 실루엣이 보이는가 싶더니 윤숙이 들어왔다.

"이제 괜찮아? 움직일 수 있겠어?"

바라던 사람이 아니었기에 실망했지만 이수는 포기할 수 없었다.

"언니, 그 사람! 그 사람이 나 데려왔지? 언니도 봤어?"

"아! 네 동거인? 아주 거만함이 주르르 흐르더만. 고개만 까딱하고는 가버렸어."

순간, 가슴 한 켠이 내려앉았다. 말도 안 돼! 꿈일 리 없어! 속에서 미친 듯이 비명을 질러댔다. 마구 화를 내고 목 놓아 울고 싶은데 입 밖으로 새어 나온 것은 체념 섞인 중얼거림이었다.

"그, 그랬구나."

이수는 침대에 주저앉으며 고개를 푹 숙였다. 파헤쳐진 상처에서 피고름이 흘러나오고 동시에 눈물이 고이기 시작했다.

'그래, 죽은 사람이 살아 돌아올 리가 없잖아. 무덤까지 가서 확인했었는데.'

울지 않으려고 필사적으로 눈을 깜빡이는 이수에게다 대고 윤숙이 퉁명스럽게 말했다.

"그러게 내가 그 따위 곳에 들어가지 말라고 했잖니. 괜히 갔다가 이런 사단이 난 거 아냐."

또다시 기나긴 잔소리가 시작되려 하자 이수는 그만 하라는 손짓을 했다. 제발, 안 그래도 죽을 거 같으니까 제발 참아줘. 금방이라도 죽을 것처럼 지친 얼굴로 침대에 눕는 그녀를 보며 윤숙도 입을 다물었다. 긴 침묵이 흐르고 링거 액이 얼마 안 남았을 무렵, 이수가 말했다.

"언니, 간호사 좀 불러줘. 나가고 싶어."

"그래도 맞던 건 다 맞고 나가야지."

"답답해. 그리고 배고파."

"암튼 가지 가지 한다."

간호사를 불러 링거 바늘을 빼고 병원에서 나왔을 즘엔 막 아침이 밝아오고 있었다. 푸르스름하게 밝아오는 새벽 거리. 잠에서 깨기 시작한 도시의 푸른 정맥이 유난히 투명하고 정지된 것처럼 보이는 순간이었다. 그러나 그렇게 좋아하는 새벽의 푸른빛을 보지 못하고 보조석에 축 늘어져 버린 이수는 어지러운 듯 미간을 찡그리며 눈을 감고 있었다. 정지된 사물처럼 보이는 이수. 숨을 쉬느라 느리게 오르내리는 어깨만이 살아 있는 사람이란 걸 알려주었다.

거리를 달려 불이 환히 켜져 있는 설렁탕집에 들어섰다. 그곳은 새벽까지 술을 마시고 해장을 하려는 사람들과 아침을 하기 위해 들른 직장인들로 식당은 제법 들어차 있었다. 취기가 적당히 오른 몇몇은 신문과 TV를 보며 한바탕 떠들어대고, 몇 명은 막 문에 들어선 이수와 윤숙을 호기심 어린 시선으로 쳐다보았다. 반갑지 않은 시선과 소음에 불편함을 느낀 윤숙은 홀과 조금 떨어진 내실로 찾아 들어갔다. 자리를 잡고 주문을 받은 직원이 나가자 이수가 기운없는 표정을 지으며 그대로 누워버렸다. 바닥에 등을 붙이고 누운 이수가 맞은편에 앉은 윤숙을 보며 말했다.

"언니."

"왜."

말라 버린 풀포기처럼 건조한 목소리. 이수의 목소리는 황량하고 쓸쓸한 겨울 들판을 생각나게 했다.

"그 사람, 진짜 강인규인가 봐."

"……."

딱히 할 말을 찾지 못한 윤숙은 그 말을 끝으로 입을 다물었다. 잠시 침묵이 흐르고 이수는 차분히 눈을 감았다가 다시 떴다. 속눈썹 아래 진 그늘이 무척이나 쓸쓸하다.

"언니."

"그래, 말해 봐."

"내가 어떻게 해줘야 그 사람 마음이 풀릴까?"

"뭐?"

이수는 천장에 있는 할로겐램프를 보며 씁쓸하게 말했다.

"내가 죽어주면 그 사람이 마음이 풀릴까?"

"야! 류이수!!"

눈이 세모꼴로 변한 윤숙이 흥분에 엉덩이까지 들썩이며 주먹을 내질렀다. 그러나 이수는 미소만 머금을 뿐, 여전히 멍한 눈으로 천장을 응시했다.

"그래도 그 사람 마음은 풀리지 않을 거야. 칠 년이나 지나도 삭이지 못하고 여기까지 왔으니까. 복수는 상대방을 향한 증오 때문이기도 하지만 무기력한 자신을 향한 분풀이기도 해. 그렇기 때문에 자기가 죽기 전까진 끝낼 수 없어."

"……."

"나 그 사람이 죽으라면 죽을 수도 있어. 이따위 세상에 미련 같은 거 없으니까. 그런데 말이지."

잠깐 말을 멈춘 그녀가 몸을 일으켜 윤숙을 쳐다보았다. 금방이라도 땅에 꺼져 버릴 것처럼 초췌하고 핏기 없는 얼굴. 윤숙은 안타까움에 가슴이 저릿저릿했다.

"언니, 나도 행복해지고 싶어. 한 번쯤은 이게 사람 사는 거구나, 느껴보고 싶어. 그게 그렇게 힘든 걸까? 오빠, 할머니, 그 사람까지 잡아먹고 행복해지고 싶다고 말하는 내가 뻔뻔하다는 건 알지만…… 그래도 한 번쯤은 행복해지고 싶어."

"이년이 정말……."

당황한 나머지 할 말을 찾지 못한 윤숙이 말꼬리를 길게 늘어뜨렸다. 가슴에 꾹꾹 눌러 담는 것보다야 낫지만 이 정도 수위까지 온 것은 위험하다. 이수가 내뱉은 이 말들은 일종의 위험신호였다. 옛날에도 한 번 이런 질문을 한 적이 있었는데 다음날 위스키에 신경 안정제를 왕창 털어 넣고 죽기 직전까지 갔었다.

"그걸 말이라고 하냐. 넌 행복해야 해! 다른 사람은 몰라도 넌 그럴 자격 있어!"

윤숙은 너무나 당연한 것처럼 아주 큰 목소리로 강조를 했다.

"그렇지? 나 이제 자격있는 거지?"

이수의 눈에 눈물이 그렁그렁 맺혔다. 그녀가 눈을 통해 많은 말을 하고 있었다.

이제 숨 좀 쉬게 해달라고. 이젠 희망을 가져도 되지 않느냐고. 고통스럽게 살아온 사람일수록 애착은 더욱더 깊은 법이다. 이수는 필사적으로 삶에 매달리며 애원하고 있었다.

무겁게 가라앉은 침묵을 깨고 드르륵 문 여는 소리가 나더니 직원이 김이 모락모락 나는 설렁탕 두 그릇을 가져왔다. 몹시 기다렸다는 듯 몸을 일으켜 상 앞에 앉은 이수가 밥 한 공기를 말아 크게 한 수저를 떴다. 몹시 시장했던 사람처럼 눈까지 반짝반짝 빛내면서.

"생각해 보니까 이틀 만에 먹는 밥이야. 아픈 게 배가 고파서 아팠나 봐."

억지로 쾌활한 미소를 지은 그녀가 국물이 뚝뚝 떨어지는 수저를 입속에 밀어 넣고 제대로 씹지도 않은 채 그냥 삼켰다. 뜨거운데도, 목이 메는데도 이수는 걸신들린 사람마냥 푹푹 퍼먹었다. 맛있어서 먹는 것도, 배고파서 먹는 것도 아니다. 살기 위해서, 죽지 않고 살기 위해서 먹는 밥이었다.

'살아야지. 살려면 먹어야지. 그 사람한테 보여줄 거야. 나도 그렇게 쉬운 인생만은 아니었다고, 그 사람만큼이나 힘들었다고 말해 줄 거야.'

정신없이 퍼먹던 이수는 한참이 지나서야 자신이 울고 있다는 걸 깨달았다.

삶이 이렇다. 내내 방어태세를 갖추다 잠시 방심하고 있는 사이, 어이없이 뒤통수를 맞는다. 눈물 한 방울이라도 흘리면 큰일이라도 나는 것처럼 독하게 굴다가 어이없는 곳에서 허물어진 이수는 설렁탕 그릇을 앞에 두고 굵은 눈물을 뚝뚝 흘렸다.

들어가지 말라는 간곡한 만류에도 불구하고 빌라에 돌아오니 밤새 식물들이 뿜어낸 공기가 이수를 맞았다. 의례히 집에서 맡아지는 냄새 대신 화분의 축축한 흙냄새와 나무와 풀, 간간이 섞여 있는 꽃향내가 집이 아니라 온실에 들어온 착각이 들게 했다. 혹시 유령이랑 사는 건 아닐까. 사람의 체취가 스며 있지 않은 집이 낯설어서 걸음을 내딛는 것이 망설여졌다.

이수는 무겁게 가라앉은 적막을 자신의 발걸음 소리로 흐트러뜨리며 거실을 가로지르다 잠긴 방 앞에서 잠시 멈춰 섰다. 왠지 문이 벌컥 열고 인규가 튀어나올 것 같아 가슴이 조마조마하다. 그녀는 문 앞에서 한참을 멍하니 섰다가 축 처진 어깨로 자신의 방에 돌아왔다. 폭신한 침대를 보니 그제야 긴장이 풀리고 안도가 밀려왔다. 대충 옷을 벗고 누우니 약 기운 때문에 몸이 노곤하기 시작했다. 미국에서 온 메일은 없는지, 휴대폰에 부재중 전화를 확인하고 싶지만 몸이 젖은 솜처럼 축 늘어져서 만사가 귀찮아져 그대로 눈을 잠을 청했다. 그렇게 아득한 잠 속으로 빠져드려는 순간, 여전히 귀에 거슬리는 구식 전화벨이 발작을 하듯 울어댔다.

"아…… 젠장."

그녀는 거의 사정조로 전화기를 노려보았다. 몇 걸음 안 되는 거리지만 침대에서 내려오기 싫어 무시하려다 결국엔 억지로 몸을 일으켜서 수화기를 집어 들었다. 곧 이어 묵직한 그의 음성이 들려왔고 동시에 이수는 얼굴을 찡그렸다.

[병원에 전화했더니 나갔다고 하더군.]

그의 묵직한 목소리를 듣는 순간 이수는 속으로 깊은 한숨을 내쉬었다.

이 목소리의 주인공은 진짜 강인규란 말이지. 죽은 줄 알았던, 다시는 못 볼 줄 알았던 사람. 이수는 그의 존재에 대해 뼈아픈 실감을 하며 눈을 질끈 감았다. 그 침묵이 걱정스러웠는지 그의 질문은 계속됐다.

[몸은 괜찮은 거야?]

"……."

'괜찮지 않기를 바라지? 본인이 아팠던 만큼, 아니, 그보다 더 아프길 바라지? 자신이 상처 입은 만큼 내가 상처 입었을 거란 생각은 안 해봤어? 이제 와서 이러는 이유가 뭐야? 이렇게 해서 얻어지는 게 뭐냐고!'

이수는 머리를 감싸 쥐고 맘껏 비명을 지르고 싶었다. 그러나 수화기 너머로 들려오는 작은 소음들이 현실 감각을 불러내었다.

"바쁜가 봐."

[잠시 후에 회의가 있어서. 오늘 일이 많아서 늦게 들어갈 거야. 필요한 거 있으면 말해. 기사 편에 보내줄 테니까.]

"그런 거 없어. 그리고 기다리는 사람 없으니까 일일이 보고할 필요 없어."

자신이 듣기에도 싸늘한 말투였다. 무슨 생각을 하는지 그의 긴 침묵이 이어졌고 이수의 긴 사념도 꼬리에 꼬리를 물고 이어졌다. 그 질식할 듯한 생각들의 고리를 끊고 싶어 이수가 먼저 입을 열었다.

"할 말 없으면 전화 끊을게."

뚝.

싸늘하게 전화를 끊은 이수가 침대를 향해 가다 전화기를 돌아보았다. 그의 침묵이 자꾸만 수화기를 쳐다보게 만들었다. 어쩌면 진심으로 걱정해 줬을지도 모르는데 너무 차갑게 대한 건 아닐까. 생각이 거기까지 미치자 이수는 마구 고개를 흔들었다. 그럴 리가 없잖아. 날 죽일 듯이 미워하는 사람인데. 자자! 더 이상 생각 못하도록 자야 해! 이수는 침대 속으로 파고들며 필사적으로 잠을 청했다.

칼은 수화기를 든 채, 석고상처럼 서 있었다.

'그래, 이 세상 어디에서도 날 기다려 주는 사람은 없었지. 이제와 새삼스러울 것도 없어.'

익히 알고 있는 사실인데, 오히려 그 점이 그를 바람처럼 가볍게 만들어주었는데, 막상 그녀의 입을 통해 들으니 착잡했다. 그렇게 미워하면서도 한 번쯤은 따뜻하게 대해주길 바라는 걸까.

"부사장님."

전화기를 물끄러미 내려다보고 있던 칼은 자신을 부르는 목소리에 정신을 차리고 뒤돌아 섰다.

"회의 시간 됐는데요."

임시비서의 말에 그는 담담히 고개를 끄덕였고, 옆방에 있는 마련된 회의실로 자리를 옮겼다. 그곳엔 일에 있어선 깐깐하고 철두철미한 그로 인해 아침 일찍 회의장으로 불려 나온 남자들이 앉아 있었다. 이 인원 중 일부는 자신이 미국에서부터 인솔해 온 사람이고 나머진 제휴 업체 간부들이었다. 그들은 며칠 동안 누적된 피로로 잔뜩 지쳐 보였는데 한 점 흐트러짐없이 완벽한 모습을 한 칼과 사뭇 비교가 되었다. 칼은 좌중을 압도하는 차가운 분위기로 아침 인사를 건넸다.

"그럼 시작할까요?"

칼은 회의 탁자에 놓인 서류를 뒤적이며 밤새 수없이 연습하고 자료를 암기했을 프레젠터를 응시했다.

이번 프레젠테이션 내용은 SP-3 해상 초계기에 대한 국내외 마케팅이었다. 초계기는 공중을 비행하면서 경계 정찰 임무를 수행하고, 적을 발견하면 공격도 수행하는 군용항공기로써 이번에 한국 항공과 해외 사업 개척을 위한 협력 합의서를 체결했다. 협약에 따라 T&I사는 한국 항공에게 SP-3기 개량사업과 관련된 모든 핵심 기술을 이전하고 한국 항공은 T&I사와 공동으로 SP-3 수명연장 및 성능개량 작업을 국내에서 수행은 물론, 해외물량 작업에도 참여하게 된다. 이 모든 사업을 진두지휘해 온 칼은 비교적 성공적인 결과를 앞에 두고도 별다른 감흥을 느끼지 못했다.

그저 해야만 하는 일을 한 거고, 당연히 이루어져야 할 것을 이뤘을 뿐이다. 그에게 비즈니스는 세상과의 험난한 싸움과도 같았고 이번 성공이 다음 성공을 장담해 줄 수 없기에 쉽게 들뜨거나 흥분하지 않았다. 그저 치열한 삶의 일부분일 뿐. 그의 인생은 항상 한 치 앞을 내다볼 수 없을 정도로 흘러갔다. 설아를 만난 것이 그 시작이었고, 그 후부터는 많은 사건들이 인생의 물길을 엉뚱한 곳으로 돌려놓곤 했다. 사고, 치료를 겸한 미국 유학. 그러다 우연히 지금의 장인 스티브의 눈에 띄여 T&I에 입사했고 곧 리사와 결혼했다. 칼은 오너의 사위, 출세에 눈이 먼 동양인이라는 타이틀을 벗기 위해 미친 듯이 일하면서 여기까지 왔다. 미래에 대한 계획없이 닥치는 대로 돈이나 긁어모으던 인간이 세계 각국에 무기와 군용기를 팔아먹는 회사에서 일하고 있을 줄 누가 알았을까. 그것도 전혀 다른 얼굴로. 칼은 지난 삶을 떠올리며 쓰디쓴 미소를 지었다.

조심스럽게 문 여는 소리가 들렸다. 하루 종일 침대에 누워 있었던 이수는 고개를 돌려 문 쪽을 쳐다보았다. 그곳엔 감색 스트라이프 정장을 입은 그가 우두커니 서 있었다. 약간 피로에 절어 있는 얼굴과 희미한 술 냄새. 칼이 비로소 사람 같아 보이는 순간이었다.

"얼굴이 한결 나아 보이는군."

칼은 딱딱하게 선 채로 말했다.

"뭐, 죽을 정도까지는 아니었으니까."

어깨를 으쓱한 그녀가 더 볼일이 있냐는 얼굴로 쳐다보자 그는 나가는 대신 한 발짝 안으로 들어섰다.

"의사가 몸이 많이 쇠약해져 있다고 했어."

"내 몸은 내가 건사할 수 있어. 그러니 괜히 걱정하는 척하지 마."

어느 틈에 익숙해져 버린 삐딱한 말투. 병원에 데려가 줘서 고맙다는 말 한마디가 어려운 것도 아닌데 차마 입이 떨어지지 않았다. 과거에는 한때나마 사랑했던 사람, 그러나 이제는 너무나 동떨어지게 느껴지는 타인. 가까운 거리를 두고 바라보는데도 영원히 닿지 않을 것처럼 멀게 느껴졌다.

'나 이제 당신이 진짜 강인규라는 걸 알아. 그런데 살아 돌아와 줘서 고맙다고는 말 못하겠어. 난 그런 말 할 자격조차 없는 사람이잖아. 나 같은 여자, 복수할 가치조차 없는 사람인데 왜 여기까지 왔어. 그냥 저주나 퍼부어주고 말지 왜 온 거야. 내가 아직도 용서가 안 돼?'

이수는 목이 메는 걸 간신히 참으며 태연한 척 보이려 애썼다. 그가 휘두르는 칼에 멀쩡한 얼굴을 할 수 있을지 자신이 없었다. 하지만 그가 원하는 게 이런 류의 게임이라면 최선을 다해 응해주는 것이 자신이 할 수 있는 전부였다. 결국 지게 되겠지만, 상처받은 채로 끝나게 되겠지만 그래서 그의 마음이 조금이나 가벼워진다면 기꺼이 응할 생각이었다.

그녀는 아무 일도 없었다는 듯, 멀쩡한 얼굴로 물었다.

"당신이 요구한 게임 말이야. 아직도 하고 싶어?"

그만 멈추자고, 이제 각자가 살고 있던 곳으로 돌아가자고 말해줬으면 좋겠다. 그러나 칼의 입에서 튀어나온 말은 그 반대였다.

"물론. 지난 이틀은 어쩔 수 없는 경우였으니까 다시 시작하지. 내일은 네 차례야."

"뭐, 그렇다면야."

이수는 굳은 얼굴로 눈을 내리깔았다. 단 며칠이지만 고통스러운 시간들이 될 거라는 예감이 엄습해 왔다. 이런 식으로 괴롭히려고 한국까지 왔겠지. 끔찍한 죄책감과 수치스러움에서 익사하도록 만드는 게 목적일 거야. 그녀는 게임을 계속하기로 마음먹었다. 그의 말대로 남은 빚은 청산해야지 않는가. 그러나 게임이 쉬우면 흥미가 떨어지는 법. 어려운 과제가 뭐가 있을까 고민하던 중, 문득 뇌리를 스치는 것이 있었다.

'아! 라트라비아타! 전직 매춘부와 함께 19세기의 매춘부가 주연인 오페라를 보는 기분은 어떨까. 나란 여자, 정말 구제 불능이라고 생각할 거야. 하지만 재미있겠는걸.'

이수는 씁쓸한 표정을 애써 지우며 담담히 말했다.

"오페라가 보고 싶어. 내일 예술의 전당에서 공연하는 라트라비아타, VIP석으로."

이번에 공연되는 라트라비아타는 세계 정상급 캐스팅에 화려한 볼거리로 기대를 모으고 있는 작품이다. 홍보도 하기 전에 로얄석이 매진되고, 고액의 암표조차 없어서 못 구할 정도로 인기를 모으고 있는 이 공연을 보기 위해 이수는 아는 인맥을 다 동원해서 수소문하다가 결국 쓰디쓴 고배를 마시고 포기해 버렸다.

"당신 능력이라면 할 수 있겠지?"

"별로 어렵지 않군. 내일 저녁에 차 보낼 테니까 준비하고 있어."

그런 공연 티켓쯤이야 아무것도 아니라는 듯 태연히 얼굴로 말하는 그를 보며 이수는 어이가 없었다. 그렇게 쉬운 일만은 아닐 텐데, 너무 장담하는 거 아닌가? 뭐든 이룰 수 있다는 저 당당함과 인규의 모습은 잘 연결이 되지 않는다. 그는 언제나 겸손했고 소탈했다. 저렇게 독재자 같은 분위기는 없었는데. 세월이 그를 너무 많이 변화시켰다는 씁쓸함이 밀려왔다. 이수는 방을 나가는 칼의 등을 보며 작은 한숨을 내쉬었다.

'저 모습을 보고 그 사람으로 착각했단 말이지. 그러고 보니 비슷한 점이 많다. 아무리 꿈결이지만 착각할 만해.'

이수는 다시 침대 속으로 파고들며 씁쓸한 얼굴을 했다. 이 집에서 나가기 전까진, 강인규와 김주녕을 떼어놓고 생각할 수 없을 것 같았다. 그녀는 지금 두 사람과 동거 중이니까.

칼이 오페라 티켓을 손에 쥔 건 오후 네 시가 가까워질 무렵이었다.

"이게 그토록 사람을 긴장시켰단 말이지."

그는 종이 두 장을 가만히 들여다보았다. 모든 인맥을 동원해서 수소문했지만 도저히 방법이 없었다. 이 정도로 구하기 힘든 티켓이라면 괜히 장담했다는 후회가 밀려왔다. 칼은 티켓의 전 주인을 만나기 전까지 꼼짝없이 두 손을 들고 마는구나 생각했다. 그러다 로비에서 수다스럽게 떠드는 남자의 말속에서 라트라비아타라는 단어를 잡아낸 순간, 행운의 여신은 그의 편이었다. 남자는 누군가에게 오늘이 결혼 기념일이고 아내와 라트라비아타를 보러 가기로 했다고 자랑하고 있었다. 그것도 VIP석으로. 칼은 곧바로 그에게 다가가 자신이 누군지 밝히고 정중하게 티켓을 팔라고 했다.

"그럴 순 없어요. 아내가 오늘이 오기만을 손꼽아 기다린걸요."

사내는 정색하며 손을 내저었지만 거절한다고 순순히 물러날 칼이 아니었다.

"우연히 결혼 기념일이라는 말을 들었습니다. 그래서 하는 제안입니다만 제가 바하마 롱랜드에 근사한 별장을 하나 가지고 있습니다. 이번 휴가 때 그곳으로 가족 분들을 초대하고 싶은데 어떠신지요. 물론 여행 경비는 제가 전액 부담하는 조건으로요. 지루한 오페라를 보는 것보다 그 편이 훨씬 좋을 듯싶습니다만."

쉽게 거절할 수 없는 유혹에 남자는 거의 넋이 나간 얼굴이었다. 처음엔 이 남자가 허풍을 떠는 건 아닐까 하는 의구심이 얼굴에 서려 있었지만 자신감 넘치는 태도와 뒤에 늘어선 수행원들을 보고 믿는 눈치였다. 결국 칼에게 설득당한 그가 아내에게 전화를 했다. 잠시 후, 거절했던 것이 무안할 만큼 열광적인 반응이 되돌아왔고, 드디어 티켓은 칼의 손에 들어왔다.

"아슬아슬했어."

그는 손가락으로 티켓을 툭툭 치고는 수화기로 손을 뻗었다. 몇 번의 신호음 끝에 전화를 받은 그녀는 누군지 확인해 보지도 않고 질문부터 했다.

[설마, 진짜 구한 건 아니겠지?]

"어려운 게 아니라고 했잖아."

[젠장. 내가 그렇게 구하려고 할 때는 안 되더니.]

그녀는 진심으로 분한 모양이다.

"불평은 그쯤 해둬. 지금부터 치장하려면 시간이 빠듯할 것 같은데?"

칼은 손목시계를 들여다보며 놀리는 투로 말했다. 지금쯤 얼굴을 잔뜩 찡그린 채 욕설을 중얼거리고 있을 그녀의 얼굴이 눈앞에 선했다.

"식사까지 하려면 한 시간 안에는 준비해야 해. 다섯 시에 차 보낼 테니까 늦지 않게 출발해."

[젠장.]

나지막이 중얼거린 그녀는 별다른 대꾸도 없이 전화를 뚝 끊어버렸다. 단단히 화가 났나 보군. 칼은 수화기를 내려놓으며 자신도 모르게 슬쩍 미소를 지었다.

"제길, 한 시간에 그 많은 준비를 어떻게 해! 이럴 줄 알았으면 미리 준비해 놓는 건데."

전화를 끊자마자 욕실로 뛰어간 이수는 최대한 빨리 샤워를 하고 방으로 돌아왔다. 그리고 자신이 챙겨온 옷들 중에서 자수가 놓인 원피스를 골라 침대에 던져 놓고 머리를 말리고 화장을 하기 시작했다.

"일부러 한 시간 전에 가르쳐 준 거야. 분명해!"

내내 툴툴거리며 단장을 한 그녀는 다섯 시가 되기 전에 모든 과정을 마쳤다. 긴 머리는 우아하게 틀어 올려 나비 장식이 있는 U자형 핀에 고정시켰고 몸에 착 감기는 에메랄드빛 시폰 원피스는 그녀의 근사한 몸매를 잘 살려주었다. 마지막으로 화장을 꼼꼼히 살피고 백을 집어 든 이수는 완벽한 자신의 모습을 거울에 비춰보며 담담한 미소를 지었다.

"이 정도면 그럭저럭 봐줄 만하지?"

빌라에서 내려오자 검은 캐딜락이 기다리고 있었다. 갑자기 귀여운 여인의 줄리아 로버츠라도 된 기분이다. 맙소사, 귀여운 여인이라니! 그러고 보니 라트라비아타를 보러 가는 것도 똑같잖아! 어이없는 일치에 이수가 코웃음을 쳤다. 현실과 영화의 괴리가 무척이나 크게 느껴졌다. 영화 속의 비비안은 돈 많은 남자와 해피엔딩으로 끝나지만 현실은 녹록하지가 않다. 해피엔딩이 아니라 지독한 새드엔딩이 될 테니까. 하지만 잠깐 동안엔 영화 속에 들어온 것처럼 기분을 내도 괜찮겠지.

캐딜락을 타고 지중해풍의 레스토랑에 도착하자 매니저가 테이블로 안내했다. 그는 바다가 그려진 유화 그림을 배경으로 앉아 있었는데 저번과 마찬가지로 서류들을 쌓아놓고 검토하는 데 열중이었다.

'저렇게 바쁜데도 시간을 낸 거 보면 신기하단 말이야.'

이수가 다가가자 칼이 고개를 들었다. 고개를 들기 전까지 복잡하고 피로해 보였던 눈매가 일시에 환하게 펴졌다. 그는 잠깐 동안 음미하듯이 바라보더니 앉으라는 손짓을 했다.

"준비 기간이 짧았던 것에 비하면 더할 나위 없이 아름답군."

"그러고 보니 처음 하는 칭찬이네. 고마워."

그녀는 진심으로 기분 좋은 표정을 지었다.

칼은 그 모습이 눈부시게 아름다워 보여 가슴이 두근거렸다. 자신은 더 이상 심장이 뛰지 않는 줄 알았다. 여자를 보고 설레는 일은 다시없을 거라 생각했는데……. 그는 애써 시선을 돌렸다.

"티켓 어떻게 구했는지 물어봐도 돼?"

"뭐, 그런 것까지 시시콜콜히 말해 주면 재미가 없지. 그저 오페라나 재미있게 보라고."

그의 말에 어깨를 으쓱한 이수는 미리 주문한 음식들이 들어오자 눈을 빛내며 냅킨을 펴 들었다. 음식을 보고 어린아이처럼 흥분하는 그녀를 보고 칼은 속으로 웃고 말았다. 가끔씩 드러나는 아이 같은 순수함이 자꾸만 과거를 떠올리게 만든다. 그때도 지금처럼 가시를 세우고 방어적으로 행동하긴 했지만 능숙하게 속내를 숨기진 못했다. 유리처럼 투명하고 순수했던 설아, 그는 자신의 숨겨진 열정을 끄집어내고 사고를 무력화시킨 눈빛을 기억해 내며 심장 언저리가 뜨거워지는 것을 느꼈다.

별다른 대화 없이 비교적 조용한 분위기에서 식사를 하고 예술의 전당에 가자 막 관객 입장이 시작되고 있었다. 이수가 약간 흥분된 어조로 그에게 물었다.

"오페라 좋아해?"

"마니아 수준은 아니지만 즐겨보는 편이지."

그들이 VIP석에 자리를 잡고 카탈로그를 들춰보며 시간을 보내는 동안 관객들의 입장은 계속 이어졌다.

이수는 호기심 가득한 눈빛으로 여기저기 둘러보다 한 남자를 발견했다. 여당 재선의원, 한때 그녀의 단골 고객. 그는 우아한 부인과 자식으로 보이는 한 무리를 이끌고 자리에 앉으려다 이수와 시선이 마주치자 자연스럽게 딴 곳으로 고개를 돌렸따. 저 노련함, 그리고 뻔뻔스러움. 그녀는 코웃음을 치며 아내 되는 여자를 바라보았다. 동정의 눈빛을 가득 담은 채로…….

가끔 이런 자리에 오면 적어도 한두 명 이상의 고객들과 대면했었다. 그럴 때면 그들은 처음 보는 눈으로 그녀를 훑고 지나갔고 그 다음날이면 만나고 싶다는 전화를 하곤 했다. 노블레스 오블리제 운운하면서 거들먹거리는 상류층 집단. 이수는 그들의 허위의식 너머에 있는 삶을 너무도 잘 알기에 경외의 시선 따윈 버린 지 오래였다. 그룹 회장, 국회의원, 고위 공무원, 저명한 종교인까지…… 그녀가 만난 인간들은 하나같이 구역질나는 속물들이었다.

'그런 속물이 주는 돈으로 먹고 산 나는 뭐지.'

이수는 쓰디쓴 미소를 지으며 무대 정면을 응시했다. 19세기나 21세기나 그다지 다를 것이 없다. 욕구를 해소하기 위해 여자를 찾고, 가난한 여자는 남자들의 돈에 타락해 가고 결국은 비참한 최후를 맞게 되고…… 몇 백 년 후에도 어디선가 똑같은 일이 벌어지겠지. 인간의 본능이 얼마나 우스운 것인지. 그녀는 잔뜩 기대를 하고 와서 침울해지는 자신에게 싫증이 났다. 잠시라도 그런 것은 잊기로 해놓고 더욱더 빠져들고 있으니, 원. 이수는 기분전환 하려고 애쓰며 카탈로그를 들여다보았다.

그녀는 오페라를 사랑한다. 라트라비아타, 라보엠, 아이다, 투란도트, 모두 다 딱딱하게 굳어버린 심장을 한때나마 뜨겁게 만드는 것들이었다. 그녀는 현실에선 볼 수 없는 드라마틱한 내용과 아름다운 아리아에 매번 눈물을 흘리고 열광하고 환호했다. 비극이든 희극이

든 격정적인 내용과 그에 어울리는 음악을 한자리에서 감상할 수 있다는 것은 황홀한 기쁨이 아닌가. 이수는 빨리 현실에서 벗어나게 해줄 수 있는 오페라가 시작되기만을 고대했다. 그렇게 지루한 기다림 끝에 드디어 오페라가 시작됐다.

애수 넘치는 전주와 막이 걷힌 무대엔 이 오페라의 여주인공인 비올레타의 화려한 살롱이 펼쳐진다. 손님들이 하나둘 모여들어 화려한 무도회가 열리기 직전, 가스통 자작의 안내로 남자 주인공 알프레도가 들어온다. 이 새 손님을 맞아서 일동은 각기 제자리에 가서 앉는다. 사람들은 주빈인 알프레도에게 노래를 청한다. 그는 일어서서 술과 사랑을 찬미하는 '축배의 노래'를 부른다. 그의 노래에 이어 합창이 계속되고 마지막 절은 비올레타가 받아서 부른다.

축배의 노래를 조그맣게 따라 흥얼거리던 이수는 비올레타가 부르는 부분에서는 완전히 오페라에 몰입해 버렸다. 얼굴에는 기쁨만이 충만하고 보는 이가 다 아찔할 만큼 환한 미소를 지었다.

오페라가 시작한 지 몇 분도 채 되지 않아 그녀가 완전히 빠져버렸다는 것을 안 칼은 마음 놓고 그녀의 옆모습을 감상하기 시작했다. 그녀가 이렇게 열광적이면서도 진지하게 몰두하는 모습을 보는 건 처음이다. 아이처럼 웃으며 축배의 노래를 따라 부르는 그녀는 손을 잡아주고 싶은 충동이 들 만큼 사랑스러웠다. 칼은 자신의 감정을 부인하면서도 여전히 그녀를 눈 속에 담았다. 지금 이 순간만큼은 그녀의 과거도, 자신을 배신한 사실도, 아무것도 떠오르지 않는다. 그저 아름다운 모습 그대로 받아들일 뿐.

그녀는 비올레타가 '아, 그이였던가(Ah, fors' lui)!'를 부르자 가슴에 손을 얹고 눈을 지그시 감았다 떴다. 마치 자신이 오페라 무대에 선 것처럼 슬픔과 기쁨을 동시에 느끼고 있는 듯 보였다. 칼은 궁금했다. 그녀는 자신과 비슷한 처지의 여자를 보며 무슨 생각을 할까. 비올레타처럼 삶 속에서 공허한 향락을 쫓았을 뿐 참된 사랑을 해보지 못했다고 되뇔까. 그녀가 내용에 공감했는지, 아니면 아름다운 아리아에 감동했는지 모르지만 눈물을 글썽이고 있었다. 그 모습이 칼의 눈에 신선하게 와 박혔다.

비올레타의 화려한 콜로라투라, '언제나 자유롭게(Sempre libera)'가 사람들의 가슴에 깊은 감동을 가져다 주고 1막이 끝났다. 휴식 시간이 되어 화장실에 들른 이수는 막 나오다가 누군가를 발견하고 멈춰 섰다. 그녀 또한 한눈에 알아봤는지 특유의 냉랭한 웃음을 지으며 다가왔다. 두 여자들은 먹잇감을 차지하기 위해 탐색전을 벌이는 암사자처럼 서로를 견제하며 관찰하기 시작했다.

'오페라를 보러 온 거야, 아니면 파티에 온 거야?'

화려한 꽃무늬가 프린트된 원피스. 잡지에서 본 적 있는 명품 드레스였지만 영화 시상식에나 어울릴 법한 옷차림이었다. 게다가 저 요란한 백과 구두라니. 채도가 높은 칼라는 잘못 매치하면 천박해 보일 수 있다는 것을 모르는 걸까. 하여튼 성격만큼이나 패션 감각도 엉망이란 말이야. 요란한 향수 냄새를 흩뿌리며 다가온 그녀는 반갑지 않은 표정으로 훑어보더니 마지못해 입을 열었다.

"오랜만이구나."

"그러게."

두 여자 사이에 경멸과 혐오가 가득한 시선이 오갔다.

"여전히 몸뚱어리 팔아서 먹고 사니? 이제 그런 짓 때려칠 때도 되지 않았어?"

또 시작이군. 그놈의 레퍼토리 지겹지도 않나. 이수는 아무렇지도
않은 듯 환하게 웃어주며 말했다.

"여전히 돈 많은 남자 사냥하고 다니나? 이제 그런 짓 그만둘 때
도 되지 않았어?"

"건방진 년."

"왜, 저번처럼 머리채라도 잡아보시지?"

분하다는 표정으로 입술을 일그러뜨리는 그녀에게 이수는 자신이
할 수 있는 가장 삐딱한 표정을 지어 보였다.

"네년이 이렇게 멀쩡히 살아 돌아다니는 걸 엄마가 알면 무덤에서
벌떡 일어나실 거야."

"네가 날려먹은 재산 때문이라도 몇 번은 일어났을걸."

강인주는 따귀라도 칠 기세로 다가왔지만 하나도 겁나지 않았다.
그녀가 따귀를 올려붙인다면 자신은 옷을 다 찢어놓고 머리를 죄 뽑
아놓을 테니까. 저번 백화점에서처럼 말이다. 공공장소에서 그런 변
이 생기면 자신만 손해니까 간신히 참고 있는 인주를 보며, 이수는
고소해 죽겠다는 표정을 지었다.

"이 걸레 같은 년!"

갑자기 튀어나오는 원색적인 욕에 주변 여자들이 수군거리기 시
작했다. 그러나 인주는 주변 상황에도 아랑곳하지 않고 욕설을 내뱉
었다.

"그런 옷 입고 오페라 따위를 본다고 네 품격이 올라갈 거 같아?"

화가 날 대로 난 이수는 차갑게 가라앉은 표정으로 인주에게 가까
이 다가갔다. 그리고 그녀를 정면으로 쏘아보며 말했다.

"그 걸레 같은 입이나 닥치시지. 정말 품격 안 맞아서 같이 얘기

못하겠네. 나까지 저질로 취급 받을까 봐 겁난다.”

“나쁜 년, 뭐가 어쩌고 저째? 창녀 주제에!”

인주가 내뱉은 욕설들을 헤아려 보던 이수는 그래도 장소가 장소인지라 자제를 하고 있나 보다 생각했다. 평상시에 비해 절반도 나오지 않았으니까 말이다. 인주는 서 여사를 닮아 대단한 독설가였다. 그런 것도 유전이 되다니. 대단한 집안이다.

“이제 나이가 나이니만큼 우아하고 중후한 말을 써야 하지 않겠어? 그 십대 같은 말투 지겹지도 않아?”

살짝 미소 지으며 가볍게 발걸음을 뗀 이수는 그녀의 어깨를 툭 치면서 지나갔다. 흥분해 씩씩거리는 숨소리를 들으며 멀어지자니 한편으론 통쾌하고 한편으론 서글펐다. 인주를 보면 떠올리고 싶지 않은 사람들의 모습이 하나둘 떠오른다. 특히 어머니 서혜옥이 내뱉었던 독설과 만행. 그로 인해 상처받으며 죽어간 오빠와 할머니. 그렇게 악독한 짓을 한 대가로 비참하게 죽긴 했지만 시간이 흘러서 보니 그녀도 불쌍한 인생이라는 생각이 들었다. 두 아들을 잃고 패악을 떨다 약물중독으로 죽기 전까지 그녀의 삶도 쉬운 것만은 아니었을 테니까.

이수는 착잡한 심정으로 자리에 돌아왔다. 조용히 카탈로그를 보고 있던 칼이 고개를 들었다. 이수는 누나가 와 있다고 얘기를 하려다 입을 다물었다. 남의 집 가족사에 굳이 끼어들고 싶지 않기 때문이다.

막상 자리에 앉긴 했지만 기분이 가라앉아 도무지 흥이 나지 않았다. 오페라가 다시 시작됐지만 좀처럼 집중하지 못하고 딴생각에 잠겨 있던 이수는 급기야는 무대 대신 칼의 얼굴을 훔쳐보기 시작했다.

검은 눈썹과 속눈썹 속에 박혀 있는 또렷한 눈동자. 차갑고 냉랭한 분위기가 흐르는 입매와 섬세함과 강인함이 동시에 공존하는 턱과 어깨. 예전의 그에 비하면 분위기가 너무 다르다.

'역시 그 사람에 더 가까운데…….'

이수는 아직도 미련을 버리지 못하고 있는 자신이 못마땅했다. 의식적으로 그 사람의 모습을 찾는 건 아닐까 싶을 정도로 그의 말투, 행동, 표정에서 주녕을 발견하고 놀란 가슴을 쓸어 내리기 일쑤였다. 어리석다. 자신이 너무 어리석어서 비웃어주고 싶다. 하지만 생각하지 않으려고 해도 눈앞에 영상들이 펼쳐졌다. 이수는 팔짱을 끼고 무대를 응시하는 칼을 보다 호텔에서 함께 보낸 밤을 떠올려 보았다. 그 일을 생각하면 자신도 모르게 얼굴이 일그러지고 몇 번이나 되뇐 물음이 흘러나왔다.

'당신이 바라는 결말은 뭐야? 내가 어떻게 되길 바라는 거야?'

많은 여자들의 손수건을 적신 '지난날이여, 안녕(Addio del passa -to)'이 흐르고 비올레타는 뒤늦게 찾아온 알프레도의 품에서 숨을 거두었다. 우레와 같은 함성과 박수와 함께 막이 내려가고 사람들의 열렬한 환호 끝에 몇 번의 커튼콜이 있었다. 이수도 그들과 함께 환호와 박수를 보냈지만 감동보다는 빨리 이 답답한 곳에서 나가고 싶은 마음뿐이었다. 사람들이 하나둘 자리에서 일어서자 그녀는 칼을 재촉해 서둘러 밖으로 나왔다.

그들은 황급히 오페라 극장을 나왔지만 그 모습을 쫓는 날카로운 눈길이 있었다. 인주는 할 수만 있다면 죽여 버리고 싶은 여자의 뒷모습을 노려보다 옆에 선 남자를 보고 고개를 갸웃했다. 뒷모습이 낯설지 않다고 생각한 순간, 그녀의 집요한 눈이 가늘게 변했다. 인주는 큰 키에 어깨가 넓은 남자에게서 시선을 떼지 않고 얼굴이 보이기만을 기다렸다. 그녀가 초조한 듯 혀로 입술을 핥는 순간, 마주 오는 상대에게 부딪혀 이수가 비틀거리자 남자가 부축해 주면서 불빛 아래 얼굴이 고스란히 드러났다.

"아니, 여긴 어떻게……."

인주는 적잖이 충격받은 얼굴로 걸음을 멈췄고 잠시 후 신경질적으로 입꼬리를 치켜 올렸다.

"세상에, 뻔뻔한 것들. 김주녕, 네가 아직도 정신을 못 차렸구나."

그녀의 놀라움은 곧 싸늘한 조소로 바뀌었고 다시 탐욕스러운 눈길로 변하기 시작했다. 예상하지 못했던 이복 오빠의 등장이 자신의 너저분한 삶을 새롭게 바꿔줄 수도 있을 것이라는 기대가 샘솟는 순간, 그녀는 복권에라도 당첨된 기분이었다.

"잘만 이용하면 인생에 새로운 전환이 될 수 있을 거야. 잘만 하면……."

혼잡한 사람들 틈 속에서 누구가의 팔꿈치가 무지막지하게 밀어대자 이수는 중심을 잃고 비틀거렸다. 안 그래도 높은 힐을 신은지라 몸은 위태롭게 흔들렸고 막 계단에서 발을 헛디디려는 찰나, 단단한 가슴에 의지해 넘어지는 걸 면할 수 있었다. 그와 동시에 시원한 공기에 노출되었던 어깨가 일순 따스해졌다. 놀란 눈으로 고개를 든 이수는 굳은 표정의 그를 발견하고 불에 덴 사람처럼 펄쩍 뛰며 물러서려 했다. 그러나 부드러우면서도 강한 힘이 그녀의 어깨를 감싸고 좀처럼 놓아주지 않았다. 아니, 오히려 자신 쪽으로 강하게 끌어당겼다. 그사이 밀친 중년 남자가 별다른 인사도 없이 고개만 까딱하고 가버렸고 썰물처럼 빠져 지나가는 인파들 속에서 이수는 고립된 것처럼 느껴졌다. 마치 무인도에 단둘만 던져진 것처럼 어색하고 당혹스러웠다. 그녀는 최대한 팔을 잡아 빼려고 노력하며 중얼거렸다.

“이, 이거 놔.”

당황한 나머지 말까지 더듬자 이수의 얼굴이 더욱더 빨갛게 변했다. 그 붉은 기운에 물든 것처럼 무표정한 칼의 얼굴에서도 희미한 욕망이 드러나기 시작했다. 호텔에 보았던 그 격정적인 눈빛을 다시 대면하자 이수의 심장이 거칠게 뛰었다. 자신도 모르게 반응해 버렸던 그 밤처럼, 몸 안에서 뜨거운 것이 느리게 휘몰아쳤다.

“이거 놓으라니까.”

이수는 목소리 톤을 좀 더 높이고 몸을 비틀었다. 그때는 몰랐지만 이제는 그의 정체를 알기 때문에 이 욕망이 거북했다. 평상시에 자신이 그리 도덕적이라고 생각해 오진 않았지만 어쨌거나 눈앞의 남자는 그의 동생이다. 과거 애인이긴 했지만 첫 남자의 피붙이인 줄 알면서도 성적인 대상으로 생각할 만큼 이수는 생각없는 여자가 아니었다.

그러나 칼의 생각은 다른 모양이었다.

이수가 얼굴을 찌푸리며 그의 가슴을 두 손으로 밀었지만 빠져나오려고 하면 할수록 어깨를 감싸 안은 그의 오른 팔에 힘이 더해지며 두 사람 간의 거리가 한층 좁아졌다. 그의 서늘한 옷 감촉이, 특유의 체취가 고스란히 전해져 이수를 혼란스럽게 했다. 인식하지 않으려 해도 사소한 부분 하나하나가 신경을 자극했고 그 사실이 못 견디게 화가 났다. 그의 정체를 알면서도 이런 감정을 느끼는 자신이 싫었다.

다른 사람도 아니고 인규지 않은가. 자신 때문에 고통받아야 했던 그다.

이수는 다시 한 번 힘을 모아 칼을 밀치며 비키라고 말하려 했다.

그러나 입술에서 말이 새어 나가기도 전에, 칼이 먼저 머리 쪽으로 손을 뻗었다.

"넌 긴 머리가 가장 아름다워."

나직한 음성과 함께 칼이 머리에 꽂았던 핀을 뺐다. 그러자 풍성한 머리칼이 어깨 위로 쏟아지며 근사한 샴푸 냄새가 퍼졌다. 놀란 이수가 아무 말도 못하는 사이, 그의 긴 손가락이 머리 속으로 들어와 부드럽게 빗어 내렸다. 마치 애인을 보는 것처럼 각별함이 묻어 있었다. 이수는 갑작스런 그의 행동에 가벼운 전율을 느끼며 얼른 고개를 숙였다. 당황한 표정과 붉어진 얼굴을 어둠이 가려주기를 바라면서.

"이러는 거 불편해. 놔줘."

혹시나 말을 더듬지 않을까 싶어 일부러 또박또박 힘주어 말했다. 그러자 일순간 어깨가 허전해지면서 그와의 공간이 벌어졌다. 계단을 한 걸음 내려선 칼이 너무나 멀쩡한 얼굴로 말했다.

"간단하게 와인이나 한잔하고 들어가자."

그 한마디만을 남긴 그는 뒤도 돌아보지 않고 주차장으로 향했다. 이수가 그의 넓은 등을 보며 혼란스러운 듯 입술을 깨물었다. 방금 전 그의 행동이 뭘 의미하는 걸까. 아무렇지도 않게 행동하는 그를 보고 있자니 놀라 주춤했던 자신이 한심하게 느껴졌다. 그러나 속으로 화를 내고 있었지만 한편으로는 가슴이 뻐근하리만치 두근거렸다. 아주 잠깐이지만 소녀처럼 설레었던 건 사실이니까. 이수는 앞서가는 칼의 넓은 등을 응시하며 복잡한 표정을 지었다.

칼이 이끄는 대로 안내받은 곳은 회원제로 운영되는 고급 와인 바였다. 안내를 받아 이층에 자리 잡은 그들은 소믈리에가 추천해 준 와인을 시켜놓고 부드러운 재즈 선율에 귀를 기울였다.

낯선 곳에서 보는 칼의 모습은 그전 분위기와는 상당히 다르다. 처음 본 칼의 모습이 무서울 만큼 무겁고 깊은 열정을 가지고 있었다면 지금의 칼은 부드러운 매너, 상상력을 불러일으키는 묘한 표정을 품고 있었다. 이수는 그에게서 야누스를 떠올렸다. 한쪽 얼굴로는 억지로 미소를 짓고, 다른 쪽 얼굴로는 노여움과 분노 외에는 아무것도 나타내지 않는 로마의 신. 그의 이중적인 모습은 두려움과 혼란, 그리고 좀처럼 눈을 뗄 수 없는 매력을 동시에 느끼게 만들었다.

'그가 모든 걸 장악해 버리면 어떻게 하지? 벗어날 수 없게 만들어 버리면, 그게 그의 진짜 목적이라면⋯⋯.'

이수의 혼란이 깊어질 무렵, 소믈리에가 와인을 가져왔다. 그때까지 입을 닫고 있던 그는 잔에 따라진 붉고 농밀한 색체를 띠는 액체를 이리저리 돌려보며 나직이 중얼거렸다.

"말해 봐. 날 관찰하면서 무슨 생각을 했지?"

이수는 큰 눈을 동그랗게 뜨고 어물거렸다.

"내가 뭘."

"오페라를 보면서도, 여기에 와서도 계속 생각에 빠져 있던걸. 내가 그 정도로 매력적인가?"

"말도 안 되는 소리."

이수가 어이없다는 표정을 지으며 와인을 마셨다. 애써 자연스럽게 행동하긴 했지만 가슴은 제멋대로 쿵쾅대기 시작했다. 지금 말해야 할까, 아니면 계속 모른 척해야 할까. 머리 속으로 이리저리 가늠해 보던 그녀는 한참 만에 결심을 한 듯 입을 열었다.

"나, 당신이 누군지 알아."

마치 꼭꼭 숨겨둔 비밀을 캐듯이 조심스런 어투에 칼이 미소를 띠며 말했다.

"그걸 이제 알다니. 난 진작 얘기했던 걸로 아는데."

"그래, 처음부터 인규라고 당당히 말했었지. 믿지 못한 건 나고 말이야. 그런데 죽은 사람이 갑자기 돌아왔다면 어떻게 믿겠어."

"인정하기 싫었던 건 아니고?"

"쉽게 인정할 수 있는 문제가 아니잖아. 나 때문에 상처받았다는 거 이해할 수 있어. 하지만 구체적으로 뭘 원하는지 모르겠어. 전에 말했잖아, 복수는 뭔가 남아 있는 사람한테나 할 수 있는 거야."

"왜 그렇게 생각하지? 내가 볼 땐 그게 아니던데."

그의 말속에 든 냉소가 이수의 내밀한 부분을 건드렸다.

"그럼 어떻게 되길 바라는 거야? 빈털터리라도 되기를 바라는 거야?"

"내가 빼앗는다 해도 넌 쉽게 돈을 버는 방법을 알고 있잖아."

그 말이 이수의 가슴을 싸늘하게 내려앉게 만들었다. 그래, 아무 남자에게나 몸을 굴려 먹고 산 창녀라 이거군. 죽을 때까지 따라다닐 주홍글씨다. 자신이 선택한 길이고 평생 동안 짊어지고 갈 고통이지만 이 남자 앞에서만큼은 비난받고 싶지 않았다. 다른 사람은 몰라도 인규에게만큼은.

"그래, 내 몸이 사업 밑천이긴 하지. 하지만 그것도 능력이야. 그냥 얻어지는 게 아니니까."

"자신의 직업에 대해 꽤나 자랑스럽게 생각하는군."

여전히 삐딱한 그의 말을 들으며 이수는 자신의 존재가 참으로 하찮게 여겨졌다. 이 사람 앞에 서면 몸에 둘렀던 껍질이 벗겨지고 알맹이만 남은 느낌이 든다. 점점 엄습해 오는 허전함과 모멸감.

"자랑스럽게 생각하진 않지만 창피스럽게 생각하지도 않아. 물론 다른 방법이 없었을까 생각할 때가 있지만 이제 와서 그런 생각하는 것도 우습잖아? 어쨌든 내가 한 선택이고, 그 안에서는 최선을 다해 살아왔어."

"흠."

그가 여전히 와인 잔을 들여다보며 속을 알 수 없는 미소를 짓자 이수는 마른침을 삼키며 다시 입을 열었다. 왠지 자꾸만 변명을 늘어놓는 것 같아 스스로도 화가 나기 시작했다.

"내가 궁금한 건 왜 그 일을 선택했냐야. 다른 방법도 얼마든지 있는데 왜 하필 그 직업을 선택하게 됐지?"

불빛에 반사되어 보이는 그 눈빛이 너무나 서늘해 보여서 이수는 한기를 느껴야 했다. 마치 최면을 거는 것처럼, 진실을 말해야 풀려날 수 있는 올가미처럼, 가슴을 옥죄는 눈동자를 보고 있자니 최면에 걸린 것처럼 저절로 말이 흘러나왔다.

"희망이…… 없으니까. 그 직업은 희망 따윈 안 가져도 할 수 있는 직업이거든."

'그래, 그때는 희망이 없었지. 돈에 미친 듯이 굶주려 있었고, 내 자신에게 화가 나 있었어.'

이수는 암울했던 순간들을 생각하며 와인을 홀짝였다. 명치끝이 아리기 시작했다.

"처절하게 들리는군."

그가 싸늘하게 내뱉자 이수는 한숨처럼 중얼거렸다.

"인생이란 게 원래 처절하잖아."

또다시 무거운 침묵이 가라앉았다. 이수는 묵묵히 앉아 그를 응시했고, 와인을 마시는 칼의 몸짓은 잔뜩 경직되어 있었다.

하늘과 땅처럼, 영원히 맞닿을 수 없을 듯 보이는 그들의 공간 사이로 재즈 트럼펫의 묵직한 멜로디가 흘렀다. 부드러운 음률을 음미하며 칼의 머리부터 얼굴, 어깨로 시선을 이동하던 이수는 끝이 단단하게 여문 손톱을 말없이 응시하다 작은 탄성을 질렀다. 마치 대단한 발견이라도 한 것처럼, 약간은 흥분된 모습이었다.

"당신, 그거 알아? 손이 그 사람과 많이 닮았어. 당신 형과 말이야."

순간, 와인을 기울이던 그의 몸이 갑자기 굳었다. 그러나 이를 눈치 못한 이수는 여전히 흥미롭다는 표정으로 긴 손가락을 들여다보았다.

"정말이야. 정말 닮았어."

"그 인간, 아직도 기억해? 그렇게 세세한 것까지?"

아무 생각 없이 고개를 든 이수는 날카로운 칼의 눈빛에 괜한 말을 꺼냈다는 걸 깨달았다. 그녀가 아무런 대꾸도 못하고 입을 다물자 잔뜩 화나 보이는 칼이 말했다.

"말해 봐."

"그 사람, 아직도 미워해?"

"……."

"미워하지 마. 차라리 살아 있는 사람을 미워해. 죽은 사람은 미워하는 거 아니야. 세상 사람들에게 잊혀진 것만으로도 충분히 불행하거든."

이수는 쓸쓸한 얼굴로 와인 잔을 들었다.

주녕의 손을 기억한다는 그녀의 얘기를 듣는 순간, 칼의 가슴은 미친 듯이 요동 쳤다. 그저 손을 기억한다는 것뿐인데, 하찮은 인상 하나를 담고 있었다는 것뿐인데 왜 이렇게 가슴이 두근거리는 걸까.

그녀의 어깨를 감싸 안은 순간부터 지금까지 칼은 미친 듯이 들끓는 욕망을 잠재우느라 초인적인 인내를 기울여야 했다. 손끝에는 아직도 머리칼의 부드러운 감촉이 남아 있었고 그때 맡았던 싱그러운 향이 코를 간질였다.

'혹시 내 몸은 네게만 반응하도록 만들어진 걸까. 왜 네게만 이토록 끌리는 걸까.'

칼은 자신의 직업에 대해 얘기하면서 얼핏 드러난 이수의 고통을 보고 그날의 일을 떠올렸다. 그날에도 이런 모습이 보였다면 당장 끌고 왔을 것이다.

절대로 창녀가 되게 내버려 두지 않았을 텐데, 절대로!

칼은 그녀의 어두운 눈빛을 보고 자신이 상처 입은 것처럼 마음이 쓰렸다. 정말 미쳐 버릴 것 같아. 네 머리를 파헤쳐서 내가 듣고 싶은 대답을 찾아내고 싶어. 왜 그랬니? 도대체 그때 왜 그랬던 거야! 칼은 한층 더 굳은 얼굴로 이수를 응시했다.

칼의 무거운 침묵에서 폭풍 전 고요 같은 긴장과 불안함이 감지됐다. 정체를 알 수 없는 기운이 안에서 휘몰아치는 느낌이다. 낮게 가라앉은 침묵이 두렵고, 굳은 표정이 가슴을 섬뜩하게 했다. 칼의 분위기는 한시도 사람을 편하게 하지 않았다. 자신뿐 아니라 모두에게 그런 듯 보였다. 권위적이고, 거만하고, 차갑고, 독선적인 분위기로 주변을 압도하는 사람. 그런 분위기가 숨 막히면서도 익숙한 것은 무슨 이유일까.

넓고도 고적한 빌라로 들어오자 그녀는 극도의 피로를 느끼며 폭신한 침대 속으로 들어가고 싶었다. 그와 있으면서 정신적 소모가 너무 컸던 탓일 것이다. 그래서 잘 자란 인사를 남기고 서둘러 방으로 향하는데 억센 팔이 그녀를 붙들었다. 갑작스런 그의 행동에 고개를 돌린 이수는 뜨겁게 이글거리는 눈빛을 마주하자 놀라고 말았다. 칼은 가슴이 먹먹할 정도로 무겁고 느리게 말했다.

"김주녕, 사랑했니?"

갑작스런 물음에 이수는 대답 대신 나직이 한숨을 쉬었다. 둘 사이에 항상 놓여 있는 김주녕이라는 존재가 그녀를 더욱 힘들게 했다. 인규 하나만을 생각하는 것도 벅찬데 그 사람까지 끌어들이다니…… 참으로 잔인한 짓이다.

"아직도 그게 중요해?"

이수가 차갑게 대꾸했다.

"말해. 사랑했어?"

심각한 표정으로 한 걸음 다가서는 그를 보며 이수는 이해할 수 없다는 듯 고개를 흔들었다. 이제 와서 그게 왜 중요할까. 그는 죽고 자신들은 살아남았는데. 이수는 잔뜩 지친 표정을 지어 보이고는 그대로 몸을 돌려 방으로 가려 했다. 그러자 칼이 거칠게 팔을 끌어당기며 소리쳤다.

"말해 봐. 외면하지 말고 말해 보란 말이야!"

팔을 잡은 칼의 손에 힘이 들어가고 있었다.

"이것 좀 놔. 아프단 말이야."

그러나 칼은 이제부터 시작이라는 듯, 거칠게 벽에 밀치고 이수를 품 안에 가둔 채 소리쳤다.

"말해. 머리 속으로 무슨 생각을 하고 있는지 말하란 말이야!"

감정을 잔뜩 실은 고함에 얼굴을 일그러뜨린 이수가 귀를 막으며 그를 노려보았다. 오늘따라 그는 다양한 모습을 보여주고 있었다. 가슴을 설레게 할 만큼 지극히 감상적인 모습. 그리고 가장 잘 어울리는 냉소적인 태도와 당혹스러울 만큼 격정적인 행동. 미스터 밀튼, 그 다음은 뭘 보여줄 건가요? 어떤 게 당신의 진짜 모습인가요. 지금까지의 냉정하고 차분한 모습은 어디에도 없었다. 분노에 찬 얼굴로 소리 지르는 남자만 있을 뿐. 이수는 힘없이 중얼거렸다.

"이미 다 끝났어. 이젠 아무 의미가 없는 일들이야."

"아니야! 난 아직 끝나지 않았어!"

고막을 찢는 날카로운 외침과 함께 그가 가깝게 몸을 붙이고 한 손으로 허리를 휘감았다. 갑작스런 행동에 놀라 살짝 벌어진 이수의 입술로 거친 입술이 파고들었다. 눈 깜짝할 사이에 일어난 일이라 잠깐 동안 멍한 상태가 된 그녀는 칼의 혀가 입속으로 파고들어 오자 그제야 정신을 차렸다. 온몸으로 다가서는 그에게 벗어나려고 몸을 비틀었지만 강한 힘이 무겁게 짓눌러 움직일 수가 없었다. 노란 불빛 사이로 보이는 강렬한 눈빛을 노려보던 이수는 입 안을 헤집어놓는 자극적인 움직임을 필사적으로 거부했지만 그는 멈추지 않았다. 오히려 집요하고 거칠게 입을 벌리고 제 것인 양 탐하기 시작했다. 이수는 칼의 그런 행동에 화가 나긴커녕 측은한 생각마저 들었다. 마치 자신의 사랑을 확인받고 싶어하는 철부지처럼 무모하고 어리석어 보였다.

이제 와서 내가 인규를 사랑했다고 한들, 혹은 주녕을 사랑했다

한들 무슨 소용이 있을까. 이미 다 끝난 일이고 되돌릴 수 없는 일인데. 마음을 말하면 그가 다시 살아 돌아올까?

반항하던 그녀가 갑자기 아무런 반응 없이 딱딱하게 굳어 있자 칼은 그제야 입술을 떼고 나직이 중얼거렸다.

"말해. 네 마음을…… 말해 봐."

"다 부질없는 짓이야. 우리가 이러는 거 너무나 어리석고 바보 같아 보여. 당신이나 나나 이젠 인정해야 해. 우린…… 이미 과거의 사람들이야."

"아니야, 우린 살아 있어. 여기 이렇게 살아서 서로의 앞에 있어."

두 손으로 벽을 짚은 그가 절망에 찬 신음을 흘렸고 이수는 긴 한숨을 쉬며 말했다.

"우린 영원히 죽은 사람들에게서 벗어나지 못할 거야. 내게 이러는 거 아무 의미 없는 일이란 거 알면서도 하는 이유는 그래도 벗어나고 싶어서잖아. 하지만 그러지 마. 지금껏 살아왔던 대로 그냥 모른 척하고 살아가."

그녀의 말에 주먹으로 세게 벽을 내려친 칼이 소리쳤다.

"널 상처 내고 싶어!"

"내가 그렇게 미워?"

"그래, 네가 미워. 죽여 버리고 싶을 만큼 미워."

"내가 그렇게 잘못했어?"

"그래, 잘못했어. 넌, 넌……."

칼은 그녀를 으스러질 듯 끌어안은 채 얼굴을 일그러뜨렸다. 결국 설아를 가질 수 있다고 생각했다. 인규만 멀쩡하게 데려다 놓으면 얻을 수 있다고 생각했다. 하지만 행복해지는 걸 시기한 신들의 장난으로 인규는 죽고 자신만이 살았다.

*

　지나가는 간호사에게 그가 죽었다는 얘기를 전해 들었을 때, 태어나 처음으로 죄책감을 느꼈다. 사고의 원인은 그였지만 자신만이 살아남았다는 것에 대해 미치도록 화가 나고 미안했다. 그러나 가슴 한편으로는 살아서 설아를 볼 수 있다는 사실이 기뻤다. 의식을 잃을 때만 해도 영원히 볼 수 없을 줄만 알았던 그녀를, 살아서 다시 볼 수 있다고 생각하자 어떤 고통도 이겨낼 수 있을 것 같았다. 그렇게 아픔과 고독으로 점철된 투병 생활 속에서 주녕은 그녀가 와주기만을 기다렸다.

　병실 문을 바라보며 하루, 이틀, 한 달, 두 달이 흘러갔다. 처음엔 혜옥의 시퍼런 서슬에 오지 못하고 있을 거라고 생각했지만 시간이 흐를수록 무슨 일이 생긴 건 아닌가 걱정이 되기 시작했다. 혜옥이 고용한 간병인은 아무리 부탁해도 묵묵부답이었고, 이따금 들르는 사람들에게 물어도 아무도 행방을 말해 주는 이가 없었다. 일주일에 한 번 얼굴을 내미는 혜옥은 혼이 빠져나간 사람처럼 멍하게 앉아 있다가 가거나 미친 듯 비명을 지르고 욕설을 퍼붓다 가버려 그를 더욱더 조급하게 했다. 그런 상황이 오래 지속된다면 자신 또한 혜옥처럼 미쳐 버릴 것만 같았다.

　"내가 그년을 가만둘 줄 알아? 말려 죽여 버릴 거야! 오랫동안 고통스럽게 서서히 죽여 버리고 말 거야. 그래, 그러고 나면 너도, 너도 그년처럼 죽여 버릴 거야. 내가 못할 줄 알아? 내가 못할 줄 알아?!"

미쳐 가는 혜옥의 히스테릭한 음성 속에서 그녀의 존재에 대해서 감지할 뿐, 그는 병원이라는 감옥에서 반병신이 다 된 육신과 싸우고 있었다. 주녕은 어떻게든 살아야겠다고 생각했다. 이렇게 병든 육신으론 설아를 지켜주지 못하기 때문이다. 자신의 재산 일부를 혜옥이 빼돌리고 있다는 것을 알면서도 어쩌지 못하는 무기력함이 싫었고, 그녀가 정말로 설아를 죽일지도 모른다는 두려움에 때문에 불안했다.

살아야 한다. 멀쩡하게 살아 그녀를 지켜야 한다.

주녕은 천성적으로 의지는 강한 사람이었다. 그래서 의사들이 혀를 내두를 만큼 빠른 회복력을 보였다. 그는 서서히 나아가는 자신의 몸을 보며 조금만 더 있으면 그녀를 만날 수 있다는 희망에 젖었다. 조금만 더 기다리면, 그래, 조금만 더 기다리면 그녀를 만날 수 있다. 그것은 생각만 해도 가슴 두근거리는 일이었다. 그러다 우연히 혜옥에 의해 해고된 옛 직원과 연락이 닿았고, 그를 통해 설아의 소식을 수소문할 수 있었다.

며칠 후, 주녕은 그녀의 최근 사진을 받아 들고 멍한 얼굴로 침대에 앉아 있었다. 갈색으로 염색된 웨이브 머리, 화려한 액세서리에 짙은 화장, 몸의 굴곡을 그대로 살려주는 드레스와 높은 하이힐. 막 차에서 내리는 그녀는 자신이 알던 설아가 아니었다. 주녕은 왜 다른 사람의 사진을 찍어왔냐고 직원에게 화를 냈다. 그러나 되돌아온 건 설아가 고급 창녀가 됐다는 말뿐이었다.

'창녀? 창녀라고?'

믿을 수가 없었다. 그녀가 창녀라니, 다른 사람도 아니고 설아가?

'아니야, 잘못 안 거야. 이 여자는 그녀가 아니야!'

그는 극구 말리는 병원 측의 말도 무시하고 휠체어를 탄 채 그녀를 볼 수 있다는 호텔로 갔다. 눈으로 확인해야 믿을 수 있다. 직접 그녀의 목소리를 들어야 인정할 수 있다. 그러나 실제로 확인한 현실은 생각보다도 더 처참했다.

"안녕하세요."

"이수 왔구나. 얼굴이 한결 나아 보인다."

주녕은 고개를 돌려 현호의 맞은편에 앉은 여자를 보았다. 익숙한 목소리, 그러나 전혀 다른 얼굴. 맞은편에는 설아가 아니라 이수라 불리는 낯선 여자가 앉아 있었다.

"잘할 수 있을 거라고 생각했지만 기대 이상이야."

"쉽게 판단하지 마세요. 아직 이르니까."

"좋아, 좋아. 네 그런 점이 마음에 든단 말이야. 그나저나 이래저래 힘든 일이 많아서 마음고생이 크겠어. 최근에 가족 일도 그렇고……. 힘든 거 있으면 말해. 내가 할 수 있는 데까지 도와줄게. 그런데 말이야, 김 사장 일은 어떻게 할 거야? 그래도 그동안 정리가 있는데 한 번은 만나야 하지 않겠어?"

주녕은 그녀의 얼굴에 스쳐 가는 분노를 똑똑히 보았다.

"그 사람 얘기 꺼내지도 마세요."

"그래도 너한테 잘해주려고 한 사람이잖아."

"그 사람 생각만 해도 소름 돋아요. 정말 짜증나. 그런 구질구질한 얘기 하지 말자구요. 그나저나 돈이 들어왔던데, 생각보다 조금이던데요. 아직 신입이라곤 하지만 너무 적은 액수 아니에요?"

주녕은 너무나 어이없고 허무해서 아무 말도 할 수 없었다.

자신이 고작 그런 존재였던가. 그렇게 아무렇지 않게 내팽개칠 그런 존재였나. 아픈 기억으로 추억할 가치조차 없는 놈이었던가.

혹시나 혜옥의 음모로 그녀가 창녀가 됐다면 어떻게든 빼내오려고 했다. 설아를 그런 소굴에 두는 것 자체가 몸서리쳐질 정도로 끔찍했다. 그러나 설아는 너무나 당당하고 떳떳했다. 제 발로 찾아간 것처럼, 아니, 일을 즐기는 것처럼 보였다.

'도대체 뭐가 널 그렇게 변하게 만든 거지?'

주녕은 그녀를 용서할 수가 없었다. 미웠다. 죽이고 싶도록 밉지만 볼품없고 나약한 지금의 모습을 드러내긴 싫었다. 사고로 다쳤다고 자존심마저 회복 불능상태는 아니다. 어차피 그녀 일에 관한 한 자존심을 세우지 않았지만 지금 그녀를 만난다면 돌아와 달라고 사정이라도 할 것 같았다. 그것은 죽음보다 더 끔찍한 일. 설아가 자신을 사납게 내팽개친 것처럼 자신 또한 그녀를 버리고 싶었다. 그것은 마지막 남은 자존심이자 오기였다. 그래서 주녕은 모든 것을 정리하고 미국으로 갔다. 모두 버리고 오면 새롭게 시작할 수 있을 줄 알았다.

정말, 처음부터 다시 시작할 수 있을 줄만 알았다.

그러나 낯선 땅에서도 여전히 그림자처럼 따라다니는 설아의 영상이 그를 괴롭혔다. 칼은 그럴수록 더욱더 미친 듯이 공부했고 뜻밖의 기회도 주어졌다. 그는 성공을 위해 수단방법을 가리지 않고 일에 몰두했다. 사랑없는 결혼에 대한 회의 따윈 해본 적도 없었다. 그는 리사를 여자로서가 아닌 성공의 도구로 삼았고, 그녀 또한 자신을 남자로 여기지 않았다. 리사에겐 숀이라는 애인이었다. 하반신 마비 장애인을 사위로 둘 수 없다는 이유로 집안에 반대에 부딪혀 이룰 수 없었던 그녀의 사랑. 칼은 그녀가 당당히 집을 나가 숀과 동거를 시작하도록 내버려 두었다. 사랑하지 않으니까, 오히려 미친 듯이 사랑할 수 있는 그녀가 부러워서 방관했다. 그 후로 결혼에 대해 일찌감치 단념한 그는 다른 사람들이 혀를 내두르는 철두철미한 일벌레가 되었다.

정신이 바쁜 속에서도 그는 내내 지루하고 고독했다. 하루하루가 너무나 끔찍하고 따분해서 돌아버릴 것만 같았다. 칼은 지극히 불행했고, 이 불행의 원인이 설아라고 생각하며 긴 시간 동안 그녀에 대한 분노를 차곡차곡 쌓아갔다. 그리고 더 이상 쌓아둘 공간이 없을 때, 빚을 청산하러 한국으로 돌아왔다. 치밀한 계획 끝에 류이수를 만난 순간, 그는 또다시 허물어지기 시작했다. 세월이 흘러도 변하지 않은 그녀 안의 뭔가가 여전히 그를 흔들어댔고 자꾸만 나약해지게 만들었다.

"너란 여자를 증오해. 이게 내가 주는 형벌이야."

그는 다시금 그녀의 입술을 거칠게 빼앗았다. 이수는 저항하지 않았다. 아무 움직임 없이 폭풍 같은 그의 몸짓을 받아들일 뿐이었다. 칼은 축 늘어져 있는 그녀를 안아 자신의 침대로 데려가 길고 긴 키스를 계속했다. 한 손으로는 갈색 머리칼을 움켜쥐고 다른 한 손으론 옷을 벗기기 시작했다. 아니, 찢어발겼다는 표현이 더 어울릴 만큼 칼은 인정사정없이 그녀를 몰아붙였다. 하늘하늘한 시폰 원피스가 조각조각 찢겨 바닥에 떨어지고 속옷이 발치로 던져졌다. 알몸이 된 이수를 내려다보며 저주를 퍼붓는 것처럼 격한 어조로 칼이 물었다.

"왜 자신을 버렸어? 그렇게 당당했던 네가 왜 그렇게까지 추락해 버린 거야?"

황량한 그녀의 눈이 칼을 응시했다.

"말했잖아. 희망이 없었다고."

"웃기지 마. 넌 그렇게 쉽게 자신을 버릴 여자가 아니야. 이유가 뭐야, 이유가 뭐냐고!"

"삶이 그 이유야. 감당할 수 없을 정도로 무거운 삶. 난 아무렇게 나 던져 버리고 싶었어."

칼은 너무나 가냘픈 그녀의 목을 움켜쥐고 죽일 듯 노려보았다. 고통스럽게 일그러진 그의 얼굴에 비해 너무나 평온한 이수의 얼굴. 칼은 아름다우면서도 슬픈 얼굴을 보며 목을 쥔 손에 점점 힘을 주기 시작했다.

너무나도 가는 목이다. 한 손으로도 쥐고 흔들 수 있을 것 같은 연약하고 보드라운 목. 칼은 자신의 손 안에서 미약하게 숨을 쉬는 그녀를 보며 온몸의 혈관이 조여오는 고통을 느꼈다.

왜 날 이렇게 만들어. 왜 자꾸 극한으로 몰고 가는 거야. 너만 옆에 있으면 난 비정상이 돼. 그 누구도 아닌 괴물이 된단 말이야!

그는 손을 부르르 떨며 이수를 응시했다. 고통스러운 듯 이마를 찡그리며 스르르 눈을 감는 그녀는 시체처럼 창백했다. 마치 죽여주기를 기다려 온 사람처럼 담담한 모습. 이런 모습이 칼을 더욱더 화나게 했다. 해보면 해보라는 듯, 아무리 그래도 자신은 상처받지 않는다는 초연한 모습은 알 수 없는 욕망에 빠져들게 했다. 그래서 목을 쥔 손에 더욱더 힘을 주려는 찰나, 이수가 그의 손을 잡고 자신의 목을 힘껏 누르기 시작했다. 그 모습이 이대로 죽여달라고 시위하는 것 같아 뜨거웠던 칼의 머리가 단숨에 차가워졌다.

"젠장."

칼은 욕설을 중얼거리며 뱃속 깊은 곳에서 우러나오는 신음을 흘렸다. 그리고 천천히 손에 힘을 풀고 이수에게서 떨어졌다.

한 걸음 물러서니 베일을 씌운 듯 불투명했던 이성이 점차 맑아지기 시작했다. 잠시 분노로 인해 이성이 흐려졌던 걸까. 그제야 창백한 얼굴과 부드러운 곡선들로 가득한 몸이 시야에 들어오기 시작했다. 그녀의 나신이 새벽의 푸른빛처럼 슬프고 아름답다는 생각이 떠오르는 순간, 이수가 참았던 숨을 훅 하고 내쉬며 밭은기침을 했다. 칼은 그녀와 자신의 손을 번갈아 바라보며 질린 표정을 지었다. 조금 더 자신을 몰아갔으면 이수를 죽일 수도 있었을 거라는 생각이 들자 정신이 아찔했다.

아주 짧은 순간이지만 죽이고 싶었다. 그리고 자신도 이 권태로운 인생을 끝내고 싶었다. 그녀도 같은 생각이었을까. 그래서 저항조차 하지 않은 걸까. 침대에서 내려오며 칼이 차갑게 쏘아붙였다.

"넌 정말 독한 여자야! 그게 사람을 얼마나 질리게 하는지 알아?"

이수에게 하는 비난이 아니었다. 자신에게 하는 힐책이었고 비웃음이었다. 지키지도 못할 사랑을 한 주녕에게, 어이없이 뒤돌아설 수밖에 없었던 바보에게, 여전히 흔들리는 못난 칼에게 그는 신랄한 저주와 비난을 퍼부었다.

'그때 욕심을 내지 않았더라면, 널 미치도록 원하지 않았더라면 모두 다 행복했을까.'

칼은 가슴에 이는 불길을 더 이상 참을 수 없어 그 길로 빌라를 뛰쳐나와 차에 올라탔다. 오늘 밤, 아무리 밤새워 달려도 응어리가 풀리지 않으리란 걸 알지만 그는 액셀러레이터를 깊게 밟았다.

　조각조각 찢어발겨진 옷가지와 속옷들을 말없이 응시하던 이수는 아픈 목을 쓰다듬으며 침대 시트 속으로 파고들었다. 폭발하는 듯한 그의 감정을 보면서 느꼈던 분노와 슬픔이 목까지 올라왔지만 그녀는 애써 삼키며 베개에 얼굴을 묻었다.
　"죽이지도 못할 거면서 여기엔 왜 왔어."
　들릴 듯 말 듯 중얼거린 그녀는 멍한 눈으로 침대 끝을 응시했다. 잠시 후. 꿈결처럼 머리가 몽롱해진다고 느낌이 든 순간, 어디선가 사람들이 속삭이는 소리가 들리기 시작했다. 그리고 눈앞에 잘라낸 영화 필름처럼 단편적인 기억들이 하나둘 스쳐 갔다.
　많은 사람들의 얼굴이 보였다. 자신을 내려다보는 그들의 시선엔 경멸과 분노, 탐욕이 어수선하게 뒤섞여 있었다.
　『오빠 장례식 비용이 필요해요. 부탁드립니다.』
　그들의 발치에서 머리를 조아리는 순간, 싸늘한 비난의 화살이 꽂혔다.
　『흥, 제 몸뚱어리 잘못 굴린 죄로 벌받은 거라니까. 그러게 애초에 처신을 잘했어야지. 여기서 이러고 있지 말고 어디 가서 몸이라도 팔아. 혹시 아니, 돈 많은 인간이 돈푼깨나 찔러줄지?』
　이수는 악몽에서 깨어나기 위해 몸을 뒤척였다. 그러나 꿈에서 깨기는커녕 더 깊은 수렁 속으로 빠져들고 있었다.
　『내 새끼 두고 어찌 눈을 감누. 아이고, 불쌍한 내 새끼야.』
　"할머니……."
　이수는 슬피 울면서 허공에 손을 휘저었다. 금방 만져질 듯한 할머니의 모습이 저 멀리 사라지고 사람들 앞에 무릎을 꿇고 있는 자신이 보였다. 형편없이 말라 더없이 작아 보이는 어깨. 이수는 그 어깨를 만져 보려고 손을 뻗었지만 역시 닿지 않았다.

『돈이 필요합니다. 절 고용해 주세요.』

사람들의 비웃음이 한꺼번에 터져 나왔다. 여기저기서 창녀라고, 갈보라고 손가락질을 했다. 그 속에서 젊은 남자가 다가왔다. 낯익은 얼굴이다. 칼 밀튼, 아니, 강인규였다.

『왜 자신을 버렸어? 그렇게 당당했던 네가 왜 그렇게까지 추락해 버린 거야?』

순간, 이수는 눈을 번쩍 뜨고 가쁜 숨을 몰아쉬었다.

'젠장. 지독한 가위눌림이구나.'

악몽의 끔찍한 여운을 털어버리기 위해 침대에서 일어나려고 했지만 몸이 쉽게 움직여지질 않았다. 가슴은 고통스러울 정도로 쿵쾅대고 온몸은 땀에 흠뻑 젖어 있었다. 그녀는 무릎을 감싸 안으며 연달아 깊은 숨을 쉬었다. 지독한 악몽이었지만 눈앞에 떠오른 이들은 실제 사람들이었다. 되새기기 힘겨운 기억들의 편린. 이수는 갑자기 견딜 수 없는 추위를 느끼며 침실을 나왔다.

아무것도 걸치지 않은 하얀 나신이 거실을 가로질러 욕실로 향했다. 검은 어둠과 정적 속에 금방이라도 쓰러질 듯 힘없이 걷는 그 모습이 영락없는 유령이었다. 현실에 미련을 버리지 못하고 떠도는 영혼. 욕실 불을 켜고 거울 앞에 선 그녀는 자신의 목을 만져 보며 건조하게 중얼거렸다.

"난 죽은 게 아니야. 지금까지 잘 버텨왔잖아. 난 죽지 않았어."

굳은 입매로 반복해서 중얼거리던 이수는 갑자기 뭔가 생각난 듯 그 길로 자신의 방으로 뛰어들어 가 급한 손길로 젖은 머리를 대충 빗어 넘기고 화장을 시작했다. 최대한 짙고 강렬한 화장. 마지막으로 아찔할 정도로 붉은 립스틱을 바른 그녀는 청바지를 찾아 입고 가위를 찾아와 빨간 티셔츠의 소매와 가슴 아래 부분을 거칠게 잘라냈다. 거울 앞에 서서 몇 분 만에 만들어낸 옷과 화장을 확인한 그녀는 낯선 자신을 메마른 시선으로 응시했다. 지금 모습은 몇 시간 전 우아하고 아름다웠던 모습과 정반대인 도발적이고 유혹적인 모습이었다. 난 이게 익숙하지. 우아한 척 고상 떨어봤자 다 허깨비인 거야.

그대로 빌라를 뛰쳐나와 주차장에 선 이수는 휴대폰 폴더를 열고 마지막 전화 온 사람의 번호를 눌렀다. 신호음이 가고 얼마 안 돼 잠결인 듯한 목소리가 전화를 받았다. 처음에는 누군지 몰라 당황하던 그가 짜증스런 이수의 말투에 정신이 난 듯 황급히 물었다.

[이수 씨? 이수 씨가 웬일이에요?]

어안이 벙벙한 그의 음성을 흘려들으며 이수가 말했다.

"나 좀 데리러 와. 춤추러 가고 싶어."

[갈게요. 거기 어디예요?]

주소를 불러준 이수는 휴대폰 폴더를 닫으려다 다시금 부재중 전화번호를 확인해 보았다. 미국에서 걸려온 전화번호가 눈에 띄자 그들이 칼 밀튼의 정체를 알아냈다는 데에 생각이 미쳤다. 하지만 어차피 다 아는 일이다. 그녀는 폴더를 닫고는 해진이 올 때까지 기다렸다.

"어디로 갈래요?"

삼십 분도 안 돼 차를 몰고 나타난 해진은 들뜬 얼굴로 물었다. 그런 그에게 시선도 맞추지 않고 차에 올라탄 이수가 짧게 중얼거렸다.

"엑스터시."

"OK."

해진이 짧고 경쾌하게 외쳤다.

그들이 탄 차는 빠르게 밤거리를 향해 달렸다. 해진은 눈치가 빠르거나 아니면 머리가 좋은 남자였다. 이수의 분위기가 심상치 않음을 감지한 그는 최대한의 말을 아끼며 빠르게 엑스터시에 도착했다. 클럽 정문에 도착하자 앳된 외모의 웨이터가 나와 차 문을 열어주었다.

"누나, 오랜만이에요!"

웨이터를 향해 씩 웃어준 이수는 곧바로 클럽 안으로 향했다.

쿵쿵. 쿵쿵.

음악 소리가 가까이 들리기 시작하자 몸속의 피가 뜨거워지는 것이 느껴졌다. 심장이 빠른 비트에 따라 뛰기 시작했고 몸 안의 근육 하나하나들이 빨리 몸을 흔들고 싶다며 아우성쳤다. 문이 열리고 댄스 음악이 훅 끼치면서 뜨겁고 화려한 광경이 시야에 들어오자 이수의 눈빛이 뜨겁게 흔들렸다. 이수는 곧바로 플로어 속으로 뛰어들어 사람들 사이에 섞였다. 그리고 미친 듯이 춤을 추기 시작했다. 그것은 춤이 아니었다. 슬프고 고독한 몸짓이었고, 살기 위한 의식이었다.

클럽 안의 남자들의 시선이 플로어 중앙에서 춤을 추고 있는 한 여자에게 쏠렸다. 옷차림만큼이나 도발적으로 춤을 추는 그녀는 그 누가 봐도 유혹적이고 섹시했다. 여자가 앞에 선 키 큰 남자의 얼굴을 쓰다듬으며 몸을 기대자 남자가 자연스럽게 그녀의 허리를 끌어안고 춤을 췄다. 이에 몇 명의 남자들이 질투에 어린 불평을 터뜨렸고 점점 클럽 안의 모든 시선들이 그들에게 향하기 시작했다.

"오늘 이수가 필받았나 보다. 야, 음악 끊지 말고 계속 돌려."

고참으로 보이는 웨이터가 잠시 무대에서 내려온 DJ에게 말했다. 그 후부터 더욱더 빠르고 강렬한 비트가 쏟아지기 시작했다. 음악이 흐를수록 클럽의 공기는 한 커플로 인해 뜨겁게 달아올랐고 보는 사람의 심정마저 아슬아슬하게 만들었다. 주위 시선 따윈 전혀 신경 쓰지 않고 대담하게 스킨십을 하며 춤추는 모습이 보는 사람들을 들뜨게 했다. 이수는 완벽한 유혹의 여신. 남자들은 그녀를 보며 자신이 상상 속에서 새롭게 영상을 만들어냈다.

그러나 그들과 동떨어진 세계 속에 자신을 내던진 이수는 현란한 조명과 뜨거운 공기, 터질 듯한 슬픔 속에 흠뻑 젖어갔다. 몇 곡이 이어지도록 쉬지 않고 춤을 춘 탓에 온통 땀범벅이 되어 있었다. 그러나 전혀 힘든 줄 몰랐다. 할 수만 있다면 심장이 터져 나가도록 춤을 추고 싶었다. 온몸이 뜨거워지고 피가 들끓는 것을 느끼고 동시에 살아 있다는 것을 확인받으려 했다. 그러나 시간이 흐를수록 가슴은 차갑게 식어갔고 그럴수록 공허함만이 밀려왔다. 온몸을 훑어 내리는 주변의 시선과 해진의 뜨거운 시선으로는 허기가 채워지지 않았다.

더욱더 뜨거운 시선, 이 갈증을 채워줄 뭔가가 절실히 필요해.

이수는 관능적인 표정을 짓곤 해진의 품으로 파고들며 목을 끌어안았다. 그리고 한쪽 다리를 그의 허벅지에 감은 채 온몸을 실었다.

유혹적인 춤이 계속되는 가운데 그들의 모습을 좇는 세 개의 시선이 있었다. 그중에서 가장 날카롭고 차갑게 빛나는 눈동자가 발걸음을 옮겨 플로어로 향해 다가가기 시작했다.

무대 조명과 사람들의 시선을 한눈에 받던 두 사람에게 다가간 커다란 그림자는 다짜고짜 이수의 팔을 잡아 플로어에서 끌어내리려 했다. 놀란 이수는 그 우악스런 힘을 뿌리치려다 남자의 얼굴을 보고 는 잠시 멈춰 섰다. 머리 속으로 빠르게 인명사전을 들추다 보니 멍 청해 보이는 터미네이터가 누군지 생각이 났다. 그는 돈 빼고는 이렇 다 내세울 게 없는 졸부의 2세였다. 하느님이 근육질 몸매를 선사하 는 대신 뇌기능 몇 개를 잊으셨는지 그는 돈과 여자만 밝히는 속물이 었고, 몇 달 전 억지로 이수를 안으려다 개망신당한 전력이 있는 양 아치였다.

"한동안 안 보인다 했더니 이 치와 연애 중이었나 보지?"

그가 이수의 팔을 잡아 흔들자 금세 얼굴이 굳은 해진이 성큼 다 가와 소리쳤다.

"당신, 뭐야!"

"내가 왜 네 당신이야? 난 남자는 취미없어."

가소롭다는 듯이 웃어 젖힌 남자는 이수의 팔을 잡고 이층 룸으로 성큼성큼 끌고 가기 시작했다.

"너 이 자식! 그 팔 안 놔!"

해진이 남자의 어깨를 잡으려는 순간, 덩치 큰 무리 몇 명이 그를 막아섰다. 잠시 후, 해진이 남자들에게 끌려 나가는 걸 본 이수는 거 세게 저항했지만 역부족이었다. 양아치에게 질질 끌려가다시피 한 그녀는 웨이터들과 주변 사람들을 쳐다보았다. 그러나 상대가 워낙 거물이고 잘못 건드렸다간 봉변만 당할 게 될 것이 뻔한지라 누구 하 나 나서려 하질 않았다. 결국 룸까지 끌려 올라간 그녀는 커다란 룸 에 밀어 넣어졌고 인정사정없이 소파에 내팽개쳐졌다.

"저번에 못한 거 마무리를 지어야지. 너 때문에 꼰대한테 얼마나 깨진 줄 알아?”

“미친 새끼. 그 나이가 되도록 나이 값도 못하니 그렇지.”

씩씩거리며 재킷을 벗어 던지는 그를 본 이수는 빨갛게 부어오르기 시작한 팔목을 문지르며 중얼거렸다. 그러자 남자의 눈썹이 한껏 치켜 올라가더니 성큼 다가와 따귀를 후려쳤다.

“야 이년아, 너 뒤질래? 너 같은 년은 쥐도 새도 모르게 없애 버리는 수가 있어.”

빨갛게 부어오르는 뺨을 부여잡고 소파 위로 쓰러진 이수는 매섭게 눈을 치켜떴다.

“안 그래도 돌아버리겠는데 사람 건드리지 마. 너야말로 아버지 재산 다 못 쓰고 죽는 수가 있어.”

“흥, 여전히 입만 살아가지고. 어디 언제까지 그렇게 나불댈 수 있을지 볼까?”

남자가 그녀의 머리채를 잡고 다시 따귀를 날리기 시작했다. 이수는 마구 발악을 해댔지만 술과 약에 취해 인정사정없이 구는 그를 제지할 수 없었다. 순식간에 입술이 터지고 얼굴에 멍이 들기 시작했다. 아픔에 반항이 느슨해지자 그가 테이블 위에 이수를 눕히고 옷을 찢었다. 얇은 천이 북 찢어져 하얀 가슴이 드러나자 남자가 만족한 듯 씩 웃었다.

“오늘 최만기 소원 푸는 날이다.”

그가 의기양양하게 중얼거린 그때, 요란스럽게 문이 열리고 해진이 뛰어들어 왔다. 그리고 뒤이어 남자들이 쫓아 들어왔다. 이수는 재빨리 드러난 가슴을 가렸고 엉망이 된 해진의 얼굴을 보고 기겁했다. 얼마나 맞았는지 온통 멍투성이에 한쪽 눈이 크게 부풀어 오르기 시작했다.

"이 개자식이! 무슨 짓이야!"

손쓸 틈도 없이 재빠르게 달려든 해진이 거세게 얼굴을 가격하자 최만기가 멱살을 잡고 소리쳤다.

"어디다 손을 대. 너, 내가 누군지 알고 이러는 거야?"

결코 작은 키라 할 수 없는 해진조차도 왜소해 보일 정도로 최만기는 육중한 몸을 가지고 있었고 힘도 사정은 마찬가지였다. 거친 욕설과 함께 해진은 가볍게 밀쳐져 룸 구석에 처박혔다.

"퉤. 간만에 즐겨보려는데 왜 이렇게 귀찮게 하는 거야! 쌍!"

최만기가 막 걷어차려는 동작을 취할 즈음, 낮게 가라앉은 목소리가 허공에 울렸다.

"그만두지."

이수는 황급히 입구 쪽을 쳐다봤다. 그곳에는 무표정한 얼굴의 칼이 서 있었다. 격한 감정들로 가득한 곳에 차가움이 훅 끼쳤다. 이수는 아무리 많은 사람들이 운집에 있는 곳이라도 칼을 찾아낼 수 있을 것만 같았다. 한없이 무겁고 차가운 공기를 몰고 다니는 사람만 찾으면 되니까.

"넌 뭐야!"

최만기의 질문에 시선조차 주지 않은 칼이 곧바로 이수에게로 다가왔다. 그는 멍이 진 얼굴과 터진 입술을 살펴보며 이맛살을 구겼다. 자기 물건에 흠집이라도 난 사람처럼 불쾌해하는 그의 표정에 질린 이수는 화난 표정으로 야멸차게 고개를 돌려 버렸다. 갑자기 등장한 불청객에 어리둥절해 있던 무리들은 칼과 이수를 보며 어이없다는 표정들을 나누었다.

“이 새끼야! 넌 뭐야!”

“보아하니 있는 집 자식들인데 말썽 일으키지 말고 집에나 가지.”

“쳇. 웃기고 자빠졌네.”

그들은 가소롭다는 듯이 웃음을 터뜨렸다. 그러나 그 웃음도 오래 가진 못했다. 칼의 표정이 너무나 무서웠기 때문이다. 심상치 않은 기운과 속이 뜨끔해질 만큼 서늘한 눈빛. 그들도 칼이 범상치 않은 남자라는 걸 깨달았는지 패거리들 중 몇 명이 웃음을 멈추고 뒤로 슬금슬금 물러서기 시작했다.

“선택은 한 번이야. 지금 여기서 조용히 나가겠어, 아니면 내 방식대로 처리할까.”

분노를 애써 억누르고 있는 칼의 목소리에 웃고 있는 사람은 만기 하나뿐이었다. 혼자만 분위기 파악 못한 그는 칼의 어깨를 손가락으로 꾹꾹 누르며 말했다.

“이봐, 형씨. 지금 무슨 소리를 지껄이는지 알고나 있는 거야.”

그 순간, 칼이 보이지 않는 손놀림으로 그의 손가락을 잡아 뒤로 꺾자 우두둑 하는 소리가 실내에 울렸다. 뼈가 부러지는 둔탁하고 기분 나쁜 소리. 동시에 긴 비명이 울려 퍼졌다.

“으아아악!!”

손목을 움켜쥐고 비명을 지르는 남자의 배에 주먹을 내지른 칼이 태연히 속삭였다.

“선택은 한 번이라고 했어.”

“흐어억! 너 이 자식! 애들아, 이 새끼 묵사발을 내버려!”

그 말과 동시에 패거리들이 일제히 칼에게 달려들었다. 수적으로 우세하기 때문에 한꺼번에 덤비면 괜찮겠다 싶은 판단에서였지만,

그들은 몇 분도 안 돼서 잘못된 판단이었음을 깨달았다. 꺾어진 손가락으로 펄펄 뛰던 만기의 팔을 비튼 칼이 고갯짓을 하자, 기다렸다는 듯이 덩치 큰 남자 셋이 밀고 들어왔기 때문이다. 그들은 숙달된 경호원들답게 날렵하고 치명적인 공격법을 구사했다. 이에 동정심이 일 정도로 일방적으로 두드려 맞은 패거리들은 룸 구석으로 차곡차곡 처박혔다. 그것은 순간이었고, 너무나 쉬웠기 때문에 지켜보던 해진과 이수는 나동그라지는 무리들을 멍하니 바라볼 뿐이었다.

"도대체 그런 꼴로 여기까지 온 이유가 뭐야? 나 좀 건드려 달라고 광고라고 하는 거야!"

말리는 해진을 노려보고, 반항하는 이수를 질질 끌다시피 해서 차에 태운 칼이 귀가 먹먹할 정도로 소리를 질렀다. 그에게 잡힌 손목이 아파 연신 문지르던 이수는 볼멘소리로 말했다.

"지금 그 말, 상당히 모욕적이야."

"모욕받기 싫다면 제대로 처신했어야지. 싸구려처럼 구니까 그 딴 놈들이 꼬이는 거 아니야."

"흠, 싸구려라."

그가 내뱉은 단어를 입속에서 몇 번이나 음미한 이수는 싸늘한 표정으로 말했다.

"싸구려 창녀를 끌어들인 건 당신이야. 당하게 내버려 두지 굳이 찾아와서 불필요한 수고를 한 것도 당신이고 말이야. 난 도와달라고 한 적 없어."

"인사치레를 원한 건 아니지만 고맙다는 말 한마디 없다니, 매정하군."

"뭐라고 말해야 만족할 건데? 칠 년 동안 잊지 않고 찾아줘서 고맙다고? 강간당할 상황에서 구해주었으니 황송하다고? 몇 시간 전까지만 해도 당신이 하려던 짓이 그거 아니었나?"

폭발할 듯이 화가 나 보였던 칼의 얼굴이 일시에 가라앉았다. 불과 몇 시간 전이 상황을 다시 떠올리자 두 사람은 가슴이 무거웠다.

"그러니까 너한테는 그 자식들이나 나나 매한가지라는 소리군. 유감인데."

"좀 다르긴 하지. 그 애들은 우스우리만큼 단순한 데가 있어. 그냥 본능대로만 움직이니까. 그런데 당신은 아니야. 주도면밀하고 계산적이지. 함정을 파고 밀어뜨리고 웃으면서 쳐다보는 악랄함을 가지고 있잖아."

"혀에 제법 날이 섰군."

칼의 차가운 시선에도 아랑곳 않고 이수가 계속 말했다.

"자기가 아닌 남이 상처 주는 건 참지 못하는 거야. 자기는 해도 남은 안 된다는 이기적인 생각이지."

"자극하고 싶은 모양인데. 오늘은 이쯤하지. 둘 다 피곤한 하루였잖아."

"나 때문에 당신이 고통받았다고 해서, 함부로 취급해도 된다는 건 아니야. 지금까진 참았지만 앞으로도 그럴 거라고 생각하지 마."

칼과 눈빛이 얽히는 순간, 이수는 밀폐된 차 안에 둘만 있다는 것에 갑자기 신경 쓰이기 시작했다. 그의 시선은 어느덧 뜨겁게 덮혀져 있었고, 그 때문에 가슴이 두근거렸다. 클럽에서 아무리 춤을 춰도 뛰지 않았던 심장인데 그 앞에만 서면 제멋대로 쿵쾅댄다. 차라리 실컷 증오라도 하면 마음이 편하겠는데 누군지 알면서도, 이런 감정이

드는 자신을 이해할 수가 없었다. 이수는 애써 칼의 시선을 피하며 한껏 짜증스러운 목소리를 만들어냈다.

"그리고 어딜 가나 따라붙는 그 망할 경호원들 좀 당장 떼버려. 어차피 지금쯤이면 내 행동반경을 다 파악했을 거 아니야."

"또다시 이런 말썽 부리지 않겠다고 약속하면 들어주지. 적어도 나와 같이 있을 때까진 말이야. 그 이후엔 네 마음이지만."

말속에 뼈가 느껴지자 어금니를 슬쩍 깨문 이수가 말했다.

"노력해 보지 뭐. 대신 당신도 약속 지켜. 돌아다니다 그 치들 머리꼭지라도 보이는 날이면 가만히 안 있을 거니까."

가볍게 동의한 칼이 비로소 시동을 걸고 차를 출발시켰다. 피곤했는지 차 시트에 기대 눈을 감고 있는 이수를 이따금씩 돌아보던 그는 광대뼈 주변에 파란 멍을 보고 어금니를 지그시 깨물었다. 경호원들에게 연락이 왔을 때, 칼은 마음속 저 밑바닥까지 뜨거워짐을 느꼈다. 점점 통제할 수 없는 감정이 그를 장악하려고 하고 있었다. 폭발할 듯한 분노와 그녀를 소유하고 싶다는 강렬한 욕구. 그 모든 것들은 칼 밀튼답지 않은 비이성적인 행동들이다. 그는 어떻게든 이성적으로 행동하겠다고 다짐했지만 클럽에 도착해 그녀의 얼굴을 보고는 모든 생각을 잊고 지독한 살인 충동을 느꼈다. 자신이 직접 나섰다면 놈의 손가락이 아니라 목을 꺾어버렸을지도 모를 일이었다. 칼은 휘몰아치는 분노를 삭이지 못한 자신을 비웃었다. 이수 말대로 자신은 지독하게 악랄하고 저열한 인간이 아닌가. 앞으로도 더 악독한 일을 저지르려고 하는 주제에 그렇게 화를 내다니. 모순이다. 지독한 모순.

그는 석현호와의 전화를 회상하며 쓰디쓰게 웃었다.

"칼 밀튼입니다."

현호는 조금 긴장한 투로 말했다.

[아, 네. 무슨 일이신지.]

"이수가 거길 갔다는군요. 지금 막 문제가 생겼다는 연락이 왔습니다."

[아, 제, 제가 처리하지요.]

"아닙니다. 제가 직접 갈 겁니다. 참견하지 마시라고 전화한 겁니다."

[그, 그렇군요.]

칼은 당황하는 기색이 완연한 상대방의 어조를 보며 주도권은 이미 자신에게 넘어왔다고 생각했다. 이제 더 이상 도망갈 구석이 없다는 걸 알았을 테니 얌전히 머리를 조아리는 수밖엔 없겠지. 그는 더욱더 고삐를 단단히 잡을 심산으로 말했다.

"그리고 저번에 말씀하신 사항은 언제쯤 넘겨주실 생각이십니까? 오래 뜸을 들일수록 불리해질 뿐일 텐데요."

[고, 곧 넘겨드리겠습니다. 단, 제 루트로 나왔다는 사실이 알려질 시에는…….]

"그건 걱정 마십시오. 그럼 이만 끊겠습니다."

시간을 끌수록 불리해지는 건 석현호뿐만이 아니었다. 칼은 빨리 모든 걸 마무리하고 미국으로 돌아가려는 계획을 세웠다. 그녀의 얼굴을 보면 볼수록 냉철해질 수 없었고, 감정적으로 동요하는 자신이 언짢았다.

'애초의 계획대로 진행하는 거야. 그리고 모든 걸 뒤로한 채 홀가분하게 떠나는 거야.'

이수에게 복수한다고 해서 자신의 삶이 달라질 거라는 생각은 애초 하지 않았다. 그저 기억에서 그녀를 지우는 작업일 뿐이다. 좋은 기억을 지우고, 나쁜 기억을 가득 채워 넣기 위해, 그래서 더 이상 그리워하지 않게 하기 위해, 결국은 그 망할 놈의 그늘에서 벗어나기 위해. 칼은 그 시간을 하루라도 빨리 앞당기고 싶었다.

한 통의 전화가 걸려왔다. 인주였다. 그녀는 만나서 할 얘기가 있다고 일방적으로 말하고는 전화를 끊었다. 그 말투가 너무나도 자신만만해서 이수는 잠시 동안 고민에 사로잡혔다. 그냥 화나 돋우려고 하는 일상적인 태도가 아니었다. 뭔가 중요한 것을 품은 것처럼 은밀하고도 당당한 것이었다. 이수는 전화를 끊기 직전 그녀의 마지막 말을 떠올리며 빌라를 나섰다.

"나오지 않으면 후회하게 될걸."

'예감이 안 좋다. 뭘 후회하게 될 거란 거지?'
커피숍 안의 공기는 들어서자마자 금세 소름이 돋을 만큼 냉랭했다. 에어컨 바람을 그리 좋아하지 않는 이수는 살짝 미간을 찌푸리며 실내를 죽 훑었다. 저 멀리 창가에 앉은 인주가 가볍게 손을 들어 올리는 것이 보였다. 마치 친구라도 만나는 것처럼 쾌활한 모습에 어이가 없었다. 무슨 꿍꿍이가 있는 걸까. 오페라 극장에서 못다 한 분풀이라도 하고 싶은 건가. 이수는 별로 내키지 않는다는 표정으로 자리에 앉았다. 주문이 끝나자마자 의미심장한 미소를 지은 인주가 얼굴을 바싹 들이밀고는 노골적으로 훑기 시작했다.

"지난밤에 대단했다는 소문이 돌던데, 화장과 선글라스로 가려질 정도면 심한 것도 아니었나 봐."

잔뜩 비꼬는 말투에 이수가 퉁명스럽게 말했다.

"본론이나 말해. 귀찮다는 사람, 부른 이유가 뭐야?"

"뭐가 그렇게 급해? 숨이나 돌리고 말하자."

다른 때와 확연히 구분되는 분위기로 보아 뭔가 중요한 것을 감추고 있는 게 분명해 보였다. 도대체 어떤 비밀이기에 저리 즐거운 얼굴을 할까. 유독 반짝이는 눈빛에 불길함을 느낀 이수는 감춰진 속셈을 헤아려 보느라 머리가 복잡했다. 그사이에 종업원이 오렌지 주스와 커피를 가져왔고 주스 한 모금을 홀짝인 인주가 먼저 입을 뗐다.

"네가 뻔뻔한 줄은 알았는데 이 정도일 줄은 몰랐어. 넌 수치심도 없니?"

"수치심?"

이수가 눈을 똑바로 뜨고 노려보았다.

"나참, 어이가 없어서……. 그래, 그동안의 회포 푸느라 얼마나 고생이 많니?"

아! 칼 밀튼! 비밀 병기라는 게 고작 그것이었나. 속을 불편하게 했던 꿍꿍이가 파악되자 이수는 비교적 여유로운 표정을 지으며 소파에 등을 기댔다.

"덕분에 좋은 시간 보내고 있지. 그 얘기 하려고 여기까지 부른 거야?"

"뻔뻔하긴."

흥, 내가 찾은 게 아니라 당신 동생이 먼저 접근한 거라고! 나도 썩 내키는 건 아니란 말이야. 이수는 시큰둥한 표정을 지으며 말했다.

"그 딴 얘기 늘어놓을 거였다면 전화로 하지 그랬어. 웬만하면 놀아주고 싶은데 피곤해서 가봐야겠어."

무시하는 투가 완연한 어조에 인주의 얼굴빛에 앙칼진 표정이 드러났다. 그러나 금세 웃음기가 돌자 다시 불안해졌다. 뭔가를 더 가지고 있는 걸까? 그렇지 않고서는 저렇게 여유만만하게 나올 리 없지. 막 백을 집어 들고 자리에서 일어나려는데 인주가 서류 봉투를 꺼내 테이블 앞으로 던졌다.

"간다는데 잡지 않아. 대신, 이거나 한번 보고 가."

이수는 선 채로 서류 봉투를 열어 안에 담긴 내용물들을 꺼냈다. 밖으로 끄집어져 나온 것들은 수십 장의 사진. 나이트에서 춤을 추는 자신과 해진, 칼에게 손목을 잡힌 채 끌려 나오는 모습, 그리고 노블하우스로 들어가는 장면들이 찍혀 있었다. 칼과 함께 찍힌 자신의 얼굴을 자세히 들여다보던 이수는 이게 어쨌냐는 표정으로 물었다.

"왜 이걸 나한테 보여주는 건데?"

"네가 우리들의 중심에 있으니까. 너만 없었으면 지금의 나도 이렇게 되지 않았을 거고, 인규도, 엄마도 죽지 않았을 테니까."

갑자기 숨이 차 오름과 동시에 맥박이 빨라지기 시작했다. 내가 지금 무슨 말을 들은 거지? 이수는 명치 끝에 예리한 고통을 느끼며 간신히 입을 열었다.

"뭐, 뭐라고?"

"흥, 못 알아듣는 척하지 마. 여우 같은 계집."

되돌아오는 싸늘한 대꾸에 이수는 뭔가가 뒷목을 잡아채서 마구 흔드는 듯했다. 뒤이어 날이 선 칼이 살점을 도려내는 아픔이 찾아왔다. 인생에서 끔찍한 일들이 일어날 때마다 느껴지는 감각들. 그녀는 메마른 입술을 축이며 다시 물었다.

"좀 전에 뭐라고 했지?"

"뻔뻔한 인간. 제 엄마 죽을 때도 코빼기 하나 내비치지 않더니, 몇 년 만에 한국에 와선 네년이랑 살림을 차려?"

이수는 혼란스러웠다. 지금 그녀가 무슨 말을 지껄이는지 하나도 이해가 되질 않았다.

"날 이 모양 이 꼴로 만들어놓고 너희들끼리만 잘살게 내버려 둘 줄 알았니? 아무리 오빠라고 해도 가만 안 둘 거야!"

귓속에서 난데없는 북소리가 들리는 듯했다. 아니, 어떤 여자의 비명이 고막을 아프게 했다. 지금 이 여자가 무슨 말을 하는 건가? 인규가 죽어? 오빠? 그 순간, 스스로도 놀랄 정도로 걸칠게 달려든 이수가 그녀의 멱살을 움켜쥐고 흔들었다.

"다시 말해 봐. 뭐? 뭐라고?"

"왜, 해코지한다니까 겁나는 모양이지?"

"……."

"김주녕이 여자 하나는 잘 뒀군. 가만 안 둔다니까 멱살잡이까지 하다니, 대단해."

탕탕!! 총알이 머리를 뚫는 듯한 예리하고도 얼얼한 감각이 스쳐 갔다. 잔인한 확인 사살이다. 이수는 현기증을 느끼며 그대로 소파에 주저앉았다. 충격받은 머리 속에서 아무런 생각도 나지 않고 윙윙 바람 소리만 났다. 인규의 모습과 주녕의 모습이 천천히 겹쳐지고, 처음 호텔에 들어서던 칼의 모습이 머리 속에서 천천히 고개를 들었다. 눈과 코, 입매와 턱 선. 머리 속에 담겨 있는 기억들을 죄다 꺼내 샅샅이 훑던 이수는 그동안 잠깐씩 스쳐 지나갔던 생각이 사실로 확

인되자 맥이 탁 풀렸다. 지독한 거짓말이길, 끔찍한 악몽이길 바라
는 건 어리석은 짓일까.

이수가 충격에 휩싸여 있는 사이, 옷매무새를 만진 인주가 말했
다.

"하고 싶은 말은 아직 시작도 안 했는데 벌써부터 기운 빠진 얼굴
하지 마."

충격도 충격이었지만 혼란스러워하는 걸 여실히 보여주면 또 하
나의 약점이 드러난다. 때문에 이수는 애써 담담한 표정을 추슬렀
다. 그러나 간신히 차갑게 가라앉은 표정을 짓긴 했지만 눈빛은 주체
할 수 없이 흔들리고 있었다.

"원하는 게 뭐야."

"보상이지. 망가진 내 삶에 대한 보상. 거절할 경우를 대비해서 시
나리오도 다 짜놨어."

"어떻게……."

"우선 칼 밀튼이 한국인 창녀와 동거한다는 얘기를 장인이 알게
해야겠지. 미국 주류 사회가 생각보다 보수적인 건 알지? 게다가 후
계자로 점찍어둔 사위가 창녀와 놀아났으니 가만둘 장인이 어디 있
겠어. 물론 여기까지는 좀 약하지. 그래서 장인이 귀로 전해 듣기보
단 눈으로 보게 해줄 작정이야. 타블로이드 잡지에 이 사진들 중 하
나가 실리게 됐을 때 사람들이 어떤 표정을 지을지 자못 기대가 되지
않아? 상황이 그렇게까지 되면 김주녕이든 칼 밀튼이든 회생 불가능
하지 않겠어?"

"……."

이수는 입을 다문 채 조용히 앉아 있었다. 겉으론 침착해 보였지

만 안으로는 너무나 혼란스러워 사고란 걸 하기가 힘들었다. 그가 김 주녕이라는 사실조차 받아들이기가 힘든데 그녀의 비열한 수작에 맞서는 건 능력 이상의 것이었다. 그녀는 지독한 현기증에 구토감을 느끼며 자리에서 일어섰다.

"생각할 시간을 줘. 다시 연락하지."

인주가 부르는데도 그대로 자리를 박차고 나온 이수는 걷는 내내 제정신이 아니었다. 땅을 밟아도 공중에 붕뜬 기분이었고, 허탈한 웃음이 흘러나오다가도 목 놓아 울고 싶은 충동이 들었다. 그녀는 휘청이는 걸음으로 차가 있는 곳까지 가다가 갑자기 허리를 푹 꺾고는 시멘트 바닥에 마구 토해 버렸다. 위 속에 있는 것을 모두 쏟아놓고 그대로 바닥에 주저앉아 두 눈을 감았다. 고통스럽다. 창자가 뒤틀리고 위가 몽땅 뒤집어진 듯했다. 구역질을 해서가 아니었다. 인규라는 가면을 뒤집어쓰고 나타난 주녕의 존재를 감당할 수가 없었다. 광풍이 휘몰아치는 머리 속엔 오직 한 가지 질문뿐이었다.

왜! 왜! 왜!

"늦었군."

막 현관에 들어서던 이수는 짧은 비명을 지르며 주춤했다. 주방 쪽에서 불쑥 튀어나온 칼의 모습에 가슴이 철렁 내려앉았던 것이다.

"왜 그렇게 놀라고 그래? 귀신이라도 본 표정이군."

"아, 아니, 일찍 퇴근했네."

칼은 묘한 표정으로 말했다.

"이봐, 지금 열 시야. 일찍이 아니라고."

이수는 거실에 걸린 시계를 보고 어색한 표정을 지었다. 시간이 벌써 이렇게 됐나. 발길이 닿는 대로 여기저기 헤매고 다닌 바람에 시간 개념이 헝클어져 버렸다. 걷다 보면 해답이 찾아질지도 모른다는 막연한 기대를 했는데……. 애석하게도 몇 번 신지도 못한 프라다 구두만 엉망이 됐을 뿐, 머리 속은 더욱더 만신창이가 되었다.

"마침 잘 왔군. 출출해서 스파게티를 만들었어. 두 사람 몫으로 했으니까 손 씻고 와."

이수에겐 그의 말이 귀에 들어오지 않았다. 보이는 것은 오직 칼의 얼굴뿐. 그녀는 난해한 추상화를 앞에 둔 사람처럼 복잡한 얼굴로 서 있었다.

칼의 표정, 몸짓 하나하나가 그녀에게 날카로운 칼날이었다. 날카로운 그것은 망막과 심장을 찢고 비명조차 지르지 못하도록 폐를 베어버렸다.

'한 사람의 모습이 이렇게 바뀔 수 있을까.'

칼과 맞닥뜨린 순간, 이수는 그의 옛 모습이 너무나 많이 드러난다는 사실을 알고 무척이나 놀랐다. 왜 진작 알아차리지 못했는지 스스로도 이해하지 못할 만큼 그의 분위기, 표정, 몸짓이 많이 닮아 있었다. 그런데 왜 눈치 채지 못했을까. 왜!

죽은 아이의 무덤을 바라보는 어미의 시선처럼 애틋하면서 고통스런 시선이 들킬까 도망치듯 욕실로 뛰어들어 갔다. 그리고 문에 기댄 채 뻑뻑한 눈을 지그시 감았다. 왜 자꾸 울음이 나오려고 할까. 어린아이처럼 목 놓아 울어버리고 싶었다. 울어서 몸 안의 수분이라도 빼내 버리면 무거운 마음이 한결 가벼워질까? 그러나 울려고 해도 눈물 따윈 나오지 않았다. 감정소비가 너무 크면 눈물조차 나오지 않는 법인가. 이수는 이마에 손등을 얹고 나직이 한숨을 쉬었다.

아직도 그 순간을 잊을 수 없다. 그들이 실려갔다는 병원 응급실에 들어섰을 때 경찰에게서 한 사람은 살고, 한 사람은 죽었다는 애기를 듣던 그 순간을. 이수는 그 산 사람이 주녕이기를 바랐다. 이 얼마나 서글픈 일인가. 잃고 나서야 그 사람의 존재와 감정을 깨닫게 되다니. 이수는 광폭한 열정과 결핍에서 오는 소유욕, 안아주고 싶을 만큼 외로운 두 눈을 사랑했음을 깨달았다. 그것도 진심으로…….

갑자기 담배 생각이 간절했지만 백을 거실에 두고 왔다는 걸 생각해 내자 이수는 천천히 바닥에 주저앉았다.

'잔인하기도 하지. 그렇게 살아 있으면서 어떻게 칠 년이라는 세월을 그냥 보낼 수 있었을까. 살아 있는 것만 알았어도, 이 세상 어딘가에 살아 있다는 것만 알았어도 그렇게 힘들진 않았을 텐데. 그래, 난 그런 생각조차 품어선 안 되는 여자란 건가. 그런 자격조차 없는 걸까?'

문 앞에 앉아 간신히 감정을 추스른 이수는 비교적 차분한 얼굴로 욕실을 나왔다. 전처럼 행동할 수 있을지 자신없었지만 칼의 얼굴을 똑바로 보지만 않는다면 버틸 수 있으리라고 생각했다. 그러나 그 생각은 어처구니없는 것이었다. 그와 같은 공간에 있는 것만으로도 온몸의 신경조직이 곤두섰고, 숨을 한 번 내쉬고 들이마실 때마다 긴장으로 기도가 움츠러들었다.

"도대체 무슨 생각을 하는 거야?"

스파게티를 포크로 돌돌 말고만 있을 뿐, 한마디도 안 하는 그녀를 보며 칼이 물었다. 이에 놀란 이수는 포크를 떨어뜨릴 뻔하다 간신히 움켜쥐었다.

"미안, 그냥 컨디션이 안 좋아서. 나 먼저 일어날게."

미심쩍은 눈으로 바라보는 그의 시선이 부담스러워 자신의 방으로 들어 온 이수는 여전히 세차게 뛰는 심장의 고동을 들으며 한참을 서 있었다.

그가 한다는 복수가 이것이 아니었을까 하는 생각이 들었다. 자신을 흔드는 것. 들뜨게 하고, 다시 예전처럼 사랑하게 만드는 것. 상대가 인규가 아니라 주녕이라는 것은 모르겠지만, 어쨌든 다시 사랑하게 만들고 떠나 버리는 것이 칼의 복수가 아닐까. 그렇다면 정말 잔인하다. 사람의 감정을 손안에 쥐고 흔들려고 하다니. 그러나 이수는 그가 이끄는 대로 따라가야겠다고 생각했다. 칼의 정체를 안 이상 피해야 하지만 이번이 아니면 또다시 평생을 후회할 것이기 때문이다.

'이번에는 바보처럼 굴지 않을 거야. 끊임없이 자신을 속이고, 외면하고, 덮어두려고 하지 않을 거야. 그동안 배운 거라곤 현실에서 최선을 다하지 않으면 기회는 주어지지 않는다는 것뿐이야. 난 당신을 잃었고 내 마음을 말할 기회조차 없었어. 이제는 당신이 뭐라 하던 내 감정에 솔직할 거야. 당신이 날 상처 입힌다고 해도, 나한테만은 솔직해지겠어.'

다음날 이수는 가지고 있는 주식들과 부동산을 매각하기 시작했다. 칠 년 동안 모아온 재산을 정리하는 데는 생각보다 오래 걸리지 않았다. 몇 가지만 빼놓고는 쉽게 쓸 수 있도록 현금화해서 은행에 넣어두고 있었으니까. 그녀는 아주 홀가분한 마음으로 인주에게 전화를 했다. 그리고 원본 필름과 입을 다물겠다는 각서와 함께 전 재

산 중 2/3가량 되는 돈을 인주에게 넘겨주었다. 이상하게도 아깝다
는 생각이 들지 않았다. 내 것이 아니라고 생각했기 때문에 쉽게 줄
수 있었던 걸까. 결코 적지 않은 돈을 넘겨주자 무거운 짐을 벗어놓
은 것처럼 마음이 홀가분했다.

"이렇게 가벼울 줄 알았다면 진작 누구에게라도 줘버리는 건데."

차에 올라탄 이수는 잔뜩 화가 난 채 이를 부드득 갈고 있을 윤숙
의 집으로 향하며 허탈하게 웃었다.

깨끗하게 번 돈이 아니어서인지 별다른 애착이 없었다. 돈이 목적
이어서 시작하긴 했지만 최근에 들어선 그 목적마저 불분명해졌고
지독하게 회의를 느끼고 있었다. 이수는 돈 대신 그와의 시간을 택한
것을 모처럼 만에 잘한 선택이라고 생각했다. 이번만큼은 후회하지
않을 자신이 있었다. 자신이 정말로 원해서 하는 선택이니까.

"그렇게 심각한 표정 하지 마."

"내가 지금 안 심각하게 됐냐?"

너무나도 진지한 윤숙의 표정을 보며 이수는 미소만 지을 뿐이었
다. 만나면 머리채라도 잡고 흔들 것처럼 난폭하게 굴던 그녀는 막상
사람을 앞에 두고서는 말문을 못 열고 한숨만 내쉬다 한참 만에야 입
을 열었다.

"그래서 이제 어떻게 할 거야. 그동안에 번 거 그년하게 고스란히
꼬라박고 이제 어쩔 거냐고."

"계속 그 집에 있을 거야."

태연스럽게 말하는 이수를 보고 그녀가 인상을 확 구겼다.

"말도 안 돼! 다 알고도 거기에 있겠단 말이야?"

"응."

"미친년! 미쳐도 더럽게 미친년! 지금 제정신이야? 그 돈이 어떻게 번 돈인데, 그 돈을 버느라 얼마나 고생을……. 젠장! 그 미친놈 옆에서 뭘 어쩌겠다는 거야!"

금방이라도 눈물을 쏟을 듯 마구 흥분해 날뛰는 윤숙을 보며 이수는 도리어 위로하는 투로 말했다.

"난 괜찮아. 그 돈, 하나도 아깝지 않아."

"나쁜 년, 괜찮긴 뭐가 괜찮아! 너만 괜찮으면 다야! 내 복장은 다 터져 나가는데 너만 속 편한 얼굴 하고 있으면 다냐고! 내가 몰라? 그 돈 모으면서 얼마나 피눈물 흘렸는지 내가 모르냐고! 그리고 그 인간 옆에 있으면 상처받을 것 뻔한데도 있겠다는 이유는 뭐야? 너 정말 왜 이러는 거야!"

윤숙은 얼마나 억울한지 발까지 구르며 소리쳤다. 이에 비해 무서울 정도로 침착한 이수는 미소까지 띠며 말했다.

"난 추억을 가지지. 그 사람과의 며칠. 난 그거면 충분해."

"……."

이수는 말문을 잃은 그녀를 보며 애써 씩씩하게 웃어주었다. 괴로운 선택이지만 이미 마음을 굳힌 지금에는 담담했다. 윤숙이나 원중이 미친년이라며 손가락질한다 해도 마음을 바꾸지 않을 작정이다.

기억만큼 이수에게 값진 것은 없었다. 돈이나 보석 따위보다 값진 것이 머리 속에 담긴 기억이다. 그것을 살 수도 없고, 쉽게 지울 수도 없고, 만들어낼 수도 없다. 좋은 기억이든 나쁜 기억이든 누군가를 추억할 수 있는 꺼리가 있다는 게 얼마나 중요한 건지 그녀는 살아오면서 깨달았다. 특히 기억은 주녕과 연관 지어볼 때 가장 괴로운 것이었다.

그와는 같이 해본 게 아무것도 없었다. 같이 느긋하게 차를 마신 적도 없고, 영화를 본 적도 없고, 앞으로의 꿈이나 가보고 싶은 여행지 등에 대한 대화도 해본 적이 없었다. 언제나 화내고, 미워하고, 두려워하고, 그러면서도 속으로 그리워했다. 그와 했던 일보다 혼자서 보아온 기억이 거의 전부라 할 수 있었다. 그나마 그와 같이 했던 몇몇 기억들은 늘어진 비디오 테이프처럼 닳고 달아 희미해졌기 때문에 새로운 것이 필요했다. 그 새 기억들을 머리 속에 저장해 두고두고 재생할 생각이다. 그것만 있다면 그가 어떤 상처를 줘도 다 용서할 수 있을 것 같다. 그러면 그가 온 것이 시련이 아니고 새로운 삶을 시작할 수 있는 에너지가 될 수 있을 것이다. 아니, 그래야만 한다.

"그가 복수하려고 한다는 걸 알아. 날 무척이나 증오하고 있겠지. 하지만 언니, 나 그 사람 옆에 있을래. 내 입속으로 폭탄을 우겨 넣는다고 해도 옆에 있을래. 지금이 아니면 안 되거든. 그 사람 이제 떠나면 다시는 안 올 거야. 그러니까 마지막으로 담아두고 싶어. 그의 얼굴, 목소리, 버릇 하나하나까지도."

"이 바보야, 다친다고! 네가 다치게 될 거란 말이야!"

"칠 년 동안 고통스럽게 살아온 것보다 더 괴롭기야 하겠어? 버틸 수 있어. 그러니까 그 사람 옆에 있을래."

결연한 그녀의 얼굴을 보며, 윤숙은 설득하기 힘들 거란 걸 알았다. 갑자기 생기가 돌고 윤이 나는 얼굴을 보니 가슴이 미어졌지만 본인이 저렇게 원하니 자신이 어쩔 수가 없었다.

"넌 지금 자해를 하고 있는 거야. 고통이 깊어져서 무감각해진 걸 희열로 착각하고 있는 거라고!"

"괜찮아. 고통과 희열의 차이는 없어. 내가 원하면 희열이고, 원하지 않으면 고통인 거야. 난 그 사람과의 시간을 원해."

그녀의 말대로 칼과 같이 있는 것은 자해를 하는 것이다. 자신에게 끊임없이 상처를 남기며 평생 그에게서 벗어나지 못하겠지. 하지만 그가 세상에 있다는 걸 안 순간 살고 싶어졌다. 옆에 없어도 이 세상 끄트머리에서 살아가고 있다고 생각하면 충분히 살아갈 수 있으리라. 아프면 어떻고, 죽게 괴로우면 어떤가. 살아갈 이유가 생겼는데. 이수는 그의 진짜 정체를 알면서도 내색하지 못하는 것과 시시때때로 두근거리는 가슴으로 몰래 훔쳐보는 것 때문에 괴로웠다. 하지만 누려볼 만한 고통이라고 생각했다. 예리한 칼날을 품고서 행복하다고 하면 우습지만 아무래도 좋다. 그를 가슴으로 안고 피를 철철 흘린다고 해도, 앞으로 상처 입은 가슴으로 살아간다 해도 후회는 없다. 이제 남은 기간은 육 일. 그것이면 살아갈 수 있는 힘을 모으는 데는 충분하다. 이제는 어리석게 외면하지 않으리라. 더 이상 숨바꼭질은 없다.

그녀는 고작 팥빙수가 먹고 싶다고 말했다. 많고 많은 것 중에 하필 팥빙수라니, 그것도 길에서 파는 걸로. 칼은 무슨 의도에서 그런 말을 했는지 짐작하려고 애썼지만 여고생처럼 웃는 게 고작인 그녀를 보며 자신을 곯려주기 위한 것뿐이라고 단정했다. 칼은 지금 파란 파라솔 아래서 팥이 엄청나게 많이 든 빙수를 뒤적이는 중이었고, 맞은편에 앉은 그녀는 스푼으로 듬뿍 떠서 입에 밀어 넣기에 여념이 없었다.

"커피숍에 갔어도 됐을 걸 굳이 여기로 온 이유가 뭐야?"

칼은 마땅치 않은 듯 눈썹을 찡그리며 말했다. 이에 미소를 지은 이수는 어서 들라는 손짓만 할 뿐, 얼음을 한 스푼 가득 떠서 입속에 넣었다. 태어나서 팥빙수란 걸 처음 먹어본 여자처럼 맛있게도 먹어 그는 할 말을 잃었다.

"취미도 별나군."

쉬지 않고 투덜거리던 칼은 재미있다는 듯이 쳐다보고 지나가는 행인들의 시선들이 불편해 스푼을 놓았다. 그러자 그녀가 희죽 웃으며 말했다.

"이런 곳에서 먹어본 적 없지?"

"돈만 있으면 편한 곳에서 먹을 수 있는데 굳이 이럴 필요 없잖아. 덥고, 불결하고, 불편하기 그지없어."

"다 사람 구경하는 재미지."

"도리어 동물원 원숭이가 된 기분이군. 죄다 쳐다보고들 지나가잖아."

"오만상을 다 찡그리고 있으니까 그러지. 얼굴 좀 펴."

짜증난다는 듯이 고개를 젓는 그를 보고 이수는 고소한 표정을 지을 뿐, 빙수 떠먹기에 여념이 없었다. 그녀는 칼의 인내심을 시험하는 듯 구경할 거 다 하면서 느리게 먹었고 컵이 바닥을 드러낼 무렵에야 비로소 스푼을 놓았다.

"사장님, 맛있게 잘 먹었어요."

사교성있게 인사를 건네며 일어서는 그녀를 물끄러미 바라보던 칼이 또다시 얼굴을 찡그렸다. 말괄량이처럼 머리를 묶고 청바지에 티셔츠 받쳐 입은 이수는 유난히 앳되게 보였고 북적이는 사람들 사이에 섞여 고개를 두리번거리는 모습은 영락없는 철부지 여대생 같아 보였다. 그녀는 참 다양한 모습을 가진 여자다. 고혹적인 면과 소녀 같은 이미지를 동시에 가지고 있고, 자신의 생각을 여과없이 드러내는 반면, 진짜 속마음은 감추고 있는 경우가 대부분이었다. 칼은 복잡한 얼굴로 뒷모습을 응시하다 이수가 돌아보자 얼른 시선을 돌렸다.

"회사 일도 끝났고, 남은 시간 뭐 할 거야?"

"집에 가야지. 검토할 서류들이 많아."

"이왕 온 김에 놀다 가지."

"이봐, 난 그렇게 한가한 사람이 아니야."

"누군 한가한가?"

"잔말 말고 집에 가. 애들처럼 지금 뭐 하는 짓이야?"

칼은 있는 대로 불평을 했지만 그녀는 귀에 담아두지 않는 듯 보였다. 쇼윈도에 걸린 옷들을 구경하느라, 새로 나온 패션 소품을 구경하느라 여념이 없었다. 그런 이수에게로 웬 남자가 다가오자 칼은 신경을 곤두세웠다.

"이수 씨, 이렇게도 보네요! 반가워요."

딱 봐도 평범한 사람처럼 보이지 않는 남자다. 몸매로 보나 옷 입은 걸로 보나 모델쯤으로 되어 보이는 그는 이수의 어깨에 한쪽 손을 올려놓고 사람 좋게 웃고 있었다. 칼은 그가 얼마 전에 클럽에서 본 남자라는 걸 기억해 내곤 한층 더 기분이 나빠졌다.

"해진이구나. 반가워!"

"차 타고 지나가다 혹시나 하고 와봤는데 진짜 이수 씨군요. 저번에 클럽 일 있고 나서 몇 번 전화했었는데."

"그랬니? 내가 바빠서 연락을 못했다. 맞은 데는 괜찮아?"

자신을 빼고 대화가 길어지자 칼은 헛기침을 하며 다가섰다. 이수는 그제야 그를 돌아보며 소개하기 시작했다.

"아참, 그때 클럽에서 봤지? 워낙 정신이 없어서 인사할 틈도 없었을 거야. 칼, 여기는 모델 일 하는 해진. 해진아, 여기는…… 칼이야."

칼은 자신을 소개할 때 있었던 긴 여백이 왠지 거슬렸다. 하긴 소개하기 애매한 사이이긴 하지.

두 남자는 예사롭지 않은 눈빛을 교환하며 악수를 했다. 칼은 악수한 손에 힘을 주는 상대방을 보며 자신을 상당히 의식한다는 것을 알았다. 이 남자, 이수를 좋아하는 모양이군. 칼은 지지 않겠다는 눈빛을 보내며 악수한 손에 힘을 주었다. 여자를 사이에 두고 남자들이 힘자랑하는 것을 무척이나 어리석은 짓이라고 생각했던 자신이 이러는 게 어안이 없긴 했지만 상대방의 존재가 거슬리는 건 어쩔 수가 없었다.

"어디 가는 길이었어요?"

남자가 사분사분하게 묻자 칼이 눈썹을 치켜 올렸다.

"목적지는 없고 그냥 구경 중이었어."

"그럼 나랑 같이 가요? 오늘 원중이 형이 찰스 생일파티 연다고 해서 거기 가는 길이었거든요. 이수 씨도 찰스 알죠?"

"그럼, 알지. 난 그냥 선물 보내려고 했는데 이왕 만난 김에 한번 가볼까? 칼, 먼저 가. 난 친구들 잠깐 보고 갈게."

이수의 어깨가 자기 것인 양 대담하게 얹혀 있는 손을 뚫어져라 쳐다보던 칼이 말했다.

"잠깐 보고 갈 거면 같이 가지. 오래 걸리지 않으면 난 괜찮아."

칼은 자신이 왜 이러는지 영문을 몰랐다. 본사 일 때문에 바쁜 와중에 얼굴도 모르는 사람의 생일파티에 가겠다니. 미친 것이 분명했다. 그는 다시 말을 정정하려다 해진의 얼굴에 드러난 못마땅한 기색에 입을 다물었다. 자신을 상당히 못마땅하게 여기는 표정이 그를 자극했기 때문이다.

"아는 사람도 별로 없어서 불편하실 거 같은데 먼저 가시죠. 이수 씨는 제가 데려다 드리겠습니다."

직선적인 감정 표현에 칼의 얼굴이 살짝 경직되었다.

"괜찮아요. 심심하던 차에 잘됐군요."

두 남자 사이에 묘한 기운이 흐르자 어색하게 웃은 이수가 얼른 껴들었다.

"원중 오빠 아틀리에에서 하지? 그리로 갈 테니까 먼저 가."

이수는 화난 듯 보이는 칼을 잡아끌며 왠지 가슴이 훈훈해지는 걸 느꼈다. 이 남자, 질투란 걸 하고 있는 건가.

파티에 가니 원중의 친구들이 모여 때 이른 술을 마시고 있었다. 언제나 모이는 고정 멤버들이라 다들 낯이 익었고, 그들은 이수가 나타나자 반색을 하며 맞이했다.

"어머! 이수야! 못 오는 줄 알았는데 왔네. 어머, 이분은…… 말로만 듣던 그분?"

유난히 호들갑스럽게 얘기하는 원중을 보며 이수는 난처한 미소와 함께 고개를 끄덕였다. 그녀와 같은 표정을 지은 칼은 예의 바른 미소와 함께 악수를 청했다. 그러자 원중은 그의 손을 덥석 잡고 마구 흥분하기 시작했다.

"어머, 어떤 분인지 궁금했는데 이렇게 보게 되네요. 반가워요. 어머, 난 몰라. 옷차림에 신경 좀 쓸 걸."

다른 친구들을 향해 웃음을 터뜨리는 그를 보며 칼의 표정이 어색하게 변했다. 눈인사를 한 번씩 하고 사람들의 시선에서 놓여나자 그가 이수를 붙들고 물었다.

"저 사람…… 게이야?"

"혹시 게이 알레르기라도 있어? 표정이 떨떠름하네?"

"아니, 그런 건 아니지만 상당히 감정적이라 거북하네."

"누구처럼 가면을 쓰고 있는 것보단 솔직한 것이 훨씬 나아 보이는걸."

의미심장한 미소를 지은 그녀는 칼을 남겨두고 친구들에게로 갔다. 사람들과 어울리는 이수의 모습이 낯설기도 하고 좋아 보이기도 했다. 설아는 잘 웃지 않았다. 그래서 미소를 볼 때면 금맥이라도 찾은 것처럼 기뻤다. 그런데 이수는 잘 웃고, 잘 떠든다. 여전히 내가 아닌 남들 앞이라는 것이 걸리긴 하지만 그래도 보기 좋았다. 칼은 사람들과 좀 떨어진 자리에서 와인을 기울이며 그녀의 행동 하나하나를 관찰하기 시작했다.

그사이, 인터뷰 때문에 뒤늦게 나타난 해진이 사람들의 환영을 받았다. 사람들과 물과 기름처럼 겉도는 칼과 달리 해진은 무척이나 활발하고 사교적이었다. 그런 그에게 왠지 질투가 났다. 그가 잘생기거나 어려서 이런 감정이 드는 건 아니었다. 다른 남자의 몸이 이수를 스치고, 앞으로 흘러내린 머리칼을 쓸어 넘겨주고, 싱싱한 미소를 지을 때 칼은 질투를 느꼈다. 해진은 온몸으로 그녀에게 빠졌노라 말하는 듯했고, 그런 표현에 웃기만 하는 이수에게 화가 났다.

한 번도 자신의 감정에 솔직해 본 적이 없었다. 좋아한다는 말 대신 화내고, 사랑한다는 말 대신 상처 주고 소유하려고만 했다. 다시 태어난다 해도 저렇게 솔직하진 못할 거라고 칼은 생각했다.

'그럼 지금은 어떤가. 지금의 내 감정은?'

솔직하고 안 하고를 떠나 갈피를 잡을 수가 없었다. 이수를 미치도록 상처 내고 싶은데, 한편으로는 가슴이 뻐근하리만큼 설레었다.

누군가가 그녀를 애틋한 감정으로 쳐다본다는 것만으로도 화가 나고, 자신의 품에 감춰놓고 싶었다. 칼은 복잡한 눈으로 와인을 마시며 웃고만 있는 이수를 노려보았다.

점점 날카로워지는 칼의 눈빛을 눈치 챈 원중이 미소를 머금은 채 속삭였다.

"저 남자 질투하나 봐. 눈빛이 장난이 아닌데."

"질투는……."

이수는 실없이 웃고 있는 원중을 툭 치며 어이없다는 표정을 지었다.

"정말이야. 질투하는 게 분명해."

"실없는 소리 그만 해. 앞뒤 상황 다 알고 있으면서 그런 소리가 나와? 그나저나 파티의 주인공은 어디 갔어? 안 보이네?"

"정말 그러네. 찾아서 데리고 올게."

윙크를 날린 원중이 사라지자 혼자서 이수를 독점한 해진이 그녀의 옆에 가까이 다가섰다. 이수가 별다른 타박 없이 말에 귀 기울이자 신이 난 해진이 클럽에서 있었던 일부터 시작해 며칠 전 쇼에서 있었던 얘기를 죽 늘어놓기 시작했다. 해진의 말에 더욱 관심있는 척 다가서며 구석을 넘겨다 본 그녀는 경직되어 있는 칼의 표정을 보고 생각에 잠겼다.

'저 사람, 내게 감정이 남아 있을까? 정말 질투란 걸 하고 있을까?'

이수는 무심한 척 그에게서 고개를 돌리며 해진의 어깨에 손을 얹었다. 그리고 살짝 기댄 채 알아듣겠다는 듯 고개를 끄덕였다. 이에 얼굴이 발개진 해진은 흥이 돋는지 더욱더 신나게 떠들어댔지만 그녀의 관심 대상은 오직 칼 하나뿐이었다.

'어쩌면 저 남자, 아직도 감정이 남아 있을지도 모르겠다. 분노가 크다는 건 그만큼 예전 감정이 남아 있다는 것일 테니까. 저런 눈빛을 하고 있는 사람이 단순한 복수심에서 여기까지 날아왔을 리는 없잖아.'

실낱처럼 가느다란 희망이었다. 그런 감정이 자신에게 위험한 무기가 될 수 있다는 생각은 하고 싶지도 않았다. 머리 속엔 오직 한 가지 생각뿐이었다.

'누군가의 남편이자 사위고 아빠가 될 당신이지만 지금 이 순간만큼은 나만 보고 있잖아. 그거면 돼. 그 감정이 증오든 미련이든 상관없어. 그저 이 땅에서 떠나기 전까지 나만 보고 가줘.'

이수는 칼의 몸을 원했다. 짧은 순간이나마 그의 몸을 탐닉하고, 소유하고, 속속들이 느끼고 보고 싶었다. 그를 안고 살아 있음과 자신도 여자라는 사실을 새롭게 깨닫고 싶었다.

"지금 내 기분이 어떤지 알아요? 학교에서 상장이라도 받은 것처럼 으쓱해요."

해진의 말에 긴 사념에 깨어난 이수가 손가락으로 그의 턱을 토닥이며 미소 지었다. 그런 두 사람은 사랑하는 연인들처럼 친밀해 보였고 이 모든 행동을 지켜보던 칼은 와인 잔을 부서져라 움켜쥔 채 그들을 노려보았다.

그때, 찰리를 앞세운 원중이 떠들썩하게 들어와 생일 케이크를 자른다고 소란을 떨어댔다. 수십 명의 사람들이 우르르 중앙으로 몰리자 그 혼잡한 틈을 타고 이수는 이층으로 올라갔다. 하얀 기둥에 몸을 반쯤 숨긴 채, 칼을 관찰하던 이수의 입가에 미소가 어렸다. 갑자기 시야에서 사라진 그녀를 찾으려 칼이 두리번거리는 걸 봤기 때문이다.

이수는 그의 시선을 음미하며 느긋하게 관찰했다. 그를 뜨거운 남자로 만들어주었던 열정과 자유분방함이 몸의 일부인 것처럼 딱 맞아떨어지는 경직된 정장에 가려져 있었다. 날카롭긴 했지만 사람을 웃게 만들었던 유머는 냉소 속에 가려지고 가슴이 시릴 만큼 차가움과 날카로움으로 중무장되어 있는 그를 보기란 괴로운 것이었다.

폭죽이 터지고 사람들의 노랫소리가 넓은 홀에 울려 퍼졌다. 그 순간, 윗층을 올려다본 칼과 눈이 마주쳤다. 흑표범처럼 서늘하고 매서운 눈빛이 먼 거리임에도 불구하고 가슴을 덜컥 내려앉게 만들었다. 이수는 명치에 예리한 통증을 느끼면서도 시선을 떼지 못했다. 숨을 죽이고 느리게 걸어오는 칼을 두근거리는 가슴으로 지켜보았다. 사람들 사이를 뚫고, 그녀에게서 시선을 떼지 않고 곧바로 걸어오는 그를 보기란 심장이 멎을 만큼 짜릿한 경험이었다. 이수는 나선형 철제 계단을 천천히 올라오는 칼을 보며 메마른 입술을 살짝 축였다.

그의 눈 속에 이수가 원하는 것이 있었다. 주체할 수 없이 타오르는 열정. 가까이 다가오는 칼을 향해 유혹적으로 웃어주었다. 그의 앙다문 입술이 가까이 보인다고 느낀 순간, 칼이 먼저 손을 뻗어 팔을 끌어당겼다. 누가 먼저랄 것 없이 입술이 닿았다. 격렬하게 서로의 입술을 빨고 깊숙이 혀를 집어넣으며 서로를 끌어안았다. 그들은 오랫동안 키스에 굶주린 사람들처럼 거칠게 서로를 탐했다. 짐승처럼 으르렁거리기도 하고, 사랑에 모든 것을 건 연인들처럼 격정적으로 서로를 갈구했다.

예상은 하고 있었지만 열정이 너무나 뜨거워 이수는 정신을 놓아 버릴 것만 같았다. 칼은 생각했던 것보다 훨씬 강렬하고 적극적이었다. 그의 입술이 파고들어 올 때마다 현기증이 날 만큼 아찔했고 손이 가슴을 어루만지고 엉덩이를 움켜쥘 때마다 숨이 가빴다.

간신히 정신을 차렸을 때는 사람들의 시선이 닿지 않는 이층 작업실 구석에서 그에게 안겨 있었다. 아니, 그의 허리에 다리를 감고 미칠 듯이 키스하고 있었으니 그녀가 안았다고 표현해야 옳은 것이리라. 티셔츠는 언제 벗겨졌는지 브래지어만 한 상태였고 청바지의 지퍼가 내려가 빨리 벗겨달라는 듯 벌어져 있었다. 이수는 못 견디겠다는 듯 입술을 떼고 그의 머리를 끌어안았고, 칼의 입술은 그녀의 목과 어깨에 뜨거운 화인을 찍고 있었다. 이수는 그 느낌이 너무 강렬해서 숨도 마음껏 쉴 수가 없었다. 가슴을 움켜쥔 손과 엉덩이를 받쳐 든 손 때문에 온몸이 무감각해졌고 묵직하게 전해져 오는 터질 듯한 흥분이 심장을 잡아 쥐어짰다. 이수는 두 팔로 목을 감싸며 귓가에 속였다.

"당신을 원해. 지금, 여기서."

"빌어먹을. 이건 미친 짓이야."

"생각하지 마. 그냥 몸이 원하는 대로 가."

이수는 그가 정신을 차리고 모든 것을 그만둘까 봐 겁이 났다. 지금 그가 여기서 끝낸다면 죽어버릴 것만 같았다. 그러나 그녀의 생각은 기우였다. 빠른 손길로 브래지어를 벗긴 그가 가슴을 입 안에 넣고 힘껏 빨기 시작했기 때문이다. 스케치북과 옷감들이 널려 있는 바닥을 헤치고 창가 쪽으로 걸어간 그는 난간에 그녀를 내려놓고 재킷을 벗고 바지 벨트를 풀었다. 그사이 이수는 그의 드레스 셔츠 속으로 손을 집어넣어 단단한 근육과 딱딱하게 솟아 있는 유두를 만져 보았다. 그 단단함을 맛보자 체온이 한결 뜨거워졌다.

이수가 그의 상체에 있는 모든 근육들을 손가락으로 하나하나 만져 보는 동안, 칼은 그녀의 청바지를 벗기느라 애를 먹고 있었다. 그가 쉽게 벗기지 못하자 이수는 스스로 벗었다. 그 와중에 둘의 시선은 뜨겁게 엉켰고 청바지가 바닥에 떨어지자 칼이 이수를 들어 올려 키스를 했다.

일층에서는 요란한 생일파티가 열리고 이층 작업실 구석진 곳에서는 연인들이 한창 서로에 몰두해 있었다. 거추장스러운 옷을 모두 다 벗어버리고, 지금 자신들이 어디에 와 있는지조차 잊어버린 채 순수한 욕망에 자신을 내던지고 있었다.

이수가 작은 비명을 지를 때까지 단단하게 솟아오른 유두를 힘껏 빨고 자근자근 깨물던 칼은 터질 듯이 부풀어 오른 남성을 잡고 그녀의 깊숙한 곳에 집어넣었다. 순간, 이수는 작은 비명을 지르며 그의 허리를 감은 다리에 힘을 주었다. 그리고 절대로 떨어지지 않겠다는 듯이 필사적으로 매달리며 머리칼을 움켜쥐었다. 칼은 그녀를 끌어안은 채 무겁고 느리게 허리를 움직였다. 엉덩이를 손으로 감싼 채 밀어붙일수록 이수의 고통 어린 신음은 점점 더 커져 갔고 둘은 희열과 뜨거움에 깊숙이 젖어갔다.

그들은 미칠 듯한 흥분으로 인해 터져 나오는 신음을 키스로 덮으며 상대방의 내밀한 모든 것을 맛보았다. 자신이 가진 모든 것을 끌어내서 상대방에게 쏟아 부었고 그 이상의 것이 되돌아왔다. 단순한 쾌락이 아니었다. 그것은 미쳤다고밖에 표현할 수 없는 광기에 가까웠다. 서로에 대한 그리움과 열정에 버금갈 만큼 뜨겁고 격정적인 광기.

칼은 낮은 테이블에 있던 모든 것들을 쓸어내고 그녀를 눕혔다. 이수의 부풀어 오른 입술에 키스를 퍼부으며 긴 다리를 어깨에 걸치게 하고는 다시금 깊숙이 삽입했다. 터져 나오는 이수와 칼의 신음. 그들은 저 밑바닥까지 침전해 갔다가 높이 날아올랐다. 절정을 향해서, 그 너머에 있는 감각의 정점을 향해서 고공비행을 했다. 그리고 더없이 높은 절정에 이르렀을 때 숨이 끊어질 것 같은 희열이 머리끝부터 발끝까지 작렬했다. 이수는 눈물이 흐를 것 같은 감격 속에 몸속이 따스해지는 것을 느꼈다. 그의 뜨거움이 그녀를 적시고 동시에 가슴 뭉클하게 만들었다. 이수는 움직이려고 하는 칼을 끌어안으며 말했다.

"제발…… 이대로 있어. 조금만."

칼은 그녀의 목언 저리에 고개를 묻었고 이수는 그의 머리를 끌어안으며 긴 숨을 내쉬었다.

그들은 집으로 돌아오면서 한마디도 하지 않았다. 지나치게 차분한 이수와 혼란스러운 듯 보이는 칼은 변변한 시선도 마주치지 않은 채 앞만 바라보고 있었다. 그들은 남남처럼 생경한 표정으로 빌라에 들어와 조용히 각자의 방으로 향했다.

무표정한 얼굴로 침실에 들어온 칼이 갑자기 얼굴을 일그러뜨리며 재킷과 넥타이, 드레스 셔츠를 거칠게 벗어 던졌다.

"미쳤어! 미쳤던 거야!"

생각만 해도 가슴이 두근거리는 세찬 열정이 믿기지가 않았다. 어떻게 그렇게 완벽하게 몰두할 수 있었을까. 오직 그녀만을 향한 순수한 욕망이었다. 아무런 계산이나 분노나 복수심없이, 그녀를 절실히 원해서 안았다. 당시에는 심장이 터질 듯 기쁘고 온 세상을 다 가진 것 같았지만 폭풍우가 지나고 나니 점점 두려워지기 시작했다. 아무런 준비도 안 한 채 그녀를 안은 것도 이유지만 본질적으로는 이수에게 너무 깊이 빠져들었다는 생각이 들었기 때문이다.

이런 감정을 느끼고도 멀쩡한 얼굴로 너를 상처 내고 돌아갈 수 있을까. 이러다 나도 모르게 올가미에 사로잡히는 건 아닐까. 이 모든 게 너의 계략이라면…….

벨트를 풀던 칼은 솟구치는 화를 주체하지 못하고 옷가지들을 침실 바닥에 집어 던지며 욕설을 퍼부었다.

"젠장! 빌어먹을!"

칼은 여자에게 정조나 순결 따윌 강요하는 부류는 아니었다. 여자가 섹스를 좋아한다거나 감정 표현에 솔직하다는 것에 대해 부정적이지도 않았다. 그러나 이것은 아니다. 이런 것은 예상하지 못한 것이었다.

'그래, 인규에 대한 감정이 남아 있다 치자. 하지만 아무리 그래도 형과 잠자리를 하고서 동생과 잘 수 있는 걸까. 넌 그런 여자인가.'

칼이 이렇게 화가 나는 진짜 이유는 형과 잠자리를 하고 세월이 흘러 다시 동생과 잠자리를 하는 그녀의 문란한 도덕관념이 아니었다. 진실로 마음이 괴로운 것은 그녀가 강인규를 안았다는 사실이었다.

칼 밀턴이 아니라 강인규. 그의 동생, 그녀가 사랑한 사람.

다 알면서도 안은 것인데 이렇게 주체 못할 정도로 화가 날 줄을 몰랐다. 뜨거운 이수의 열정이 자신이 아닌 다른 사람을 향한 것이라는 것이 화가 치밀었다. 강인규도, 다른 남자들도 안을 수 있는 여자를 칼 밀튼은 품을 수가 없다. 다른 가면을 뒤집어써야 안을 수 있다. 화가 나는 본질적 이유는 그것이었다.

"언제까지 이래야 돼! 왜 그런 여자한테서 미련을 버리지 못하는 거야!"

미워하는 만큼 이수를 원하는 감정도 커지고, 그럴수록 그의 분노도 걷잡을 수 없이 타올랐다. 칼은 또다시 헤어나올 수 없는 깊은 함정에 빠진 기분이었다.

[댁으로 편지를 보내 드렸는데 받으셨습니까?]

수화기를 쥔 채 의자 깊숙이 몸을 묻은 칼은 한동안 말없이 창밖을 응시했다. 뇌우가 오고 있었다. 멀리서 번개가 치고 몇 초 후 콰쾅, 천둥이 울어댔다. 굵은 빛줄기와 언뜻언뜻 보이는 밝은 빛을 응시하던 칼이 말했다.

"봤어."

[언제 발송할까요?]

"때가 되면 내가 말하지."

칼은 유리창 표면에 맺힌 물방울을 보다가 의자를 돌렸다. 책상에 놓여 있던 봉투들이 눈에 들어왔다. 그중 하나를 손에 든 그가 무겁게 입을 열었다.

"일정을 앞당길까 해. 서두를 수 있겠나?"

[불필요한 일정을 취소하면 이틀 정도는 앞당길 수 있습니다.]

"됐어. 그 정도면 충분해."

한껏 가라앉은 어조로 전화를 받던 칼은 들고 있던 수화기를 내려놓으며 긴 숨을 내쉬었다. 그리고 봉투 속에 손을 집어넣고 안의 내용물들을 꺼내니 사진들과 편지가 나왔다.

〈現 여당 총재이시자 차기 대권후보 이신 한태환 의원님께.
갑작스런 편지와 사진을 보고 많이 놀라셨을 줄로 압니다. 의원님의 정치 생명에 치명적인 약점이 될 수 있는 사진이니 더욱더 심려가 크시겠지요. 저도 이런 식으로 이용하게 돼서 심히 유감입니다.〉

편지의 첫머리를 읽어 나가던 칼은 편지를 한쪽으로 치우고 사진들을 훑었다. 커튼이 반쯤 쳐진 침실 창 앞에 한 남자와 여자가 서 있었다. 둘 다 나신인 채로 남자의 손이 여자의 가슴을 움켜쥐고 있는 사진이다. 남자 주인공은 한태환, 여주인공은 류이수. 이 모든 것을 감독한 사람은 석현호.

석현호는 몰랐겠지, 애지중지 아껴둔 사진이 이런 식으로 쓰이게 될 줄은……. 현호는 확실히 머리가 잘 돌아가는 작자였다. 이렇게 자신의 구명책을 만들어놓다니. 사업이 망해도 이런 걸 빌미로 다시 시작해 보려는 속셈이었겠지. 아니면 이수를 비롯한 다른 여자들을 협박하는 데 아주 요긴한 구실이 될 수 있었겠고 말이야. 이런 식으로 뺏길 줄은 몰랐을 테니 당분간은 잠도 자지 못하겠군.

한국에 들어온 칼이 제일 먼저 한 일은 이수를 감시하는 것과 석현호의 구린 부분을 들춰내는 것이었다. 그는 자신의 재력에 대해 꽤 자만하고 있었는지 약점을 여기저기 흘리고 다녔고 칼은 그중 가장 치명적인 것을 골라 거래를 하자고 했다. 세상에 공개되는 순간, 곧

바로 철창행이 될 약점을 제시하자 석현호의 얼굴은 사색이 되었다. 그리고 거래할 품목으로 이수의 손님 명단과 만일을 대비해 만들어 놓은 사진 및 동영상을 달라고 하자 아예 거품을 물고 뒤로 넘어갈 지경이었다. 그렇게 며칠간 극구 부인하던 현호는 고삐를 바짝 조이자 드디어 항복을 했고 꽤 많은 돈과 명단과 사진을 교환했다. 철저히 비밀로 해달라는 신신당부와 함께.

칼은 자신이 획득한 자료들을 재미있게 활용해 보려는 계획을 세웠다. 이수의 손님들 중에 최고의 권력과 돈과 명예를 가진 사람들을 각기 뽑아 편지와 사진을 준비했다. 물론 협박용이고 협박하는 사람은 칼이 아닌 류이수였다.

그들은 겁도 없이 이딴 사진과 편지 나부랭이로 협박을 하는 그녀를 비웃겠지. 그러나 만만치 않은 적수란 걸 알고 수단 방법을 가리지 않고 덤벼들 것이다. 이수의 신상에 심상치 않은 일이 생길 때쯤엔 자신은 이미 미국으로 날아가 버린 후일 것이고 복수는 성공으로 돌아가겠지.

칼을 속속들이 아는 사람이라면 그가 얼마나 잔인하고 몰인정한 인간인지 안다. 그는 자기 앞을 방해하는 사람이 있으면 수단방법을 가리지 않고 목을 잘라 버렸다. 한국에서 사업을 할 때도, 미국에서 새로 시작할 때도 그의 이런 특성은 커다란 장점이자 치명적인 단점이 될 수 있는 부분이었다. 몇몇 사람들이 그 점에 대해 경고했을 때 무시했던 그가, 새삼 자신의 잔인함에 치를 떨고 있었다. 과거의 가족이란 이름으로 묶였던 사람들을 파멸시키고 수없이 많은 사람들을 나락으로 밀어 넣었던 그다. 그런 칼이 한 여자를 지옥으로 몰아 넣으면서 망설이고 있었다.

"젠장! 젠장! 젠장!"

벌떡 일어선 칼은 책상에 있던 물건들을 바닥으로 쓸어버리며 신경질적으로 외쳤다. 이대로 미쳐 버릴 것만 같다. 이제 와서 망설이는 자신이 저주스러웠다. 편지를 보내고 미국으로 날아버리면 그뿐이다. 나머진 그들이 알아서 하게 될 것이다. 그런데, 도대체, 뭘 망설이는 거야.

씩씩거리며 숨을 몰아쉬던 칼은 바닥에 떨어져 있는 휴대폰을 집어 들어 통화 버튼을 눌렀다. 몇 초 후 상대방이 받자 그는 흥분한 기색을 숨기지 않은 채 말했다.

"그 편지, 내일 당장 보내."

아직 잠에서 깨지 않은 바다와 옅은 안개를 헤치고 한 시간여 동안 달리던 배가 드디어 작은 섬에 닻을 내렸다. 여름 휴가철이라서인지 가족과 연인들이 주를 이루는 관광객들이 내리고 큰 키가 유난히 눈에 들어오는 남자와 해바라기가 프린트된 원피스에 커다란 밀짚모자를 손에 든 여자가 마지막으로 내렸다. 땅에 발을 내디딘 순간, 풍부한 감정을 드러내는 여자와 달리 남자는 비교적 담담한 얼굴로 선착장을 밟았다.

"정말 예쁘고 아기자기하다! 마음에 들어."

여자는 작은 섬이 맘에 들었는지 아이처럼 들떠 있었다. 이에 석고상처럼 표정 없는 남자는 주머니에 손을 넣은 채 천천히 걸었다. 여자는 사람들을 사이로 나는 듯이 가뿐하게 뛰어갔다. 그 모습이 예쁘고 천진해 보는 사람들마다 미소를 지었지만 남자는 침울한 표정이었다.

"바다에 가고 싶어. 어디든 상관없이 그냥 바다면 돼."

꿈결처럼 중얼거리는 이수의 말에 칼은 머리 속으로 소매물도를 떠올렸다. 오랜 시간이 흘러 기억에서 지워진 줄만 알았는데 바다라는 단어를 듣는 순간 곧장 작은 섬과 흰 등대를 기억해 냈다. 왜 그 섬이 떠올랐는지는 모르겠다. 그냥 마음이 그 섬으로 가고 싶다고 말했고 그래서 발길을 움직였다. 다시 밟은 섬은 편안하고 따스했던 느낌과 냄새까지 모두 그대로였다. 관광객을 의식한 몇몇 건물이 세련되게 변하기는 했어도 여전히 투박하고 소박한 모습이 더없이 좋았다. 섬을 죽 훑어보던 칼은 앞서 걸어가는 그녀의 뒷모습을 조용히 바라보았다.

요즘따라 그녀의 얼굴이 한결 밝다. 날을 세우지도 않고, 경계하는 모습도 보이지 않고, 이상하다 싶을 정도로 편안해 보였다. 칼은 그 점을 수상히 여기면서도 한편으론 놀라웠다. 미처 몰랐던 모습이 하나둘 드러났기 때문이다. 솔직하고 직선적인 감정 표현, 다양한 표정과 가식적이지 않은 소탈한 웃음소리. 이따금씩 유난히 깊어지는 눈매와 쓸쓸해 보이는 어깨가 드러나지만 더없이 행복한 듯 웃고 있었다.

'이제 다 끝난 일이다. 난 더 이상 너를 보고 있지 않을 거야.'

칼은 그녀에게서 시선을 돌리며 먼 바다를 응시했다.

이수는 유난히 파랗게 보이는 하늘을 눈 속에 가득 담고 걸었다. 날큰한 바다 냄새와 파도 소리가 마음을 간질이고, 초지에서 뛰어노는 염소들과 강아지들이 웃음을 자아냈다. 기지개를 켜듯 몸을 쭉 펴고 공기를 들이마시던 이수가 뒤따라 걸어오는 칼을 보며 맑게 웃어 보였다. 폴로셔츠에 청바지를 입고 느리게 걸어오던 그는 무표정한 얼굴로 시선을 맞추다 고개를 돌려 주변 풍광을 응시했다.

'이곳에 내려오자고 한 사람은 자기면서 왜 그렇게 무뚝뚝하담.'

이마를 살짝 찡그리며 툴툴거리던 이수는 다시 주변을 돌아보았다.

자정 무렵 바다가 보고 싶다고 할 때쯤만 해도 가까운 서해나 동해를 염두에 뒀었다. 그런데 남해까지 데려오다니. 왜 이렇게 먼 곳까지 왔냐고 묻자 그는 대학 시절에 와본 곳인데 한국에 오면 다시 한 번 오고 싶었을 뿐이라고 말했다.

차와 배에 시달린 것이 서운하지 않을 정도로 소매물도는 아름다웠다. 긴 세월에 깎인 기암괴석들과 푸른 초지, 흐드러지게 핀 이름 모를 들꽃이 눈을 끌었고 비탈진 산기슭에 아담하게 자리 잡은 스무 채의 집들을 구경하는 재미도 쏠쏠했다. 매끈하게 지어진 집이 아니라 흙과 돌로 쌓아 올린 소박한 집들이었지만 그동안 보아온 집들보다 한결 정이 갔다. 집집마다 소담스럽게 핀 수국들과 빨갛게 핀 봉숭아가 절로 미소 짓게 했고 주름 가득한 할머니, 할아버지들의 여유 있는 표정에서 훈훈함이 묻어났다.

"정말 오길 잘한 거 같아."

이수는 다시 한 번 그를 돌아보며 말했다. 그러자 칼은 고개만 끄덕일 뿐 별다른 말이 없었다. 저 남자 너무 심각한 거 아니야? 샐쭉해진 이수는 머리에 쓴 커다란 밀짚모자를 고쳐 쓰며 가뿐하게 걸었다.

"아가씨, 민박 들라나?"

아기자기한 돌담이 인상적인 집을 지나는데 허리 굽은 할머니가 나오더니 물었다. 그 푸근한 인상에 돌아가신 할머니를 떠올린 이수는 칼을 쳐다보았다.

"네 마음대로 해."

그의 말에 이수는 기쁜 감정을 그대로 드러내며 고개를 끄덕였고 할머니의 안내를 받아 안으로 향했다. 보기보다 넓은 집엔 이미 먼저 온 가족이 자리 잡고 앉아 짐을 부리느라 부산스러웠고 할머니는 뒤꼍으로 돌아 작은 방 하나를 내주면서 말했다.

"도시 사람들 눈에야 안 차것지만 시원한 바람 들고 깨끗한 방이니까 큰 불편은 없을 거여. 보아하니 부부 같은데 방은 하나면 되것지?"

뒤꼍에서 언덕으로 이어진 오솔길 쪽을 보고 있는 칼을 살짝 훔쳐본 이수는 작게 예 하고 대답했다. 그러자 할머니는 싱긋 웃으며 말했다.

"어쩜 내외가 그리 인물이 좋누. 부러움 좀 사겠구먼."

"그래요?"

"말해 뭘 해. 선남선녀일세."

친근한 미소를 지은 할머니가 시원한 물과 찐 옥수수를 놓고 가자 이수는 멀찍이 서 있는 칼을 불렀다. 그녀는 마지못해 방문 앞에 선 칼에게 옥수수를 권하며 말했다.

"왜 그렇게 멀리서만 맴돌아? 가까이 있으면 누가 잡아먹나?"

"방이 엉망이군."

그는 대답 대신 무표정한 얼굴로 방을 살펴보았다.

"이런 데서 묵는 것도 추억이지 뭐."

‘추억······.’

칼은 말갛게 웃는 그녀를 보며 속으로 읊조렸다. 추억이라니, 가당치도 않지. 그는 괜스레 짜증을 내며 이수에게서 시선을 돌렸다. 저 망할 미소가 자꾸만 신경에 거슬린다. 햇볕에 그을리지 않은 하얀 얼굴과 목 선, 그리고 붉은 입술도. 매번 이런 감정을 느끼면서도 그녀와 여기를 온 자신이 이해되질 않았다. 자신도 제어하지 못하는 또 다른 자신이 사고를 친 것일 테지. 무모할 정도로 어리석은 김주녕이말이야. 복잡한 얼굴을 하고 있는 그와 달리 노란 옥수수를 소담스럽게도 먹던 이수가 물었다.

“대학교 때 와봤다고 했지? 그때도 지금과 같았어?”

“관광객들도 늘고 집들도 조금 달라졌지만 대부분은 그대로군.”

“계속 변하지 않았으면 좋겠다. 세상은 너무 빨리 변하잖아.”

“좋은 걸 그대로 간직하고 있는 건 드물지. 네 말대로 세상은 너무 빨라.”

그녀가 그 말을 곱씹어볼 겨를도 없이 뒤꼍 수풀에서 음메 하는 소리가 들리더니 새끼 염소가 나타났다. 갑자기 나타난 염소를 보고 이수가 감탄 어린 시선을 보내는 사이, 칼의 눈이 그녀를 빠르게 훑었다.

꽃무늬가 프린트된 민소매 원피스에 긴 머리를 단정하게 묶어 늘어뜨린 그녀는 한결 청순하게 보였다. 정말 그녀의 실체를 모르는 남자라면 깜빡 속을 만큼 매력적으로 보이는군. 저런 여자가 그렇게 굴었단 말이지. 한 남자의 마음을 짓밟고 외면할 만큼. 칼은 부쩍 과거를 떠올리며 그녀를 깎아 내리려 하는 자신이 불쌍하게 보였지만 손도 못쓰고 흔들리는 것보단 낫다고 생각했다.

'그렇게 아이 같은 웃음 짓지 마. 악녀가 천사처럼 보이려고 노력하는 거 같아 가증스러워. 왜 자꾸 이런 모습을 보여주려 하는지 모르지만 다 그만둬. 네가 아무리 그래도 내 눈엔 매춘부로밖엔 안 보이니까.'

그녀를 부정하는 것이 하루 이틀도 아닌데 오늘따라 마음이 심란했다. 그만큼 많이 흔들린다는 얘기겠고, 그만큼 약해졌다는 증거다. 칼은 마음을 다 잡으며 말도 없이 집을 나왔다. 혼자서 섬을 둘러볼 생각이었다. 그런데 뒤에서 뛰어오는 소리가 들리더니 밀짚모자를 눌러쓴 채 이수가 등 뒤에 서 있었다. 얼굴이 달아오른 걸 보니 열심히도 쫓아온 모양이다.

"혼자 가면 어떻게 해."

또다시 망할 미소를 짓는 그녀를 차갑게 바라본 칼은 대꾸도 없이 성큼성큼 걸었다. 워낙 작은 섬이라 오솔길을 따라 돌면 네 시간 정도 걸린다. 그러나 작은 들꽃 하나도 신기한 듯 오래 시간을 끄는 그녀와 가니 하루 온종일이 걸릴 것 같았다. 앞서서 걸어가다 뒤쳐진 이수를 기다리기를 몇 번, 드디어 섬 전체를 한눈에 내려다볼 수 있는 언덕이 나왔다. 그곳에 서서 내려다보니 맑은 햇살에 물비늘을 빛내는 푸른 바다와 하얀 등대가 유독 눈에 들어오는 등대섬이 그림처럼 펼쳐져 있었다. 그가 비경에 취해 있을 무렵, 뒤늦게 따라온 이수가 연신 감탄사가 터뜨렸다.

"어머, 저 섬이 그 유명한 등대섬이구나. 정말 멋있다!"

아이처럼 손뼉을 치며 감탄사를 흘리는 그녀를 돌아보며 말했다.

"조금 있으면 물길이 열릴 텐데 가보겠어?"

퉁명스럽지만 물음에 그녀는 예의 바른 미소를 지었다.

"응."

칼은 오늘 이곳에 온 것을 두고두고 후회할 거라고 생각했다. 유독 그녀의 모습이 하나하나 각별하게 눈에 와 박히기 때문이었다.

등대섬은 그야말로 그림 속에서나 나올 법한 풍경들을 품고 있었다. 오랜 전설들을 품고 있는 바위들과 섬 전체를 가득 뒤덮고 있는 초록의 물결. 이수는 등대 쪽으로 난 오솔길을 걸어가며 마냥 좋았다. 보기엔 가까워 보였는데 막상 걷자니 만만치 않은 거리가 이마에 땀이 송골송골 맺힐 때까지 걸어간 그녀는 등대 앞 계단에 올라서는 감격하고 말았다. 소매물도의 진짜 비경은 등대의 뒤쪽에 펼쳐져 있었다. 거칠 것 하나 없이 탁 트인 바다와 오랜 세월 깎인 흔적이 역력한 절벽과 바위. 이수는 상상할 수도 없는 긴 시간과 마주하고 선뜻 가슴이 먹먹해짐을 느꼈다. 바다를 보면 항상 시간이란 것이 얼마나 어마어마한 것인가, 현재의 삶이 짧은 한순간에 불과하다는 것을 깨닫게 한다. 천 년 전에도 이 자리에서 누군가가 바다를 보며 이런 느낌을 받았겠지. 앞으로 몇백 년 후에도 누군가가 이곳에 서서 나와 같은 감정을 느낄 테고……. 이렇게 막막하고 아득한 느낌 때문에 사람들이 흔적을 남기려고 그렇게 애를 쓰는 거구나. 그래서 자기의 일부를 세상에 낳는 거고. 나도 나를 기억해 줄 아이를 낳을 수 있을까.

생각은 꼬리에 꼬리를 물고 이어지고 어느 틈에 옆에 다가온 칼이 조용히 바다를 응시하고 있었다. 이수는 그를 보며 이 사람만이라도 오랫동안 자신을 기억해 줬으면 좋겠다고 생각했다. 그러나 그가 기억하는 류이수란 여자는 온통 나쁜 기억일 테니 상상만으로도 가슴이 서늘해졌다.

'대신 내 기억에서 당신은 좋은 것만 담을 거야. 아프고 슬픈 것보다는 기쁘고 행복한 것만 담을 거야. 그러면 된 거지. 둘 중 하나라도 좋은 기억을 담고 있다면 악연은 아닌 거잖아.'

이수는 서글픈 미소를 지으며 그가 바라보는 바다를 응시했다. 이렇게 같은 곳을 바라보는 것도 멀지 않았다는 사실이 가슴을 아프게 했다.

밤이 찾아오고 그들은 모기장이 쳐진 방 안에서 방문을 열어놓은 채 밤하늘에 뜬 달을 벗삼아 누웠다. 칼은 그녀에게서 멀리 떨어진 곳에 누웠고, 이수는 창을 통해 보이는 별과 달을 보며 노래를 흥얼거렸다.

"나랑 있는 게 즐거우니?"

"응?"

"기분이 좋아 보여서 말이야."

칼이 가라앉은 목소리로 말했다.

"당신은 아닌가 보지?"

"썩 좋진 않아."

"왜냐고 물어보면 뻔뻔하다 하겠고, 아무 생각 하지 말고 그냥 즐기라고 하면 무책임하다고 하겠지? 그렇지만 한순간이라도 모든 걸 잊어봐. 그냥 여행지에서 우연히 만난 여자인데 그리 끔찍한 상대는 아니다. 이렇게 생각하면 안 돼?"

"난 그렇게 단순한 동물이 아니라서 말이야."

"누구는 단세포 동물인가. 자기최면이라는 게 있잖아. 그거라도 해봐."

"넌 그게 되나 보군."

“최면 같은 거 안 걸어. 단순히 생각하려고 노력도 하지 않아. 그냥⋯⋯.”

그녀는 말꼬리를 길게 늘이다가 마저 말을 이었다.

“당신과 있는 게 좋아.”

그녀의 옆모습을 보려고 고개를 돌렸다가 눈이 마주쳤다. 이수가 웃고 있었다. 진심으로 기쁜 얼굴로. 오늘처럼 많이 웃는 모습은 처음이었다. 정말 여행지에서 만난 낯선 여자 같다. 칼은 조용히 시선을 돌려 밖을 내다보았다. 잔잔하게 이는 파도 소리가 자장가처럼 고요히 들렸다.

“이러는 네가 낯설어. 무슨 의도로 이러는 거야?”

“의도 같은 거 없어. 그냥, 마음이 시키는 대로 할 뿐이니까.”

꿈처럼 몽롱하게 중얼거리는 이수는 긴 하품을 하더니, 고른 숨을 쉬며 잠들었다. 칼은 잠든 그녀의 옆모습을 보며 깊은 생각에 잠겼다. 낯설지만 이런 모습의 그녀가 싫지 않다. 아니, 오히려 미칠 듯이 안고 싶다. 젠장, 오늘 하루 동안 한 생각이라곤 온통 네 생각뿐이군. 칼은 눈을 감고 억지로 잠을 청했다. 꿈에서 마저 그녀를 보는 일이 없기를 바라며.

싸늘한 한기를 느끼면서 몸을 뒤척이던 그는 왠지 모를 허전함을 느끼며 눈을 떴다. 옆 자리가 비어 있었다. 칼은 뒤척뒤척 일어나 방문 밖으로 나갔다. 집을 죽 돌아보아도 그녀가 보이지 않자 칼은 뒤꼍으로 난 오솔길을 따라 올라갔다. 거의 정상에 다다랐을 때 넓적한 바위 위에 앉은 이수가 고즈넉이 담배를 피우고 있었다. 그 모습이 낮과 달리 상당히 쓸쓸하다. 긴 머리칼을 넘겨주고 어깨에 입을 맞춰주고 싶을 만큼 외로워 보였다. 칼은 그녀가 이런 모습을 할 때마다 가슴에 균열이 이는 것을 느꼈다. 충동적으로 키스한 때처럼, 질투에 사로잡혀 열정적으로 안았을 때처럼 위험한 감정이 일어난다. 왜 매번 같은 패턴의 감정을 느끼면서도 주위를 맴도는지 이해가 가지 않았다.

주먹을 움켜진 그가 다시 민박집으로 가려고 걸음을 돌리는 순간, 뚝 하고 나뭇가지 부러지는 소리가 났다. 이게 고개를 돌린 이수가 멈칫하고 멈춰 선 그의 등을 발견하고 자그맣게 불렀다.

"가지 마."

칼이 느리고 몸을 돌렸다. 바닷바람은 차고, 파도 소리는 쓸쓸하다. 그리고 그녀의 얼굴엔 슬픔이 고여 있었다.

"그만 가자. 바람이 차."

곧 달이 질 것이다. 칼은 돌아가고 싶었다.

"당신 눈에 비친 나란 여자, 한심하지?"

메마른 잎사귀가 몸을 비비는 것처럼 건조한 어조였다. 입에서 나온 하얀 담배 연기가 바람에 흩어지길 몇 번, 이수가 다시 말했다.

"이해해 달라고 하진 않을 거야. 그럴 수밖에 없었다고 설명하지도 않을 거야. 그냥 지금 보이는 내 모습이라고 생각해. 난 이런 여자야. 그러니까 실컷 미워하고 비난해."

긴 손가락, 빨갛게 타 들어가는 불씨, 창백한 얼굴. 칼은 그녀에게서 눈을 뗄 수가 없었다. 그는 무엇에 사로잡힌 사람처럼 무기력하게 다가가 섰다. 그리고 가냘픈 턱을 들어 입을 맞추었다. 싫지 않은 담배 향과 입술의 감촉에 작게 소름이 일었다. 이수는 놀란 눈치였고, 동시에 기뻐하고 있었다. 칼은 다시 한 번 허리를 숙여 깊숙이 키스했다. 그저 달빛에 취하고, 파도 소리에 취했노라고 스스로에게 최면을 걸었다. 그녀의 쓸쓸함에, 슬픈 눈에 취했노라고 스스로를 설득했다.

이수는 순순히 칼의 입술을 받아들였다. 그녀는 지금 어떤 감정일까, 미치도록 알고 싶다. 칼은 키스가 뜨겁고 깊어질수록 거칠게 이는 욕망을 제어하기가 힘들었다.

'너를 안고 싶다. 지금 이 순간, 여기에서.'

그는 자신이 미쳤다고 생각했지만, 어느덧 손은 이수의 옷을 벗기고 있었다. 성급한 손길이 블라우스와 바지를 단숨에 벗기고 달빛 아래 하얀 나신을 부드러운 풀숲에 눕혔다. 그녀의 표정에서 부끄러움은 없었지만 작은 두려움이 느껴졌다. 칼은 긴 머리칼을 부드럽게 쓸어 넘겼다.

"아름다워."

이 한마디를 남긴 칼은 그녀를 끌어당겨 입을 맞추었다. 좀 전보다 훨씬 더 뜨겁고 강렬한 키스가 이어지고 그는 마지막으로 남은 이성을 던져 버렸다. 그리고는 눈을 감은 채 가쁜 숨을 몰아쉬는 이수의 가슴을 물고 굶주린 아이처럼 빨며 으스러져라 껴안았다.

'이제 너를 안는 것도 마지막이다. 오늘은 칼 밀튼이 아니라 김주녕이다. 널 사랑한 김주녕. 이 섬을 떠날 때 난 그를 수장시켜 버릴 생각이다. 이곳에 모든 기억들을 폐기처분하고 한국을 떠날 것이다. 그리고 다시는 돌아오지 않을 거야.'

달빛을 고스란히 받은 채 서로의 몸을 탐구하던 두 사람은 하얀 알몸을 그대로 드러내며 서로의 몸을 애무했다. 하얀 젖가슴과 넓은 등이 달빛에 하얗게 빛나고, 끊어질듯 이어지는 두 사람의 신음 소리를 파도가 집어삼켜 버렸다. 어느새 바닥에 누운 칼의 가슴을 천천히 쓸어 내리던 이수가 조심스러우면서도 깊고 빠르게 그의 남성을 삽입했다. 두 사람의 입에서 신음이 흘러나오고 칼은 느리게 허리를 움직였다.

바람과 파도 소리에 맞춰 조금씩, 조금씩 절정을 향해갔다.

절정에 오를수록 숨도 거칠어지고 탄탄한 엉덩이도 리드미컬하게 움직였다. 칼은 그녀의 가슴을 움켜쥐고 고통스러운 표정을 지으며 몸을 떼려 했다. 저번처럼 실수하기 싫었기 때문이다. 그런데 이수가 말을 듣지 않았다. 소극적이었던 아까와 달리 그녀는 여왕처럼 도도했으며 칼에게 명령하는 표정을 지었다.

'지금 떨어지면 죽을 거 같아! 괜찮으니까 끝까지 가!'

칼은 뜨겁고 촉촉하게 조여오는 느낌에 머리 속이 하얗게 변색되는 느낌이었다. 그래서 그는 그대로 안으로 거칠게 밀고 들어가며 이수가 이끄는 대로 따라갔다.

온몸의 피가 들끓고 야수 같은 신음이 터져 나왔다. 자신이 이렇게 열정적이었던 게 있었던가 싶을 정도로 그는 완벽하게 이수에게 사로잡혀 있었다. 그는 몸을 일으켜 그녀를 끌어안고 탐스런 가슴을 입에 물었다. 가쁜 숨을 몰아쉬던 그녀가 칼의 머리를 끌어안고 허리를 비틀자 두 사람이 동시에 신음을 흘렸다. 그들은 부드럽고 격렬하게 움직였다. 머리 속으로 생각 같은 건 할 수가 없었다. 오직 몸으로 말하고 표현할 뿐이었다.

"아아아……."

칼은 더 이상 견딜 수 없다는 듯이 몸을 떠는 그녀를 보며 절정에 이르렀다는 것을 알았다. 그는 온몸으로 감겨오는 그녀를 힘껏 끌어안았다. 그리고 모든 힘을 쥐어짜 몸속에 있는 환희를 폭발시켰다.

두 사람의 몸이 뻣뻣해짐과 동시에 서서히 이완되기 시작했다. 칼은 그녀의 가슴으로 쓰러졌고, 이수는 그의 머리를 끌어안은 채 눈을 감았다.

한동안 말을 할 수가 없었다. 서로의 숨소리와 그들의 모습을 처음부터 끝까지 지켜본 풀벌레들의 노랫소리에 귀를 기울이며 그대로 누워 있었다. 왠지 평화로움마저 느껴지는 그 순간, 그의 가슴에 얼굴을 대고 있던 이수가 낮게 중얼거렸다.

"곧 한국을 떠날 거지? 이것으로 우린 마지막인가?"

"응."

"이제 우린 다시는 보는 일이 없겠네."

"아마도."

"고통스러웠지만 당신과 있으면서 기뻤어. 당신이 누구든, 난……."

그녀는 말을 잊지 못했다. 감정이 격한 건 아니었다. 그저 긴 한숨만 내쉬었을 뿐이다.

"나로 인해 불행했다면 그 짐, 이젠 내게 줘. 그리고 홀가분하게 떠나."

"……"

"미안해, 고통스럽게 해서. 이런 말로 상처가 낫지 않겠지만…… 정말 미안해."

"……"

이수는 천천히 몸을 일으켜 그대로 옷을 챙겨 입고 내려갔다. 그녀가 가고 나서 한참 후에야 옷을 입고 일어선 칼은 밤바다를 내려다보며 새벽이 올 때까지 자리에 서 있었다. 바다는 고요했으나 그의 마음속엔 폭풍우가 휘몰아치고 있었다.

　새벽 배를 타고 통영 항에 내리자마자 거짓말처럼 비가 쏟아지기 시작했다. 이수는 갈매기가 낮게 비행하는 검은 하늘을 무심한 눈으로 올려다보다 기다리고 있던 차에 올라탔다. 서울로 향하는 내내 이수와 칼은 약속이나 한 것처럼 침묵했다. 다가올 이별 때문일까. 차 안 분위기가 침울하게 가라앉았다.

　차창 밖으로 쏟아지는 비를 응시하던 이수가 잠든 것처럼 눈을 감고 있는 칼을 쳐다보았다. 잠든 척하는 것뿐, 깨어 있다는 생각이 들었다. 그는 지금 무엇을 하고 있을까. 우리가 보낸 시간에 대해 후회를 하고 있을까, 아니면 마지막을 어떻게 끝낼까 고민하고 있을까.

　이수는 그가 휘두를 칼이 아플까 봐 겁이 났다. 처음엔 꿋꿋하게 참아내겠다고 생각했지만 혹시 마음의 상처가 깊어 회복하는 데 오래 걸릴까 두려웠다. 다른 사람도 아니고 그가 주는 상처는 언제나 아프다.

　서울에 거의 다 도착하자 조용히 눈을 뜬 칼이 몸을 일으키며 말했다.

　"예정보다 일찍 들어가게 됐어. 오늘 밤 비행기야."

　이수는 아무 말 없이 고개만 끄덕이며 여전히 창밖을 바라보았다. 그 모습이 무척이나 침착하고 담담해 보여 칼은 화가 났다. 그녀를 보고 있으면 잠잠한 바다와 겨울 산이 떠오른다. 별다른 변화나 움직임 없이 속을 알 수가 없고 황량한 바람만 가득한 바다와 산. 처음 의도대로면 시원해야 하는데 그는 짜증과 함께 뭐든 때려 부수고 싶은 충동을 느꼈다. 자신을 다스릴 수 없을 때마다 이수에게 휩쓸릴 때마다 빨리 이 땅을 떠나야겠다고 생각했는데 막상 가려니 뭔가가 심장을 움켜쥐고 있는 기분이었다.

'이제 떠나기만 하면 돼. 뉴욕에 돌아가서 다서 내 삶으로 돌아가는 거야.'

더 이상 방황은 없을 거라고, 다시 누군가를 사랑할 수는 없겠지만 적어도 정상적인 삶은 살 수 있을 거라고, 칼은 스스로를 위안했다.

빌라로 돌아온 이수는 자신의 방으로 가 조용히 짐을 쌌다. 트렁크에 옷가지를 챙겨 넣고 욕실에서 가져온 화장품들을 챙기던 그녀는 하던 일을 멈추고 벽에 기대 지그시 눈을 감았다. 갑자기 솟아오르는 슬픔에 감정에 견딜 수가 없어서였다.

'왜 이렇게 바보같이 굴어! 이제 다 끝났잖아.'

이수는 자신을 어르고 달래며 짐을 마저 쌌다. 처음에 발을 들여놓았을 때 그대로 짐을 싸서 방을 나오니 어느덧 칼이 나와 있었다.

"차 한 잔 마시고 가."

거실 테이블에 찻잔이 놓여 있었다. 그리고 노란 종이 봉투도. 이수는 봉투를 보고 그 안에 무엇이 있을지 생각해 보며 테이블에 앉았다. 아까와 다를 바 없이 침묵만이 흐르고 커피 잔을 반쯤 비웠을 무렵, 칼이 먼저 입을 열었다.

"내가 짧지 않은 인생을 살아오면서 제일 큰 잘못을 한 게 있다면 한 사람을 진심으로 대한 거야. 그런데 그 진심이라는 게 우스워. 상대에게 잘못 받아들여지면 집착, 광기, 끔찍한 덫으로 해석될 수 있거든. 결국엔 진심이란 것도 줄 가치가 있는 사람에게 줘야만 제대로 받아들여지는 거지."

마치 연극의 독백을 보는 것처럼, 차갑게 가라앉은 눈빛과 생경한 목소리가 이수에겐 한없이 낯설게 보였다.

'몇 시간 전까지만 해도 저 입술이 내 살결을 더듬고 따뜻한 숨을 불어넣어 주었는데, 이제는 예리한 칼날이 되어 내 몸을 찢어놓겠구나.'

이수는 숨을 가다듬으며 다음 말을 기다렸다.

"세상엔 약이 되는 사랑이 있고, 독이 되는 사랑이 있다더군. 그녀는 내게 치명적인 독이었어. 나 자신을 모조리 망가뜨리고, 이뤄놓은 것을 모두 잃게 만들었지. 인간의 감정이란 게 그렇게 무서운 무기가 되리라고는 생각하지 않았어. 내가 너무 만만히 본 탓도 있었겠지."

칼이 테이블에 있던 서류 봉투를 던지듯 앞에 놓았다. 조용히 그 봉투를 내려다보던 이수는 떨리는 손끝으로 안의 내용물들을 꺼냈다. 제일 먼저 눈에 들어온 것은 수십 장의 사진이었다. 그 사진이 무슨 사진인지 깨달은 이수는 비명이 새어 나오려는 것을 필사적으로 삼켰다.

"칠 년 전 그녀는 돈 많은 남자들의 노리개가 됐어. 이 사실을 알았을 때 몸의 피가 거꾸로 솟더군. 그런데 데려오지 못했어. 꺼내려고 갔을 때, 수렁 속에 빠진 것은 그녀가 아니라 나란 걸 깨달았거든."

그의 말에 칼이 베인 것처럼 아릿한 아픔이 몰려왔다. 그의 절망이 자신의 것처럼 생생하게 와 닿았다. 이수는 입술을 자근자근 깨물며 빠른 눈으로 사진 속의 남자들이 누군지 확인했다. 그들은 현 국

회의원, 미디어 재벌 총수, 육군참모총장이었다. 그들과 자신을 번갈아 보던 이수는 흰 봉투를 열어 편지를 꺼내 읽어 내려갔다. 그녀가 편지지에서 고개를 들었을 때는 얼굴이 백지장처럼 하얗게 변해 있었다. 그 모습을 냉정한 시선으로 관찰하던 칼이 말했다.

"그녀가 내 모든 걸 빼앗았듯이 나도 뺏고 싶어. 내 마음을 찢어놓았던 것처럼 나도 갈가리 찢어놓고 싶어."

이수는 떨고 있는 기색이 보이지 않기만을 바라며 담담히 말했다.

"그 여자의 삶도 끔찍했을 거라는 생각은 안 해봤어?"

"자기가 선택한 불행이야. 스스로 진흙탕 속으로 뛰어든 것까지 동정해 주어야 한다고 생각해?"

"원하지 않았다면, 그럴 수밖에 없었다면……."

"다 핑계일 뿐이야!"

"당신, 그녀를 사랑했는지 몰라도 가슴으로 이해하진 못했나 보군."

그 말을 듣는 순간, 칼은 다시 온몸의 뼈마디가 으스러지는 고통을 느꼈다. 과거의 분노가 스멀스멀 올라왔다. 몸의 고통보다도 더 컸던 배신감과 좌절. 영영 회복할 수 없는 불구로 만들어 버린 그녀가 밉다. 견딜 수 없이 밉고 증오스럽다. 칼은 그녀에게 달려들어 멱살을 붙들고 의자에서 끌어 올렸다.

"어떻게 이해할 수 있겠어! 모든 것을 잃었어도 너 하나만을 생각하며 버텼어. 지긋지긋한 병원 생활, 끔찍한 고통 속에서도 너 하나만을 의지하며 버텼다고! 그런데 넌 창녀가 되어 몸을 팔고 있었어. 내가 병원에서 고통에 몸부림치고 있을 때, 넌 다른 새끼들 품에 안겨서 날 조롱하고 있었단 말이야."

“당신을 조롱한 적 없어.”

“하! 조롱한 적이 없어? 넌 내가 병원에 입원해 있다는 걸 알면서도 찾아오기는커녕, 석현호를 찾아가 창녀가 되겠다고 했어. 인생이 다 끝난 것처럼 네 자신을 팔고 내 진심을 짓뭉개 버렸다고! 죽은 게 김주녕이라면 그러지 않았겠지. 내가 죽고 인규가 살았다면 널 버리지도 않았을 거야. 안 그래!!”

울부짖는 듯한 칼의 외침과 함께 이수의 얼굴이 일그러졌다. 충격으로 멍해 있는 그녀의 얼굴을 보며 칼이 차갑게 비웃었다.

“그래, 애석하게도 네가 사랑한 강인규는 죽어버렸어. 살아남은 건 김주녕이란 개새끼야! 알아듣겠어? 지금 네 앞에 서 있는 놈은 김주녕이란 말이야!”

마음속에 품고 있었던 말을 내뱉는 순간, 칼은 그동안 고통스러웠던 감정의 정체를 깨달았다. 자신이 죽고 인규가 살았다면, 그랬다면 그들은 행복했을 것이다. 싸늘한 시체가 되지도 않았을 테고, 자신을 피해 창녀가 되지도 않았을 것이다. 모두 자신 때문이다. 자신의 욕심이 모두를 파멸시킨 것이다. 이 모든 사실을 알면서도 그녀에게 화살을 돌리고 미워했던 것은 두려웠기 때문이다. 평생 죄책감에 사로잡혀 후회하며 사는 게 두려워 그녀를 미워하고 증오했던 것이다. 칼은 고개를 돌리고 자신을 외면하는 그녀의 턱을 잡고 죽일 듯이 노려보며 외쳤다.

“똑바로 봐! 지금 네 앞에 있는 사람이 누군지 똑바로 보란 말이야! 네가 이 괴물을 만들어냈어. 살 수도 없고 죽을 수도 없는 괴물을 만들어냈단 말이야.”

이수는 하얗게 질린 얼굴로 뭐라 말하려다 다시 다물었다. 그런 그녀를 보며 더욱더 멱살을 잡아 흔드는 칼. 북북 옷이 찢어지는 소리와 함께 그의 날카로운 목소리가 공기를 갈랐다.

"차라리 죽는 게 낫겠다. 그래, 죽자. 아니, 다시 살자. 너란 여자에게 복수하기 위해서라도 끝까지 살아야 한다. 이런 생각으로 칠 년을 버텼어. 내가 왜 이래야 하는데? 내가 왜 이따위 가면을 쓰고 네 앞에 나타나야 하는데! 다 너란 여자를 고통스럽게 하기 위해서야. 네가 사랑한 강인규로 나타나 널 기만하고 다시 지옥에 빠뜨리기 위해 이 모양 이 꼴로 나타난 거라고! 내가 왜 이래야 하는데, 내가 왜 이딴 괴물이 되어야 하는데!!"

광기 어린 절규가 온 집 안에 울려 퍼졌다. 그 자신조차 이렇게 폭발할 수 있다는 것이 놀라울 정도였다. 자신의 손 아래 헝겊인형처럼 이리저리 흔들리는 이수를 내려다보던 칼. 그는 커다란 눈에 가득 고인 감정을 보았다. 그리고는 예전에도 이런 식으로 자신을 봤던 것을 기억해 냈다.

'그래, 예전에도 넌 이런 눈빛으로 나를 봤었지. 안타깝다는 듯, 불쌍해 죽겠다는 그런 눈빛. 젠장! 왜 그런 눈으로 보는 거야! 왜!!'

이수가 무슨 더러운 벌레라도 되는 것처럼 칼은 멱살 잡고 있던 손을 놓아버렸다. 스르르 무너진 그녀는 창백한 얼굴로 바닥에 시선을 떨어뜨렸다. 그것을 내려다보던 칼이 싸늘하게 말했다.

"이 편지와 사진들을 그들에게 보내려고 했어. 사회적으로 이름있는 인간들이니 수단과 방법을 가리지 않고 네 입막음을 하려 들 거라고 판단했기 때문이지. 그런데 막상 보내려니 회의가 들더군. 솔직히 너란 여자가 이럴 정도로 가치있는 여자는 아니잖아. 아무에게나 몸을 굴리고, 형 동생 할 것 없이 내키면 자는 여자한테 이렇게까지

하는 건 우습지. 안 그래?"

시니컬한 웃음을 지은 그가 여전히 고개 숙인 이수를 내려다보며 말했다. 자신이 쏟아내는 말들이 최대한 잔인하고 매정하게 들리기를 바라면서…….

"그래서 번거롭지 않고 간편한 복수를 생각했지. 네가 이 지옥에서 끝까지 살아남게 하는 것. 그것이 내 마지막 복수야. 가장 잔인한 복수지."

그는 무거운 짐을 벗어놓은 것처럼 홀가분하게 말했다.

"자, 이제 내 볼일은 끝났어. 생각보단 싱겁긴 하지만 그동안 너도 즐길 만큼 즐겼고, 석현호한테 약점 잡힐 만한 것도 수중에 들어왔으니 만족할 만한 거래가 됐을 거야. 그럼, 이제 우리의 빚 청산은 끝났어. 이제 그만 내 집에서 나가."

칼은 무겁게 느껴지는 발걸음을 떼어 서재로 향했다. 여지를 남기지 않기 위해 잔인하게 쏟아낸 말에 스스로 전율했지만 멈출 수가 없었다. 더 독한 말을 쏟아내야만 마음속의 그녀를 떨칠 수 있을 것만 같아서였다. 그러나 칼날 같은 말을 쏟아낼수록 그는 도리어 그 칼날에 자신이 상처받는 느낌이었다.

칼은 등 뒤에서 힘겹게 몸을 일으키는 기척이 들리자 걸음을 멈췄다. 마지막 인사를 잊었기 때문이다. 헤어지면서 꼭 하겠다고 생각해 두었던 마지막 인사. 그는 잠시의 주저도 없이 말했다.

"내가 그랬듯이 앞으로 너도 지옥에서 살길 바란다."

칼은 그대로 서재로 들어왔고 쾅 소리가 나게 문을 닫았다. 그리고 긴 신음 소리를 흘리며 벽에 기대섰다.

'그래, 이제 모두 끝났다. 너와 나의 질기고 질긴 끈도 이걸로 끝

이다.'

집 안의 모든 사물이 정지된 듯 고요했다. 그렇게 한참이 흐른 후, 현관문 닫히는 소리가 들려왔다. 칼은 다시 한 번 신음을 흘리며 눈을 감았다.

"이제 다 끝난 거야."

그 순간, 칼은 그녀에게서 아무런 말도 듣지 못했다는 것을 깨달았다. 이수는 어떤 변명도, 비난도, 분노도 표현하지 않았다. 그저 눈물 가득 고인 눈망울로 동정 어린 눈빛을 보냈을 뿐이다. 의문과 함께 그 눈빛이 자꾸만 칼의 마음속에서 덜그럭거렸다.

슬픔이 크면 모든 감각이 없어지는 걸까. 어떻게 아파트까지 차를 몰고 왔는지 기억이 나질 않았다. 그저 온 세상이 흑백사진처럼 보였다는 것 외엔, 그리고 비가 그쳤는데도 불구하고 온통 젖어 보였다는 것 외엔 생각나는 것이 없었다. 이수는 넋이 나간 얼굴로 자신의 아파트에 들어섰다. 위태위태했던 몸은 혼자만의 공간에 오자 거침없이 흔들리기 시작했다. 이수는 자신의 한계 이상을 버텨냈다. 혹시 그가 보고 있을까 봐, 따라오고 있을까 봐 멀쩡한 얼굴로, 당당한 걸음으로 빌라는 나와서 운전을 했다. 그러나 아무도 없는 집에 들어선 지금, 이수는 바람에 꺾일 듯 휘어지는 들꽃이었다. 아니, 이미 꺾여 땅 위에 나동그라지는 잡초였다. 그녀는 술 취한 사람처럼 비틀거리며 욕실로 걸어갔다. 욕실로 가는 길에 찢어져서 너덜너덜해진 자주색 블라우스를 벗고 스커트와 속옷을 차례로 벗어 나갔다.

이수는 알몸인 채로 욕실에 들어섰다. 무표정한 자신이 시선을 똑바로 맞추고 보고 있었다.

"솔직히 너란 여자가 이럴 정도로 가치있는 여자는 아니잖아. 아무에게나 몸을 굴리고, 형 동생 할 것 없이 내키면 자는 여자한테 이렇게까지 하는 건 우습지. 안 그래?"

이수가 힘없이 중얼거리며 고개를 저었다.
"거짓말. 거짓말이야. 당신은 거짓말을 하고 있어."
순간, 욕지기가 올라오면서 이수는 욕실바닥에 토해 버렸다. 그렇게 몇 번을 토하고 나서 고개를 드니 눈앞이 하얗게 변하기 시작했다. 그리고 경련을 하듯 몸이 떨리더니 울음을 흘러나왔다. 좀처럼 소리 내서 울지 않는 이수였다. 할머니 장례식에서도 큰 소리로 곡을 하지 않았던 그녀인데, 지금은 온 집 안이 울릴 정도로 소리를 지르며 울었다. 뱃속에서 우러나오는 고통이었다. 뼈마디가 들쑤시고 피가 졸아드는 슬픔이었다. 억울해서도, 원망스러워서도 아니었다. 칼이 불쌍해서 눈물이 나왔다. 그가 너무 가여워서 울음이 나왔다. 그의 표현대로 그를 괴물로 만든 것은 자신이다. 그렇게 쉽게 절망하지 않았더라면, 자신을 포기하지 않았더라면 상황이 달라질 수 있었을 텐데. 하지만 이제 와서 이런 후회가 무슨 소용이 있단 말인가. 모든 것이 다 끝났는데. 이제 끝인데.

이수는 지쳐서 더 이상 눈물이 나오지 않을 때까지, 목이 쉬어 더 이상 소리 내어 울지 못할 때까지 울었다. 이 세상이 모두 끝나는 것처럼 그렇게 처절하게.

그리고 정신을 차렸을 때는 욕실이 아닌 병원 침대에 누워 있었다. 이수는 그사이에 무슨 일이 있었는지 기억나지 않았다. 다만 윤숙에게서 욕실에 쓰러진 채 발견됐고 이틀 만에 깨어났다는 말만 들었을 뿐이다. 이틀, 벌써 이틀이나 지나 버렸구나. 칼은 다시 미국으로 돌아갔겠지? 이제 다시는 볼 수 없겠지? 영영 볼 수 없다고 생각하자 눈시울이 뜨거워졌다.

"언니, 그 사람 미국으로 갔겠다. 작별인사도 못했는데."

몸을 웅크리고 돌아누운 이수의 감은 눈에서 눈물이 흘러내렸다.

"어떻게 해. 잘 가라는 인사도 못했어. 이번엔 정말 말하고 싶었는데. 몸조심해서 잘 가라고, 행복하라고 말해 주고 싶었는데."

그녀의 작은 흐느낌이 이어지자 윤숙이 뒤에서 따스하게 안아주었다. 이수는 그녀의 품에서 오랫동안 울었다.

한 달 후.

짐이라고 해봐야 옷가지 몇 개와 책, 노트가 전부인지라 간소했다. 짐을 다 싼 이수는 옷매무새를 가다듬으며 거울 앞에 섰다. 귀를 조금 덮는 단발머리가 한층 가벼워 보였지만 표정은 그렇지 못했다. 한 달을 내리 앓은 후라 얼굴은 몰라보게 야위었고 핏기 하나 없이 창백하다. 이수는 손으로 까칠한 자기 얼굴을 쓸어보다가 한층 짧아진 머리칼을 쓸어 넘겨보았다. 이틀 전 미용실에 가서 자를 때만 해도 짧게 잘랐던 적이 없어서 걱정했지만 막상 자르고 나니 왜 진작 자르지 못했나, 후회될 정도로 마음에 들었다.

이젠 가벼우니까, 바람처럼 가벼우니까 어디라도 날아갈 수 있을 거야.

이수는 거울을 마주하고 웃어보았다.

‘지금은 억지로 지은 웃음이지만 언젠가는 진심으로 행복해 웃을 날이 있을 거야. 그렇지?’

자신에게 따뜻한 응원을 보낸 그녀는 짐을 챙겨 들고 거실로 나왔다. 감상에 젖은 채로 아파트를 둘러보니 기분이 묘했다. 왠지 다시는 못 올 느낌, 이것이 마지막이라는 생각을 지울 수가 없었다. 정을 주지 않기 위해 가구들로 채우지도 않고 꾸미지도 않은 곳이지만 막상 오랫동안 떠나 있으려니 아쉬웠다.

"다시 돌아올 땐 좀 더 씩씩해져 있을 거야. 그때 보자."

밝은 어조로 중얼거린 이수는 문을 닫고 아파트에서 나왔다.

"다 챙겼니? 오래 나가 있는다면서 짐이 적네."

밑에서 기다리고 있던 윤숙이 가방을 받아 들며 말했다. 그 모습이 영 기운 없어 보여 이수는 일부러 더 쾌활하게 웃어주었다.

"많으면 이동할 때 불편하기만 하지 뭐. 꼭 필요한 것만 챙겼어."

"건강하게 있다가 돌아올 거지?"

그녀의 심각한 표정에 이수가 어이없는 얼굴을 했다.

"뭐야, 꼭 살아 돌아와야 한다는 투잖아. 난 죽으러 가는 게 아니라 여행 가는 거야."

"누가 뭐래니. 그냥 건강하게 있다가 돌아오라고."

"그래, 알았어."

이수는 시무룩해져 있는 윤숙의 손을 꼭 잡아주며 조수석에 올라탔다. 차창 밖으로 비치는 서울의 거리를 보니 여러 가지 상념들이 스쳐 갔다. 칼이 가고 난 후 일주일 동안 죽지 않을 만큼 아팠고 그 뒤로는 주변 사람들이 안타까워할 정도로 밝고 명랑하게 지내려 안간힘을 썼다. 그러나 혼자 있을 때는 고장난 수도꼭지처럼 늘 눈물이

새어 나왔다. 칠 년 동안 못다 운 눈물이 한꺼번에 터져 나오는 듯했
다.

몸과 마음이 지치고 아팠지만 더 이상 악몽은 꾸지 않았다. 그 대
신 칼이 나오는 꿈을 꾸었다. 행복했던 지난 시간들이 영화처럼 펼쳐
지는 꿈 때문에 이수는 몇 번이나 깨어 소리 죽여 울어야 했다. 도저
히 견딜 수가 없었다. 이런 식으로 며칠만 더 보낸다면 온몸이 말라
죽은 나무처럼 바싹 타 들어갈 것만 같았다. 그래서 이수는 여행을
가기로 했다.

"내 선물 꼭 사 와야 한다. 알았지?"

마중 나온 원중이 볼에 살짝 키스하며 짓궂게 중얼거렸다.

"이 계집애야, 연락 자주 하고, 밥 잘 챙겨먹고, 그리고……."

"이 아줌마 또 사설이 길어지네. 이 잔소리꾼은 내가 지키고 있을
테니 잘 갔다가 와."

윤숙의 입을 틀어막은 원중이 손을 흔들며 배웅했다. 이수는 마중
나온 두 사람에게 손을 흔들며 씩씩하게 걸음을 옮겼다. 한 걸음 한
걸음 내디딜 때마다 기대와 불안, 막막함이 차례차례 스쳐 갔지만 비
교적 희망에 차 있었다. 이수가 등을 쭉 펴며 머리 위로 펼쳐진 푸른
하늘을 응시했다.

'내가 지옥 속에 살았으면 좋겠다는 당신 말, 난 믿지 않아. 내 멋
대로 생각하는 거라고 해도 좋아. 난 당신이 가치있는 사람이라고,
누구보다 사랑받을 자격이 있는 사람이라고, 당신이 그렇게 말해 주
고 싶었는데 못하고 간 거라고 생각할 거야. 추억은 남은 사람의 몫
이잖아. 그러니까 내 마음대로 해도 괜찮지?'

가방을 고쳐 든 이수가 눈물이 가득 고인 눈으로 씩씩하게 중얼거

렸다.

"당신이 많이 그리울 거야. 잘살고 있는 거지? 행복한 거지? 꼭 행복해야 해. 우리도 이젠 행복해져야 하잖아."

칼은 아이들의 노랫소리가 들려오는 복도를 지나 한 교실 앞에 섰다. 교실 안을 들여다보니 예닐곱 살 된 아이들이 선생님의 손짓에 참새처럼 입을 오므렸다 벌렸다 하면서 노래를 부르고 있었다. 아이라면 질색을 하는 칼이다. 그런 웬일로 인상을 찌푸리는 대신 희미한 웃음을 짓고 있었다. 평상시에 게이와 아이들에게 알레르기가 있다고 생각했던 그인데, 체질이 변한 건지 꼬마들이 사랑스러워 보였다. 팔짱을 낀 채 노래가 끝날 때까지 기다리던 그는 아까부터 자신을 보는 한 여자 아이와 시선을 마주쳤다. 누군가를 떠올리게 하는 맑은 눈이다. 칼의 가슴 한 켠에 그리움이 짙게 서렸다.

"선생님! 저기!"

눈이 맑은 아이가 작은 검지로 창가를 가리켰다. 고개를 돌린 리사가 칼을 발견하고 반가운 미소를 지었다.

한눈에도 행복해 보이는 그녀. 리사는 아름답지는 않지만 독특한 분위기가 사람들의 마음을 끌고 좋아하게끔 만드는 매력을 가진 여자였다. 한때는 저 미소가 참 예쁘다고 생각했었는데 그녀는 결혼과 동시에 웃지 않았다. 소포클레스의 비극에나 나올 법한 슬픈 얼굴로 파티 홀 중앙에 우둑커니 서 있기 일쑤였고, 상복 같은 옷을 입고 저녁식사에 초대된 손님들을 맞았다.

그렇게 지극히 불행한 얼굴을 하고 있던 어느 날, 그녀가 갑자기 짐을 싸들고 사라졌다. 그리고 며칠이 못 가 숀이라는 남자와 동거를 하고 있다면서 전화를 걸어왔다. 아버지와 남편에 대한 항거였을 것이다. 언제나 아버지 그늘에 매여 있던 그녀가 스스로의 삶을 살겠다는 의욕을 보이는 것이 기특하기는 했지만 무관심으로 일관했다. 이혼 요구도 하지 않았고, 장인도 침묵으로 일관했기에 기묘한 결혼 생활은 그럭저럭 유지됐다. 리사는 허울뿐인 결혼 생활 안에서 제한적인 자유를 얻었고, 칼은 오너 사위라는 타이틀을 얻었으니 그것으로 만족했다. 그러나 칼은 이제 와서 자신이 얼마나 어리석었는지 절실히 깨달았다. 그런 식으로 잡아둔다고 올 사람이 아니다. 사람의 마음을 움직이는 것이 얼마나 힘든 일인가. 칼은 두 사람의 관계를 끊으려 했던 자신의 행동에서 지난날 혜옥의 말들을 떠올렸다. 어리석다. 이제야 그것을 깨달은 걸까. 칼은 늦게나마 잘못된 것을 바로잡으려고 리사에게 온 것이다. 그렇게 하나하나 고쳐 가다 보면 어그러진 인생도 바로잡을 수 있을까. 칼은 씁쓸하게 웃었다.

수업이 끝내고 휴게실로 안내한 리사는 음료수 캔을 건네며 물었다.

"대낮에 유령을 본 기분이야. 당신이 여기까지 오고, 세상 오래 살고 볼 일이야."

"숀도, 너도 잘 지내지?"

"물론. 당신은 한국에 갔다 왔다면서? 고향에 다녀와서 그런지 얼굴이 달라져 보인다. 살이 더 빠진 것 같네."

"그래?"

칼은 캔을 만지작거리며 희미하게 웃었다. 그 모습을 보던 리사의 눈이 유난히 반짝였다.

"뭔가 할 말이 있어서 왔지? 당신이 여기까지 온 걸 보면 중요한 일인가 봐? 무슨 일이야?"

"이혼하자. 그 말 하려고 왔어."

그녀는 잠깐 할 말을 잃고 멍한 얼굴을 하더니 피식 웃었다.

"갑자기 그런 말을 꺼내니까 얼떨떨하네. 이혼 빼고는 뭐든지 다 마음대로 하라고 한 사람이 웬일로 생각을 바꾼 거야?"

'난 많이 바뀌었어. 한국을 떠나올 때까지만 해도 몰랐는데 뉴욕에 도착하는 순간 알았어. 예전과 같은 칼 밀튼은 없다고 말이야. 그녀가 또다시 나를 바꿔놓았어. 언제나 그래, 그녀는 날 흔들리게 하고 전혀 다른 사람으로 만들어놔.'

칼은 머리 속에 많은 생각들을 애써 지우고 짧게 대답했다.

"마음이 변했어."

"쉽게 마음이 변하는 사람이 아니잖아."

"네게도, 숀에게도 잘못한 게 많다는 걸 깨달았어. 이런다고 다시 회복될 관계가 아닌데 나나 장인어른이나 욕심을 부린 거지."

"당신, 갑자기 변하니까 무섭다. 내 앞에 있는 사람, 칼 밀튼 맞아?"

리사는 연신 의심스러운 얼굴을 했다.

"리사, 나와 이혼하면 숀과 결혼해. 장인어른이 뭐라 하든 끝까지 밀어붙여. 이번엔 절대로 포기하지 말고."

"당신, 사랑하고 있구나?"

리사가 대뜸 물었다.

"사랑하지 않고서는 사람이 이렇게 변할 수가 없지. 누구야? 어떤 여잔데?"

순간, 칼은 당황한 표정을 숨기지 못하고 그대로 드러내며 어색하게 일어섰다.

"나중에 저녁 식사라도 초대해 줘. 그럼 간다."

"칼! 말해 봐, 누구야? 도대체 어떤 여자길래 쇠심줄 같은 칼 밀튼을 변화시킨 거야?"

리사는 집요하게 쫓아오며 물었고 칼은 미소를 지으며 손을 내저었다. 간신히 그녀를 교실로 돌려보낸 칼은 학교를 뒤로하고 나왔다. 택시를 타고 왔는데 내키지 않아 조금은 걷기로 마음을 먹었다. 뉴욕은 가을로 물들어 있었다. 혼잡하고 정신없이 돌아가는 도시와 달리 자연은 무척이나 여유롭고 아름다웠다. 자신의 집 근처에 있는 그래머시 파크에 간 그는 붉게 물들기 시작한 단풍나무를 아래를 거닐다 호숫가 맞은편 벤치에 앉았다. 공원에 온 것은 미국에 온 후로 처음이다. 언제나 집과 회사, 세계 여러 나라를 돌아다니면서 미친 듯이 일에 매달려 살아왔으니까. 그는 오랜만에 숨통이 트이는 것을 느끼며 공원의 노인과 아이들을 보았다.

'나도 저들처럼 정상적으로 살아갈 수 있을까. 가정을 꾸리고, 아이를 낳고, 편안히 늙어갈 수 있을까.'

가을이어선지, 아니면 한국에서의 일이 내내 마음에 걸려서인지 칼은 갈피를 잡을 수 없는 허전함에 시달렸다. 속이 후련할 줄 알았는데, 전보다는 다른 감정이 그를 괴롭게 했다.

그것은…… 그리움이었다. 그녀를 향한 그리움. 그 지독한 말들을 쏟아 부은 주제에 그녀를 그리워하는 자신이 가증스럽지만 하루에도 몇 번씩 그녀를 떠올렸다. 그리고 부정하고 또 부정하며 그녀를 몰아내려고 애썼다. 그런데도 여전히 머리 속을 잠식하는 그녀. 이수로 인해 자신의 삶의 불완전함을 절실히 깨달은 그는 가을 속에서 방황을 하고 있었다.

그렇게 가을이 짙게 물들어갈 무렵, 뜻밖의 손님이 찾아왔다.

"부사장님, 손님이 찾아오셨는데요. 동생 분이랍니다."

"동생?"

막 회의에 들어가려던 칼은 당황한 기색이 역력한 비서의 말에 눈썹을 치떴다.

"자기가 내 동생이라고 하던가?"

"네. 어떻게 할까요?"

팔짱을 끼고 어이없는 얼굴을 한 칼은 들여보내라는 지시를 내렸다. 그러자 몇 분도 채 안 돼 요란한 차림을 한 여자가 들이닥쳤다. 진한 향수 냄새를 풍기며 다가온 그녀는 호들갑스럽게 웃으며 소파에 앉더니 세련되게 다리를 꼬았다.

"오랜만이야! 그동안 잘 있었어?"

칼의 입가에 조소가 흘렀다. 너무나 당당하게 자신의 사무실에 들어선 여자는 인주였다. 일 년에 한 번 꼴로 찾아와 온갖 구차한 변명

으로 돈을 요구하는 동생. 이 세상에 하나 남은 피붙이지만 각별한
정이 있는 것도 아니라 귀찮아하는 존재였다.

"웬일이야? 이번에도 쇼핑 핑계 댈 참이야? 아니면 브로드웨이에
연극 보러 왔다고? 그것도 아니면 솔직하게 돈이 필요하다고 말할
참인가?"

칼의 말에 준비하고 온 말을 모두 들켰는지 그녀는 샐쭉한 표정을
지으며 말했다.

"흥, 정말 할 말 없게 만드는 사람이네. 오랜만에 만나서 반갑지도
않아?"

"우리가 그런 말 나눌 사이는 아니지? 여기까지 온 용건이나 빨리
말해. 곧 있으면 회의 들어가야 하니까."

"흥, 내가 아니라 그년이 왔다면 이런 식으로 대하진 않았을걸."

앙칼진 말에 칼의 눈매가 일순간에 가늘어졌다.

"아니지, 여기까지 와서 살림을 차렸을지도 모를 일이지. 그까짓
창녀 년이 뭐가 그리 좋다고……. 자기 엄마와 동생까지 죽인 년인
데. 하긴 둘이 죽이 맞아 벌인 일이니 죄책감 따위가 들겠어?"

"그 말버릇은 아직도 고치질 못했군."

팔짱을 낀 칼이 낮게 중얼거렸다. 말투에 못마땅한 기색이 역력했
지만 이를 못 들었는지 인주는 신이 나서 떠들어댔다.

"흥, 그놈의 몸뚱어리는 뭐로 만들어졌기에 사내들이 죽고 못사는
거야! 정말 이해할 수가 없다니까."

"말조심해. 그리고 그 딴 말 하려고 여기까지 온 거면 당장 나가."

서릿발 같은 목소리가 사무실을 흔들자 인주는 잠시 주춤했다. 그
러나 믿는 구석이 있었는지, 지지 않고 쏘아댔다.

"왜 이러셔. 그깟 돈 몇 푼 주었다고 이렇게 막대해도 되는 거야? 수틀리면 가만히 안 있을 거야."

칼은 뭔가 이상하다는 걸 눈치 챘다. 그녀가 이수에 대해 알고 있는 것은 그럴 수 있다 치고 갑자기 운운하는 돈은 뭘까. 아무리 기억을 뒤져 봐도 인주에게 돈을 준 적은 없었다. 그렇다면 뭘 말하는 거지? 칼은 짐짓 태연한 척 소파에 앉아 물었다.

"가만히 안 있으면 어떻게 할 건데?"

여우처럼 치켜 올라간 눈으로 샐쭉하게 웃은 그녀는 눈을 살짝 내리깔고 손톱을 만지작거렸다.

"뭐, 저번에 말한 것처럼은 못하지. 나도 받은 게 있는데. 그런데 증권에서 손해를 좀 봐서 돈을 많이 까먹었어. 그 돈 좀 조금 지원해 주면 당분간은 조용히 있을게."

칼의 얼굴이 순간적으로 굳었다. 인주는 칼의 표정이 심상치 않자 이상한 낌새를 눈치 채고 얼른 변명들을 늘어놓기 시작했다.

"저번처럼 남자한테 뜯긴 거 아니야. 잘못된 정보 믿고 사들였다가 휴지조각이 돼서 피해를 입은 거라구. 그래서 이번엔 증권 같은 거 안 하고 저번에 받고 남은 돈에 몇 푼 더 보태서 조그만 레스토랑을 차리려고 해. 이번엔 정말이야."

"돈? 누가 돈을 줬는데?"

칼이 벌떡 일어나서 화들짝 놀란 인주의 눈이 커다래졌다.

"저, 저기……."

"말해! 누가 돈을 줬다고?"

"류이수 그, 그년을 통해 줬잖아. 그래서 내가 필름을 주고……."

"이수? 필름? 도대체 무슨 소리를 하는 거야!"

그제야 인주는 자신이 번지를 잘못 찾았다는 것을 깨닫고 황급히 일어섰다. 그러나 화가 끓어오르기 시작한 칼에 의해서 곧 잡혔다. 그는 인주를 매섭게 노려보며 말했다.

"말해! 내가 모르는 뭐가 있었던 거야! 당장 말하지 않으면 목을 꺾어버리겠어!"

칼은 구걸하러 온 거지처럼 인주를 내쫓고 모든 일정을 취소했다. 오늘 들은 충격적인 이야기들로 머리가 멍해 있는 상태였다. 그는 머리 속으로 인주가 했던 말들을 다시금 되새기며 암담한 표정으로 이마를 짚었다. 인주를 쥐어짤수록 몰랐던 많은 사실들과 엄청난 오해들이 쏟아져 나왔다. 뭐가 어디서부터 어떻게 잘못된 건지 쉽게 감이 오질 않는다. 엉킨 그물처럼 모든 것이 손쓸 수 없을 정도로 뒤죽박죽 됐다는 것 외에는. 까마득한 혼란만이 머리 속을 잠식하자 칼은 거침없이 동요했다.

"혀, 협박을 했어. 두 사람의 관계를 잡지에 포, 폭로하겠다고 말이야. 입막음으로 돈을 주변 가만히 있겠다고 했어. 그런데 나, 난 오빠가 알고 있는 줄 알았어. 정말이야. 그 돈도 오빠가 준 거라고 생각했고, 인규로 알고 있는 줄도 몰랐어. 내 잘못만은 아니잖아. 인규랑 엄마가 죽은 게 다 그년 탓이잖아. 그런 년이 오빠와 살고 있다는 걸 알았을 때 화가 많이 났어. 눈이 뒤집히는 줄 알았단 말이야. 아무리 돈이 좋아도 그러면 안 되잖아. 한때나마 인규를 좋아했다면 오빠와 그러면 안 되지. 안 그래?"

칼은 고막에 심한 압력을 느끼며 이마를 짚었다. 최대한 그녀의 말들을 이해하려고 애썼다. 그리고 이해할수록 더 큰 충격이 해일처럼 몸을 덮쳤다.

'그럼 그녀가 자신의 존재에 대해 알고 있었단 말인가. 다 알면서도 왜 가만히 당하고만 있었던 걸까.'

그 다음에 쏟아져 나온 말들은 더욱더 가관이었다.

"아니야! 엄마가 꾸민 게 아니야. 자기가 자기 발로 걸어 들어간 거야! 그건 확실해. 다만…… 엄마가 장례식에 온 설아를 붙들고 말했어. 둘 다 죽었다고, 오빠와 인규 둘 다 죽었다고 말이야. 엄마가 오빠 무덤까지 만들었던 거 모르지? 그때 엄마는 제정신이 아니었잖아."

칼은 아무 생각도 할 수가 없었다. 그녀를 생각할수록 위에서 쓴 물이 넘어왔고 눈앞이 일순간 침침해졌다. 자꾸만 마지막 이수의 표정이 떠올랐다. 상처 입은 것과 동시에 연민이 가득한 눈망울, 쓸쓸했던 어깨, 마지막으로 현관문 닫히는 소리가 아련하게 귓속에 맴돌았다.

'왜 넌 아무 말도 없이 당하고 있었던 거지? 왜 자신을 변호하지도 않은 거야!'

어디서부터 잘못됐을까. 무엇이 우리의 인생을 망가뜨린 걸까. 괴로운 신음을 흘리며 얼굴을 감싼 칼은 갑자기 고개를 들고 허공을 응시했다.

"그래, 그 자식! 그 자식은 알고 있을 거야. 나쁜 자식!"

신경질적으로 외친 그는 코트를 집어 들고 사무실을 나왔다. 그리고 세 시간 후, 칼은 공항에 가 있었다. 꼭 알고 싶은 것이 있었다. 살아 있는 사람들 중 모든 사건의 전모를 가장 많이 알고 있는 사람에게 꼭 확인해야 할 것이 있었다. 그가 입을 열지 않는다면 그 입을 찢어서라도 듣고 말리라. 잔뜩 굳은 얼굴로 생각에 잠겨 있던 칼은 게이트 쪽으로 뚜벅뚜벅 걸어갔다.

석현호는 한 통의 전화를 받고 사색이 되었다. 그는 곧 누군가에게 쫓기는 듯이 다급하게 가방을 챙겼고 막 나가려는 참에 한 남자가 들이닥쳤다. 차가운 바람을 안고 서 있는 그는 칼 밀튼. 문 앞에 거상처럼 버티고 서 있는 그를 올려다보던 현호의 얼굴 표정이 묘하게 일그러졌다.

"기, 김 사장, 여긴 웬일로……."

억지웃음을 짓는 현호에게 성큼 다가간 칼이 굳은 얼굴로 물었다.

"들어야 할 것이 있어서 왔어. 칠 년 전에 나 모르게 무슨 일들이 있었던 거야."

"무, 무슨 소리야. 영문을 모르겠네."

칼의 얼굴에 싸늘한 비웃음이 스쳤다. 성큼성큼 사무실 안으로 걸어 들어온 그는 조금의 지체도 없이 현호의 멱살을 붙잡고 흔들었다.

"영문을 몰라? 우리를 이렇게 만들어놓고 영문을 몰라? 말해! 말하란 말이야!"

"모, 몰라. 난 모르는 일이야."

눈도 마주치지 못하고 시선을 돌리는 현호를 노려보며 칼이 짐승처럼 으르렁거렸다.

"그럼 기억나게 해줄까? 고객들 몰래 사진 찍고, 협박용으로 만들어놓은 장부들 아직 내가 가지고 있어. 그것들 다 공개해 버리면 당신 어떻게 되는 줄 알아? 그동안 이뤄놓은 거 한순간에 증발돼. 당신이라는 존재도 같이 말이야."

"제, 제기랄."

석현호는 신음을 흘리며 욕설을 내뱉었다.

"말해! 알고 있는 사실들을 모조리 말하지 않으면 다시는 지껄이지 못하게 만들어놓겠어."

"아, 알았어. 그러니 이 손 좀 놔."

거의 내팽개치다시피 하면서 멱살을 놓았고 소파에 주저앉은 현호는 긴장한 얼굴로 담배를 찾아 입에 물었다. 그리고 천천히 담배를 태우면서 이야기를 펼쳐 놓았다.

"자네도 알다시피, 그 당시에 서 여사는 이성을 잃었었어. 거의 정신이 나간 사람처럼 행동했지. 이수, 아니, 설아를 잡아먹지 못해서 안달이 난 상태였어. 돈 한 푼 없어 병원에서 쫓겨난 그 애가 어떻게든 돈을 벌어보려고 발버둥 칠 때마다 옆에서 훼방을 놓았지. 결국 치료 한 번 번번이 받지 못한 오빠가 죽자 서 여사를 찾아왔더라고. 장례라도 치를 수 있게 돈을 빌려달라고 무릎을 꿇더군. 그러나 서 여사는 개 쫓듯이 내쳤어. 그때 내가 장례를 치를 수 있게 도와줬어. 물론 내 쪽으로 끌어들이기 위한 호의였지. 그러나 이곳으로 제 발로 찾아온 것은 그 애였어. 어느 날 갑자기 들이닥쳐선 돈을 벌게 해달라고 했지. 나야 거절할 이유가 없었고 말이야."

설아의 고통이 그대로 전해져 왔다. 혜옥에게까지 가서 무릎 꿇어야 했던 처참한 상황 속이 아프게 와 박혔다. 그녀가 그렇게 망가져갈 때까지 무기력하게 침대에만 누워 있었던 자신이 저주스럽다. 칼은 뼛속까지 스미는 아픔에 얼굴을 일그러뜨리며 주먹을 움켜쥐었다.

"그 즈음 자네가 의식을 차렸다는 소식을 들었어. 서 여사는 자네가 몸이 나아서 이수를 만날까 봐 몸이 달아서 나를 다그쳐 댔었지. 그래서 우리는 두 사람을 떼어놓기로 했어. 우선 자네가 이수가 창녀인 걸 안다면 뒤돌아설 거라고 판단했고, 그래도 포기 못할 경우를 대비해 작전을 짜기로 했지. 그때 이수를 귀찮게 따라다니는 김황만이라는 작자가 있었는데 당뇨로 병원에 입원 중이었어. 우리는 그것을 이용해 멋진 쇼를 구상했지. 생각했던 대로 자네는 쉽게 넘어갔고, 그리고 한국을 떠났어."

"나쁜 새끼!"

현호에게 주먹을 날리려던 칼은 그대로 멈춰 선 채 몸을 떨었다. 차마 때릴 수가 없었다. 지금 맞을 사람은 그가 아니라 자신이기 때문이다. 어떻게 그런 사실들을 한 점의 의심도 없이 쉽게 받아들였을까. 그렇게 허술했음에도 불구하고, 왜 확인조차 안 했을까. 조금만 더 주의를 기울였더라면, 인규에 대한 질투심과 절망에 눈이 멀지만 않았어도 진실을 볼 수 있었을 텐데.

칼은 비틀거리며 일어나 석현호의 사무실을 나왔다. 그리고 부끄러운 자신을 감추기 위해 밤거리로 뛰어들었다. 왜 그렇게 어리석고 나약했을까. 왜 눈에 보이는 것만을 믿었던 걸까. 도대체 왜! 도심의 불빛과 사람들에 이리저리 쓸려 다니면서 그는 미칠 듯한 자괴감에 빠져들었다. 지금 와서 생각하니 내뱉은 말 하나하나가 날카로운 가시와 뜨거운 인두였고, 날이 시퍼렇게 선 칼날이었다. 그것들로 그녀를 상처 내고 괴롭혔을 걸 생각하니 심장이 터질 듯이 아파왔다. 그렇게 미친 듯이 사람들 사이를 떠돌아다니던 칼이 문득 정신을 차리고 보니 그녀가 사는 아파트였다. 그는 그 앞을 서성이며 이수가 사는 십일 층을 올려다보았다. 불이 꺼져 있다. 잠든 걸까. 아직 돌아오지 않은 걸까. 그는 아파트 입구에서 몇 번이고 들어갔다 나오기를 반복하다 간신히 엘리베이터에 올라탔다. 무거운 걸음으로 그녀의 현관문 앞에 서서 조심스럽게 벨을 눌렀다.

한 번, 두 번, 세 번.

안에서는 기척조차 없었다. 칼은 복도에 선 채로 한 시간가량 기다리다 아파트 공원에 서서 푸르스름하게 날이 밝아올 때까지 기다렸다. 제법 쌀쌀한 공기가 옷 속으로 파고들어 왔지만 추운지조차 느낄 수 없었다. 온몸의 감각이 고통으로 굳어버렸고 머리 속에 이수와 보낸 시간들을 헤집고 있었다. 그녀의 미소, 뼈가 느껴지는 말들, 뜨거웠던 입술의 감촉과 숨 막히도록 격정적이었던 순간, 순간들……. 그것들이 인규가 아닌 자신을 위했던 것이라고 생각하자 숨이 가빠왔다. 칼은 푸르스름하게 새벽이 밝아올 때까지 기다리고 또 기다렸다. 그러나 이수는…… 돌아오지 않았다.

끝임없이 울리는 초인종에 잠이 덜 깬 원중이 몽유병 환자처럼 현관으로 걸어갔다. 밤새 작업하고 간신히 잠든 터라 몰골은 엉망이었고 입술에선 욕설이 흘러나왔다.

"새벽부터 누구야!"

있는 대로 짜증을 내면서 현관을 열던 원중은 딱딱하게 굳은 얼굴로 서 있는 남자를 보고 주춤했다.

"당신은……."

그로부터 한 시간 후, 원중의 전화를 받은 윤숙이 아뜰리에에 왔다. 그녀는 소파에 앉아 있는 원중과 칼을 심각한 눈으로 응시하다 마지못해 소파에 앉았다. 원중이 난리치는 바람에 오긴 했지만 그와 마주하고 있는 현실이 무척이나 못마땅했다.

"처음 뵙네요. 얘기를 하도 많이 들어서 구면 같지만."

적대적인 인사에도 불구하고 그는 예의 바르게 고개를 숙였다. 그리고는 침착하지만 조급함이 묻어나는 투로 물었다.

"이수, 어디 있는지 알고 계십니까?"

윤숙은 대답 대신 앞에 있는 남자를 조근조근 뜯어보았다. 너무나 지쳐 보이는 얼굴이다. 보아하니 한숨도 못 잔 듯 보였고 피곤이 아닌 다른 이유로 인해 금방이라도 쓰러질 것처럼 위태로워 보였다. 그러나 동정심 대신 반감만 더 일었을 뿐이다. 윤숙은 아무 말도 하지 않았다는 듯 어깨만 으쓱하는 원중을 바라보다 말했다.

"이제 와서 그것을 왜 묻는 거죠? 아직도 볼일이 남았나요?"

"꼭 할 말이 있습니다. 알고 계시다면 가르쳐 주십시오."

"이수는 해외로 여행을 떠났어요. 몇 달 됐는데 엽서 한 장 보내오질 않아서 어디 있는지 저희도 몰라요."

절망에 쌓여 있는 그를 보며 한 줌 연민이 일었다. 이제야 진실을 알게 된 건가. 하지만 너무 늦었다.

"돌아가세요. 그 정도 했으면 충분하잖아요. 더 이상 그 애를 흔들지 말아요. 이제 와서 뭘 어쩔 건데요."

"이제야 진실을 알았어요. 이제야……."

묵직한 남자의 음성에서 후회가 묻어 있었다. 지난 삶에 대한 후회, 자신이 한 행동과 말에 대한 후회. 약간의 연민이 일었지만 윤숙의 생각은 강경했다.

"상처를 다시 뒤적인다고 치유가 되는 건 아니죠. 그냥 덮어두는 것이 약이 될 때도 있어요."

"젠장, 오해였어요. 우리 둘 다 함정에 빠진 겁니다."

"오해 때문에 모든 것이 틀어졌다는 식으로 말하는군요. 정말 그것 때문에 불행해졌다고 생각해요? 보려면 얼마든지 볼 수 있었고, 들으려면 얼마든지 들을 수 있었어요. 그때는 진실을 보려 하지 않았으면서 이제 와서 오해라구요? 어떻게 그렇게 뻔뻔할 수 있어요!"

소파에 앉은 채 고개를 떨어뜨린 칼은 괴로운 표정을 지었다. 그 심정을 이해 못하는 건 아니나 윤숙은 어떻게 해서든 칼을 미국으로 돌려보내고 싶었다. 아파했던 이수의 모습이 눈에 밟힐수록 더 이상 상처받게 해선 안 된다는 의무감이 들었다.

"깨어진 것을 다시 맞출 순 있겠죠. 하지만 보기 흉해 스스로 깨버리게 될 날이 올 거예요. 결국 아닌 건 아니에요."

칼은 앉은 자리에서 돌이 되어가는 듯했다. 딱딱하게 경직된 몸이 가슴을 무겁게 짓누르자 그녀가 부드럽게 말했다.

"부탁이에요. 이대로 미국으로 돌아가 줘요. 미안한 마음이 남아 있다면 여기에서 끝내는 게 옳아요."

몸을 일으켜 코트를 집어 든 그가 천천히 자리에서 일어섰다.

"그 모든 진실을 알고도 멀쩡히 살아갈 자신이 없네요. 아침 일찍 폐가 많았습니다. 그럼 이만."

표정을 읽을 순 없었지만 목소리에서 그가 상당히 흔들리고 있다는 것을 느낄 수 있었다. 윤숙은 유난히 넓어 보이는 어깨와 쓸쓸한 뒷모습을 보며 말했다.

"당신, 그 아이 지난 삶까지 끌어안을 수 있어요? 내가 아는 한 이 세상에 그런 남자는 없어요. 시간이 흐를수록 과거가 둘 사이를 멀어지게 할 거예요. 지금까지 줄곧 어긋났다면 결국은 인연이 아니라는 거예요. 내 충고 잊지 마세요."

고개를 숙인 채 윤숙의 말을 듣던 남자는 조용히 현관문을 열고 나갔다. 그 마지막 모습을 담담히 바라보던 윤숙은 저도 모르게 긴 한숨을 내쉬었다.

아틀리에에서 나서자마자 싸늘한 새벽 공기가 폐부를 찔렀다. 아침이 밝아오고 있었지만 짙은 안개 때문에 어둡고 우울함이 깊게 밀려왔다. 안개를 헤치며 인적이 없는 인도를 걷자니 현실이 아닌 꿈속을 헤매는 착각이 일었다. 한 걸음씩 내디딜 때마다 그녀에 대한 빈약한 추억이 하나둘 와 밟혔다. 예전에 떠올릴 땐 아픔이었는데 이제는 아련한 감상에 젖게 만드는 기억들. 칼은 과거로 회귀하는 감상에 젖으며 걷고 또 걸었다. 이렇게 길을 거슬러 올라가다 보면 과거의 설아를 만날 수 있을 것만 같은 착각조차 들었다.

그렇게 헤매다 발걸음이 멈춘 곳은 설아를 처음 만난 골목이었다. 밤사이 버려진 쓰레기들과 오물들로 퀴퀴한 냄새가 났지만 칼은 촉촉한 눈으로 구석구석을 더듬으며 그녀를 떠올렸다. 처음 본 설아는 갓 잡아 올린 활어처럼 생명력이 넘쳤다. 인형 같은 여자들을 보다 그렇게 사람 냄새나는 여자를 보니 차가웠던 피가 덥혀지는 것처럼 몸이 후끈했었다. 그 싱그러운 살 냄새와 유난히 또렷했던 검은 동공이 떠오르자 칼의 눈동자에 슬픔이 어렸다. 그녀를 지켜주기는커녕 지옥으로 내몰았다는 사실을 용납할 수가 없었다. 그렇게 모든 것을 바쳐 사랑했다고는 하지만 그것은 진정한 사랑이 아니었다. 그저 그녀를 향한 열정을 사랑한 것일 뿐이다. 그 사람을 이해해 주고 존중해 주지 못한 것이 칼은 못내 후회가 됐다.

칼이 자신의 빌라로 돌아왔을 때, 그는 몸보다 정신적으로 더 많이 지쳐 있었다. 그러나 각성제와 커피를 잔뜩 먹은 것처럼 머리 속은 깨질 것 같았지만 비정상적으로 맑았다. 그는 무거운 다리를 질질 끌면서 이수가 머물었던 방에 들어갔다. 오랫동안 비워둔 방이었지만 그녀의 향수 냄새가 아릿하게 배어 있었다. 아직도 그녀의 손길과 온기가 남아 있는 듯해서 칼은 그 자리를 벗어날 수가 없었다.

'내가 김주녕이라는 사실을 알고 나서 너는 무슨 생각을 했니. 지금의 나처럼 기가 막혔을까?'

웃음소리, 미소, 가슴의 흉터를 더듬던 손길, 성급한 동작으로 드레스 셔츠를 벗기던 긴 손가락, 실크처럼 부드러웠던 살결, 싱그러운 냄새가 나던 뒷목. 칼은 그녀의 영상에 눈을 지그시 감고 고통스러운 듯 얼굴을 일그러뜨렸다.

'바보 같은 여자. 왜 아무 말도 하지 않았니. 내색을 했더라면, 그랬더라면……'

만약 그녀가 모든 이야기를 했더라면 자신이 어떻게 받아들였을까. 여전히 그녀를 몰아붙였을까. 칼은 자신이 없었다. 여전히 그녀의 진심을 보려 하지 않았을 것이다. 눈을 감고, 귀를 막고, 입을 봉해 버렸을 것이다. 그랬기에 아무 말도 하지 않았겠지. 다 소용없을 걸 알았으니까.

칼은 방을 나와 서재로 갔다. 책장에 있는 열쇠라는 책에서 열쇠를 꺼내 인규의 방을 열었다. 그 방을 꾸밀 때만 해도 분노에 사로잡혔었는데 이제 그런 감정은 사라지고 깊은 죄책감이 엄습했다. 인규와 설아, 두 사람에게 사죄하고 싶은 마음뿐이었다.

'미안하다. 네가 그렇게 원했던 여자를 내가 상처 입혔어.'

칼은 진심으로 인규에게 용서를 빌었다. 자신이 받은 고통은 누구 때문도 아닌 스스로가 쌓은 죄를 돌려받은 것뿐이었다. 그것을 이제야 깨닫다니. 손끝으로 책장을 죽 더듬어가던 그는 구석에 꽂혀 있는 갈색 노트를 꺼내 들었다. 인규의 일기장. 그녀가 인규인 걸로 믿게 하려고 세심하게 읽었던 적이 있었다. 그 안에서 인규를 질투하고 자신이 보지 못했던 설아의 색다른 모습을 발견하고 묘한 기분에 젖었었는데…… 칼은 일기를 죽 넘겨보다 예전보다 분량이 훨씬 늘어났다는 것을 깨달았다. 그는 당황하며 뒷 부분을 유심히 보았다. 십여 페이지가 다른 문체로 써져 있었다. 여자 것임이 분명한 섬세하고도 단정한 글씨체. 분명 자신이 마지막으로 꽂아놓기 전까지는 보지 못했던 것이다. 갑자기 가슴이 미칠 듯이 쿵쾅대기 시작했다. 혹시…… 칼은 조금 머뭇거리다 그중 아무 장이나 펴서 읽어 내려갔다.

〈길거리에서 귀여운 사내 아이를 목마 태우고 걸어가는 남자를 봤어. 그를 보면서 선배가 살아 있었다면 저런 모습으로 살아가겠구나 싶었어. 아주 정이 많은 사람이었잖아. 잘 웃고, 활기차고, 열정적이고…… 가끔은 대학 시절이 몹시도 그리워. 많은 희망과 꿈으로 둘러싸여 있던 시절이었는데 지금은 변변한 희망 하나 없어. 그저 더 이상 고통스럽지나 않았으면 좋겠다는 생각을 하는 날 보면 씁쓸해. 그 시절에 우리가 상상한 미래는 이런 모습이 아니었잖아.)

　놀란 칼은 몇 페이지를 더 넘겨보았다.

　〈선배, 난 그의 싸늘한 표정을 볼 때마다 마음이 아파. 하고 싶은 말이 너무 많지만 그는 날 증오하고 있어. 그래서 속으로 삭히기만 해.
　'얼굴이 피곤해 보여요. 몸은 괜찮아요?'
　'그 정장엔 하프 윈저 놋트가 더 세련되어 보여요. 내가 매줄까요?'
　'편식하는 건 여전하네요. 잘 챙겨먹지 않으니까 얼굴이 그렇게 까칠한 거예요.'
　많은 얘기들이 입속에서만 맴돌고 차마 나오진 못해. 아마 영원히 못하겠지. 난 여전히 사랑하고 있는데, 상대방은 날 미워하고 있다는 사실이 못 견디게 힘들 때가 있어. 이런 내가 우습지? 나도 내가 얼마나 바보 같은지 잘 알아.〉

　맙소사, 이것들은 이수가 인규에게 보내는 편지였다. 그 사실을 알자 칼은 자기도 모르게 일기장을 덮고 말았다. 심장이 갈비뼈를 부술 듯이 맹렬하게 뛰는 바람에 아무 생각도 할 수가 없었다. 마치 그녀가 곁에서 고백하듯 얼굴이 뜨거워지고 이마에 땀이 맺혔다. 차마 일기장을 펴지 못하고 방 안을 왔다 갔다 하던 칼은 한참 후에야 간신히 일기를 다시 펼쳤다.

〈난 김주녕이라는 남자의 얼굴이 좋았어. 호랑이와 나른한 고양이의 모습을 동시에 가지고 있다고 해야 할까? 얼굴 중심에 있는 큰 코와 짙은 눈썹 아래 매서운 눈은 호랑이가 떠오르지만 소파에 늘어져 있을 때는 꼭 고양이 같거든. 짧고 간결한 말투. 직선적이고 무성의하게 툭툭 던지는 말투가 처음엔 너무 싫었지 뭐야. 하지만 시간이 지나고 나니 그 말투 속에 다른 언어가 있음을 깨달았어.

"그 사감 선생 같은 옷 좀 어떻게 하면 안 돼?"

라고 외칠 때, 그의 표정과 눈빛에서 그 차림을 좋아한다는 것이 느껴졌어. 그래서 더욱더 자로 잰 듯 딱딱한 옷을 입었는지도 모르겠어. 그 모든 것을 그때 알았으면 좋았을 텐데. 왜 사람은 지나고 나서야 자신의 감정을 깨닫는 걸까.

그런데 칼의 모습은 주녕과 아주 달라. 주녕은 끊이지 않는 곡선인데 비해 칼의 모습은 모두 다 직선이야. 강해보이는 턱 선, 날카로운 눈매, 말투 모두가 다 직선이야. 그런데도 난 칼이 좋아. 아니, 주녕보다 더 좋아하고 있는지도 모르겠어. 그의 마음속에 상처, 좌절, 분노마저도 사랑해. 처음엔 이유를 잘 몰랐는데 문득 그런 생각이 들더라. 이유는 없다. 단지 그이기 때문이다.

가끔은 그런 생각을 해. 그와 내가 평범하게 만났다면 어떻게 고백을 하고 사랑을 했을까. 난 표현이 서툴러서 무척 어색하게 고백을 했을 거야. 얼굴이 발갛게 달아올라서는 손가락을 조물락거리며 수줍게 입을 열겠지.

"널 사랑해. 그것도 아주 많이."〉

칼은 일기장을 덮으며 한 손으로 이마를 짚은 채 의자에 주저앉았다. 갑작스런 충격으로 인해 심장에 극심한 압력이 느껴졌고 주체할 수 없을 만큼 몸이 떨렸다.

"널 사랑해. 그것도 아주 많이."

이수의 목소리가 귓속에 맴돌았다. 그리움이 가득한 그녀의 맑은 목소리. 순간, 두 눈에서 뜨거운 뭔가가 흘러내렸다. 무의식적으로 손가락을 가져다 댄 칼은 손끝에 묻은 물기를 생경한 시선으로 보았다.

눈물?

그 옛날 아버지에게 버림받은 이유로 처음으로 흘리는 눈물이다. 평생 울지 못하는 사람이 된 줄 알았는데……. 그는 메마른 사막에 비가 내리듯, 황폐한 가슴을 적시는 뜨거운 눈물을 흘리며 그 자리에 못 박힌 듯이 앉아 있다. 거대한 풍랑이 몸을 통째로 집어삼킨 것처럼 몽롱하고 또 혼란스러웠다. 그러다 그가 정신을 차렸을 때는 다이어리를 말아 쥔 채로 빌라를 뛰쳐나오고 있었다. 급히 택시를 잡아타고 다시 원중의 아틀리에로 가면서 칼은 아직도 흐르고 있는 눈물을 소매 훔쳤다.

"또 왔어요?"

동그래진 눈으로 하이 톤의 비명을 질러대는 원중을 보며 칼은 100m 달리기를 전력질주한 것처럼 가쁜 숨을 몰아쉬었다.

"이대로는 포기 못합니다. 얼굴 보고 꼭 하고 싶은 말이 있어요.

부탁입니다. 어디로 갔는지 가르쳐 주세요."

"몰라요, 모른다고 했잖아요."

"부탁입니다. 좀 도와주세요."

"나참, 가요. 가란 말이에요."

원중은 끈질기게 매달리는 칼을 현관 쪽으로 몰아내려고 안간힘을 썼지만 문 앞에 떡하니 버틴 칼이 말을 듣지 않았다. 그는 원중의 눈을 똑바로 보고 자못 진지하게 말했다.

"상처 입히려는 게 아닙니다. 꼭 해주고 싶은 말이 있어서, 끝날 때 끝나더라도 꼭 하고 싶은 말이 있어서 찾으려는 겁니다."

진심이 통했던 걸까. 원중의 얼굴에 당혹과 망설임이 차례로 스쳐 지나 갔다.

"불쌍한 아이예요. 또다시 상처 주면 가만히 안 있을 거예요."

"절대로 상처 주려고 하는 게 아닙니다."

칼은 간절하게 말했다. 그것이 거짓이 아니란 걸 안 원중의 얼굴이 한결 부드러워졌다.

"이수, 지금 국내에 있어요."

순간, 칼의 얼굴에 놀라움과 기쁨이 번졌다.

"말을 안 해서 정확하게 어딘지는 몰라요. 그저 행복한 추억만 있는 곳이라고 했어요. 영원히 시간이 멈추는 곳이라구요."

아!! 칼은 그곳이 어딘지 알 것만 같았다. 행복한 추억만 있는 곳! 영원히 시간이 멈추는 곳!

그는 기쁜 얼굴로 원중에게 다가가 손을 부여잡고 연신 고맙다는 말을 연거푸 하고는 문을 박차고 뛰어나갔다.

"신랑하고 싸운 거지? 아무리 그래도 그렇지, 너무 오래 집을 비우는 거 아녀?"

고구마 껍질을 벗겨서 다정스레 내미는 박 할머니의 말에 이수는 씩 웃었다.

"이번엔 좀 단단히 삐쳤거든요. 오래 뜸 들여서 속 좀 타게 만들어 주려구요."

"아무리 한창 싸울 때라지만 신혼인데 그러면 쓰나. 빨리 화해하고 집으로 돌아가."

"여기가 너무 좋아서 떠나기 싫은걸요. 할머니랑 같이 살고 싶어요."

"떽기! 그런 말 하믄 못쓰는 법이야. 신랑이 멀쩡히 있는데 왜 이곳에서 살아. 아무리 무릉도원이라도 살 맞대고 살 서방님 있는 곳이 지상천국인 법이여."

"우아, 할머니, 말 정말 잘하시네요."

이수는 노랗게 익은 고구마를 할머니 입에 넣으며 곱게 웃었다. 겉으로는 웃고 있지만 속은 너무나 헛헛하고 외로웠다. 이곳에 온 지 두 달이 다 되어가는 동안, 그에 대한 그리움은 점점 더 깊어져 갔다.

모든 것이 그의 표정이고, 체취고, 목소리였다. 섬을 뒤덮은 가득한 하얀 구절초부터 시작해서 파란 비늘을 빛내는 밤바다, 몽돌 밭의 작은 조약돌들, 바위에 부서지는 흰 거품들까지 하나같이 그를 떠올리게 하고 그리워하게 만드는 것들이었다.

나 여기서 영원히 떠나지 못하면 어떻게 하지? 여기서 뿌리내린 채로 한 발짝도 움직이지 못하면 어떻게 하지? 평생 바다만 보면서 당신을 기다릴까? 오지 않을 당신을……

이제 그를 잊고 다시 세상 속으로 돌아가야 한다는 걸 알고 있다. 아프더라도, 괴롭더라도 살아야 한다는 걸 알고 있지만 아직은 떠날 수가 없었다. 그와 보낸 추억이 발길을 잡고 놓아주지 않았고, 어느 틈에 섬과 사랑에 빠져 버렸기 때문이다. 이수는 그저 평범한 여자로 보아주는 사람들과 상처받은 마음을 따뜻하게 품어주는 섬을 진심으로 사랑하기 시작했다. 민박집 박 할머니와 섬 사람들과 함께 여름 한철, 관광객들로 쓰레기 천지가 된 섬을 청소하고, 관광객과 낚시꾼들 밥 하고, 아낙들이 잡아 올린 해산물과 미역을 손질하다 보면 하루가 어떻게 가는지 모르게 지나간다. 비 오는 날이면 들창을 통해 보이는 바다를 벗 하며 하루를 보낸다. 비바람 속에 거칠게 일렁이는 모습을 보면 태곳적 바다가 태어나는 장면을 보는 듯해 경외감마저 들었다. 사람들은 바닷바람이 거칠다고 했지만 이수에게는 생채기 난 가슴에 새살을 돋게 하는 치료약이었다. 평생 여기서 살 수만 있다면 좋으련만, 자신이 살아야 할 삶은 이곳이 아니라 뭍에 있었다. 요즘 들어 그것을 절실히 느낀 이수는 떠나야 할 날이 얼마 남지 않았다는 것을 절감했다.

아침이 되자 섬은 온통 안개에 뒤덮여 있었다. 흰 베일을 두른 여인처럼 부드럽고 단아하다. 이수는 부지런히 설거지를 하고 몽돌 밭을 따라 등대섬으로 갔다. 아침이면 늘 등대 뒤편에 앉아 수평선을 보며 생각에 잠기는 것으로 시작했다. 지난 삶의 기억을 한 장 한 장 꺼내 바다에 깨끗이 헹궈 햇살 아래 펴 말렸다. 그렇게 보송보송해진 기억을 담담하게 글로 써 내려갔다. 적적한 나머지 소일거리로 시작한 글쓰기였는데 이젠 제법 늘어서 재미를 느껴가고 있었다.

이수는 노트와 연필을 들고 등대 뒤편에 앉았다. 서서히 안개가 걷히고 파란 바다가 모습을 드러내기 시작했다. 파도 소리와 갈매기가 섬 주변을 에워싸고 맑은 햇살에 투명하게 반짝이는 바다가 눈이 시리다. 그 내음을 깊숙이 들이마시니 저절로 눈을 감겼다.

바다는 그리움이다. 가슴에 든 멍처럼 온통 파랗게 물들어가는 그리움. 아무리 퍼내도 줄지 않는 바다처럼, 너를 향한 마르지 않는 그리움.

눈꺼풀이 스르르 말려 올라가자 까만 조약돌 같은 눈동자에 드러났다. 바다의 푸른빛이 동공에 아로새겨져 사파이어를 보는 것처럼 신비로운 눈이다. 폐 속 깊숙이까지 들이마신 공기를 서서히 내쉰 이수가 벽에 등을 기대고 무릎을 모았다. 그리고 가슴에 가득 고인 그리움을 조금씩 글로 풀어가기 시작했다.

그렇게 시간이 흘러 해가 그늘을 밀어내고 하얀 운동화 끝부분까지 아슬아슬하게 좇아왔을 무렵, 이수는 문득 고개를 들었다.

"이런, 늦었다."

그녀는 서둘러 노트를 챙겨서 일어섰다. 하루에 두 번 물이 빠지는데 이때를 놓치면 꼼짝없이 등대섬에서 밤을 보내야 하기 때문이었다. 막 등대 둘레에 쳐진 나무 울타리를 따라 뛰어 내려오는데 저만치서 누가 걸어오고 있는 게 보였다.

순간, 이수는 잘못 본 게 아닌가 싶어 몇 번이고 눈을 깜박였다. 허깨비가 아니라면 그는 분명 칼이다. 그녀는 얼음처럼 굳어버렸다.

바닷바람에 잔뜩 헝클어진 머리, 턱 주변에 거뭇거뭇하게 난 턱수염, 촉촉한 눈매가 가슴에 수많은 파문을 만들었다. 항상 단정했던 그인데, 지금은 무척이나 지치고 힘들어 보였다. 망설이며 다가서길 두려워하는 이수를 보며 칼이 잠시 멈춰 섰다. 두 사람의 얼굴에 많은 감정이 흘렀다. 이수는 꼭 도망가고 싶은 얼굴이었고, 칼은 드디어 찾았다 안도하는 얼굴이었다.

다시 들꽃 사이를 성큼성큼 걸어온 그가 다섯 발자국 앞에서 멈춰섰다. 그들 사이로 이는 바람에 수풀과 들꽃이 파도처럼 일렁였다. 무슨 말이라도 해보라는 듯 재촉하는 갈매기와 방해하지 않으려는 듯 한층 잔잔해진 파도. 섬의 모든 것이 그들의 말에 귀를 기울이는 듯했다. 그러나 이수는 한마디도 할 수 없었다. 칼의 얼굴을 보는 순간, 목에 무언가가 걸려 숨조차 쉬기가 힘들었기 때문이다. 입을 여는 대신 커다란 눈에 눈물만 가득 고이고 동시에, 칼의 눈시울도 붉어졌다.

섬 처녀가 다 된 듯, 까맣게 탄 얼굴에 단발머리를 흩날리는 이수가 형언할 수 없이 아름답고 청초해 보였다. 하늘보다, 바다보다 눈이 부셨다. 저렇게 아름다운 사람의 마음을 찢어놓고 눈물 흘리게 했구나 생각하니 못 견디게 자신이 미워졌다. 칼은 몸만 움직여 준다면 그녀 앞에 무릎을 꿇고 발에 입을 맞추고 온 마음을 담아 말하고 싶었다.

'사랑하는 방법을 몰랐을 때는 그저 내 옆에만 붙들어두면 된다고 생각했어. 네 아픔 따윈 보려고도 안 하고 네가 없음으로 해서 고통받을 나만 보았어. 미안해. 나로 인해 힘들었을 네게 이렇게 무릎을 꿇고 용서를 구해.'

그러나 칼은 하고 싶은 말을 다 하지 못했다. 몸도, 입술도 움직여지지 않았다. 그러나 웬일인지 이렇게 마주하는 것만으로도 마음이 전달되는 듯했다. 이렇게 서로의 눈동자만 들여다봐도 정말 하고 싶은 얘기가 어떤 건지 헤아릴 수 있을 것만 같았다. 하지만 언제까지 이렇고 있을 순 없지 않은가. 망설이던 칼의 입에서 간신히 몇 마디가 새어 나왔다.

"늦게 와서 미안해. 이것 좀 만드느라 늦었어."

믿기지 않을 만큼 다정한 목소리에 이수가 놀랄 사이도 없이 그가 소년처럼 수줍어하며 오른손을 내밀었다. 그가 손에 쥔 것은 섬에 가득 피어난 갖가지 들꽃이었다. 하얀 구절초, 보랏빛 꽃송이를 탐스럽게 피어오린 솔체꽃, 쑥부쟁이, 노란 마타리까지 섬을 헤집으며 꽃을 꺾었을 그가 연상되어 이수는 갑자기 가슴이 먹먹해졌다. 꽃을 얼마나 꼭 쥐고 있었던지 몇 송이는 뭉그러지고 허리가 꺾여 있었지만 이수는 세상에서 가장 귀한 선물처럼 고이 받아들었다. 그때 촉촉해진 눈빛으로 칼이 말했다.

"꼭 하고 싶은 말이 있어서 왔어. 하지 않으면 평생 후회할 것 같아서……."

이수는 아무 말도 없었다. 칼은 그녀가 자신을 미워하고 있는 건 아닌가 두려워졌다. 이제 와서 용서해 달라고 하는 건 어리석은 짓인가. 이제 와 다시 시작하자고 해도 받아들이지 않으면 어떻게 하지. 그의 눈빛에 죄책감과 간절함이 흘렀다.

"사랑한다. 사랑한다, 이수야. 내 온 마음을 다 바쳐 사랑한다."

그녀는 눈에 눈물이 그렁그렁 맺혔다. 너무나 슬픈 눈과 얼굴을 하고 있었기에 칼은 자신이 받아들여지지 않은 거라고 생각했다. 내가 너무 어리석었던 거야. 이제는 돌이킬 수가 없는 걸까. 그러나 이대로 포기할 수 없다. 여기까지 어떻게 왔는데 혼자 돌아갈 수는 없었다.

"날 용서해 줘. 다시는, 다시는 울리지 않을게. 네 허락 없이는 죽

지도 않을게. 그러니 다시 기회를 주면 안 되겠니? 새롭게 시작하
고……."

　그녀는 칼의 말이 다 끝나기도 전에 바다처럼 넓은 그의 품으로
뛰어들었다. 사랑한다고, 여전히 사랑하고 앞으로도 사랑할 거라고
말하고 싶었지만 입이 열리지 않았다. 가슴은 기쁨으로 벅차오르는
데 왜 이렇게 서러운 눈물만 흐르는지 모르겠다. 그저 온 마음을 담
아 끌어안을 뿐. 칼은 그런 이수의 턱을 들어 젖은 볼에 입을 맞추고
다시는 놓치지 않겠다는 듯이 꼭 끌어안았다.

　등대섬 주위의 갈매기들이 축가를 부르듯 끼룩끼룩 울며 주변을
맴돌고 잔잔했던 파도가 힘껏 바위에 부딪혀 흰 거품이 되어 스러졌
다. 그리 멀지 않은 곳에서 사람들의 환호성이 터져 나왔고 가까이
있던 배들이 저마다 뱃고동을 울리며 바다를 헤쳐 갔다. 소매물도에
서 가장 청명하고 아름답던 어느 하루, 다시는 사랑할 수 없으리라
생각했던 이들의 가슴에 기적이 일어나고 있었다.

커튼 사이를 비집고 들어온 아침 햇살이 아른거려 살짝 눈을 찡그리고 있는 참인데 마침 알람시계가 울기 시작했다. 이수는 하품을 하며 시계를 더듬어 끄고는 눈을 떴다. 하얀 햇살이 따스하게 스며들어 와 침실을 비추고 있었다. 빛줄기 속에서 작은 먼지 입자들이 춤을 추고 있는 것을 응시하던 이수는 보드라운 시트에 얼굴을 부비며 옆 자리를 보았다. 있어야 할 사람 대신 장미 한 송이와 편지가 머리맡에 놓여 있었다. 그녀는 미소를 머금은 채 편지를 집어 들었다.

〈어젯밤 늦게 잠든 것 같아서 깨우지 않았어. 시계 맞춰놓고 가니까 일어나서 밥 먹고, 늦지 않게 학교 가. 아침에 눈 떴을 때 내가 없으면 외로울 것 같아서 널 닮은 꽃 한 송이 놓고 간다.〉

함빡 미소를 머금은 채로 장미를 들어 향기를 맡은 이수는 다시
편지를 읽어 내려갔다.

〈테이블에 있는 원고 봤어. 우리 얘기가 세상에 나오다니 기분
이 이상하다. 아직 읽어보진 못했지만 멋진 소설일 거라 믿어 의
심치 않아. 그동안 수고했어. 탈고한 기념으로 알랭 듀카스에 예
약해 뒀으니 오랜만에 근사한 저녁 보내자.〉

흐뭇하게 웃으며 편지에 입을 맞춘 이수는 그대로 일어나 커튼을 젖
히고 창을 열었다. 그녀가 살고 있는 곳은 어퍼 이스트 사이드(Upper
East Side)의 조용한 주택가 맨션. 이제 막 봄 기운이 움트기 시작한 뉴
욕의 센트럴 파크가 시야에 가득 들어왔다. 턱을 괴고 멀리 연둣빛 잎
사귀를 흔드는 나무와 바쁘게 돌아가는 삶들을 바라보던 이수는 기지
개를 힘껏 켜고 침실을 나왔다. 복도 벽에 걸려 있는 결혼식 사진과 친
구들 사진 사이를 지나 주방에 가니 은은하게 퍼져 있는 커피 향에 탄
성이 절로 나왔다. 테이블에 있는 크로와상을 덥석 베어 문 이수는 커
피를 따르다 말고 냉장고에 붙어 있는 메모지를 보았다.

〈단 한 번 복받치는 생각으로 그대를 본 후
이 마음은 오직 그대만이 그리워
그날부터 이 세상에는
아무것도 쳐다볼 일 없어라.

—바이런.〉

"칼! 정말 당신이란 사람은……."

짧은 시에 감동해 버린 이수는 몇 번이고 시를 음미하며 오래도록 커피를 마셨다. 이수는 종종 농담처럼 말했다. 이렇게 매일 아침 장미와 시를 바치고 끝임없이 사랑한다, 속삭이는 남자가 왜 지금까지 혼자였냐고. 그러면 늘 같은 대답이 돌아왔다.

"널 너무 사랑해 다른 사람을 옆에 둘 수가 없었어. 그러니 다시는 혼자 두지 마."

이수는 세심한 부분까지 노력을 아끼지 않는 그의 모습에 매일 감동받는다. 혹시나 외로워하지나 않을까, 낯선 나라와 도시의 삶에 지치지나 않을까 끊임없이 신경 써주는 그가 한없이 고마웠다. 매일 매일 칼의 말과 행동에서 가슴 벅찬 사랑을 느끼는데 자신은 아직도 어색하기만 해 제대로 된 감정 표현을 못해서 항상 미안했다.

겨울 문턱에 다다랐을 무렵 서울에서 결혼식을 올리고, 크리스마스는 뉴욕에서 보냈다. 그 몇 달이 마치 꿈만 같아 이수는 아직도 실감이 나지 않는다. 처음에는 한침대에 누워 있는 사실이 믿겨지지가 않아 잠 못 드는 경우가 허다했다. 아침나절까지 서로에게 빠져나오지 못해 철두철미하기로 유명한 그가 지각하는 일도 종종 생겼다. 언제쯤 서로가 곁에 있다는 것이 담담하게 받아들여질까. 그런 날이 오긴 할까.

이수는 칼에게 보낼 답시로 뭐가 좋을까 헤아려 보며 아침을 먹었다. 열 시 무렵이면 맨션을 나와 공부하러 가는 것이 하루 일과였다. 맨해튼에 있는 사설 어학원을 다니면서 공부를 하고 저녁이면 그들의 이야기를 각색한 소설을 썼다. 그들의 아픔과 사랑이 담긴 소설. 제목은 칼이 제안했다.

"절정 Climax 어때? 너만 내 옆에 있으면 내 인생은 언제나 절정이거든."

그가 사랑은 이해라고 했다. 마음을 열어놓고 그 사람의 모든 것을 포용하는 것이라 했다. 칼이 그녀를 이해하고 받아들였듯이, 이수 또한 그를 이해하고 따스한 가슴으로 끌어안았다. 계산하지 않고, 바라지 않고, 자신이 표현할 수 있는 모든 사랑을 서로에게 쏟아부으며 살아가리라. 사랑한다고 아무리 말해도 늘 갈증이 인다. 평생 동안 그 부족함을 열심히 채우며 살아가자고 그들은 굳게 약속했다.

"아기?"
자기도 모르게 목소리가 크게 터져 나오자 얼굴이 붉힌 이수는 고개를 숙이고 자그맣게 중얼거렸다.
"아기라고?"
"그래, 아기. 베이비, 칼 밀튼 주니어!"
"약속이 다르잖아. 여기 생활에 적응할 때까지 당분간 참자고 한 건 당신이야!"
순간, 칼이 애원에 가까운 표정을 짓자 이수는 웃음을 터뜨렸다.
누가 이 사람을 악독한 미쓰터 프리즈(Mr. Freeze)로 알까(미스터 프리즈는 배트맨 앤 로빈에 나오는 냉동인간으로 아놀드 슈왈츠 제네거가 연기했다)? 회사에서 개최한 크리스마스 파티에 갔다가 한 직원이 은밀히 별명을 가르쳐 주며 얼지 않도록 조심하라고 했다.

"얼기는요. 우리가 밤마다 얼마나 뜨거운지 몰라서 하는 소립니다."

갑자기 나타난 칼이 서슴없는 말하는 통에 직원들의 얼굴이 뻣뻣하게 굳었다. 그 뜨악해하는 표정이란……. 사람들의 반응으로 미루어보아 회사에서 그가 얼마나 지독한 상관인지 짐작할 수 있었다.

이수는 연신 고개를 저으며 올해 안으로는 어렵다고 말했다.

"마음을 바꿨어. 비교적 잘 적응하고 있잖아. 그러니까 너 닮은 예쁜 딸 하나만 낳자."

"리사가 당신은 아기들을 싫어한다던데?"

이수가 짓궂은 표정을 지어 보이자 칼이 정색을 하며 말했다.

"누가 그래? 내가 얼마나 아기들을 사랑한다고!"

그는 진심이라는 듯 단호하게 고개를 끄덕였다. 이수는 흐뭇하게 웃으며 오늘 막 알게 된 비밀을 털어놔야겠다고 생각했다. 그러나 오늘은 아니다. 며칠만 더 약을 올리고 나서 그때 말해야지.

"예쁜 아기 하나만 낳아주면 여왕처럼 받들어줄게."

"지금도 충분히 여왕처럼 대해주잖아. 뭐, 이렇게 원하는데 매정하게 거절할 수도 없고. 그럼 오늘 밤에 한번 만들어볼까?"

의미심장한 미소를 지어 보이자 칼의 얼굴에 대번 환한 미소가 번져 갔다.

"정말?"

“응, 정말.”

“약속했다. 정말이지?”

몇 번이고 다짐받던 그는 안 되겠던지 의자를 밀고 일어섰다.

“아니다, 생각 바뀌면 안 되니까 지금 당장 가자!”

“칼! 우리 아직 후식도 안 먹었어.”

그는 고개를 저으며 손을 잡아끌었다.

“내가 근사한 후식 만들어줄게. 우선 급한 일부터 처리하고!”

“하지만 칼!!”

이수는 아이처럼 보채는 칼에게 손목을 잡혀서 일어났다. 그의 손에 끌려가면서 불만 어린 표정을 짓던 그녀는 엘리베이터에 오르자마자 쏟아지는 키스세례에 정신이 아득해짐을 느꼈다. 이수는 칼이 준 것만큼 아낌없이 되돌려 주었다. 키스, 사랑, 행복 그 무엇이든 그가 주는 것 몇 배로 되돌려 주리라. 그녀는 칼의 목을 끌어안으며 작게 중얼거렸다.

“널 사랑해. 그것도 아주 많이.”

단 한 번 복받치는 생각으로 그대를 본 후
이 마음은 오직 그대만이 그리워
그날부터 이 세상에는
아무것도 쳐다볼 일 없어라.

전 가슴 뜨거운 사랑을 믿지 않습니다. 왜냐하면 본 적이 없기 때문입니다. 그러면서 사랑 이야기를 쓰는 이유는 희망 때문입니다. 믿지 않는다고 해서 희망마저 잃어버리면 그 삶은 얼마나 메마르고 황량할까요.

위에 적은 바이런의 시처럼, 누군가를 보고 그 사람 외엔 아무것도 쳐다보고 싶지 않은 그런 사랑을 쓰고 싶었습니다. 강렬하고 가슴 절절한 사랑 이야기, 상처 많은 사람들이 사랑을 통해 그 아픔을 치유하는 이야기를 쓰고 싶었습니다. 생각처럼 쉽지 않은 작업이었고, 제 의도대로 잘 드러났으면 하는 바람이 있습니다만 이젠 제 손을 떠난 글이니 독자 분들 판단에 맡기겠습니다.

제 머리 속에는 이야기들이 정말 많습니다. 수많은 이야기들이 영상으로 그려지고 그것을 토대로 글을 쓰곤 하지요. 어릴 때는 줄곧 해온 버릇입니다. 정말, 도가 지나칠 정도로 상상 속에 사로잡혔죠. 하루 종일 머리 속으로 이야기를 만들고 친구들에게 어느 책에서 본 거라고 시치미를 뚝 떼고 들려줬습니다. 상상해 보세요, 친구들 앞에서 눈을 빛내고 이야기를 하는 소녀를……. 그때 생각을 하면 저도 모르게 웃음이 나옵니다. 어른이 되어서도 그 습관은 버려지지가 않더군요. 남들처럼 현실 속에서 열심히 살아가도 모자란 판에 전 여전히 머리 속으로 이야기를 만들어내고 있었어요. 그런 제 자신이 점점 한심하게 느껴질 때도 있었고 현실 도피란 생각도 했습니다.

그러다 로망띠끄라는 사이트에서 글을 쓰게 됐어요. 충동적으로 시작한 글쓰기였는데 어설픈 습작이 한 장, 두 장, 한 편, 두 편 이어지면서 점점 욕심이 생기더군요. 제가 열광하면서 읽었던 소설들처럼, 저도 누군가가 가슴 설레어하면서 읽을 수 있는 소설을 쓰고 싶었습니다. 그렇게 일 년여가 흐른 후, 이 한 권의 책을 내면서 그 꿈을 향해 한걸음 내디뎠다는 것에 가슴이 두근거립니다. 오늘 당장은 부족한 것 투성이고, 노력해야 할 것이 많더라도 가까운 미래에 그 꿈에 한층 가까워질 수 있도록 끊임없이 노력해 볼 생각입니다.

절정 Climax을 내면서 고마운 분들이 너무 많아요. 처음에는 혹시 빼먹어서 속상해하시는 분들 계실까 봐 넣지 않으려고 했는데 그래도 첫 글이라 기대하고 계시는 분들이 계실 거 같아서 몇 자 적어봅니다. 우선 사랑과 감동이 있는 글을 쓰라고 응원해 주셨던 부모님, 내 애인 같은 남동생, 항상 격려해 주었던 주연 언니, 금희 언니, 지호님, 연두님, 인기 작가 부럽지 않게 사랑을 해주신 독자 가가멜님, 다즐링님께 감사드립니다. 그 밖에 제가 미처 말하지 못한 분들께도 두루두루 감사드려요. 무슨 일을 하든 항상 노력하는 사람이 되겠습니다.

―원주희 드림.